Jon Steinhagen

Kafka und der Tote am Seil

JON STEINHAGEN

KAFKA UND DER TOTE AM SEIL

Roman

Deutsch von Simon Weinert

penhaligon

Die Originalausgabe erschien 2019 unter dem Titel »The Hanging Artist« bei Abaddon Books, Oxford.

MIX
Papier | Fördert gute Waldnutzung
FSC® C083411
FSC www.fsc.org

Klimaneutral*
Druckprodukt
ClimatePartner.com/14044-1912-1001

Penguin Random House Verlagsgruppe FSC® N001967

1. Auflage 2022

Redaktion: René Stein
Umschlaggestaltung: Anke Koopmann | Designomicon
Umschlagmotiv: Shutterstock.com (alexkoral; fran_kie; mart)
BSt · Herstellung: mar
Satz: Vornehm Mediengestaltung GmbH, München
Druck und Bindung: CPI books GmbH, Leck
Printed in the EU
ISBN 978-3-7645-3269-7

www.penhaligon-verlag.de

Gewidmet meiner Patentante,
Judith Coolbaugh Peters,
der besten Patentante, die es je gab oder geben wird –
meine ewige Dankbarkeit dafür, dass du mir all die
Detektivgeschichten geschenkt hast und all die Liebe.

»Du hast die Aufgabe, hast zu ihrer Ausführung so viel Kräfte, als nötig sind (nicht zu viel, nicht zu wenig, Du mußt sie zwar zusammenhalten, aber nicht ängstlich sein), Zeit ist Dir genügend frei gelassen, den guten Willen zur Arbeit hast Du auch. Wo ist das Hindernis für das Gelingen der ungeheueren Aufgabe? Verbringe nicht die Zeit mit dem Suchen des Hindernisses, vielleicht ist keines da.«

– »Konvolut 1920« aus Franz Kafkas nachgelassenen
Schriften und Fragmenten,
16. September 1920

KAPITEL 1

EIN UNERWARTETER MITTWOCH

Eines Morgens erwachte Franz Kafka aus unangenehmen Träumen und fand sich einem gewaltigen Insekt gegenüber, das versuchte, bei ihm Fieber zu messen. Allerdings hielt das Insekt – entweder weil es nicht recht wusste, wohin mit dem Thermometer, oder weil es gewillt war, Franz auf jähe und grobe Weise aufzuwecken – das Thermometer nicht auch nur in die Nähe von Franz' Mund.

Franz schreckte zurück und erstaunte darüber, dass er die Kraft hatte, um zurückzuschrecken. Als er es das letzte Mal versucht hatte – gestern Abend? –, war er zu schwach gewesen, um irgendetwas anderes zu tun, als die Augen zu schließen und, so meinte er, ein allerletztes Mal einzuschlummern, doch nun war er wach und schreckte vor einem Insekt mit einem Thermometer zurück.

Ein Insekt.

»Ich wollte Sie nicht wecken«, sagte es. »Ich hoffe, Sie können mir das nachsehen.« *Sagte*. Nicht *krächzte*, sondern *sagte*. Seine klare Stimme überraschte ihn noch mehr als der Umstand, dass das Rieseninsekt, das ihn pflegte, der Sprache mächtig war.

Franz betrachtete den gewölbten braunen Bauch des Insekts, der von bogenförmigen Versteifungen geteilt war. Die vielen, im Vergleich zu seinem sonstigen Umfang kläglich dünnen Beine bewegten sich besorgniserregend in mehrere Richtungen gleichzeitig. Eines der Beinchen hielt gerade das Thermometer, das so groß wie ein Taktstock war, während zwei andere Wasser aus einer eingedellten Kanne in ein Glas gossen.

»Ich sehe es Ihnen nach, wenn Sie mit diesem Thermometer woanders herumfuchteln«, sagte Franz. Er nahm an, dass er sich in einem tiefen Traum befand, auch wenn der Traum ganz anders war als alle anderen, die er während seines vierzigjährigen Lebens über sich hatte ergehen lassen müssen: hell, sonnig, ruhig und höflich. Deswegen schloss er die Erklärung »Traum« aus und bemühte sich, seine Gedanken der Wirklichkeit anzupassen.

Das Zimmer, ein normales, menschengemachtes Zimmer, lediglich ein wenig zu klein, lag zwischen seinen vier sterilen Wänden völlig ruhig da. Außer dem Bett stand hier noch ein Stuhl mit dürren Beinen für Besucher und ein schäbiger Kleiderschrank, von dem die Knäufe abgegangen waren. Neben Franz befand sich der Nachttisch, an dem eine kleine elektrische Lampe angeschraubt war. Lampe und Tisch befanden sich vor dem einzigen Fenster des Zimmers, das keine Läden hatte und den Blick freigab auf – was?

»Sie sind noch im Sanatorium«, erklärte das Insekt und reichte Franz das Wasserglas. Ganz instinktiv verzog Franz das Gesicht und wandte sich ab, bevor das Glas seine Lippen berührte. »Sie müssen Durst haben«, sagte das Insekt. »Trinken Sie etwas.«

Die Stimme des Insekts war sanft und unfein, roh, aber nicht unangenehm, wie samtene Kiesel, die eine Abflussrinne hinunterkullern. Sein Kopf war eine braune Kugel aus Übertreibungen: glänzende schwarze Augen, die so groß waren wie Teller, und ein Mund, der an irgendwelche komplizierten Gartenwerkzeuge erinnerte und scherenartige Bewegungen machte, wenn es sprach.

»Sie kriegen das jetzt schon hin«, sagte das Insekt und drängte ihm das Wasser auf. »Glauben Sie mir.«

Franz glaubte dem Ding beinahe, doch heftige Erinnerungen an Schmerz hielten ihn davon ab, das Wasser anzunehmen. Seine Kehle war wund und trocken, eine verkrampfte Hölle, die nur dazu taugte, brennende Messerstiche zu produzieren, gefolgt von Blut, und keines von beiden konnte er als erfreulich erachten.

»Glauben Sie mir«, wiederholte das Insekt.

Doch Franz tat es nicht.

Das Insekt rasselte oder seufzte, oder vielleicht war sein Rasseln auch ein Seufzen. »Sie brauchen Flüssigkeit, Herr K.«, sagte es.

Die laxe Anrede verärgerte Franz. »Kafka«, sagte er. »Herr *Kafka.*«

»Entschuldigen Sie, dass ich so frei war«, sagte das Insekt.

»Ist schon gut«, sagte Franz. Und schluckte.

Nichts.

Kein brennender Schmerz, kein Krampf, kein Husten.

Und kein Blut.

Das machte ihm Mut.

Und es machte ihn misstrauisch.

Er schluckte noch einmal.

Nichts. Vielmehr eine Freude.

Und er hatte höllischen Durst.

Er nahm dem Insekt das Glas aus der Hand und trank, wie er noch nie zuvor getrunken hatte. Innerhalb eines Augenblicks war das Wasser weg. »Mehr«, sagte er.

Das Insekt reichte ihm die Kanne. »Das können Sie auch gleich selber machen.«

Franz setzte die Kanne an die Lippen, und das Zinn schmeckte köstlich auf seiner vormals geschwollenen Zunge. Ohne Luft zu holen, stürzte er das Wasser hinunter.

Zum Abschluss rülpste er.

Das Insekt nahm ihm die Kanne ab. »Sie sollten nicht gleich losrennen, wenn Sie erst zu krabbeln gelernt haben«, sagte es. »Aber in Ihrem Fall kann man bestimmt ein Auge zudrücken.« Es legte Franz eines seiner Steckenbeine an die Stirn, worauf Franz schauderte. »Entschuldigen Sie, dass ich mich etwas schroff anfühle. Ich neige dazu, mindestens zwei linke Beine zu haben«, sagte es und legte mit einem anderen Bein das Thermometer weg. »Sie sind ja kalt wie ein Fisch«, sagte es, »vorausgesetzt, dass Fische kalt sind. Ich habe noch nie einen berührt. Aber die Redewendung gefällt mir.«

Bei der Erwähnung von Fisch knurrte Franz' frisch gewässerter, aber ansonsten leerer Magen, und es klang wie das Gurgeln eines abfließenden Spülsteins. Franz entschuldigte sich.

»Ich habe schon Schlimmeres gehört«, sagte das Insekt, »und normalerweise tönt es aus mir selber heraus.«

Franz legte sich auf das Kissen zurück. Was immer mit ihm geschah, passierte ihm zu schnell und holte ihn nun ein. Er betrachtete die weißen Wände und die weiße Decke, die frische weiße Tagesdecke auf seinem Bett, die dunkelblauen Paspeln auf seinem billigen Pyjama. Das Leintuch fühlte sich wie Leintuch an, das Kissen wie ein Kissen, die Luft roch nach Luft (mit nur einer Spur Karbol), und das Junisonnenlicht, das träge durchs Fenster strömte, war eindeutig sonnig.

Aber war es denn überhaupt Juni?

Gestern war Juni gewesen, aber Franz war sich nicht sicher, ob heute auch Juni war. Ihm war vage bewusst, dass er offenbar von seiner Krankheit geheilt worden war, aber sofern es stimmte: Konnte so etwas über Nacht geschehen sein?

»Heute ist der vierte Juni«, kam das Insekt erneut Franz' Frage zuvor. »Oder haben Sie etwa gerätselt, welchen Wochentag wir haben? In dem Fall wäre das der Mittwoch.«

»Und welches Jahr?«, fragte Franz.

»Wir haben immer noch 1924«, sagte das Insekt. »Sie sehen keinen Tag älter aus. Oder vielmehr: Sie sehen tatsächlich einen Tag älter aus, denn Sie sind ja auch einen Tag älter als gestern. Ich möchte Sie nur be...«

»Über Nacht«, sagte Franz.

Er war kein verkrampftes Knäuel aus wundem, blutigem Gewebe mehr. Er konnte die Arme und Beine ausstrecken, ohne dass sich sein ganzer Leib widerspenstig in Qualen zusammenzog. Er konnte sprechen. Er konnte trinken. Er konnte atmen.

Was er jedoch nicht konnte: sich das gewaltige, sprechende Insekt neben seinem Bett erklären.

»Und trotzdem ist mir klar, dass ich das nicht träume«, sagte er.

Das Insekt zog den Stuhl ans Bett und gab sich alle Mühe, seine unpassende Gestalt darauf zu drapieren, doch sein mächtiger runder Rücken machte es ihm unmöglich. Es fluchte, drehte den Stuhl um und setzte sich, so gut es ging, rittlings darauf.

»Erzählen Sie mal, woher Sie wissen, dass Sie das nicht träumen«, sagte das Insekt.

Franz prüfte sorgfältig seine Gedanken und stellte fest, dass sie zu wünschen übrig ließen. »Wenn etwas echt ist«, sagte er, »vermittelt es einem den starken Eindruck, dass es nichts anderes sein könnte.« Da das Insekt nicht gewillt schien, seine Erklärung zu kommentieren, fuhr Franz fort. »Was nicht heißt, dass ich keine Fragen hätte.«

Das Insekt nickte. »Schießen Sie los.«

»Gestern noch war es aus mit mir«, sagte Franz. »Daran

herrschte kein Zweifel. Die Tuberkulose, gegen die ich seit Ewigkeiten angekämpft habe, hatte gewonnen. Ich wusste es, die Ärzte wussten es, die Krankheit wusste es. Ich hatte den Kampf aufgegeben. Ich habe die Augen zum allerletzten Mal geschlossen, so hat es sich zumindest angefühlt.«

Und so war es auch gewesen. Er hatte nicht einmal gewusst, wer noch bei ihm im Zimmer geblieben war – falls überhaupt jemand. Er war davon ausgegangen, dass er völlig allein war, verlassen. Nicht einmal Dora hatte an seinem Bett gesessen. Oder war sie doch dort gewesen? Im öligen, undeutlichen Gewaber seiner anstrengenden letzten Augenblicke war er sich keines anderen Menschen und keiner anderen Sache bewusst gewesen, nur seiner selbst, verloren auf einem harten Sanatoriumsbett, wo ihm die Luft ausging, bis selbst der allerleiseste Hauch zugleich ein Geschenk und ein Abschied gewesen war. Er erinnerte sich daran, wie er schließlich die Lider geschlossen hatte – als würde man einen Vorhang herunterlassen –, mit einem Gefühl von Erleichterung und Aufgabe.

»Und jetzt«, sagte Franz, »bin ich wach, durstig, hungrig, sauge kübelweise Luft in meine frische, rosige Lunge – zumindest fühlt sie sich rosig an –, als wäre ich nie im Leben krank gewesen. Ich nehme zwar eine Karbolnote im Zimmer wahr, und ich meine gehört zu haben, wie sich eine arme Seele nebenan übergeben hat. Mir aber geht es gut. Besser als gut. Mir geht es besser, als es mir *jemals* ging. Ich bin kräftig, habe geschärfte Sinne, bin gesprächig, und seit circa zehn Minuten – oder wie lange ich eben wach bin – habe ich keinen Arzt und keine Schwester mehr gesehen.«

»Wie Sie schon sagten, es sind erst zehn Minuten vergangen«, sagte das Insekt. »Vielleicht schaut bald jemand vorbei.«

»Ich habe das eigentümliche Gefühl, dass das nicht der Fall sein wird. Und wenn, dann kriegen sie den Schock ihres Lebens.«

»Und wie erklären Sie sich mich?«, sagte das Insekt und beugte sich näher heran.

»Ganz einfach«, sagte Franz, und zum ersten Mal seit einem gefühlten Zeitalter lächelte er ganz unverstellt. »Sie sind mein Kompromiss.«

»Ihr Kompromiss?«

»Das Eingetauschte.«

»Erklären Sie mir das?«

»Heute Nacht ist etwas Unerklärliches mit mir geschehen«, sagte Franz und merkte zum ersten Mal, dass in den Ecken der Zimmerdecke die weiße Farbe abblätterte, sodass darunter eine grünliche Schleimschicht zum Vorschein kam. »Etwas Unerklärliches und – Wunderbares? Ja, vielleicht wunderbar, aber da Wunder keine Preisschilder haben, ist mir klar, dass ich im Tausch gegen meine Gesundheit etwas opfern musste. Und was habe ich geopfert? Offenbar meine geistige Gesundheit. Und so erkläre ich mir Ihr Auftauchen in meinem Zimmer als einen geistigen Anfall.«

»Ich bin froh, dass Sie nicht von ›Befall‹ gesprochen haben«, sagte das Insekt. »Ich reagiere empfindlich auf gemeine Ausdrücke.«

»Nun, Sie sind allein, deshalb kann man wohl kaum von einem Befall sprechen.«

»Stimmt.«

»Und ich empfinde Ihre Gegenwart nicht gänzlich widerwärtig.«

»Der leicht mistige Geruch, der mich begleitet, lässt sich nicht vermeiden, fürchte ich, obwohl ich mir Ihr Eau de Toilette geborgt habe in der Hoffnung, es würde ihn ein wenig überdecken.«

»Aha.«

»Das billige Wässerchen, das Ihre Schwester Ihnen zu Ihrem letzten Geburtstag geschenkt hat?«

»Aha.«

»Ich habe es ganz aufgebraucht.«

»Aha.«

»Hat nicht viel gebracht, was?«

»Ich gewöhne mich daran«, sagte Franz. Und das war gelogen.

Das Insekt stand auf und schob den Stuhl wieder in seine Ecke. Dann hielt es respektvoll Abstand zum Fußende des Bettes, wobei seine Fühler hierhin und dorthin schwankten.

Franz setzte sich wieder auf. »Ich habe Kohldampf.«

»Was hätten Sie denn gerne?«, fragte das Insekt.

»Alles«, sagte Franz, und sein Magen stieß ein erneutes Bittgebet aus. »Würden Sie bitte nach jemandem läuten?«

»Wahrscheinlich ist es besser, wenn ich Ihnen bringe, was Sie brauchen«, sagte das Insekt. »Was möchten Sie? Pflaumenkompott? Etwas Obst? Vielleicht einen Salat. Haferbrei? Haferschleim?«

Franz spürte, wie sein Magen sich empört aufbäumte. »Meine Güte, nein«, sagte Franz. »Ich will Fleisch. Für den Anfang ein Beefsteak, so groß wie der Tisch da. Dann Aufschnitt. Schnitzel, alle Sorten, die sie haben. Das Ganze in Soße schwimmend. Obst und Salat – zum Teufel mit dem Karnickelfutter. Aber wenn ich so drüber nachdenke, dann nehme ich auch noch ein Kaninchen ...«

Er hielt inne, als ihm auffiel, was er da gerade gesagt hatte.

»Dann darf ich annehmen, dass Sie Ihr Vegetarierdasein hinter sich gelassen haben?«

Ja, dachte Franz, das hatte er hinter sich gelassen, und er wunderte sich über seinen plötzlichen, wiedererwachten Heißhunger auf Fleisch. Was hatte sich an ihm sonst noch verändert? Oder genauer gesagt: Wie viele seiner früheren Überzeugungen waren innerhalb einer Nacht von ihm abgefallen? Er machte sich nicht an eine Inventur, da er spürte, wie ihm Kopf und Augenlider bereits wieder schwer wurden, als würde das Buffet aus fetten, nahrhaften Speisen, das in seinen Gedanken kreiste, ihn bereits in den Verdauungsschlummer versetzen.

»Dasein ... hinter sich ...«, sagte er.

Er würde versuchen, alles zu verstehen, wenn er wieder aufwachen würde, doch die allerwichtigste Frage galt es noch zu klären.

»Warum?«, fragte er.

»Warum was?«, fragte das Insekt.

»Warum bin ich nicht gestorben?«

Irgendwo tickte eine Uhr, doch Franz wusste, dass während seines hiesigen, zweimonatigen Dahinsiechens niemand eine Uhr in dieses Zimmer gestellt hatte.

»Warum bin ich nicht gestorben?«, fragte er erneut.

Er hörte, dass sich das riesige Insekt setzte.

»Wer weiß?«, sagte es. »Vielleicht gibt es irgendwo jemanden, der Sie braucht.«

Franz lachte. Es war das erste Lachen seit einer Ewigkeit, das ihm keine Schmerzen verursachte. Es fühlte sich gut an. »Niemand braucht mich, mein Freund.«

»Auch das ist möglich. Ach ja. Nun wünsche ich einen angenehmen Schlaf, Herr Kafka.«

»Wie lange werden Sie bei mir bleiben?«, fragte Franz.

»Das kann niemand sagen«, antwortete das Insekt. »Jetzt. Morgen noch, bis zum Ende der Woche. Für den Rest meines Lebens.«

»Sie können mich auch Franz nennen«, sagte Franz. Er bereitete sich darauf vor, sich in eine große Schüssel Ewige Suppe zu stürzen, indem er einen riesigen Löffel als Sprungbrett benutzte. Dann würde er zum nächsten Knödel schwimmen und ein Nickerchen halten. »Wie darf ich Sie denn nennen?«

»Du kennst meinen Namen«, sagte das Insekt mit einer Art Lächeln in der rauen, tiefen Stimme.

Kannte er ihn? Ja, das tat er.

»Das ist zu zufällig, zu passend«, sagte Franz, machte die Augen auf und sah, wie die Farbe des Zimmers rasch von Weiß zu Gelb zu Bernsteinfarben verblasste, während die Sonne ungehörig schnell unterging. »Ich kann dir nicht glauben.«

»Warum nicht?«

»Weil meine Schöpfung keine Wirklichkeit werden kann.«

Das Insekt ließ sich einen Moment Zeit mit seiner Antwort. Die Schatten wurden indes länger. »Vielleicht bist du ein besserer Schriftsteller, als du meinst.«

»Sei nicht albern«, sagte Franz.

»Vielleicht hast du mich auch gar nicht erschaffen«, sagte das Insekt. »Vielleicht habe ich dich erschaffen.«

Franz lauschte der Leere des Sanatoriums. Jedweder Lärm war vergangen, sodass leblose Stille den Raum um sein schmales Bett herum niederdrückte.

Noch einmal machte er die Augen zu. Er schwamm durch den warmen, duftenden Eintopf und dachte bereits an den Nachtisch.

»Du sagst sehr oft ›vielleicht‹«, sagte Franz. »›Vielleicht‹ ist ein bequemes sprachliches Ausweichen.«

»Ausweichen vor was?«

»Vor allem.«

»Vielleicht hast du recht«, sagte das Insekt. »Gute Nacht, Franz.«

»Gute Nacht, Gregor.«

KAPITEL 2

EIN UNTERHALTSAMER ABEND

Anfangs waren sie skeptisch, auch wenn »skeptisch« nun nicht das Wort ist, das sie benutzt hätten, denn im Grunde waren sie einfache Leute, nicht ungebildet, aber auch nicht mit einem sonderlich umfangreichen Wortschatz gesegnet. Das Wort, das sie benutzt hätten ... nun, sie hätten kein Wort benutzt, sondern sie sagten Dinge wie: »Was zum Teufel ist ein Hängekünstler?«, und: »Was wird da gehängt? Tapeten?«, und: »Lass mich raten – das ist ein Künstler, der rumhängt.« Prinsky, der es schaffte, einen vernünftigeren Eindruck als die anderen zu machen, womöglich weil er selbigen bei dem Mädchen schinden wollte, das in der Wunderstraße wohnte und sich immer gleich drei Anisbonbons auf einmal in den Mund schob, äußerte sich wie folgt: »Vielleicht hängt seine Kunst höher.«

Das Mädchen, das in der Wunderstraße wohnte, war nicht beeindruckt. Vor allem, weil sie versuchte, die Aufmerksamkeit des hübschen Kassierers zu erlangen, dessen Namen so gar nicht zu ihm passte, dass niemand sich an ihn erinnern konnte.

Er hieß Herrmann Herbort, und einen hässlicheren Namen

konnte man sich für einen so schönen Mann kaum vorstellen. Er begnügte sich jedoch mit ihm, weil es ihm an Erfindungsgeist mangelte, wenn es darum ging, sich Dinge auszudenken. Außerdem würde es komisch aussehen, wenn ein Bankangestellter mit einem angenommenen Namen herumlaufen und man es später herausfinden würde. Dann hätte er viel zu erklären. Und Herbort erklärte nicht gern, sondern ging viel lieber aus, um sich unterhalten zu lassen. Dann brauchte er nur auf seinem Platz zu sitzen, von Bier und Knackwurst etwas dösig, und sich von einem anderen menschlichen Wesen füttern zu lassen mit Gedanken, Ideen, Musik, Witzen, Schönheit, Spannung, Farbe, Tanz, Lustbarkeiten, Wundern ...

Herbort war einer der besten Zuschauer Wiens.

Allerdings erlaubte es ihm sein Gehalt nicht, besonders majestätischer Kunst beizuwohnen. In der Oper wurde er zum Beispiel nie gesehen, nicht einmal eingeladen, denn seine Freunde und Kollegen gehörten alle seiner eigenen Schicht an (was bedeutete, dass sie eine Lohntüte davon entfernt waren, etwas verkaufen zu müssen, um den Lebensunterhalt zu bestreiten). Öfter als ihm zuzugeben lieb war, hatte man ihm nahegelegt, sich mithilfe seines schmerzhaft guten Aussehens eine herrschaftlichere Lebensweise zu verschaffen und sich eine mittelalte oder ältere Witwe mit verfügbarem Einkommen anzulachen – also mit anderen Worten, ein Gigolo zu werden –, doch der Gedanke war ihm zutiefst zuwider. Diesen Weg würde er nur einschlagen, wenn sich in zehn, fünfzehn Jahren seine Verhältnisse immer noch nicht gebessert hatten, vorausgesetzt, er würde dann immer noch so gut aussehen.

Bis dahin traf sich Herbort mit seinen Freunden, um abends in die *Traumhalle* zu gehen, eine der bescheideneren, doch hellen und halbwegs modernen Spielstätten in Wien. Von den vielen Varietés der Stadt hielt die Traumhalle als eines der wenigen, was sie versprach: Sie *war* ein Traum, und nicht nur irgendein Traum, sondern ein Traum von einer solchen Großartigkeit, dass sie einer jeden Vorstellung von Traum entsprach.

Herbort war es gewesen, der vom Hängekünstler gehört und seine Freunde dazu ermuntert hatte, die ganze Vorstellung hindurch auf ihren Plätzen zu bleiben. »Die letzten paar Wochen wurde von nichts anderem mehr gesprochen«, erklärte Herbort ihnen. »Nicht nur von den anderen bei der Bank, sondern auch von den Kunden.«

»Was sagen sie denn?«, fragte ein Freund.

»Dass man ihn sehen muss, um es zu glauben.«

»Was soll das heißen?«, fragte ein anderer.

»Ich weiß es nicht«, sagte Herbort, und das stimmte auch. »Ich verstehe es so, dass das, was er macht ... nun ja ... unbeschreiblich ist.«

»Er erhängt sich«, sagte eine. Es war die große Blonde von der *Verliebten Stockente,* wo sie dadurch eine gewisse Berühmtheit erlangt hatte, dass sie acht Säufern neun volle Bierkrüge servieren konnte, ohne einen Tropfen zu verschütten. »Mehr macht er nicht«, sagte sie. »Hängt sich auf. Das ist kein Geheimnis.«

»An einem Seil?«, fragte jemand.

»Das nehme ich an«, sagte sie. »Wenn er einen Wurststrang genommen hätte, hätten wir davon gehört. *Das* wäre mal ein Spaß!«

Prinsky riss seinen stieren, beunruhigenden Blick von dem Mädchen los, das in der Wunderstraße wohnte, und sagte: »Das tut er nicht. Das kann er gar nicht.«

Sie bemühten sich, auf Prinsky einzugehen.

»Er kann was nicht?«, fragten sie.

»Sich aufhängen«, sagte Prinsky. »Wenn er sich wirklich erhängen würde, nun, dann wäre er die Sensation einer einzigen Vorstellung. Aber er tritt nun schon seit drei Wochen hier auf.« Er sah zu dem Mädchen hinüber, das in der Wunderstraße wohnte, um zu sehen, ob ihm sein praktischer Verstand aufgefallen war. Sie schob sich exakt drei Anisbonbons in den Mund und schlich sich an Herbort heran, der ihr Kommen gehört und sich davongemacht hatte.

»Ich glaube nicht, dass es so einfach ist«, sagte Herbort. »Mir wurde versichert, dass dieser Mann ... nun, seine Vorstellung ... sie ist ... mehr als nur ein Trick, sie ist ...«

Er sah von ihnen allen weg. *Sie waren so einfach*, dachte er, so stumpfsinnig. Was sie nicht verstanden, war für sie ein Witz. Und nichts war es wert, ausgesprochen zu werden, wenn es nicht einen Lacher hervorrief.

»Die Vorstellung geht gleich los«, sagte jemand, und sie gingen hinein.

Herbort folgte ihnen nicht gleich, sondern wartete an der Seite und sah nicht in das glitzernde Foyer der Traumhalle, sondern an die Decke desselben. Das Mädchen, das in der Wunderstraße wohnte, blieb neben ihm stehen.

»Stimmt was nicht, Herrmann?«, fragte sie.

»Alles bestens«, sagte er und gab die Antwort, die er immer dann gab, wenn eigentlich genau das Gegenteil der Fall war. »Sag mir noch einmal deinen Namen«, bat er sie, »denn es ist so ermüdend, immerzu von dir als das Mädchen zu denken, das in der Wunderstraße wohnt, oder als das Mädchen, das nach Lakritze riecht.«

»Denkst du so über mich?«, fragte sie. »Ich wusste gar nicht, dass du überhaupt an mich denkst.«

»Ich denke von dir auch als Prinskys Innamorata.«

»Was ist eine Innamorata?«

»Es bedeutet Liebchen, Freundin«, sagte er. »Schätzchen.«

»Das bin ich aber nicht«, sagte sie. »Nicht von ihm – und auch von sonst keinem.«

»Erzähl das Prinsky.«

»Das sollte nicht nötig sein. Ich achte doch gar nicht auf ihn. Warum er das bloß nicht kapiert ...«

Er schob seinen Arm bei ihr unter. »Lass uns hineingehen. Wenn du so nett wärst, dich neben mich zu setzen, stünden meine Chancen besser, deinen Namen zu lernen.«

»Ich heiße Hannah«, sagte sie, gewärmt von seiner Aufmerksamkeit. »Und ich wohne nicht mehr in der Wunderstraße. Wenn du mir versprichst, dass du mich nach der Vorstellung nach Hause begleitest, zeige ich dir meine neue Adresse.«

»Und machst Prinsky eifersüchtig?«

»Hänsle mich nicht. Er ist so lästig. Ich wünschte, er würde nicht immer mitkommen.«

»Aber dann hätte ich keinen Rivalen«, sagte er.

»Jetzt hänselst du mich wirklich«, sagte Hannah, lächelte aber mit erhitzten roten Backen.

Hänselte er sie?, fragte sich Herbort. Vielleicht schon, und er schämte sich ein wenig. Sie gingen hinein, suchten ihre Plätze – ganz weit außen in der Reihe, am gegenüberliegenden Ende von Prinsky, dessen Miene sich finster umwölkte, als er die beiden zusammen hereinkommen sah – und überließen sich der wohligen Spannung, der Verheißung der nahenden Vorstellung.

Vom ersten Akkord an, den das bescheidene Orchester der Traumhalle anschlug, verspürte Herbort trotz der fröhlichen Musik und des schäbigen Putzes seiner Umgebung eine Schwere im Saal. Als hätte sich ein dünner, nüchterner, bernsteinfarbener Vorhang an diesem Mittwochabend auf Wiens vergnügungslustige Arbeiterklasse herabgesenkt. Er konnte sich das Gefühl nicht erklären – lag es daran, dass er sehen würde, wie sich ein Mann erhängte?

Er sagte sich, dass er sich vor dem letzten Akt jederzeit

entschuldigen konnte, sollte die innere Düsternis unerträglich werden.

Nach dem Orchesterstück wurden dem Publikum verschiedene Nummern dargeboten, die allesamt krampfhaft bemüht waren, den altbewährten Klischees neue Wendungen und Variationen zu entlocken: Der italienische Tenor (der ungefähr so italienisch war wie eine Sachertorte) sang Lieder aus Spanien. Die beliebte Komödiantin (beliebt seit der Zeit vor dem Ersten Weltkrieg) hatte sich einen Pagenschnitt zugelegt und ließ ein einigermaßen amüsantes, beinahe derbes Minitheaterstück in vier Szenen vom Stapel, unterstützt von einer Truppe von Schauspielern, von denen jeder höchstens fünf Zeilen Text abbekommen hatte. Die Drei Dierkop Schwestern stellten sich als vier heraus, was die Frage aufwarf, ob sie sich irgendwann einmal verzählt hatten oder schlicht eine Kollegin kannten, die Arbeit brauchte – doch das Quartett sang gekonnt vierstimmig und klang wie ein Schwarm Hornissen. Die Komiker bemühten sich verzweifelt und fiebrig um Lacher und wirkten so, als wären sie dankbar für jedes versprengte Kichern, das man ihnen gewährte, obschon sie die Sahnetorten klug einzusetzen wussten. (»Was für eine Verschwendung von gutem Essen«, flüsterte Hannah ihm zu.) Die Fliegenden Orkane brachten die Herkulestat zustande, trotz ihrer bedenklichen Pummeligkeit auf der Bühne herumzuhüpfen, -zupurzeln und -zufliegen.

Was, fragte sich Herbort, trieb sie nur dazu, mit einer solchen Vehemenz zu spielen? Als stünde nicht ihr Auskommen, sondern ihr Leben auf dem Spiel.

Schließlich war es Zeit für die letzte Nummer des Abends, wegen der alle gekommen waren, auch wenn es keiner zugeben mochte.

Das Orchester verstummte. Der Dirigent legte seinen

Taktstock auf das Pult, und die Musiker drehten ihre Lampen herunter.

In der Traumhalle wurde es vollkommen finster, als sollten sie alle in einen Abgrund geworfen werden. Herbort merkte, dass es nun zu spät war, um die Vorstellung zu verlassen, und selbst wenn er es versucht hätte, hätte er nicht gesehen, wohin er überhaupt trat.

Ein kräftiger kalter Luftzug fegte ins Theater, das ganze Publikum fröstelte, obwohl es sich in dem normalerweise kühlen Gebäude wegen der Sommerhitze den ganzen Abend über stickig und warm angefühlt hatte.

Niemand bewegte sich. Niemand sagte etwas. Es war durchaus möglich, dass niemand atmete.

Der Vorhang öffnete sich, dahinter eine Wand aus Licht.

Nachdem sich die Augen an die plötzliche Helligkeit gewöhnt hatten, bot sich ihnen ein einfaches Bühnenbild in knallbunten Farben: Gelb und Rosa, Himmelblau und Froschgrün. Links stand auf einem Eichentisch ein bereits seit zehn Jahren aus der Mode gekommenes Parlophon-Grammophon, dessen Messingtrichter eine große blendende Blüte im Lichtergefunkel der Bühne darstellte. Den größten Teil der Bühne nahm rechts ein unheimliches Gebilde ein, das man in dieser Größe und Nüchternheit noch nie gesehen hatte: ein gewaltiger Galgen, beinahe so hoch, wie es die Bühne gerade noch gestattete. Zu seinen Füßen stand ein einfacher Korbstuhl.

Schwarz, streng und ohne Strick ragte der Galgen in die Höhe.

Da trat ein Mann auf.

Er war hochgewachsen und kräftig, sein Gesicht machte einen gesunden, wohlgenährten Eindruck.

Er trug einen braunen Leinenanzug, sportlich, sommerlich, maßgeschneidert auf seine kräftige Statur.

Seine großen Hände zierten feine braune Kalbslederhandschuhe.

Er lächelte ins Publikum.

Seine haselnussbraunen Augen funkelten.

Er fing an zu reden.

KAPITEL 3

EINE BESTÄTIGUNG

Franz Kafka erwachte aus einem Traum und ging davon aus, dass das, was sich real angefühlt hatte, ebenfalls ein Traum gewesen war, doch er irrte sich und wusste nicht recht, wie er damit umgehen sollte.

Denn neben dem Fenster saß Gregor und las im Mondlicht einen Stapel Blätter quer.

»Dann habe ich es mir also nicht eingebildet«, sagte Franz.

»Hä?«, fragte Gregor.

»Ich meine«, sagte Franz, »du bist wahrscheinlich immer noch Einbildung, aber anscheinend bilde ich mir dich fortwährend ein.«

»Was immer du sagst.«

Franz gähnte. »Tja«, sagte er, »das ist immerhin mal was anderes, dass Dinge gleich bleiben zwischen einem Erwachen und dem nächsten. Wenn das nun auf dich zutrifft, umso besser, denn nach dir kann mich nichts mehr überraschen. Wie spät ist es?«

»Mittwoch wird bald dem Donnerstag weichen.«

Franz lauschte einen Moment lang der Stille. »Ich habe nicht ...«

»Warte eine Sekunde«, sagte Gregor.

Die Uhr unten am Kierlinger Rathaus schlug Mitternacht.

»Ist jemand zu mir reingekommen?«, fragte Franz, nachdem das Geläut zu Ende war.

»Keine Ahnung«, sagte Gregor. »Ich war nicht die ganze Zeit hier, während du geschlafen hast.«

»Und ich dachte, man hätte dich gesandt, um über mich zu wachen.«

»Du meine Güte, nein. Ich bin nur zurückgekommen, weil mir langweilig war. Und die Welt da draußen ist ... nun, das muss ich dir ja nicht erzählen.«

»Ein schreckenerregender Ort?«

»Unter anderem. Ein Misthaufen vor allem.«

»Ich dachte, du ...« Doch Franz zensierte sich selbst.

Gregor seufzte. »Du dachtest, ich würde mich nicht an Misthaufen stören?«, fragte er. »Du hast immer schnell irgendwelche abfälligen Bemerkungen über meine Art parat, was?«

»Ich entschuldige mich.«

»Schon gut«, sagte Gregor und setzte sich rittlings auf den Papierstapel.

»Was liest du da?«

»Eine Geschichte von dir.«

»Von mir?«

»Die lag drüben auf dem Tisch.«

»Oh, ich habe ganz vergessen, dass ich an etwas geschrieben habe. Die letzte Woche war ich in erster Linie mit Sterben beschäftigt gewesen. Welche denn?«

»Über diesen Kerl, der zum Broterwerb hungert. Seltsames Zeug.«

»Gefällt sie dir?«

»Man kann die Zeit damit totschlagen.«

Franz dachte an seinen lieben Freund Max. Wären die

Dinge wie geplant gelaufen, dann wäre Max vorbeigekommen, hätte die Geschichte mitgenommen und sie verbrannt, zusammen mit allen anderen Fragmenten, mit denen Franz sich abgemüht und die er zurückgelassen hatte. Denn Max gehörte zu der Sorte Freund, die alles taten, um was man sie bat. Und ehe das Sprechen für ihn unmöglich geworden war, hatte Franz ihn darum gebeten. Nun fragte sich Franz, ob er Max in seinem jetzigen Zustand immer noch dazu bringen konnte, seine Werke zu verbrennen.

»Kein Arzt hat sich blicken lassen, nehme ich an«, sagte Franz. »Niemand ist gekommen, um mir eine Gesundheitsbescheinigung auszustellen?«

»Nicht einmal, um dir die Rechnung in die Hand zu drücken. Schlaf weiter, und morgen ... nun ja, heute ... kannst du dich um die Zukunft sorgen.«

»Was willst du damit sagen?«

»Was will ich womit sagen?«

»Die Zukunft. Das klingt bedrohlich.«

»Sei doch nicht so paranoid. Träum weiter.«

»Woher weißt du, dass ich geträumt habe?«

»Aufs Geratewohl geraten. Von was hast du geträumt?«

Franz versuchte seinen Traum zu bergen. Bruchstücke davon trieben an die Oberfläche. »Musik«, sagte er.

»Welches Lied?«

Und da hörte Franz es wieder, von einer Jazzband gespielt, die so klang, als spielte sie am Ende eines langen Korridors und wäre mit einer nassen Wolldecke zugedeckt. »Etwas ganz Lächerliches ... *Ev'rybody Shimmies Now*. Hast du das mal gehört?«

»Klar«, sagte Gregor.

»Wirklich?«

»Ich komme in der Welt herum.«

Franz schloss die Augen. »Von allen Liedern, die mir wieder einfallen wollen, ausgerechnet das. Und es klingt, als wolle es entkommen. Mir gefällt es nicht. Nicht nur, weil es billig ist, sondern weil ... ich weiß auch nicht ... es hat so etwas Verzweifeltes an sich ...«

»Wenn du weiterschläfst, ändert sich das Lied vielleicht.«

»Wenn ich wach bleibe, muss ich mich vielleicht mit gar keiner Musik abgeben.«

»Tja, dann, bleib auf«, sagte Gregor.

Doch Franz schnarchte bereits wieder.

KAPITEL 4

EIN NACHTSTÜCK

Wir sehen verschiedene Leute auf ihrem Weg nach sonst wo. Es ist spät am Abend, und in den Straßen und Gassen Wiens hallt es immer noch laut von Musik und Menschen, Erstere jazzig, Letztere ein wenig benommen und schweigend, denn viele von ihnen haben gerade erst ein Varieté verlassen und Dinge gesehen, die sie nicht hätten sehen sollen.

Wir sehen einen Jungen von zwölf Jahren die Hand seiner Mutter gefasst halten, eine Hand, die er, seit er neun Jahre alt war, nicht mehr gehalten hat, denn er hat alles getan, um nicht mehr Muttersöhnchen genannt zu werden. Wir sehen seine Mutter, die von seiner Berührung aus etwas herausgerissen wird, was man nur als bedrückte Träumerei bezeichnen kann. Dem Jungen läuft die Nase, doch das merkt er nicht. Die Mutter nimmt ein Taschentuch aus ihrer Handtasche und wischt ihm den Rotz weg. Ihre Blicke begegnen sich nicht.

Wir sehen einen jungen Mann vor dem Varieté herumlungern, die Hände hinterm Rücken, so schaut er langsam die

Straße auf und ab. Um ihn herum wuseln Leute. Seine Miene könnte entweder diejenige eines Menschen sein, dessen Vorstellungen von Leben und Kunst und Ehrgeiz auf einen Streich brutal zunichtegemacht wurden, oder von einem, der sich gerade überlegt, ob er zu Fuß gehen oder ein Taxi heranwinken soll. Er hat seine Mappe und seine Mütze vergessen.

Wir sehen eine alte Frau vorbeigehen. Sie betrachtet die Straße, scheint es aber nicht aus irgendeinem bestimmten Grund zu tun. Sie lässt ihr Programmheft fallen. Sie bleibt stehen. Sie fängt an zu schluchzen. Sie nimmt die Hände vors Gesicht und schluchzt weiter, stumm, während andere an ihr vorbeigehen.

Wir sehen einen ziemlich unscheinbaren jungen Mann mit in die Taschen gesteckten Händen nach Hause stapfen. Er bleibt stehen, als aus einem Wirtshaus schallendes Gelächter heraushallt, und er betrachtet das helle gelbe Licht im offenen Eingang. Er sollte etwas trinken. Er musste etwas trinken. Denn zum Teufel mit all den Kerlen, die größer waren und besser aussahen und deren Gebaren einem Seidenband glich. Nein, zum Teufel mit all den anderen, die sich wegen dieser Goldmenschen zum Affen machten. Nein, zum Teufel mit allen. Mit ihr. Mit ihm. Mit ihnen.

Wir sehen ein junges Paar Arm in Arm dahinschlendern, sie von ihm bezaubert, und er galant, aber distanziert. Sie bleiben vor einem ehrenwerten, aber maroden Gebäude stehen. Alle Fenster nach vorn sind geöffnet, um die Luft der Sommernacht hereinzulassen. Die junge Frau sagt zu dem jungen Mann: »In der Wunderstraße war es netter, aber mehr kann ich mir momentan nicht leisten. Wenigstens ist es sauber.«

Wir sehen einen großen, kräftigen Mann mit einem hellbraunen Anzug aus dem Bühneneingang kommen. Er ist außer Atem, als hätte er pressiert oder etwas Gewaltiges gehoben. Er lächelt den fünf schwarzhaarigen Männern zu, die auf ihn warten.

»Danke, dass ihr gewartet habt. Habt ihr Hunger?«, fragt er.

Die fünf Männer schauen sich an. »Lädtst du ein, Henker?«, fragt einer.

Henker lacht. »Wenn ihr wollt«, sagt er.

Der Kleinste von ihnen sagt: »Mir ist nach etwas zu trinken.«

Seinen Brüdern ist offenbar auch nach etwas zu trinken.

»Dann kommt«, sagt Henker und führt sie aus der Seitengasse auf die Straße hinaus. »Die erste Runde geht auf mich, dann müsst ihr selber zahlen. Ihr wart heute Abend übrigens wirklich bemerkenswert. Habt ihr noch mal geprobt?«

Die Männer grunzen.

Der Größte von ihnen mustert Henker eingehend.

Der Zweitgrößte stößt den anderen mit dem Ellbogen an und macht ein Gesicht, als wolle er sagen: *Schau ihn nicht so an.*

Der Größte schaut weg.

Eine breite Gestalt in einem schwarzen Mantel und einem Hut tritt aus einer Tür und rempelt Henker an, der zu Boden stürzt. Der Kerl grummelt etwas, was sich wie eine Entschuldigung anhört, und hilft Henker auf die Beine. Er will den Schmutz von Henker wischen, doch der verscheucht ihn.

»Alles gut«, sagt Henker. »Passen Sie einfach besser auf, wo Sie hingehen.«

Die schwarze Gestalt tippt sich zum Abschied an den Hut und hastet die Straße entlang.

»... und seien Sie nicht so auffällig«, sagt Henker. Nur einer der fünf Brüder hört ihn, fragt aber nicht, was er damit meint.

Wir sehen zwei Frauen die Straße einer Wohngegend entlangeilen.

Eine bleibt stehen und stützt sich auf die andere.

»Mich zwickt was ganz arg«, sagt sie und öffnet die Schnürsenkel ihres Stiefels.

Sie stehen unter einer Laterne.

Der anderen Frau ist es zu spät, und die Straße ist ihr zu verlassen.

Sie wünscht sich, ihre Freundin würde sich beeilen.

Sie wünscht sich, ihre Freundin würde sich bessere Stiefel kaufen.

Sie senkt den Blick und sieht ihre beiden pummeligen Schatten.

Sie sieht den speergeraden Schatten der Laterne.

Mit dem Blick folgt sie dem Schatten, der bis über die Straße geht.

Dort sieht sie eine zweite Laterne.

Sie sieht einen Mann, der an ihr lehnt, seine Mütze verdeckt die Augen. Er schaut zu Boden.

Sie lässt ihre Freundin die Stiefel knüpfen und geht über die Straße zu dem Mann.

»Warm heute Abend«, begrüßt sie ihn. »Ich kenne ein kühles Örtchen, falls Sie Interesse haben.«

Er schaut nicht auf. Oder macht auch nur die leiseste Bewegung.

»Sie brauchen nicht so schüchtern sein bei mir«, sagt sie.

Sie berührt ihn am Arm.

Er bricht zu ihren Füßen zusammen.

Seine Mütze fällt herunter.

Sie sieht seinen starren Blick, sein dunkles Gesicht und seine heraushängende Zunge.

Sie schreit.

KAPITEL 5

EINE WIEDERBELEBUNG

Das Massaker war zu Ende. Es war rasch und erbarmungslos vonstattengegangen.

Es war nichts mehr übrig.

Der Kaffee war heiß und einladend gewesen, und der Zucker und die Sahne hatten gereicht, bis er den letzten Tropfen aus der Kanne gegossen hatte.

Der Saft – Orangen oder Grapefruit, er hatte ihn zu schnell hinuntergestürzt, um es sagen zu können – war frisch und ohne Fruchtfleisch gewesen.

Die Käse waren ein Geschenk des Himmels gewesen – der süße, buttrige Obatzde und der salzige, scharfe Weislacker. Wo hatte Gregor diese Delikatessen nur aufgetrieben?

Sowohl das gebratene Ei als auch das gekochte Ei waren genau richtig weich gewesen, das Müsli (zwei Schüsseln!) hatte überhaupt nicht wie Sägemehl geschmeckt, und der Joghurt, den er hineingerührt hatte, war weder zu sauer noch zu flüssig gewesen.

Die Brote – die Brote! – hatten warm geduftet, Vollkornbrot, Hörnchen, Laugenstangen, das täglich Brot im Überfluss, dazu süße Butter, gelber Honig und zwei Sorten Marmelade, Himbeere-Minze und Quitte.

Und die ausgezeichneten Wurst- und Fleischwaren würde er nie vergessen: Schlackwurst und frischer Bauernschinken in dicken Scheiben, dazu ein großer Berg Leberwurst.

Der einzige Hinweis darauf, dass es einmal etwas zu essen gegeben hatte, war das leere Geschirr auf dem Tisch, alles blank geschleckt.

Franz war ein neuer Mensch.

Und kaum war er fertig, befürchtete er, seine empfindliche Verdauung endgültig ruiniert zu haben. Für seine Völlerei würde er bezahlen, für seine Schlemmerei, er, der von Rechts wegen ein steifer Leichnam im Keller des Sanatoriums sein sollte, eine Leiche, die darauf wartete, dass sie von ihrer Familie abgeholt wurde.

»Als ob die kommen würden«, sagte Franz und schämte sich dafür, dass er es gesagt hatte. Seine Schwestern würden kommen. Wenn nicht beide, dann wenigstens eine von ihnen, vielleicht würden sie Streichhölzer ziehen ...

Nein, er wollte nicht schlecht von seinen Schwestern denken, dazu hatte er kein Recht.

Sein Vater jedoch ... Es hatte keinen Zweck, einen Gedanken an ihn zu verschwenden.

Franz wollte sich die angenehme Nachwirkung eines so bedeutsamen Mahls nicht verderben.

Gregor hatte ihn mit dem Frühstück geweckt (das für drei Frühstücke gereicht hätte!), mit dem köstlichen Duft und seinem höflichen, rasselnden Hüsteln. Dann hatte er gesagt: »Ich frühstücke woanders. Meine ... Essgewohnheiten sollte ich besser niemanden sehen lassen. Du wirst es mir noch danken.« Dann war er verschwunden. Franz war sich nicht sicher, ob er sich tatsächlich in Luft aufgelöst hatte oder ob er aus dem Zimmer gekrabbelt war, während Franz sich mit einer derartigen Inbrunst auf seine Mahlzeit gestürzt hatte, dass eine Herde unzufriedener Elefanten durchs Zimmer hätte walzen können, ohne dass Franz hätte sagen können, in welche Richtung.

Bis zum Rand mit schwerem Essen angefüllt und ohne sichtbare Gesellschaft (ob nun menschlich oder nicht), fand sich Franz zum ersten Mal, seit er herausgefunden hatte, dass er nicht tot war, in einem Dilemma.

Was sollte er jetzt tun?

Er konnte sich nicht erinnern, wann er sich das letzte Mal vom Bett erhoben hatte, und trotz seiner Verdauungsmüdigkeit hatte er bestimmt keine Lust, wieder ins Bett zu gehen. Aber was dann?

Der Gang. Einen Blick aus seinem Zimmer hinaus. Vielleicht würde er einen anderen Patienten oder jemanden von der Belegschaft sichten. Er wollte es wagen.

Er ging zum Schrank, um seinen Morgenmantel zu holen, und als er ihn anzog, erblickte er sich in dem Spiegel, der an der Innenseite der Schranktür angebracht war.

Er sah aus wie ein Toter. Ein Toter, der gerade gut zu essen bekommen hatte, aber trotz allem ein Toter.

Normalerweise (aber wann war er das letzte Mal wirklich »normal« gewesen?) war er eher hochgewachsen und hager, hatte hohe Wangenknochen, etwas abstehende Ohren, ein kräftiges Kinn und einen Schmollmund, durch die Auszehrung der letzten Wochen allerdings ...

»Schmollmund.«

Dora hatte von seinem »Schmollmund« gesprochen.

»Ich habe keinen Schmollmund«, erinnerte er sich gesagt zu haben, als sie das geäußert hatte.

Darauf hatte sie eine andere Bezeichnung gewählt, aber er hatte immer noch mit ihr darüber gestritten und behauptet, dass er so etwas nicht habe.

Und er hatte geschmollt.

Dora.

Nach dem Hunger spürte Franz nun den nächsten Schmerz: Sehnsucht.

Die Sehnsucht, die er nach Dora empfand, spornte ihn reichlich an, während er sich den Morgenmantel um die Bohnenstangenhüfte band. Er musste ein Telefon suchen. Er legte die Hand auf den Türknauf.

»Sei vorsichtig«, sagte hinter ihm eine trockene Stimme.

Franz drehte sich um. Gregor war wieder erschienen und räumte den Tisch ab.

»Vorsichtig wegen was?«, fragte Franz.

»Allem«, sagte Gregor und stapelte das Frühstücksgeschirr auf das Tablett, »aber vor allem, wenn du dich zeigst.« Er deckte das Tablett mit der Serviette zu und schob es unters Bett.

»Lass das nicht unter dem Bett«, sagte Franz. »Willst du, dass es hier bald wimmelt von ...« Er brach ab. Gregor ließ die Läden hoch.

»Ungeziefer?«, fragte Gregor. »Zu spät.«

»Ich muss mich bei Dora melden«, sagte Franz.

»Vielleicht kommt sie von alleine.«

»Woher soll sie denn wissen, dass ich noch lebe?«

»Woher soll sie wissen, dass es anders ist? Du warst ja nie tot.«

»Aber ich war kurz davor.«

»Wir sind alle kurz davor.«

»Du weißt, wie ich es meine«, sagte Franz. Er rümpfte die Nase. »Bist du das oder ich?«, fragte er.

»Bestimmt wir beide«, sagte Gregor. »Wann hast du das letzte Mal gebadet?«

Franz konnte sich nicht erinnern. »Also ein Grund mehr, aus dem Zimmer herauszukommen.« Er drehte den Knauf und hätte sich fast den Arm ausgekugelt.

Abgeschlossen.

»Es ist abgeschlossen«, sagte er.

»Ich weiß«, sagte Gregor und summte, während er das Bett machte.

»Warum?«, fragte Franz. »Warum haben sie mich hier eingeschlossen?«

»Womöglich haben sie dich gar nicht eingeschlossen, sondern du hast sie ausgeschlossen.«

»Weshalb sollte ich das tun?«

»Keine Ahnung.«

»Könnte schon sein«, sagte Franz und rüttelte ein paar Mal vergeblich am Türknauf. »Heute bist du ziemlich undurchschaubar und nervig.« Er hämmerte gegen die Tür. Es war, als hämmerte er gegen eine Ziegelwand, und die Hand tat ihm weg. Deshalb zog er sich zum Stuhl zurück und setzte sich.

»Wo ist der Schlüssel?«, fragte er.

Gregor klopfte ein Kissen auf. »Schau mich nicht so an, ich habe ihn nicht.«

»Wie bist du raus und rein gekommen?«

»Lass einem Insekt seine Geheimnisse.«

Franz unterdrückte den Drang, den Tisch umzutreten, und riss sich zusammen. Er fragte sich, woher diese plötzlichen, heftigen Gefühlsausbrüche und sein Appetit kamen. Dass er das riesige Frühstück derart hinuntergeschlungen hatte, war ja noch begreiflich, da er seit Monaten kaum einen Happen feste Nahrung zu sich genommen hatte, aber er konnte sich keinen Reim auf die urwüchsige Lust machen, die er verspürte, wenn er sich an Dora erinnerte, oder auf den momentanen bestialischen Drang, Gregor wie den Käfer, der er war, zu zerquetschen.

Das sah ihm gar nicht gleich. Überhaupt nicht.

»Du wirst dich daran gewöhnen«, sagte Gregor.

»Das gefällt mir nicht.«

»Ich habe nicht gesagt, dass es dir gefallen wird, ich habe gesagt, dass du dich daran gewöhnen wirst.«

Franz stand auf und ging im Zimmer auf und ab. »Dann bin ich jetzt also in der Hölle, richtig?«, fragte er. »Ist es das? Ich habe keine Schwindsucht mehr und genug zu essen, aber ich bin in einem Zimmer gefangen mit einem riesigen ... was *bist* du eigentlich genau? Eine Schabe? Ein Käfer? Und sag mir jetzt bloß nicht, dass ich das wissen müsste, weil ich dich erfunden habe ...«

»Ich war mal Geschäftsreisender«, sagte Gregor, »falls das hilft, aber ... nun, du hast ja gemeint, ich soll dir keine Sachen sagen, die du eh schon weißt ...«

Jemand klopfte an die Tür.

»Aber jetzt im Moment solltest du wissen«, sagte Gregor, »dass andere Leute mich vielleicht sehen können, vielleicht auch nicht.«

»Du meinst, das weißt du nicht?«

Das Klopfen hielt an.

»Mir wäre es lieber, du würdest dich irren, wenn du meinst, ich wäre für andere sichtbar«, sagte Gregor etwas leiser. »Ich meine, ich könnte auch gehen, falls dir das angenehmer ist, aber ich kann mein Erscheinen und Verschwinden nicht notwendigerweise kontrollieren, deshalb solltest du am besten nicht mit mir reden, als wäre ich für andere sichtbar, wenn du mich noch sehen kannst, während andere zugegen sind, denn wenn sie mich nicht sehen können, halten sie dich für verrückt.«

»Aber das bin ich doch«, sagte Franz. »Ich bin ganz eindeutig verrückt.«

Das Klopfen wurde energischer.

»Jedenfalls«, sagte Gregor, »besteht keine Veranlassung zu sinnloser Komödie. Sprich mich einfach nicht an, selbst wenn ich etwas zu dir sage.«

»Warum flüsterst du denn?«

»Ich weiß es nicht.«

Franz wandte sich zur Tür um und rief: »Es tut mir schrecklich leid, aber die Tür ist verschlossen, und ich habe keinen Schlüssel.«

Das Klopfen brach ab, der Knauf drehte sich, und die Tür ging auf.

Der Mann, der hereinkam, lächelte Franz an und sagte: »Auf Sie habe ich gewartet.«

KAPITEL 6

EIN BESUCHER

Der Mann, der ganz geschäftig hereinmarschierte, redete ohne Unterbrechung.

»Sie schauen außerordentlich gut aus«, sagte er, »für jemanden, der schon so lange wie Sie an einem solchen Ort ist, was natürlich heißt, nicht so lange wie andere, aber ganz gewiss auch nicht so kurz wie manche, wenn Sie wissen, was ich meine, und wenn nicht: Ich meine die hoffnungslosen Fälle, diejenigen, die hier in der Kiste hinausgehen, wenn ich mich diesbezüglich einmal so unfein ausdrücken darf, und das tue ich recht häufig. Sie sind nicht angezogen. Bin ich zu früh? Manchmal bin ich zu früh. Ich bemühe mich, pünktlich zu sein, aber da ich immer so sehr darauf achte, pünktlich zu sein, bin ich oft früher da, als es gesellschaftlich vertretbar ist, aber das hier ist ja kein Freundschaftsbesuch, auch wenn ich generell versuche, sehr freundschaftlich – freundlich? – zu sein. Wenn Sie gerade beim Anziehen sind, ignorieren Sie mich einfach, ich drehe mich um, auch wenn ich schon alles gesehen habe, freilich nicht von Ihnen, aber Sie wissen, was ich meine, mich bringt nichts in Verlegenheit, noch sollte Ihnen meine Gegenwart peinlich sein, denn wir haben so viel zu besprechen, so viele Einzelheiten zu klären. Das ist ein sehr angenehmes Zimmer, sehr angenehm, und auch noch ganz oben, ich war ja noch nie selber hier, weder als Besucher noch als Patient, toi, toi, toi, ist das Holz? Es ist Holz. Und was für ein schönes. Wenn Sie einen Sommeranzug haben, würde ich Ihnen dazu raten, draußen ist eine Gluthitze, aber ich presche zu sehr voran, Sie kennen mich ja noch gar nicht, woher auch? Hier, meine Karte.« Der Mann zog eine Karte hervor und reichte sie Franz. In geprägten schwarzen Buchstaben stand auf glattem cremefarbenem Grund zu lesen:

BEIDE
Inspektor

»Sie lesen die Rückseite«, sagte Beide.

Franz drehte die Karte um. Auf der Vorderseite standen in geprägten cremefarbenen Buchstaben auf glänzend schwarzem Hintergrund die Worte:

Inspektor
BEIDE

Franz betrachtete den Besitzer der Karte einen Moment lang.

Er war ein aufgeweckter junger Mann, dessen Züge etwas knabenhaft Weiches hatten. Die tiefblauen Augen blickten vergnügt, die Wimpern waren lang. Er trug eine Uniform, die Franz nicht kannte; die roten Paspeln am priesterlichen Kragen und an den schmalen Aufschlägen hoben sich vom schwarzen Stoff ab. Beherrscht wurde die Erscheinung jedoch von einem langen schwarzen Umhang, der an seinen rot gepaspelten Schulterstücken festgesteckt war und zu der eleganten schwarzen, fesch auf dem Kopf sitzenden Mütze passte.

»Inspektor von was?«, fragte Franz.

»Von allem Möglichen«, sagte Beide. »Aber vor allem Verbrechen – Sie können die Karte behalten –, denn so weit ist es gekommen, aber wenn Sie mich fragen, dann war die Welt seit jeher verbrecherisch, und letztlich habe ich deswegen etwas zu tun, habe ich etwas zu tun ...«

»Sind Sie von der hiesigen Polizei, oder ...?«

»Ich komme viel herum, so viel steht fest«, sagte Beide, während er den Schrank aufmachte, »hier und dort und überall, denn Verbrechen gibt es überall, oder sollte ich lieber sagen: das Böse? Tja, *Böse* ist ein eher faules Wort für all das, was in der Welt schlecht läuft, finden Sie nicht auch, genau wie das Wort *schlecht*, würde ich meinen, aber unsere Sprache ist so begrenzt, man muss mit den geläufigen Worten zurechtkommen, so gut es geht ... Ich sehe, Sie haben einen Sommeranzug, ausgezeichnet, und Sie haben ... Ah, die Hemden sind ja alle ganz weiß, tja, da ist man ja schnell eingekleidet, ich meine, weiße Hemden passen ja zu allem, und dieser Schlips würde sich gut mit dem Anzug machen, nun, was ist mit Schuhen? Oder tragen Sie Stiefel?«

Das Ganze hörte sich ungefähr so an, als lausche man einem Hobbymusiker, der sich auf der Flöte warm spielte, jedoch auf einer kräftigen, penetranten Flöte, die einen krassen Gegensatz zu Gregors Stimme bildete.

Er wandte sich nach Gregor um in der Annahme, er sei wieder verschwunden, doch er war noch da, stand in der hintersten Ecke und winkte ihm mit einem Beinchen zu.

»Denk dran, dass du nicht mit mir sprichst«, sagte Gregor. »Außerdem weiß ich sowieso nicht, was das alles soll.«

Franz richtete seine Aufmerksamkeit wieder auf Beide, der vor ihm stand und ihm Anzug und Hemd hinhielt.

»Stimmt etwas nicht?«, fragte Beide.

»Ich glaube, Sie haben sich im Zimmer geirrt«, sagte Franz und gab ihm die Karte zurück.

Beide legte die Kleidungsstücke auf das Bett und nahm die Karte. »Kafka, Franz, aus Prag. Vierzig Jahre alt«, sagte er. »Obwohl ich Sie auf dreißig, höchstens fünfunddreißig schätzen würde.«

»Ja. Ich bin Kafka.«

»Ich weiß. Das waren keine Fragen. Sind Sie sicher, dass Sie die Karte nicht behalten wollen? Die könnte mal ganz praktisch sein. Als Lesezeichen vielleicht, wenn Sie etwas lesen und das Buch schnell weglegen müssen, weil es an der Tür klingelt. Oder als Bierdeckel?«

»Was wollen Sie?«, fragte Franz.

»Eine Million Sachen«, sagte Beide und rauschte weiter durchs Zimmer, »aber, bitte, wollen Sie sich nicht anziehen? Nicht, dass Sie mit dem Morgenmantel nicht präsentabel wären, es ist nur ... ach, machen Sie doch, wie Sie möchten, ich will ja, dass es Ihnen bequem ist, denn das, was ich Ihnen gleich sagen werde, könnte etwas unbequem für Sie sein, auf indirekte Weise, auch wenn es Sie tiefgreifender betreffen könnte, Sie bis ins Mark erschüttern könnte, wenn Sie so wollen, und damit meine ich, dass das, was ich Ihnen erzählen werde, für Sie so grausig sein könnte, dass ... aber ich muss mich beeilen, es gibt so viele Fakten, und mit Fakten meine ich Charakteristika der Situation oder *Situationen*, denn inzwischen sind es ja so viele, aber ich hoffe, Sie werden erkennen, dass sie alle miteinander zusammenhängen, und die Verbindung zwischen ihnen, Herr Kafka, diese Verbindung wird, so hoffe ich, Ihnen gestatten zu erkennen, dass, falls möglich, Hoffnung besteht, alles zu einem hübschen kleinen Päckchen zusammenzuschnüren, sodass wir handeln können.«

Franz setzte sich benommen hin. Er hatte Beide nur zu einem Teil folgen können, doch hatte er das Gefühl, dass eine Kraft ihn dazu zwang, diesem eigentümlichen kleinen Mann ungeachtet der Angst, die ihn beschlich, seine Aufmerksamkeit zu schenken.

»Na gut«, sagte Franz.

»Erst Hose, oder erst Socken und Schuhe?«, fragte Beide.

»Wie bitte?«

»Ihre Gewohnheit«, sagte Beide. »Manche ziehen erst Socken und Schuhe an und ziehen die Hose dann darüber.«

»Weshalb sollte man das tun?«

»Falls es brennt.«

»Erst das Hemd«, sagte Franz und schüttelte seine Benommenheit ab, und Beide reichte es ihm.

»Interessant«, sagte Beide. »Sehr interessant. Sehr eigen. Den Rest überlasse ich Ihnen. Also, fangen wir an. Der Anfang stellt einen immer wieder vor ein Rätsel, finden Sie nicht auch?«

»Fangen Sie vorn an«, schlug Franz vor, während er sich anzog. Er konnte dem Mann den Gefallen ja mal tun, und vielleicht war die Geschichte, die er zu erzählen hatte, sogar ganz unterhaltsam.

»Ausgezeichnet«, sagte Beide mit strahlenden Augen. »Wusste ich doch, dass ich zum Richtigen gekommen bin. Na gut. Der Anfang. Der eigentliche Anfang, so ist meine Überzeugung, geht dem Anfang voraus, auf den ich mich beziehen werde, denn ich gehe davon aus, dass diese Sache ihre Wurzeln tief in Geschichten und Verhältnissen hat, die jenseits unserer Kenntnis oder unserer Zugriffsmöglichkeiten liegen. Doch wenn es um die Frage geht, weshalb ich hier bin, nun, bei Ihnen, und eine so köstliche einseitige Unterhaltung führe, dann fängt der Anfang vor zwei Monaten an, und zwar mit dem Mord an mehreren Personen.«

Beide hielt inne, um Luft zu holen und seine Worte wirken zu lassen.

KAPITEL 7

IMMER DIESELBE TOTENLEIER

»Morde?«, fragte Franz.

»Ja. Und zwar am zehnten April.«

Das Datum kitzelte Franz' Erinnerung aus irgendeinem Grund. »Reden Sie weiter.«

»Am zehnten April«, sagte Beide, »wurde die Leiche von Ulla Stach, einundzwanzig Jahre alt, in ihrer Wohnung in Rannersdorf gefunden. Fräulein Stach wurde am Morgen von ihrer Mutter entdeckt. Die Todeszeit wurde auf etwa zwischen Mitternacht und ein Uhr morgens ermittelt. Kennen Sie Rannersdorf?«

»Das könnte ich jetzt nicht behaupten.«

»Es gehört zu Schwechat. Kennen Sie sich in Schwechat aus?«

Franz zögerte. »Warum fragen Sie das?«

Beide lächelte. »Ich möchte herausfinden, ob Sie sich auskennen. Der Ort ist, wie ich glaube, wichtig.«

Franz zog seine Strümpfe an. »Ja«, sagte er. »Ich kenne Schwechat. Es liegt südlich von Wien, glaube ich. Der Fluss fließt durch. Ich habe einmal einen Ausflug dorthin gemacht. Auf dem Wasser. Wir – die Leute, mit denen ich den Ausflug gemacht habe, und ich – sind mittags in einer Gaststätte eingekehrt. Viel mehr weiß ich nicht darüber. Schien ganz nett zu sein.«

»So ist es«, sagte Beide, »und vielen Dank, dass Sie mir mehr Informationen gegeben haben als nötig, Sie geben einen ausgezeichneten Verdächtigen ab.«

Franz, mit dem Schuh in der Hand, stockte. »Ist es das?«, fragte er. »Sie verdächtigen mich, diese junge Dame ermordet zu haben?«

»Verdächtiger zu sein ist keine Schande. Nun bitte, Sie reagieren etwas vorschnell«, sagte Beide und lachte. »Warten Sie. Haben Sie etwas Geduld. Ich habe ja kaum angefangen.«

»Sie machen mich nervös.«

»Das ist nicht meine Absicht. Vielmehr glaube ich, dass meine Haltung und mein Benehmen äußerst angenehm sind.«

»Genau das macht mich nervös.«

»Fahren wir fort: Ulla Stach, tot. Die Obduktion besagt, dass sie erdrosselt wurde. Und nicht einfach nur erdrosselt, stellen Sie sich vor, sondern mit einem dicken Seil erdrosselt. Gar mit einer Henkerschlinge, wie der Gerichtsmediziner meinte, der, wie mir gesagt wurde, aufgrund seiner Arbeit im Gefängnis in jungen Jahren mit derlei Dingen einige Erfahrung hat.«

»Das Mädchen hat sich erhängt. Selbstmord. Hat sie eine Nachricht zurückgelassen, in der sie Gründe nennt, weshalb sie so etwas Schreckliches getan hat?«

»Ach, ich wusste doch, dass Sie so reagieren würden. Sie stellen hervorragende Fragen«, sagte Beide und konnte seine Freude kaum verbergen.

»Ich habe nur *eine* Frage gestellt«, sagte Franz und knüpfte sich die Schuhe.

»Das haben Sie. Ach. Nun, denn. Selbstmord. Wenn das der Fall wäre, dann hätte man sie am Seil hängend gefunden.«

»Ich nehme an, dass das nicht der Fall war.«

»Sie treffen den Nagel auf den Kopf. Und doch gab es Hinweise darauf, dass ein Strick benutzt wurde, nicht nur an ihrem Hals, sondern auch an dem breiten Balken in ihrem Zimmer, unter dem sie gefunden wurde. Und um Ihre Frage zu beantworten: nein. Sie hat keine Nachricht hinterlassen.«

»Machen Sie weiter. Mir ist so, als hätten Sie von Morden gesprochen, im Plural.«

»Das habe ich auch. Ulla Stach war, soweit wir wissen, der erste Selbstmord, der kein Selbstmord war.«

»Wer war der zweite?«

»Walter Wilhelm.«

Franz, der gerade seine Weste knöpfte, hielt inne. »Aha«, sagte er. »Also ist Wilhelm ... der zweite.«

Er hörte, dass Gregor ein Kichern unterdrückte, sah zu ihm hinüber, wie er gerade hastig ein Bein vor das hielt, was sein Mund sein könnte, falls man das wirklich einen Mund nennen konnte. »Entschuldigung«, flüsterte er, und Franz fragte sich, warum er flüstern musste, wenn Franz doch der Einzige war, der ihn hören konnte.

»Ja«, sagte Beide, »Wilhelm, der zweite. Sehr schlau. Und nun vermute ich, Sie finden das alles viel zu lächerlich.«

»Über den Punkt bin ich hinaus«, sagte Franz. »Machen Sie weiter. Walter Wilhelm. Ebenfalls in Rannersdorf?«

»Nein, in Mannswörth, aber ebenfalls in Schwechat.«

»Verstehe.«

»Herr Wilhelm war ein halbwegs wohlhabender Händler von fünfundfünfzig Jahren – das heißt, er war fünfundfünfzig Jahre alt, als seine Leiche gefunden wurde, aber er war nicht so lange im Geschäft. Wie dem auch sei, Familienangehörige haben ihn eines Morgens in seinem Arbeitszimmer liegen sehen, fünf Tage nach dem Tod von Ulla Stach. Sämtliche Details erinnerten an den Fall von Fräulein Stach: Der

Zeitpunkt des Todes konnte zwischen Mitternacht und ein Uhr morgens ermittelt werden, Hinweise auf Strangulation mit einem dicken, schweren Seil, wie man es bei einer Hinrichtung verwenden würde, aber keine Spur des Stricks. Und kein Abschiedsbrief.«

»War bekannt, ob Fräulein Stach oder Herr Wilhelm an Schwermut litten?«, fragte Franz.

Beide strahlte ihn an. »Sie sind unglaublich gut. Sie wissen einfach, welche Fragen Sie stellen müssen. Nein, Herr Kafka, keiner von beiden hatte einen Hang zur Schwermut, noch hatten sie jemals gegenüber irgendjemandem den Wunsch geäußert, sich das Leben zu nehmen.«

Franz dachte darüber nach. »Ich vermute, dass nicht jeder Selbstmörder seinen Wunsch vorher zwingend ausplappern muss«, sagte er. »Je weniger man darüber spricht, desto besser, oder? Ich meine, wenn man es wirklich darauf abgesehen hat, sich das Leben zu nehmen, will man die Leute doch nicht alarmieren, dass sie einen bewachen und sich Sorgen um einen machen. Oder spinne ich mir da gerade etwas zusammen?«

»Drei Tage nach Walter Wilhelm ... Emmanuel Buchner«, sagte Beide.

»Wie alt?«

»Zweiunddreißig.«

»Beruf?«

»Verwalter.«

»Wieder in Schwechat?«

»Ja.«

»Und dieselben ...«

Beide nickte. »Alle Einzelheiten gleich wie bei Stach und Wilhelm.«

Franz ging zu seinem Waschbecken und suchte die Pomade, die er seit über sechs Wochen nicht mehr benutzt hatte. Hatte man sie weggeworfen? Gregor reagierte sofort auf seine suchenden Blicke und schob ihm die Dose hin. *Hoffentlich hat Beide das nicht gesehen*, dachte Franz.

»Drei Morde, die alle aussehen sollten wie Selbstmord, in weniger als vierzehn Tagen«, sagte Franz.

»Fünf.«

Franz hielt mit halb verteilter Pomade im Haar inne. »Wie bitte?«

»Fünf«, sagte Beide. »Der vierte zwei Tage nach Buchner, und der fünfte am Tag danach.«

Franz legte seine Bürste hin, wandte sich vom Spiegel ab und Beide zu. »Das ist ungeheuerlich.«

»Ja«, sagte Beide.

»Schwechat muss inzwischen ja in heller Aufregung sein.«

»Eine ziemlich panische Aufregung.«

»Das bezweifle ich nicht. Schließlich war da ein Irrer unterwegs.«

»So machte es den Eindruck.«

»Machte?«

»Tut es immer noch, doch momentan ist es nur eine Spekulation von vielen, denn es kommen immer weitere hinzu, je höher die Opferzahl steigt.«

»Steigt? Inspektor, wie viele Menschen sind denn auf diese Weise umgekommen?«

Beide lächelte nicht mehr.

»Stand heute Morgen, Herr Kafka«, sagte Beide, »sind es dreiundzwanzig.«

Eigentlich war es nicht Franz' Art, erstaunt zu pfeifen, aber in diesem Fall pfiff er.

»Ja, Herr Kafka«, sagte Beide und wiederholte das Pfeifen.

Und in diesem Moment fiel bei Franz der Groschen bezüglich des zehnten Aprils. »Ich war es nicht«, sagte er und spürte, wie ihm das Frühstück allmählich hochkam. Zitternd stand er auf. »Kein einziger der Morde«, sagte er und wurde vor Furcht lauter. »Mein Gott, wie können Sie mich verdächtigen ... wie kommen Sie nur dazu zu glauben, ich könnte mit einem der Tode etwas zu tun haben, geschweige denn mit allen dreiundzwanzig? Mensch, ich war doch hier in diesem Sanatorium ...«

»Seit dem zehnten April«, vollendete Beide ruhig seinen Satz. »Ja, ich weiß, Herr Kafka. Am Donnerstag, den zehnten April 1924, haben Sie sich hier aufnehmen lassen, kurz nach Mittag. Man hat Sie direkt in dieses Zimmer gebracht.«

»Ich war ungeheuer ...«

»... krank. Ja, ich weiß.«

»Würden Sie mich bitte wenigstens einen einzigen Satz ...«

»... zu Ende bringen lassen? Bitte beruhigen Sie sich, Herr Kafka – ich würde mir wünschen, ich dürfte Franz zu Ihnen sagen –, man hält Sie ja nicht für den Urheber dieser Verbrechen.«

»Ich bin kein Verdächtiger?«

»Nein.«

»Wer sonst ...«

»... wird von uns verdächtigt?«

»... hat Sie zu mir geschickt? Ich habe Sie darum gebeten, mich meine Sätze zu Ende bringen zu lassen.«

»Das ist eine schwierige Frage. Darf ich später darauf antworten?«

»Es ist zum aus der Haut Fahren. Dreiundzwanzig Morde in Schwechat, und Sie sind hier, in Kierling, und führen einen Mann, der eben erst – weiß Gott, auf welche Weise – eine tödliche Krankheit überstanden hat, an der Nase herum.«

»Nur fünf der Morde ereigneten sich in Schwechat«, sagte Beide. Er ließ seinen Umhang wehen und setzte sich elegant auf den Stuhl.

»Wo fanden die anderen statt?«, fragte Franz. *Bitte sag*

jetzt nicht, in einem Radius von einer Meile um das Sanatorium, dachte er.

»Ich glaube«, sagte Beide, »jetzt wäre ein guter Zeitpunkt, um den Hängekünstler vorzustellen. Bitte, entspannen Sie sich. Nehmen Sie Platz.«

Das vermochte Franz nicht. »Der Hängekünstler?«, fragte er.

»Ja«, sagte Beide. »Der Hängekünstler.«

KAPITEL 8

EIN HÄNGEKÜNSTLER

»Ja?«, fragt Henker.

Die Tür zu seinem Wohnzimmer öffnet sich. Eine eindrucksvolle Frau tritt ein, die ihr gefärbtes Haar in dem Spinnwebstil aufgetürmt hat, der vor fünfzehn Jahren in Mode war.

»Ein Herr möchte Sie sprechen, Herr Henker«, sagt sie. Henker merkt, dass es ihr Freude macht, den Besuch anzukündigen. Trotzdem muss er sie fragen.

»Wieder ein Polizist?«, fragt er.

»Nein«, sagt die Frau, und mit ihrer Haltung versteift sich auch ihr Korsett. »Herr Spindler.«

Aha. Henker denkt sich: *Wird auch Zeit*, doch er spielt mit ihr.

»Spindler, Spindler ...«, sagt er und tut so, als grabe er tief in seiner Erinnerung.

Die Frau kann nicht mehr an sich halten, lässt allen Anstand fahren.

»*Max* Spindler«, sagt sie.

»Natürlich«, sagt Henker. »Selbstverständlich, Frau Alt, führen Sie ihn herein.«

Frau Alt geht hinaus.

Henker nimmt auf dem verschlissenen Sofa eine zwanglose Haltung ein. Er greift zu einer Zeitung vom Vortag und gibt vor zu lesen.

Frau Alt führt einen wohlhabend aussehenden Herrn herein. Sie deutet einen Knicks an, schaut kurz zu Henker hinüber und geht hinaus, schließt die Tür hinter sich.

Max Spindler legt seinen Hut ab. »Guten Tag, Herr Henker.«

Henker erwidert den herzlichen Gruß.

Spindler zeigt auf den Stumpen in seinem Mund. »Stört Sie das?«

»Nicht, wenn Sie noch eine haben und gerne teilen«, sagt Henker, während er die Zeitung zur Seite wirft.

Spindler zieht eine Zigarre aus seiner Brusttasche.

Henker nimmt sie dankbar entgegen.

Spindler bietet Henker seinen Zigarrenschneider an.

Henker schneidet seine Zigarre an.

Spindler gibt Henker Feuer.

Henker bewundert das Feuerzeug. »Gold«, sagt er.

»Blattgold«, verbessert Spindler. »Die schönen Dinge des Lebens, Herr Henker, müssen nicht protzig und unpraktisch sein. Ja?«

Henker nickt und pafft.

»Sie wissen, wer ich bin?«, fragt Spindler.

»Natürlich. Sie wurden mir ja angekündigt.«

»Ich meine ... Sie wissen, *wer* ich bin.«

Wieder nickt Henker und lächelt. »Wer im Theatergewerbe wüsste nicht, wer Max Spindler ist? Wollen Sie sich nicht einen Stuhl nehmen? Ich habe Sie erwartet.«

Spindler zieht die Augenbrauen bis zum Anschlag in die Glatze hoch. »Tatsächlich?«, fragt er und setzt sich.

»Das ist schlicht der natürliche Lauf der Dinge«, sagt Henker. »Will heißen: Natürlich für meine bestimmte Laufbahn, denn eine Sensation in einem Kaff wie Schwechat ist eine Sache, doch der Wechsel von der Traumhalle zur größten Varieté-Bühne Wiens – innerhalb von vierzehn Tagen – ist etwas anderes. Und noch ist die erste Juniwoche nicht vorbei. Ich sage das mit einiger Zuversicht, denn außerdem habe ich auch mit dem Vertrag gerechnet, der sich in der rechten Innentasche Ihres Mantels befindet, Herr Spindler.«

Spindler setzt eine verschlagene Miene auf, greift in die rechte Innentasche seines Mantels und zieht einen zusammengefalteten Vertrag heraus.

»Man hat mir gesagt, dass Sie ein verblüffender Kerl sind«, sagt Spindler und reicht Henker den Vertrag. »Und auch ein umgänglicher Klient.«

Henker liest ungerührt den Vertrag, derweil das kleine Zimmer in Zigarrenrauch eingehüllt wird.

Spindler fallen auf dem Tisch zwei Tassen auf. »Ist Frau Henker zu Hause?«, fragt er.

Henker folgt seinem Blick zu den Tassen, lächelt und setzt dann die Lektüre des Vertrags fort. »Es gibt keine Frau Henker, nur ein Fräulein Henker. Meine Schwester.«

»Ah. Es würde mich freuen, sie kennenzulernen.«

»Bestimmt, irgendwann. Gerade ruht sie sich aus. Und bevor Sie weitere Fragen stellen, ihr ist unwohl. Nicht krank, unwohl. Ihr ist oft unwohl. Und deshalb ruht sie sich oft aus. Hier steht, dass ich einen Bonus bekomme, wenn ich nächste Woche anfange. Wie hoch ist der Bonus?«

»Ich persönlich finde«, sagt Spindler, »dass dies eine hohe Summe für einen Künstler ist, egal ob er nun schon einen Namen hat oder nicht. Aber Ihre Nummer – falls Sie es eine Nummer nennen ...«

»Nennen Sie es, wie Sie wollen«, sagt Henker.

»... ist es wert.«

»Keine Fragen?«

»Was betreffend?«

»Meine Nummer.«

»Sie meinen die Sache mit der Polizei?«

»Ja.«

Spindler hält nur ganz kurz inne und sagt dann: »Nein.«

Henker schlägt die Beine übereinander und fächert sich mit dem Vertrag Luft zu. »Freut mich zu hören«, sagt er. »Das ist bloß ein sehr unglücklicher Zufall. Dann haben Sie also keine Bedenken?«

»Ich verstehe die Frage nicht.«

»Wegen dem, wie meine Kunst beschaffen ist«, sagt Henker und stellt sicher, dass er das Wort »Kunst« betont.

»Ich weiß drei Dinge sicher, Herr Henker«, sagt Spindler. »Erstens: Was immer Sie da machen, es füllt den Saal, und ich muss neunhundert Plätze vollkriegen – neunhundertdrei, um genau zu sein. Zweitens: Sie haben das Potenzial, international Furore zu machen, und daran wäre ich gern beteiligt.«

»Und was ist das Dritte, was Sie wissen?«

»Nichts wird Sie davon abhalten, dieses Potenzial zu erkennen.«

Henker lächelt. »Das mag stimmen«, sagt er.

»Lediglich ein Vorbehalt«, sagt Spindler.

»Ja?«

»Zwei Vorstellungen am Tag.«

Henker überfliegt den Vertrag und entdeckt die Klausel.

»Ja, hier steht es«, sagt er. »Sie wollen, dass ich zweimal pro Tag sterbe.«

»Sozusagen. Ist das ein Problem?«

»Die linke Innentasche Ihres Mantels, Herr Spindler«, sagt Henker und streckt die Hand aus.

»Meine was?«

»Ihren Füller, bitte.«

Spindler reicht ihm den Füller. Henker unterzeichnet den Vertrag.

»Sie haben meine Frage nicht beantwortet«, sagt Spindler. »Ist zweimal am Tag ein Problem?«

Henker gibt ihm Füller und Vertrag zurück. »Ich hätte nicht unterschrieben, wenn ich der Meinung gewesen wäre, dass es ein Problem wäre«, sagt Henker. »Nein, Max – und ich werde Sie Max nennen –, genau das habe ich gehofft.«

KAPITEL 9

EIN APPELL

»Und die Leute zahlen, um sich das anzuschauen?«, fragte Franz, nachdem er Beides Beschreibung der Vorstellung des Hängekünstlers aufmerksam gelauscht hatte.

»Abend für Abend«, sagte Beide. »Rammelvoll.«

»Nur noch Stehplätze, was?«

»Henker gestattet keine Stehplätze.«

Franz wagte einen Blick zu Gregor hinüber, der seinen unförmigen Rumpf nun flach auf den Boden gelegt hatte.

»Ich würde zahlen, um es mir anzuschauen«, sagte Gregor.

»Damit ich das richtig verstehe«, sagte Franz zu Beide. »Dieser Mann, dieser Niemand, der sich Hans Henker nennt, geht auf die Bühne, spielt eine Grammophonplatte ab und hält einen kleinen Vortrag über die Geschichte des Tötens ...«

»Nein, die Geschichte des Hinrichtens«, korrigierte Beide.

»Dann holt er einen Strick heraus ...«

»Aus Seide.«

»Ja, schon gut, einen Seidenstrick, legt ihn sich um den Hals, wirft das andere Ende in die Luft – so haben Sie es mir doch beschrieben, oder?«

»In die Luft, ja. Das alles ist tatsächlich sehr elegant.«

Franz versuchte weiter, sich die Szene vorzustellen. »Das Seil windet sich von selbst um den Galgen«, sagte Franz, »Henker steigt auf einen Stuhl, zieht die Schlinge enger um den Hals, tritt den Stuhl beiseite, und zack, es bricht ihm das Genick, die Platte ist zu Ende, alles schweigt, und er baumelt da einfach, tot.«

»Und dann schließt sich der Vorhang«, sagte Beide.

»Unter stürmischem Applaus.«

»Eigentlich unter gar keinem Applaus. Das Publikum kann gar nicht glauben, was es gerade gesehen hat.«

»Es muss doch wissen, dass es ein Trick ist.«

»Das sollte man meinen. Trotzdem macht es etwas mit einem«, sagte Beide und rieb sich das glatte Kinn, während er irgendwo über Franz' Kopf nach den richtigen Worten suchte. »Es erschüttert einen. Sie müssten dort sein, um die Wirkung dieser Vorstellung – wenn man es so nennen kann – auf sämtliche Männer, Frauen und Kinder im Zuschauerraum zu erleben.«

»Du meine Güte«, sagte Franz, »Kinder sehen sich das auch an?«

»Das sollen sie eigentlich nicht, aber irgendwie witschen sie doch hindurch. Sie verkleiden sich als Erwachsene. Normalerweise erkennt das Personal sie, aber ein paar schlüpfen ihnen immer durch.«

Gregor sagte vom Boden her: »Vergiss nicht die Freiwilligen.«

»Das stimmt«, sagte Franz.

»Was stimmt?«, fragte Beide.

Franz ermahnte sich zur Vorsicht mit Gregor. »Die Freiwilligen«, sagte er. »Einer pro Vorstellung.«

Beide nickte. »Und es sind auch keine Schwindler. Er fragt, ob jemand auf die Bühne kommen möchte, um Strick und Schlinge zu begutachten, um ihn abzuklopfen, ob er

Haken oder Klammern oder weiß Gott was alles hat. Er verhält sich gerade so wie ein typischer drittklassiger Zauberkünstler.«

»Und es melden sich jedes Mal Freiwillige?«

»Sie sollten sehen, wie die Hände nach oben fliegen, wenn er fragt«, sagte Beide. »Ich weiß nicht, ob aus morbider Neugierde heraus oder aus einer Faszination für das Makabre oder wegen Henkers Tonfall oder der Musik oder wegen einer Kombination aus allen diesen Dingen, aber alle wollen unbedingt diesen Strick anfassen, und *ihn*. Selbst ich, nachdem ich nach dem sechsten Mord eine Vorstellung besuchte, habe erlebt, wie ich regelrecht Luftsprünge gemacht habe, weil ich wollte, dass Henker mich erwählt.«

Beide schüttelte die Erinnerung an sein Benehmen ab, die ihm im Gesicht abzulesen war. Franz spürte sogleich, dass seine kleinkindlichen Züge stattdessen von einer gewissen Härte konturiert wurden, und meinte einen Moment lang, Beide würde sich auf irgendeine Weise von innen heraus verändern. Doch diese Beobachtung entglitt ihm augenblicklich, als Beide von seinem Stuhl aufsprang und federnd und sonnig im Zimmer auf und ab ging.

»Das sind sie also«, sagte Beide. »Die parallelen Phänomene. Es gibt exakt zu dem Zeitpunkt Tote, wenn der Hängekünstler mit seinen grotesken Vorstellungen anfängt, erst in Schwechat, dann in Wien ...«

»In Schwechat gibt es ein Varieté?«, fragte Franz.

»Ein winziges Ding«, sagte Beide. »Kaum mehr als ein Flur mit einer Bühne auf einer Seite, da haben keine siebzig Leute Platz. Jetzt, in der Traumhalle, wo dreihundert Leute reinpassen, da erreicht er natürlich viel mehr Publikum.«

»Und Sie glauben, dass er der Mörder ist«, sagte Franz.

Damit dämpfte er Beides Schwung. Er wandte sich zu Franz um, sah ihm direkt in die Augen und sagte: »Es wäre herrlich, wenn es so einfach wäre. Alle haben das gedacht: Der Hängekünstler kommt, man findet Erhängte. Passt. Man hat Henker verhört. Er versicherte, dass er mit den Todesfällen nichts zu tun hatte, kannte keines der Opfer und hatte keinen Grund, sein Publikum zu ermorden, wie er es ausdrückte. Das ist ein Sonnenknabe, das kann ich Ihnen sagen: gut aufgelegt, umgänglich, offen ... ganz wie Vetter Karl – und jeder hat so einen Vetter Karl –, diesen einen nicht weiter bemerkenswerten Verwandten, der leutselig, freundlich und ohne in der Erinnerung haften zu bleiben durchs Leben geht. An dem Kerl ist nichts Auffälliges. Davon abgesehen existieren keinerlei Beweise, dass er mit einem der Morde etwas zu tun hatte. Nicht die geringste Spur. Wir haben ihn beschattet. Wir haben ihn durchsuchen lassen, unauffällig, von einigen unserer besten Taschendiebe.«

Beide zählte die Fakten an den Fingern mit. »Er hat für alles ein Alibi. Zum Theater wird er immer von mindestens einer Person begleitet. Danach kehrt er immer in Gesellschaft zu seiner Unterkunft zurück. Er lebt nicht einmal alleine, sondern zusammen mit seiner Schwester Mathilde, die behindert ist. Er isst in Bierhallen zu Abend oder beim gemeinschaftlichen Essen in seiner Pension, in der lauter Künstler und Schauspieler wohnen. Und den Strick hat er nie bei sich. Er bringt ihn nicht ins Theater. Er nimmt ihn nicht mit nach Hause. Soweit wir feststellen konnten – und wir haben uns alle Mühe gegeben, uns darüber Klarheit zu verschaffen –, hat Henker den Strick nur dann in der Hand, wenn er damit auf der Bühne agiert!«

Franz hustete. Erst dachte er sich nichts dabei, doch dann erinnerte er sich an das Hüsteln von vor ein paar Jahren, mit dem es angefangen hatte, das ... was? Beinahe hätte er »sein Tod« gedacht, doch sein Tod war gar nicht eingetreten.

Und dieses eine Hüsteln nach Beides Litanei über die Maßnahmen, die gegen diesen lächerlichen, grotesken Henker ergriffen worden waren, hatte ... was zu bedeuten?

Vielleicht war es einfach nur ein Hüsteln.

Er sah Beide an, der anscheinend erwartete, dass er etwas sagte.

»Ich verstehe, weshalb Sie glauben, ich könnte diese Leute ermordet haben«, sagte Franz. »Ich weiß, dass ich in Gesellschaft eine ... ungewöhnliche Figur abgebe, um es mal so auszudrücken, und meine wenigen veröffentlichten Werke« – er zog eine Augenbraue nach oben und betrachtete Gregor, der versuchte, den Schmutz abzuwischen, der sich auf seinem Panzer angesammelt hatte – »gehören nicht zur herkömmlichen Art von Literatur, und man könnte meinen, sie entstammten dem Gehirn eines abnormalen Menschen ... und ich gebe zu, dass es ein gar zu passender Zufall ist, dass ich mich genau an dem Tag in diese Heilanstalt eingewiesen habe, als man das erste Opfer gefunden hat, diesen Zufall kann man nicht übersehen ... nun ... Ich habe kein Alibi für die Zeit danach. Ja, ich war hier, in meinem Zimmer, oder manchmal auch draußen auf dem Wandelgang, weil ich vergeblich versucht habe, meiner mitgenommenen, entzündeten Lunge eine Gelegenheit zur Heilung oder den Schmerzen eine Pause zu verschaffen ... Doch die meiste Zeit hing ich herum. Zu schwach, um Nahrung aufzunehmen. Am Ende bin ich verhungert ... Doch das Ende kam nicht. Jetzt bin ich hier und spreche mit Ihnen, denke, fühle, esse, bin auf wundersame Weise geheilt ...«

Dann kam Franz der Gedanke, dass er seinen vorschnellen Mund halten sollte. Doch er tat nichts dergleichen. Er sah Beide durchdringend an, und sein Körper wurde von neuerlicher Panik gepackt.

»Natürlich!«, sagte Franz. »Mir geht es bestens! Die letzten Monate – Sie halten das für vorgespielt! Natürlich tun Sie das! Denn schließlich wurde ich nicht die ganze Zeit beaufsichtigt, niemand hat vierundzwanzig Stunden auf mich aufgepasst, es gab große dunkle Flecken in der Zeit, wo ich keine Besucher empfing, keine Behandlung hatte, wo nicht einmal jemand hereingeplatzt ist, weil er sich im Zimmer geirrt hat. Zu nachtschlafender Zeit hätte ich aus dem Zimmer huschen können, zu einem der von Ihnen genannten Orte fahren und meine Schandtaten vollbringen können. Und noch vor Morgengrauen wäre ich zurück gewesen, ohne dass es jemand gemerkt hätte! Und nun tauchen Sie bei mir auf, Sie Genie, Sie statten mir aus unerfindlichen Gründen einen netten Besuch ab und halten mich trotz meiner wiederholten Fragen zum Narren. Kommen Sie endlich zur Sache, Mann! Sie sind hier, um mich wegen dieser Verbrechen zu verhaften! Dann machen Sie es doch schon!«

Beide lächelte nicht und zeigte keine Regung außer etwas, das als ein leiser Anflug milden Mitleids interpretiert werden konnte.

»Sie stellen sich überzeugend als einen geistesgestörten Mörder dar, Herr Kafka«, sagte Beide. »Von daher gehe ich davon aus, dass es Sie beruhigen würde, wenn Sie erfahren würden, dass Sie trotz allem, was ich Ihnen über den Hängekünstler erzählt habe, der Hauptverdächtige sind. Aber wie ich schon sagte, der sind Sie nicht. Ich bedaure, dass ich Ihnen diese Beruhigung nicht verschaffen kann.« Er hielt inne. Ging auf Franz zu, und sein freundliches Lächeln kehrte zurück. »Was ich Ihnen anbieten kann«, sagte er, »ist ein Auftrag.«

»Ein Auftrag?«, fragte Franz.

»Ein enorm wichtiger Auftrag. Tatsächlich handelt es sich eher um einen Appell.«

»Ein Appell?«

»Ich flehe Sie an«, sagte Beide, »diese Verbrechen aufzuklären.«

KAPITEL 10

EINE VERWANDLUNG

Franz bat Beide, seinen letzten Satz noch einmal zu wiederholen, und dieser tat ihm den Gefallen.

»Ich bin selber schuld, ich hätte gleich fragen sollen, wer Sie darauf angesetzt hat«, sagte Franz.

»Wie bitte?«, fragte Beide.

»Das ist ein gigantischer Streich«, sagte Franz. »Ich habe es von Anfang an gespürt, gleich als Sie zur Tür hereinkamen. Wer hat sich diesen Scherz ausgedacht? Löwy? Brod? Weltsch? Werfel kann es nicht sein. Ich glaube nicht, dass der überhaupt weiß, was ein Scherz ist.«

»Das ist kein Streich, Franz«, widersprach Beide.

»Ich habe Ihnen nicht gestattet, mich mit dem Vornamen anzureden«, sagte Franz.

»Herr Kafka, niemand spielt Ihnen einen Streich«, sagte Beide, und das Funkeln in seinen Augen verblasste. Stattdessen war dort eine Wolke zu sehen, und diese Veränderung fand Franz beunruhigend. »Ich meine es bitter ernst«, sagte der Inspektor. »Sollte mein Verhalten Ihnen einen anderen Eindruck vermittelt haben, dann entschuldige ich mich.«

»Na gut«, sagte Franz. »Und wer gibt Ihnen die Vollmacht, mich als Helfer zu rekrutieren?«

»Wie bitte?«

»Ich habe Ihnen bisher geglaubt, dass Sie ein Inspektor sind. Aber für wen arbeiten Sie? Sind Sie bei der Wiener Polizei?«

Beide wurde kleinlaut und fingerte an seinem Umhang herum.

»So leicht lassen wir uns nicht zuordnen«, sagte er auf eine Weise, die Franz bedeuten sollte, dass er hoffte, das Thema sei damit erledigt. Doch Franz blieb hartnäckig.

»Ich sage kein Wort mehr, ehe Sie mir nicht mitteilen, unter welcher Administration Sie Ihre Untersuchung durchführen.«

Beide hob den Kopf. »Für die IKPO.«

»Davon habe ich noch nie gehört«, sagte Franz.

»Wir sind neu«, sagte Beide. »Wurden erst letztes Jahr gegründet. Die Internationale kriminalpolizeiliche Organisation.«

Franz kniff misstrauisch die Lider zusammen. Er sah keinen Grund, diesem Mann, diesem Jungen zu glauben. Er hatte eine Menge eindrucksvoller Reden hervorgebracht, aber das waren nur Worte, daran war nichts Wahrhaftiges.

»Und die Verbrechen«, sagte Franz, »hält man für internationale Verbrechen?«

»Sie könnten es werden«, sagte Beide.

Franz schnaubte. »Eine billige Antwort.«

»Ja«, sagte Beide, »und vage, ich weiß, aber die muss ich Ihnen momentan geben.«

Franz stand auf und ging zum Fenster. Er sah zu Gregor hinüber, dessen Miene wie immer nicht zu deuten war. Man musste dem Geschöpf allerdings zugestehen, dass es eigentlich gar kein Gesicht hatte. Franz sah nichts in den leeren pechschwarzen Kugeln, die er für Gregors Augen hielt. Er überlegte, ob er etwas zu ihm sagen sollte, und sei es auch nur, damit Beide ihn für einen Geisteskranken hielt.

Gregor wollte jedoch nicht mitspielen. Er zuckte die Schultern und verzog sich in die hinterste Ecke des Zimmers, hinter Beide, und machte sich dort daran, die Dielen zu inspizieren.

Franz richtete den Blick wieder zum Fenster hinaus, sah die Straße entlang – ein junger Mann auf einem Fahrrad, zwei Mädchen mit Brotlaiben, eine alte Frau, die in einer Mülltonne herumstocherte – und beneidete alle, die an diesem Morgen ein angenehmes, ruhiges, vernünftiges Leben führten.

»Was ist mit den Opfern?«, fragte Franz. »Hatte irgendeines von ihnen eine Verbindung zu Henker?«

Beide schüttelte den Kopf. »Kein einziges.«

»Und keines der Opfer kannte Henker, und er kannte keines von ihnen?«

»Wiederum«, sagte Beide. »Nein.«

»Sie sagen also, dass Sie außer dem Umstand, dass dieser Henker in dem Zeitraum, in dem die Morde passiert sind, in der Öffentlichkeit mit einem Strick herumspielt, absolut keinen Anhaltspunkt haben, weshalb Sie ihn verfolgen sollten, geschweige denn, ihn als Mörder zu verdächtigen. Hat denn irgendeines der Opfer Henkers Vorstellung überhaupt gesehen? Entweder in der Traumhalle oder davor in Schwechat?«

»Keines ...«

»Sehen Sie?«

»... bis gestern Abend.«

Gregor rührte sich in seiner Ecke. Franz drehte sich zu Beide um.

»Gestern Abend?«, fragte er.

»Das dreiundzwanzigste Opfer, hier in Wien«, sagte Beide. »Herrmann Herbort. Ein Bankangestellter. Siebenundzwanzig Jahre alt. Auf der Straße unter einer Laterne gefunden. Er war gestern Abend in der Traumhalle, zusammen mit Freunden. Er hat sich die ganze Vorstellung angesehen. Auch den Hängekünstler.«

Franz dachte nach. Dreiundzwanzig Fremde, und keiner von ihnen ging anscheinend ins Theater. Bis gestern. »Ich habe nie als Detektiv gearbeitet.«

»Das stimmt nicht. Ihre Aufgaben bei der Arbeiter-Unfallversicherungs-Anstalt ...«

»... hatten nichts mit Verbrechen zu tun. Dort habe ich in Entschädigungsfällen die Verletzungen von Fabrikarbeitern untersucht und eingeschätzt ...«

»Sehen Sie? Sie *haben* Untersuchungen durchgeführt!«

»Inspektor ...«

»Freilich, Sie sind nicht die Art von Ermittler, die für Mord und dergleichen ausgebildet ist, aber ein Ermittler sind Sie allemal.«

»Hören Sie auf.«

Franz wollte sich ihm zuwenden, aber damit hätte er ihn nur dazu ermuntert, das Gespräch fortzusetzen. Ob es nun ein Scherz war oder nicht, Franz fand es lächerlich, und er wollte es beenden.

Einen Augenblick lang herrschte Schweigen. Dann hörte er, dass Beide sich von seinem Stuhl erhob. »Kann ich etwas von dem Wasser haben?«, fragte Beide. »Von dem vielen Reden ...«

Franz hörte, wie Beide sich ein Glas Wasser einschenkte und trank.

»Wenn Sie ausgetrunken haben, können Sie gehen, Inspektor«, sagte Franz. »Sie haben ja bereits zugegeben, dass Sie mich nicht offiziell belangen – sprich, Sie wollen mich weder verhaften noch verhören –, und deshalb können Sie gehen. Was ich von den Gräueltaten gehört habe, die diesen armen Leuten widerfahren sind, tut mir sehr leid, und ich danke Ihnen, dass Sie mich davon in Kenntnis gesetzt haben, aber ... nun, wir haben uns nichts mehr zu sagen. Ich wünsche einen schönen Tag.«

»Bitte seien Sie so nett und hören Sie mich bis zu Ende an«, sagte Beide in einem so frischen Ton, dass Franz meinte, er hätte es plötzlich mit einer völlig anderen Person zu tun. »Drehen Sie sich noch nicht um, bitte«, fuhr Beide fort, denn er spürte, dass Franz wankte. »Lassen Sie mich aussprechen, was ich zu sagen habe, und dann können Sie sich zu mir umwenden.

Ist es denn so schwer, sich als ein Instrument der Gerechtigkeit zu sehen, Herr Kafka? Ich weiß, das klingt sehr hochtrabend, aber lassen Sie uns beim Hochtrabenden anfangen und uns zum Praktischen vorarbeiten. Ist es nicht vielmehr schwierig, von jemand oder etwas zu erfahren, der oder das sich vollkommen dem Bösen widmet, und immer noch darauf zu beharren, keinerlei Interesse daran zu haben, ihn oder es aufzuhalten? Denn ein Verbrechen aufzuklären bedeutet genau das. Für mich zumindest und womöglich auch für andere ... möglicherweise auch für Sie, wenn Sie nicht so viel Angst hätten.

Angst davor, dem Bösen zu begegnen, ohne in der Lage zu sein, es aufzuhalten – das ist eine Angst. Dann ist da noch die andere Angst, die Angst davor, die Schmerzen von jemand anders anzunehmen, auf jeden Fall die des Opfers, aber vor allem auch die der Überlebenden, derjenigen, die unschuldig sind und verzweifelt selbst nach Antworten suchen. Es ist schrecklich, von jemandem zu verlangen, die Bürde der Suche nach der Antwort auf sich zu nehmen.

Und vielleicht gibt es gar keine Antworten, werden Sie sagen. Aber es gibt sie. Eventuell sind es nicht die Antworten, die wir finden möchten, und es sind nicht die Antworten, die wir begreifen können oder begreifen *wollen*. Aber es gibt immer Antworten. Ein Mann, eine Frau – vielleicht sogar ein Kind, wenn wir uns nicht hineinstürzen und alles tun, um es aufzuhalten –, ein menschliches Wesen wird aufgeknüpft, am Hals erhängt, bis der Tod eintritt. Jemand hat das getan. Und jemand hat den Strick mitgenommen oder die Stricke. Die Stricke sind vielleicht verschwunden, zerstört, verbrannt ... doch der Henker ist noch frei. Der Henker bestraft einer verdrehten Gerechtigkeit folgend oder tötet einfach aus purer Lust am Töten. Was auch immer, zu viele Menschen sind gestorben, und dafür sehe ich keine Rechtfertigung. Diese Verbrechen müssen verhindert werden. Der Henker muss gestellt werden.

Und jemand hat dabei um Ihre Hilfe gebeten. Es spielt keine Rolle, ob es nur ich war oder eine ganze Staffel von Polizeibeamten oder der Kaiser oder ein Kassierer oder der Verlobte oder das Kind eines der Opfer. Jemand hat sich an Sie gewandt und Sie gebeten, sich einzumischen, sich umzuschauen, sich umzuhören, nachzudenken, zu sehen, was uns entgeht.

Denn Sie, Franz – und verzeihen Sie mir die Vertraulichkeit, aber ich sage dies aus einer brüderlichen Verbundenheit heraus –, Sie, Franz, können Dinge anders sehen als andere und sie auf diese Weise verstehen, Sie können mitfühlen. Es geht nur darum, wie man auf das Leben blickt, und Sie haben viele Sichtweisen ausprobiert, immer und immer wieder, um in einer Weise auf das Leben zu blicken, die Ihnen Trost und kein Leid bringt.« Er hielt inne und fuhr dann mit sanfterer Stimme fort: »Denn Sie sind ein Wunder, Franz Kafka. Sie haben im wahren Leben vollbracht, was diesem Hängekünstler nur in der Illusion gelingt, in jeder Vorstellung. Sie haben dem Tod ein Schnippchen geschlagen. Sie wurden vom Tod erweckt. Sie sind Lazarus.«

Franz hörte, dass die Tür aufging.

»Sie können sich jetzt zu mir umdrehen«, sagte Beide.

Franz drehte sich um.

Es konnte keinen Zweifel geben. Inspektor Beide hatte sich eindeutig in eine Frau verwandelt.

Franz wusste nicht, was er sagen sollte.

Es war nicht so, dass Beide sich äußerlich in drastischer Weise verändert hätte. Dieselben Kleider, dasselbe Gebaren, das Gesicht, die Augen ... doch Inspektor Beide war nun eine Frau.

Sie lächelte. »Auch darauf gibt es eine Antwort«, sagte sie und zeigte auf sich. »Ich selbst kenne die Antwort nicht, aber ich habe mich damit arrangiert, und vielleicht werde ich die Antwort eines Tages erfahren, auch wenn ich sie nicht aktiv suche. Ich bin, wer ich bin, was immer ich bin, wer immer ich bin.«

»Ich weiß nicht, was ich sagen soll«, meinte Franz.

»Zu meiner Bitte an Sie?«, fragte Beide.

»Zu allem«, sagte Franz. Langsam setzte er sich auf den Stuhl, den Beide freigemacht hatte.

»Ich gebe Ihnen bis heute Abend, um darüber nachzudenken«, sagte Beide, setzte sich den Hut auf und zog die Handschuhe an. »Ich würde Ihnen gerne mehr Zeit geben, aber Zeit ist immer knapp, nicht wahr? Zu viel Zeit ist bereits vergangen, und nach allem, was wir wissen, könnte eine nichtsahnende Person in diesem Augenblick zu einem improvisierten Galgen geschleift werden.«

Franz verzog das Gesicht.

»Es tut mir leid, dass ich es so ausdrücken musste«, sagte Beide.

»Ist schon gut, ich verstehe. Was passiert, wenn ich beschließe, mich nicht einzumischen, Frau Inspektor?«

»Alles Mögliche«, sagte Beide. »Ich kann nicht sagen, dass ich mit Gewissheit wüsste, was passieren wird – Ihnen oder mir oder sonst irgendjemand.«

»Was *mir* passieren könnte?«

»Ich sage ja nur, dass ich es nicht weiß.«

»Aber mir *könnte* etwas passieren. Das deuten Sie damit doch an. Was *könnte* mir passieren?«

»Bitte, bedrängen Sie mich nicht. Ich habe doch gesagt, dass dieses Wissen jenseits des Bereichs meiner Gewissheiten liegt.«

»Und was befindet sich innerhalb dieses sogenannten Bereichs?«

»Die Morde werden nicht aufhören, klar. Und Sie werden mit dem Wissen leben müssen, dass Sie hätten helfen können, als man Sie darum gebeten hat, dass Sie sich aber dagegen entschieden haben, und das könnte Sie zu dem Gedanken bringen, dass das Leben der künftigen Opfer in Ihrer Hand gelegen hat ... dass Sie etwas hätten tun können, hätten Sie nicht solche Angst gehabt.«

»Angst?«

»Davor, das Werkzeug der Gerechtigkeit zu sein, auf das ich mich bezogen habe. Das ist eine schrecklich große Verantwortung.«

»Und wenn ich mich bereit erkläre, den Fall für Sie aufzuklären?«

»Nicht für mich, Franz, nicht für meine Wenigkeit.«

»Sie wissen, was ich meine. Was passiert, wenn ich mich darauf einlasse, es zu probieren?«

Beide lächelte. Und es war ein ungekünsteltes, gewinnendes Lächeln. »Das werde ich Ihnen sagen, wenn Sie es tun«, sagte sie, ging hinaus und machte die Tür hinter sich zu.

Franz ließ seinen Atem entströmen, schloss die Augen und neigte den Kopf.

»Gregor?«, sagte er.

»Ja?«

»Ich brauche etwas zu trinken.«

KAPITEL 11

DIE WIRKLICHKEIT

Franz bereute das Bier, sobald er davon gekostet hatte. Trotzdem stürzte er es in großen Schlucken hinunter.

»Stimmt was nicht?«, fragte der Wirt. Er war ein großer Mann mit rotem Kopf, der seine zwanzig verbliebenen Haare in der Mitte scheitelte. Franz zeigte ein angestrengtes Lächeln. »Hat mir der Arzt verschrieben«, sagte er. *Lügen, Lügen, Lügen,* dachte er. *Mein Arzt hätte mir nichts dergleichen verschrieben.*

Und wo genau steckte dieser Doktor Hoffmann die ganze Zeit? In den letzten achtundvierzig Stunden hatte sich der Kerl kein einziges Mal blicken lassen, um nach Franz' Zustand zu sehen, nicht einmal, um sein Missfallen darüber kundzutun, dass er nun der Gelegenheit beraubt war, die Decke über Franz' lebloses Gesicht zu ziehen, wenn es so weit gekommen wäre.

Stattdessen hatten Franz und Gregor beim Verlassen des Sanatoriums und der Suche nach einer Erfrischung keinerlei Schwierigkeiten gehabt. Die Tür seines Zimmers, die sich vor Beides Auftauchen noch garstig gesträubt hatte, hatte sich ganz einfach öffnen lassen, und im Gang des dritten Stocks war nichts los gewesen. Ebenfalls leer der elektrische Aufzug, keine Spur des sommersprossigen Jungen, der sich sonst als Aufzugführer betätigte. Franz und Gregor hatten ein paar Augenblicke versucht, die Steuerung des Gefährts zu durchschauen, hatten sich dann aber für das Treppenhaus entschieden. Sie waren überzeugt, hier einer anderen lebenden Seele zu begegnen, und das taten sie dann auch, gleich zweien. Einem älteren Herrn in einem Rollstuhl, der von einer gestrengen Frau mit Kneifer geschoben wurde. »Guten Tag«, hatte Franz zu ihnen gesagt, während Gregor dicht hinter ihm ging. Der ältere Mann hatte nichts geantwortet, sein leerer Blick war auf das andere Ende der Empfangshalle fixiert gewesen. Anders die Frau, die Franz ohne innezuhalten mit aller Strenge angestarrt und gesagt hatte: »Wenn Sie darauf bestehen.«

Gregor hatte ihn zum nächsten Wirtshaus dirigiert, und gemeinsam waren sie Beides Besuch und seinen beziehungsweise ihren Appell noch einmal durchgegangen.

»Kein einziges Wort hat sie darüber verloren, wie ich das anstellen soll«, hatte Franz gesagt. Indes kümmerte es Franz nicht mehr, ob Gregor, der unbeholfen hin und her schaukelte, um mit ihm Schritt zu halten, von den Bürgern Kierlings gesehen wurde oder nicht.

»Hast du schon mal einen Kriminalroman gelesen?«, hatte Gregor gefragt.

»Ganz bestimmt nicht.«

»Nun, du müsstest es nicht unbedingt in diesem Ton sagen. Ich habe dich schließlich nicht gefragt, ob du schon einmal ein Kack-Sandwich gegessen hast. Kriminalgeschichten sind herrlich unterhaltsam. Als ich noch Handelsreisender war, las ich sie auf langen Zugfahrten. Freilich kann ich mich nicht mehr an die Handlungen erinnern, aber ich erinnere mich daran, dass sie mir damals, als ich sie gelesen habe, Kurzweil bereitet haben.«

»Selbst wenn ich einen gelesen hätte, würde ich annehmen, dass ein großer Unterschied zwischen den Ermittlungen in einem Buch und den Nachforschungen im wahren Leben besteht.«

»Aha! Dann gehst du also davon aus, dass dies das wahre Leben ist!«

»Ich habe noch keine Entscheidung in die eine oder andere Richtung getroffen«, sagte Franz und genoss die Hitze des Tages und die Kraft der Luft, und dann genoss er den wiedergewonnenen Genuss an diesen Dingen. »Ich habe einzig entschieden, dass ich wohl in diesem Leben, was immer es für eines ist, gefangen bin und dass ich es lebe.«

Gregor lief in Franz hinein, es war bereits das dritte Mal. »Rücke ich dir zu sehr auf die Pelle? Entschuldige, für mich ist es nicht gerade leicht, wie ein normaler Mensch zu gehen, denn ich bin keiner. Dann hast du also beschlossen, den Fall anzunehmen?«

»Ich habe nichts dergleichen beschlossen!«, sagte Franz, doch inzwischen waren sie am Wirtshaus angekommen, und Gregor war verschwunden.

Der Wirt sah Franz zu, wie er sein Glas leerte. »Noch eins?«, fragte er.

»Ein Glas Wasser, bitte.«

Der Wirt gab ihm ein Glas Wasser und zapfte dann noch ein Bier. Aus einer Schale auf dem Tresen nahm er ein rohes Ei, schlug es auf und ließ den Inhalt in das Bier fallen. Dann schob er es in Franz' Richtung. »Sie machen mir ganz den Eindruck, als könnten Sie eine Stärkung vertragen«, sagte er. »Soll ich Ihnen ein Butterbrot machen?«

Franz lehnte das Angebot ab und sah zu den anderen Männern am Tresen hinüber, die alle aufeinander einsprachen, ohne sich um das zu scheren, was die anderen zu ihnen sagten.

Franz nippte an seinem Eierbier und versuchte sich an einem Gespräch mit dem Wirt.

»Schlimm, das mit den Leuten in Wien«, sagte er.

»Welche Leute?«, fragte der Wirt und wischte eine Fläche des Tresens ab, die man gar nicht zu wischen brauchte.

»Die Morde«, sagte Franz.

»Welche Morde?«

Franz fand, dass er als Detektiv schon jetzt versagte. »Die Erhängungen«, sagte er. »Ich meine die Erdrosselungen. Die Erdrosselungen, die wie Erhängungen aussehen.«

»Oh«, sagte der Wirt. »Die. Geschieht ihnen recht, wenn Sie mich fragen.« Er fing an, drei Seidel zu füllen, während die gelangweilte Bedienung wartete.

»Warum sagen Sie das?«, fragte Franz.

»Wenn die alle so umgebracht worden sind, na, da muss es ja einen Grund dafür geben.«

»Erklären Sie das.«

Der Wirt beäugte ihn. Er schob die Seidel zu der Bedienung hinüber, die sie mit einer Hand griff und mit ihnen zu einem Tisch zockelte. Der Wirt beugte sich zu Franz vor.

»Diese Leute waren entweder wo, wo sie nicht hätten sein sollen«, sagte er. »Oder sie haben sich mit Leuten eingelassen, mit denen sie sich nicht hätten einlassen sollen. Das ist eine ungesunde Art zu sterben, will ich mal sagen, und wenn jemand sich solche Mühe macht, diese Leute so umzubringen, na, dann haben sie es auch verdient.«

Franz bemühte sich, ihn zu verstehen. »Sie meinen also«, sagte Franz, »dass diese armen Menschen das selbst verschuldet haben?«

»In gewisser Weise«, sagte der Wirt.

»Dann haben sie also alle den Tod verdient.«

»Woher soll ich das wissen?«

»Das haben Sie doch eben gesagt.«

»Das habe ich nicht gesagt. Vielleicht haben sie es verdient, vielleicht auch nicht. Ich weiß es nicht. Ich habe sie ja nicht gekannt.«

»Aber finden Sie es nicht komisch, dass sie alle auf dieselbe Weise umgekommen sind?«

»Nein. Schauen Sie doch bloß, wie viele Leute von Automobilen umgefahren werden.«

»Ja, aber ...« Franz wusste tatsächlich nicht, was er darauf sagen sollte. Er wünschte, Gregor hätte nicht diesen Augenblick gewählt, um sich unsichtbar zu machen. Falls er nicht ohnehin draußen geblieben war.

»Die Leute sind halt unvorsichtig«, sagte der Wirt. »Ganz einfach.«

»Es ist nicht dasselbe«, sagte Franz. »Ein Automobil ist eine Maschine und wird von einem menschlichen Wesen gesteuert, und ein Unfall mit einem Automobil ...«

»Nichts anderes als ein Strick«, sagte der Wirt.

»Aber es ist doch viel wahrscheinlicher, dass jemand vor ein Automobil läuft, als dass er sich eine Schlinge um den Hals einfängt.«

»Wissen Sie das ganz genau?«

»Ja, durchaus, denn ich habe für eine Versicherung gearbeitet.«

»Sind Sie ein Detektiv?«

Franz wusste nicht, was er sagen sollte, auch wenn er fast geantwortet hätte, dass er einer war. Das überraschte ihn, und deshalb sagte er: »In gewisser Weise. Ich, äh, schaue mir Sachen genauer an.«

»Sie schauen sich diese Erhängungen genauer an?«

»Ich habe sie nur erwähnt, weil sie mir gerade durch den Kopf gingen.«

»Warum?«

»Warum was?«

»Warum sind sie Ihnen durch den Kopf gegangen?«

»Es tut mir leid, dass ich sie erwähnt habe«, sagte Franz entnervt. Der Wirt war besser darin, Informationen aus Franz herauszukitzeln, als Franz darin, dem Wirt auch nur die schlichteste Meinung zu entlocken. »Was bin ich Ihnen schuldig?«, fragte er.

»Sicher, dass Sie kein Butterbrot wollen?«

Franz sagte, er sei sich sicher, zahlte, was er schuldig war, und ging.

Gregor war nirgends zu sehen. Das ärgerte Franz unverhältnismäßig. Was brachte ein eingebildeter Begleiter, wenn er nicht da war, wenn er jemanden zum Reden brauchte?

Vor allem, nachdem er so lange Zeit gar nicht hatte sprechen können. Aufgrund seines Zustandes, aufgrund der zunehmenden Atemnot, des Mangels an Nahrung und an menschlichem Austausch. Er hatte gelernt, damit zu leben, so hatte er geglaubt, hatte gelernt, körperlich völlig abgeschnitten von der Welt zu leben, nachdem er sich schon lange so gefühlt hatte, als wäre er auf so vielen anderen Ebenen von der Welt abgeschnitten ...

Aber war er nicht noch immer von der Welt abgeschnitten? Er lebte sein Wunder nun schon vierundzwanzig Stunden lang ohne ein Wort von seinen Freunden und seiner Familie ... von Dora. Wie war es möglich, dass es ihm nicht gelungen war, die gute Nachricht mitzuteilen? War er dazu nicht in der Lage? Wollte er es nicht? Wie konnte ein ganzer Tag vergehen, ohne dass er jemandem begegnete außer einem riesigen, hässlichen Ungeziefer und einem hektisch quasselnden ...Was war Beide eigentlich? Ein Mann? Eine Frau? Beides?

Er überlegte, was er seit seinem Erwachen und der Feststellung, dass er geheilt war, alles getan hatte: ein Gespräch mit Gregor, ein langer, tiefer Schlaf, ein gewaltiges Frühstück und der lange Besuch von Inspektor Beide – ein Besuch, der seinen Verstand mit unglaublichen Informationen bestürmt hatte, Informationen über eine gleichermaßen unglaubliche Situation, in der er nun eine unglaubliche Rolle spielen sollte –, bevor er – sie – sich als Inspektorin Beide verabschiedet hatte.

Unglaublich.

Würde er diese Rolle annehmen? Wie konnte er das guten Gewissens? Ja, Franz hatte ein neugieriges Wesen, aber noch nie zuvor hatte er diese Neugier auf das Lösen von Rätseln angewendet, es sei denn, diese Rätsel entsprangen seiner eigenen, gequälten Psyche.

Nun, warum hatte er sein Inneres soeben als »gequält« charakterisiert?

In seiner Selbstwahrnehmung war Franz schon immer ein ...

Nichts gewesen.

Bedeutungslos.

Franz hielt sich für nichts anderes als Ungeziefer. Da er nun wieder am Leben war dank irgendeiner Art von kosmischer Erneuerung – eine Wiedergeburt oder zweite Chance –, hätte er eigentlich als Gregor zurückkehren sollen. Als ein riesiges, gemeines Ungeziefer, das nach billigem Kölnisch Wasser stank.

Aber so war er nicht zurückgekehrt. Gregor war Gregor, und Beide war ... verwirrend ... und Franz war ... was? Beide hatte ihn Lazarus genannt. Natürlich verstand Franz die Anspielung, doch sein Interessenfeld und sein Studiengebiet lagen ausschließlich auf dem Bereich der Kabbala und ... Er musste unbedingt mit Rabbi Guttmann sprechen.

Außerdem musste er etwas essen. Das Bier vertrug er nicht besonders gut.

Er blieb stehen und verschaffte sich Orientierung. Er

befand sich weit vom Sanatorium entfernt, irgendwo im Stadtzentrum. Er schwitzte, nicht weil er in Gedanken versunken weitergestapft war, sondern weil das frühe Juniwetter sich anfühlte wie spätes Juliwetter.

War die Sonne heißer?

Die Sonne.

Franz sah zu Boden. Ja, er warf noch einen Schatten.

»Nun, dann bin ich also noch echt«, sagte er.

»Vorausgesetzt, Sie waren davor schon echt«, sagte jemand.

Doch war es nicht Gregors Stimme. Sein eingebildeter Kumpan musste sich erst noch materialisieren.

Die Stimme kam von einem gelangweilten, glatzköpfigen kleinen Mann, dessen beeindruckender Schnauzer so gebürstet war, dass er wie ein Flügelpaar aussah. Genauso war es um die Haarbüschel zu beiden Seiten seines Kopfes bestellt.

Der Mann stand in einem dunklen Hauseingang, und Franz sah von ihm zu dem Schild an dem großen Fenster daneben:

BÜCHER UND IDEEN
E. Murek, Inh.
Seit 1899

»Sind Sie E. Murek, der Inhaber?«, fragte Franz.

Der kleine Mann nickte.

»Ihr Schild ist redundant«, sagte Franz.

»Sie sind wohl auch einer dieser Klugscheißer, was?«, fragte Murek.

»Bücher *sind* doch Ideen, oder nicht?«

»Bücher sind Waren«, sagte Murek. »Und offensichtlich haben Sie nicht genug Bücher gelesen, um zu wissen, dass nicht *alle* Bücher auch Ideen sind, auch wenn ich viele Bücher aufzählen kann, die *schlechte* Ideen waren.«

»Dann verkaufen Sie also auch Ideen?«

»Nein«, sagte Murek. »Das Schild hat sich mein Bruder ausgedacht. Das war sein Laden. Er ist tot, ich habe ihn übernommen. Ich bin nicht der helle Kopf in der Familie.«

»Aber Sie haben mir doch eben gesagt, dass Sie E. Murek sind.«

»Das bin ich auch. Der Vorname meines Bruders beginnt mit demselben Buchstaben wie meiner. Er war Emil, ich bin Emmanuel.«

»Deshalb haben Sie das Schild nicht austauschen lassen.«

»Nein, ich habe es nicht ausgetauscht, weil das Geld kostet. Kommen Sie jetzt rein und kaufen was, oder wollen Sie den ganzen Nachmittag da draußen rumstehen und sich davon überzeugen, dass Sie echt sind?«

Da kam Franz ein neuer Gedanke. »Nein«, sagte er, »denn mir fällt gerade ein, dass ich die Echtheit dieser Welt ganz einfach nachprüfen kann.«

Franz ging in das Geschäft, das vollkommen zu seiner Vorstellung von einem Buchladen passte: Tische und hohe Schränke voller Bücher in allen Größen, Farben und Gerüchen, und das Licht war so dezent, dass man gleich an einen Gelehrten dachte, der nie jemanden zum Putzen hereinließ.

»Suchen Sie etwas?«, fragte Murek, der Franz hinein folgte.

»Oh, ja«, sagte Franz. »Haben Sie *Betrachtung*? Das ist eine Sammlung von Erzählungen.«

»Nein.«

»Wie ist es mit *Ein Landarzt*?«

»Ich bin mir sicher, dass ich ein Buch mit einem derart banalen Titel dahaben sollte. Ist das eine Liebesgeschichte?«

»Nein.«

»Oh. Von wem ist es?«

»Kafka.«

»Von wem?«

»Kafka. Franz Kafka.«

»Nie von ihm gehört.«

Nun hatte Franz Gewissheit, dass er sich in der echten Welt befand.

KAPITEL 12

DER THEATERBESUCHER

Leo Kropold gibt dem Schreibwarenhändler ein paar Münzen, verstaut das Notizbuch in seiner Tasche und verlässt das Geschäft.

Der Nachmittag ist schön.

Leo hat schon einige Zeit keinen Nachmittag mehr erlebt, den er schön fand.

Er wechselt die Päckchen von der rechten in die linke Hand – die Schachtel mit Seidentüchern vom Herrenausstatter, auf denen seine Initialen eingestickt sind, die ominöse Flasche vom Apotheker – und biegt um die Ecke.

Mit der freien rechten Hand tippt er sich jedes Mal, wenn er einer Dame begegnet, an den Hut. Sein Lächeln wird stets erwidert. In seinem karierten Anzug fühlt er sich todschick. Weiß und schwarz, weiß und schwarz, weiß und schwarz. Dazu eine etwas grelle rote Binde, die mit einer perlenbesetzten Krawattennadel angesteckt ist. Zu warm in dieser Jahreszeit, das Muster ist zu wild, aber es ist sein einziger Anzug, und er hat ihn immer sauber gehalten und gebügelt, und mit dem Anzug hat er sich immer wie ein Dandy gefühlt.

Seit einiger Zeit schon hat er nicht mehr gelächelt.

Lächeln fühlt sich gut an, auch wenn er spürt, wie sich sein Mund dabei spannt, was er darauf zurückführt, dass er keine Übung mehr auf dem Gebiet des Lächelns hat.

Er klopft an das Fenster der Abendkasse der Traumhalle. Ein junger Mann erscheint. Leo lächelt ihn an, tippt sich an den Hut.

»Der Concierge meines Hotels hat heute Morgen angerufen«, sagt er. »Einmal für heute Abend. Auf Kropold.«

»Die Vorstellung beginnt erst in sechs Stunden.«

»Ich war in der Gegend und dachte, ich hole mein Billett schon mal.«

Der junge Mann beißt gelangweilt von dem Apfel ab, an dem er herumgenagt hat. »Wie war der Name?«, fragt er und schlurft wieder davon.

»Kropold«, sagt Leo etwas lauter. Der Verkäufer taucht nicht wieder auf. »KROPOLD!«, ruft Leo, doch inzwischen ist der Verkäufer wieder da und hat eine Eintrittskarte in der Hand.

»Hab's ja gehört«, sagt der Verkäufer und nennt ihm den Preis.

»Die ist schon bezahlt«, sagt Kropold.

Der Verkäufer sieht ihn skeptisch an, beißt noch einmal von seinem Apfel ab und schlurft erneut außer Sichtweite.

Kropold ruft sich ins Gedächtnis, dass er wegen des schönen Nachmittags glücklich, hoffnungsvoll und dankbar bleiben muss.

Der Verkäufer kommt wieder. »So ist es«, sagt er und schiebt die Eintrittskarte durch die Öffnung.

»Dürfte ich Sie um einen Umschlag dafür bitten?«, fragt Kropold.

Erneut schaut der Verkäufer ihn skeptisch an.

»Ich schau mal nach«, sagt der Verkäufer, steckt sich den restlichen Apfel in den Mund und schlurft davon.

»Vergessen Sie's«, sagt Leo und steckt die Eintrittskarte ein.

Der Tag ist schön. Er hofft, dass es der erste von vielen sein möge.

Vor allem, falls heute Abend alle seine Wünsche wahr würden.

KAPITEL 13

DIE REISE

Franz hatte eine Million Dinge zu erledigen.

Vielleicht nicht genau eine Million, aber fast, und er wollte sie alle auf einmal erledigen, da ihm bis auf eine Sache alle äußerst wichtig vorkamen. Er musste sich als Erstes bei Dora melden, dann ganz sicher bei Max und Jacob, dann bei seinen Schwestern – sein Vater konnte warten, da Franz überzeugt war, dass es ihm egal sein würde, ob Franz lebte oder nicht, und ihn selbst kümmerte das nicht. Und er musste eine Möglichkeit finden, Inspektor Beide zu kontaktieren. Die Karte, die er bekommen hatte, half in dieser Hinsicht nicht weiter, da auf ihrer Vorder- und Rückseite nur jeweils der Name stand. Dieser Umstand ärgerte ihn, denn er hatte mehrere Fragen und etliche Punkte, die er mit dem Inspektor gerne durchgegangen wäre, bevor er eine Entscheidung bezüglich seiner erbetenen Mithilfe bei den Ermittlungen traf – er wollte nicht bis zum Abend warten, wenn Beide laut seiner oder ihrer eigenen Worte zurückkehren würde. An dieser Stelle verfluchte Franz Gregors Abwesenheit, denn er hätte dem Ungeziefer wenigstens ein paar niedere Tätigkeiten anvertrauen und es vielleicht dazu bringen können, ihm eine weitere erstaunliche Mahlzeit zu beschaffen. Denn Franz knurrte erneut der Magen.

Aber was, wenn Gregors eingebildete Anwesenheit nur dazu gedacht gewesen war, ihn während der ersten vierundzwanzig Stunden der Verwunderung über seine Heilung zu unterstützen? Was, wenn Gregor niemals wieder zurückkehren sollte?

Vielleicht wäre das gar nicht so schlecht. Denn es wäre kein gutes Zeichen, von einer unglaubhaften Erscheinung abhängig zu werden.

Franz rannte die Stufen zum Sanatorium hinauf, wunderte sich, dass er rannte, da er nicht mehr gerannt war, länger noch, als seine Erinnerung zurückreichte.

In der Empfangshalle wimmelte es von Menschen; Pflegern und Patienten und Kranken in Kleidern, die ihnen längst nicht mehr passten; manche klammerten sich an Gehstöcke, manche saßen bereits im Rollstuhl. Franz huschte am elektrischen Aufzug vorbei und nahm die Treppe in den dritten Stock, rannte immerzu und freute sich darüber.

Er öffnete die Tür zu Zimmer 301.

Begrüßt wurde er vom Anblick eines Herrn mittleren Alters, der von einer Schwester ein Brechmittel verabreicht bekam. Die Schwester und der Herr glotzten ihn an, den Eindringling, und sogleich erbrach sich der Herr in eine Schüssel auf seinem Schoß, die sich dort vermutlich zu ebendiesem Zweck befand.

Franz machte die Tür zu.

In seinem Zimmer erbrach sich jemand. Er hörte den armen Kerl noch immer würgen.

Franz brauchte einen Moment, um seine Verwirrung zu ordnen, um nachzusehen, ob er sich im Zimmer geirrt hatte – was nicht der Fall war –, und sich klarzumachen, dass in letzter Zeit nichts so gewesen war, wie es hätte sein sollen. Dann wartete er, bis es still war, und machte die Tür erneut auf.

Wieder glotzten die Schwester und der Herr ihn an. Die Schwester kam zur Tür, doch Franz schloss sie gerade noch rechtzeitig, nachdem er noch einen Blick auf den Herrn erhascht hatte, der sich zu einer zweiten Runde Erbrechen anschickte, wobei ihm die Schüssel vom Schoß rutschte und auf den Boden fiel.

So schnell er konnte, zog sich Franz ins Erdgeschoss zurück.

Erzähl mir jetzt bloß nicht, ich wäre nie hier gewesen, dachte er, als er zum Empfangsschalter ging. Während er darauf zuhielt, übergab ein junger, modisch gekleideter Mann einen gebrechlichen Gast in die Obhut eines weiß bekittelten Pflegers, trug etwas in ein großes ledergebundenes Buch ein und sah den näher kommenden Franz abschätzig an.

»Wo sind meine Sachen?«, fragte Franz.

»Wie bitte?«, sagte der junge Mann und rückte seine Brille zurecht.

»Ich war in 301«, sagte Franz. Er legte das Paket, das er getragen hatte, auf den Schalter.

»Herr Kafka?«, fragte der junge Mann. »Ich war der Annahme, dass Sie von uns gegangen sind?«

Franz war froh, dass er erkannt worden war. »Nein, ich bin nicht gestorben.«

»Natürlich nicht«, sagte der junge Mann. »Ich meine, ich war der Annahme, dass Sie das Sanatorium verlassen hätten.«

»Das habe ich auch, für ein paar Stunden«, sagte Franz. »Aber ... wie heißen Sie noch gleich?«

»Tomas, Herr Kafka.«

»Ja, Tomas, ich erinnere mich an Sie. Wie dem auch sei, ich bin ein paar Stunden rausgegangen, aber nur auf einen Spaziergang. Mir geht es besser, wie Sie sehen.«

»Ja, Herr Kafka. Glückwunsch. Das freut uns sehr.«

»Aber ich hatte die Absicht zurückzukommen. Und das habe ich nun getan. Gerade eben. Und jetzt ist jemand in meinem Zimmer.«

»Natürlich ist da jemand, Herr Kafka. Sie wurden doch entlassen.«

»Von wem?«

Tomas sah in seinem großen Buch nach und fuhr mit dem Finger die Zeilen entlang nach unten.

»Hier steht es«, sagte Tomas und zeigte Franz den Eintrag, wo klar und deutlich stand: *ENTLASSEN*. »Ich hoffe, Ihr Aufenthalt bei uns war heilsam.«

»Ja, ja«, sagte Franz, »Sie machen sich kein Bild. Die Sache ist jedoch die, dass ich meine ... ich will sagen, ich habe meine Sachen noch nicht gepackt, ich habe noch keine Bleibe gefunden.« Er unterbrach sich, denn in diesem Moment fiel ihm ein, dass er womöglich gar nicht die Mittel hatte, um für seinen Aufenthalt zu zahlen. Immerhin hatte er acht Wochen lang im Sanatorium gesiecht, und er machte sich keine Illusionen über die hohen Kosten seiner Pflege und medizinischen Versorgung. Hatte er genug Geld, um die Rechnung zu bezahlen? In seiner Börse waren nur noch ein paar Mark. Wochenlang schon war ihm klar gewesen, dass er sich nicht mehr erholen würde und sich folglich auch keine Gedanken darum machen musste, wie oder von wem seine Behandlung bezahlt werden sollte, wenn er einmal nicht mehr sein würde.

Franz' alte Freundin, die Panik, stattete ihm wieder einen Besuch ab.

Tomas suchte in dem Buch herum. »Hier steht ›bezahlt‹«, sagte Tomas, und ehe er das Buch noch umdrehen konnte, sagte Franz: »Alles gut, ja, bestens, das stimmt, wunderbar, aber meine Sachen ...« Er machte einen Schritt zurück und stolperte nach hinten über einen Haufen Gegenstände.

Die sich als sein Gepäck herausstellten.

Ein Pfleger half Franz wieder auf, und nachdem Tomas sich vergewissert hatte, dass Franz unverletzt war, griff er unter den Empfangsschalter und holte einen großen Umschlag hervor, auf dem in schwarzer Tinte groß der Buchstabe K geschrieben stand.

»Aber ich bin froh, dass Sie noch einmal vorbeigeschaut haben, Herr Kafka«, sagte Tomas und reichte ihm den Umschlag. »Das wurde für Sie abgegeben.«

Franz nahm den Umschlag. »Von wem?«

»Ich habe keine Ahnung, Herr Kafka«, sagte Tomas.

Franz wollte nicht weiter nachhaken, da ihm schwante, dass er keine befriedigende Antwort erhalten würde.

Ein dünner Mann mit schwarzem Schnauzer, der aussah wie eine Schuhbürste, näherte sich Franz und lüpfte den Hut. »Hey«, sagte er, »das Taxi wartet. Das Meter läuft.«

»Taxi?«, fragte Franz.

»Sie wissen, was ein Taxi ist, oder?«, fragte der Mann.

»Ja, aber ...«, stotterte Franz.

Tomas mischte sich ein. »Ihr Taxi«, sagte er. »Alles ist bereit und wartet nur noch auf Sie, Herr Kafka. Ich wünsche eine angenehme Fahrt.«

Franz schickte sich allmählich in sein Schicksal. »Danke«, sagte er. »Die werde ich haben. Wo fahre ich hin?«

»Zum Bahnhof natürlich«, sagte Tomas und vermittelte den Eindruck, als wäre der Umgang mit Schwachköpfen der Teil seiner Arbeit, der ihm am wenigsten behagte.

»Natürlich«, sagte Franz, »denn wo sonst fährt man hin, wenn man einen Zug bekommen möchte? Also dann, ich könnte etwas Hilfe brauchen mit meinem ...«

Doch sein Gepäck war verschwunden.

Der Umschlag enthielt einen Brief und drei kleinere Umschläge.

In dem Brief stand:

Herr Kafka,
ich persönlich glaube, dass Sie die richtige Entscheidung getroffen haben, und daran sollten Sie denken, wenn Ihnen jemand etwas anderes einreden will, vor allem Sie selbst, wie es, wovon ich überzeugt bin, früher oder später geschehen wird. Ich jedenfalls werde demnächst Kontakt mit Ihnen aufnehmen, um über die Dinge zu reden, über die Sie reden möchten, denn ich bin sicher, dass es viele Dinge gibt, über die Sie reden möchten, denn wem ginge es an Ihrer Stelle schon anders? Wenn ich das sage, ist mir aber sehr wohl bewusst, dass ich Sie ganz Ihren eigenen Methoden folgen lassen möchte, welche immer das auch sein mögen. Womöglich haben Sie überhaupt keine Methoden, und das ist vollkommen ausreichend, ja sogar erwünscht, denn ich möchte, dass Sie sich bezüglich Ihrer Ermittlung völlig frei und ungebunden fühlen, und ich freue mich unheimlich, diese beiden Worte schreiben zu können: IHRE ERMITTLUNG, denn ich wünsche mir, dass Sie sie als solche betrachten, als eine Ermittlung, die ganz Ihnen gehört. Dass Sie sich Ihren ganz eigenen Reim auf die Fakten, die Umstände und Leute und alle möglichen anderen Dinge machen, die hineinspielen werden und bereits hineingespielt haben, wenn Sie verstehen, was ich meine, und davon bin ich überzeugt.
Ich habe mir die Freiheit genommen, das eine oder andere für Sie zu organisieren. Dieser kurzen (haha) Notiz beigefügt finden Sie drei Umschläge. Der Inhalt eines jeden hängt jeweils mit dem Ziel zusammen, das auf dem Umschlag vermerkt ist. Viel Vergnügen. Ist »Vergnügen« ein angemessener Wunsch? Wahrscheinlich nicht, auch wenn ich hoffe, dass Sie ein wenig Gefallen an der Ermittlung

finden werden, so ernst die Folgerungen daraus auch sein mögen, denn ich persönlich finde, dass eine jede Reise, der es an der einen oder anderen Stelle an Freude mangelt, keine Reise mehr ist, sondern eine Bürde, und …
Ich schon wieder. Ich entschuldige mich und wünsche alles Gute und eine rasche Lösung des Falls.
Allerdings möchte ich damit nicht sagen, dass Sie sich beeilen sollen, schließlich ist die Eile die Mutter der Schludrigkeit.
Aber natürlich zählt jede Sekunde, denn je rascher diesen schrecklichen Morden ein Ende gesetzt wird, desto besser.
Wie dem auch sei, ich habe vollstes Vertrauen in Sie und Ihre Fähigkeiten, ob diese Fähigkeiten nun existieren oder nicht. Ich bin überzeugt, dass sie es tun. Und selbst wenn nicht, dann glaube ich an Sie.

Stets zu Diensten
Beide

Franz betrachtete die drei Umschläge.

Auf dem ersten stand: ZUGFAHRKARTE (WIEN) UND ETWAS GELD FÜR EINE ZWISCHENMAHLZEIT ODER EINE ZEITSCHRIFT ODER BEIDES ODER KEINS VON BEIDEN. Dann sollte er also stante pede nach Wien, ohne vorher Gelegenheit zu haben, nach Prag zurückzukehren. Das hatte er befürchtet. Er wollte sich nicht gleich hineinstürzen – andererseits hatte er noch gar nicht wirklich entschieden, ob er es tun sollte, oder nicht? Hatte er eine Tendenz zu einer Zusage gehabt? Er beäugte das Paket neben sich auf dem Taxisitz. Ja, er hatte eine Tendenz gehabt, aber ihr zu folgen hieß nicht, sich kopfüber hineinzustürzen.

Er las, was auf dem zweiten Umschlag stand. IHRE UNTERKUNFT (GELD): DIE EXKLUSIVE THEATERPEN-

SION VON FRAU ALT. GEBEN SIE NICHT IHREN EIGENEN NAMEN AN, ES SEI DENN, IHNEN FÄLLT PARTOUT KEIN FALSCHER NAME FÜR SICH EIN. ADRESSE BEILIEGEND. Er öffnete den Umschlag und fand darin eine Karte, die an ein paar Banknoten geklammert war. Die Adresse befand sich mitten in Wien. Eine Theaterpension, und dazu noch exklusiv? Und warum sollte er nicht seinen eigenen Namen angeben?

Er wollte gerade den dritten Umschlag begutachten, als das Taxi anhielt und der Fahrer ihm die Tür aufmachte. Umständlich kramte Franz nach dem Fahrgeld.

»Ist alles schon bezahlt«, sagte der Fahrer. »Wenn Sie sich nicht sputen, verpassen Sie Ihren Zug. Aber wenn Sie mir ein bisschen was obendrauf geben wollen, weil ich Sie in meiner höchst professionellen und diskreten Art so ruhig und friedlich durch die Gegend kutschiert habe, dann ...«

Er gab ihm das bisschen Kleingeld, das er noch übrig hatte, und eilte in den Bahnhof.

Franz ließ sich auf die dicken Kissen des Erste-Klasse-Abteils fallen, als der Zug mit einem Ruck anfuhr, nicht weil er sich fallen lassen wollte, sondern weil der Zug so plötzlich losfuhr.

Er war außer Atem und ganz und gar nicht erfreut über die Art und Weise, wie er herumgeschubst worden war – wie von einer unsichtbaren Hand. Er konnte von Glück sagen, dass noch alle seine Habseligkeiten intakt waren, angefangen bei seinem Paket bis zu den Umschlägen und dem Mantel und ...

»Dein Hut«, sagte Gregor.

Gregor trug seinen Hut auf dem Kopf.

Er saß, so gut es eben ging, ihm gegenüber. Franz nahm ihm den Hut vom Kopf.

»Wo zum Teufel hast du gesteckt?«, fragte er.

»Ist das die neue Art, ›Danke‹ zu sagen?«, fragte Gregor. Er streckte eines seiner Beinchen zur Seite und zog die Blende am Fenster hoch. Der Zug nahm Fahrt auf und glitt mit einem Pfeifen aus dem Bahnhof hinaus, das einem fast die Wirbelsäule brach. »Erste Klasse«, sagte Gregor. »Alle Achtung.«

»Wo warst du? Ich hätte dich gebraucht.«

»Wann hättest du mich gebraucht?«

»Ich ...«, setzte Franz an, sprach aber nicht weiter, da ihm kein Zeitpunkt einfiel, wann er das hässliche Geschöpf tatsächlich gebraucht hätte.

»Es wäre schön gewesen, jemanden zu haben, mit dem ich hätte reden können in den letzten paar Stunden«, sagte Franz. »Ich dachte, dafür wärst du da.«

»Das hast du gedacht.« Es war keine Frage.

»Nun, mir wurde ja nie richtig erklärt, wofür du da bist ...«

»Was ist in dem Paket?«, fragte Gregor und hob es von dem Sitz neben Franz auf. »Eine Tafel Schokolade?«

»Nein«, sagte Franz. »Gib mir das.«

Gregor schüttelte das Paket. »Ein Ziegelstein?«

»Also bitte, weshalb hätte ich einen Ziegelstein kaufen sollen?«, fragte Franz. Er schnappte sich das Paket und fing an, es auszupacken. Gregor rutschte auf seinem Platz hin und her.

»Die erste Klasse ist auch nicht bequemer als irgendeine andere Klasse«, sagte er. »Aber vermutlich wurde sie nicht für die Bequemlichkeit eines metergroßen Ungeziefers eingerichtet, was? Würde es dir etwas ausmachen, wenn ich ...« Er sprang an die Wand des Abteils.

»Lass das«, sagte Franz und schlug auf ihn ein. »Das ist ekelhaft.«

Gregor sprang ans Fenster.

»Und um Himmels willen, geh vom Fenster weg!«, befahl Franz.

Gregor sprang an die Decke. »Viel besser«, sagte er. »Also, was ist in dem Paket? Ah, es ist ein Buch!«

»Hervorragend geschlussfolgert«, sagte Franz. »Vor allem jetzt, nachdem ich es ausgepackt habe.«

»Schweinigelig?«

»Wie bitte?«

»Ist es ein schweinigeliges Buch?«

»Nein«, sagte Franz und war kurz davor, mit dem Buch nach Gregor zu werfen und ihn von der Decke zu holen.

»Wie heißt es?«

Die Tür zum Abteil wurde aufgeschoben, und zwei Nonnen kamen herein; die eine hatte eine Zeitung dabei, die andere eine Tüte Walnüsse. Sie setzten sich einander gegenüber hin. Die Nonne mit der Zeitung faltete sie auseinander und hielt sie wie eine Wand vor sich, während die andere Nonne sich daranmachte, die Walnüsse zu knacken, indem sie sie in ihre Armbeuge klemmte, die Faust ballte und den Unterarm dann ruckartig anwinkelte. Sie nickte Franz zu.

»Eine Walnuss?«

»Nein, danke«, sagte Franz. Die Nonne beäugte sein Buch.

»Was für ein schöner roter Einband«, sagte sie. »*Wie man kein guter Detektiv wird* von Irena Baumhofer«, las sie. »Ist das ein Kriminalroman?«

Schnappend fiel die Zeitungswand in sich zusammen, und die erste Nonne sah Franz streng an. »Mord ist eine Sünde.«

Die andere Nonne knackte eine weitere Walnuss. »Niemand behauptet das Gegenteil, Schwester Agathe«, sagte sie. »Ich habe nur den Titel des Buches von diesem jungen Herrn da gelesen.«

»Habe ich richtig gehört?«, fragte Gregor von der Decke. »Es heißt *Wie man kein guter* …«

»Du hattest genug Nüsse, Schwester Johanna«, sagte Schwester Agathe.

»Die sind gut für dich.«

»Sie machen Krach.« Schwester Agathe richtete ihren stählernen Blick wieder auf Franz. »Wie ich schon sagte, junger Mann«, sagte sie, »Mord ist eine Sünde.«

»Das stimmt«, sagte Franz.

»Sagen Sie das nicht so herablassend«, sagte sie. »Es ist eine Wahrheit.«

»Eine schreckliche Wahrheit«, sagte Franz und versuchte, sie anzulächeln, doch es brachte nichts.

»Eine Wahrheit kann weder schrecklich noch schön sein«, sagte sie. »Eine Wahrheit ist eine Wahrheit.«

»Mein lieber Scholli«, sagte Gregor.

»Dass Mord eine Sünde ist, ist eine Wahrheit«, sagte Schwester Agathe. »Und allein schon an Mord zu denken ist eine Sünde.«

»Sie meinen, einen Mord zu erwägen.«

»Ich meine, was ich sage.«

»Aber nicht jeder, der erwägt, jemand anders zu ermorden, ermordet tatsächlich jemanden.«

»Kennen Sie sich damit etwa aus?« Sie raschelte mit ihrer Zeitung vor Franz. »Diese Morde in Wien. Sünde, Sünde, Sünde. Wo man hinschaut.«

Schwester Johanna knackte wieder eine Walnuss.

»Wo man hinschaut?«, fragte Franz.

»Geh bloß nicht auf sie ein«, warnte Gregor.

»Ja«, sagte Schwester Agathe. »Überall. Der Mörder, die Opfer, die Detektive, selbst die Öffentlichkeit ... ein Übermaß an Sünde.«

Schwester Johanna kicherte, und Schwester Agathe schlug ihr mit der Zeitung ins Gesicht.

»Die Welt ist vom Tod besessen«, sagte Schwester Agathe, richtete ihren Habit und schoss einen giftigen Blick in Franz' Richtung. »Vom Tod an und für sich, natürlich, aber auch vom Tod auf schändliche Weise, selbst vom Tod als linderndes Mittel der Gerechtigkeit. Zwar ist es wichtig, sich mit dem Tod als Ende unserer körperlichen Existenz vertraut zu machen, doch sollte unsere Beschäftigung damit keinen Schritt weiter gehen. Woher kommt nur diese Faszination? Ich frage Sie! Woher kommt die Faszination?«

Franz hatte darauf eine Antwort, konnte sie aber nicht geben, weil Schwester Agathe weiterpolterte: »Es ist eine Krankheit, eine weltweite Krankheit«, sagte sie. »Und sie rührt vom Hohn her. Wir verhöhnen das, was wir einmal sein werden, und da wir alle einmal tot sein werden, verhöhnen wir den Tod und das Totsein. Ich sage ›wir‹, aber eigentlich meine ich euch alle. Alle anderen. Ich verhöhne den Tod nicht, das wage ich nicht. Aber ihr anderen? Hohn, Hohn, Hohn. Und das« – an dieser Stelle hielt sie die zerknitterte Zeitung in ihrer Hand in die Höhe – »ist der tägliche Beweis für die Früchte dieses Hohns.«

Patsch.

Schwester Johanna kaute ihre Walnuss und sagte: »Was Schwester Agathe damit sagen möchte ...«

»Ich wäre dir dankbar, wenn du meine Worte nicht interpretieren würdest«, sagte Schwester Agathe. »Ich spreche deutlich genug.«

»... dass niemand es ernst nimmt«, beendete Schwester Johanna ihren Satz. Ein leises Klopfen an der Wandverkleidung lenkte Franz' Aufmerksamkeit auf Gregor, der sich jetzt über Schwester Johanna befand, weil er es augenscheinlich auf die Walnüsse abgesehen hatte.

»Aber ich glaube, dass das nicht ganz stimmt«, sagte Franz und ignorierte Gregor, so gut es ging. »Die Polizei nimmt es ernst. Die Bürger Wiens. Ich selbst.«

»Sie? Inwiefern?«, fragte Schwester Johanna.

Franz wollte ihr sagen, dass seine Anwesenheit in diesem Zug an diesem heutigen Tag Beweis genug für die Ernsthaftigkeit seiner Absicht war. Aber würde sie die Umstände begreifen, die ihn hierhergeführt hatten, wo er doch selbst nicht wusste, ob seine Absicht seinem eigenen Willen entstammte oder das Resultat einer unsichtbaren, geheimnisvollen Manipulation war, in deren Gesamtpaket auch die plötzliche Ausradierung einer tödlichen Krankheit und die Gesellschaft eines auffallend großen, aasfressenden Ungeziefers enthalten war?

»Sind Sie Detektiv?«, fragte Schwester Johanna.

»Er ist kein Christ, das sage ich dir«, sagte Schwester Agathe.

Franz sah sie an. »Was hat das eine mit dem anderen zu tun?«, fragte er.

Schwester Agathe kniff die Lider zusammen. »Alles«, sagte sie, »hat mit allem zu tun, junger Mann.«

Gregor krabbelte wieder an die Decke.

»Jesus Maria«, sagte er, »am Ende läuft es immer auf Religion hinaus, nicht wahr?«

Franz spürte seine Entrüstung warm im Nacken prickeln. Er hatte eine Antwort für Schwester Agathe, konnte sie aber wieder nicht geben, da der Zug in diesem Moment kreischend in einen langen Tunnel einfuhr und alles schwarz wurde.

KAPITEL 14

DAS HEIßE ABTEIL

»Wie viel Geld haben Sie auf dieses Buch verschwendet?«, fragte eine sanft trällernde Stimme.

Franz strengte sich an, im lauten Rattern des sich durch den Tunnel schiebenden Zuges etwas zu verstehen. Wie kam es, dass er die Stimme überhaupt vernahm?

»Ich kenne die Verfasserin«, sagte die Stimme. »Sie meint es gut, aber ich muss Ihnen sagen, dass sie es geschrieben hat, um auf einen Trend aufzuspringen. Nichtsdestotrotz mag es Sie unterhalten.«

Der Zug schoss aus dem Tunnel heraus, und plötzlich saß Franz Inspektor Beide gegenüber. Gregor und die Nonnen waren nirgends zu sehen.

»Was bilde ich mir ein, und was passiert tatsächlich?«, fragte Franz. »Und antworten Sie mir nicht mit einer weiteren Frage.«

»Alles passiert tatsächlich«, sagte Beide.

»Blödsinn.«

»Sie wollten eine Antwort. Ich habe Ihnen eine gegeben.«

»Haben Sie mir die tatsächliche Antwort gegeben oder nur diejenige, von der Sie glauben, dass ich sie hören möchte?«

»Nun, woher soll ich denn wissen, welche Antwort Sie hören wollen?«

»Ich habe Ihnen doch gesagt, dass Sie nicht mit einer Frage antworten sollen.«

»Das galt nur für Ihre erste Frage.«

Franz schleuderte das Buch auf Beide. Sie fing es auf, schlug es auf und überflog die ersten paar Seiten.

»Glauben Sie wirklich, dass Sie das brauchen werden?«, fragte sie.

»Was anderes hatte er nicht«, sagte er.

»Wer?«

»Der Buchhändler. E. Murek.«

»Oh.« Sie blätterte um. »Überspringen wir die Einleitung«, sagte sie. »Da wären wir. ›Kapitel eins. Ein Fall. Sie werden keinen guten Detektiv abgeben, wenn Sie einen Fall nicht als solchen erkennen oder ihn nicht von etwas unterscheiden können, was alles andere als ein Fall ist ...‹ Im Ernst, Herr Kafka.«

»Er hat es mir zum Probepreis verkauft«, sagte Franz. »Es lag zusammen mit ein paar anderen Büchern in einem Gitterkorb.«

»Sie haben den dritten Umschlag noch nicht aufgemacht«, sagte Beide.

Franz sah ihn an. Anders als bei den ersten beiden stand auf diesem nichts.

»Was ist drin?«, fragte er.

»Keine Ahnung«, sagte sie.

»Aber ist er denn nicht von Ihnen?«

»Nein.«

»Aber Sie haben mir doch drei Umschläge hinterlegt.«

»Ja. Aber nur weil ich drei Umschläge hinterlegt habe, heißt das nicht, dass alle drei von mir sind. Verstehen Sie?«

Franz nickte. »Und wer hat Ihnen dann den dritten Umschlag für mich gegeben?«

»Eine Möglichkeit, das herauszufinden, wäre, ihn zu öffnen«, antwortete Beide.

»Und eine Möglichkeit, es herauszufinden, wäre, dass Sie es mir sagen«, sagte Franz.

»Vielleicht weiß ich es nicht.«

»Sie wissen *etwas* darüber.«

»Vielleicht will ich nicht, dass Sie es erfahren.«

»Tja, das ist etwas anderes. Warum wollen Sie nicht, dass ich es erfahre?«

»Weshalb glauben Sie, dass ich nicht will, dass Sie es erfahren?«

Wieder spürte Franz die Hitze im Nacken. Musste er dieses Spielchen bei der Inspektorin jedes Mal durchspielen? »Was ist an diesem Umschlag so wichtig?«, fragte er.

»Woher soll ich das wissen? Öffnen Sie ihn«, sagte Beide.

»Nein«, sagte Franz.

»Jetzt stellen Sie sich einfach nur stur.«

»Können Sie es mir verdenken?«, fragte Franz. »Man behandelt mich wie eine Marionette. Es fühlt sich an, als wäre jede Bewegung, die ich heute gemacht habe, von jemand anderem vorgegeben worden, unsichtbar, vorherbestimmt. Als hätte jemand oder etwas beschlossen, was ich tun soll, und würde mich nun immer in diese Richtung schubsen. Vieles war nicht so, wie es sein sollte. Dinge und Menschen tauchen auf und verschwinden wieder. Meine eigene Existenz ist nicht so, wie sie sein sollte. Und das wissen Sie auch!«

Beide schlug die Beine übereinander und sah zum Fenster hinaus. »Diese Tageszeit ist schön«, sagte sie. »Wie die Sonne über die Hügel kriecht, wenn sie untergeht. Die Hügel mochte ich schon immer. Den Kahlenberg, den Leopoldsberg ... und natürlich die schiere Majestät und Rätselhaftigkeit der Wälder. Ich fahre so gerne hier entlang, egal in welche Richtung, keine ist mir lieber als die andere. Ich mag die

Fahrt nach Norden, aber auch diese Richtung, die Fahrt nach Süden. Zu jeder Tageszeit. Ich weiß nicht, warum.

Da leben Leute, in den Wäldern, in den Bergen. Leute, denen ich nie begegnen werde, die ich nie kennenlernen werde. Ich werde sie nie auf der Straße treffen, so wie ich in der Stadt Leuten begegne, an unserem Ziel. Aber selbst wenn man Leuten auf der Straße begegnet, nun ... Ich kenne sie auch nicht, obwohl ich sie gesehen habe und Zeugin ihrer Existenz geworden bin.

Sind sie wie ich, wie Sie? Auf irgendeiner Ebene? Ich bin mir sicher, dass sie es sind, auch wenn es keine Möglichkeit gibt, das jemals zu beweisen. Ich gehe davon aus, dass sie alle, ob Stadtmenschen oder Landleute, dasselbe unerlässliche Uhrwerk in sich haben wie ich. Sie haben Hunger, empfinden Neid, haben Begierden, Bedürfnisse, sie lieben, sie hassen ...

Und dieser Zug rast dahin, an den verborgenen Fremden vorbei zu den sichtbaren Fremden. Dieser Zug, diese Eisenbahn, die vor fünfzig Jahren noch nicht hier verkehrte. Wir haben einen Weg gefunden, glatt hindurchzuschneiden, einen Ort mit dem anderen zu verbinden, uns von einer Menschengruppe zur anderen zu bringen, schneller und immer schneller. Es ist erstaunlich. Und beängstigend. Warum sollte das so sein, Herr Kafka?«

»Für mich ist das ein Rätsel«, sagte Franz. Im Abteil herrschte stickige Hitze.

»Gut«, sagte Beide und warf das Buch zu Franz zurück. »Laut dem ersten Kapitel von Fräulein Baumhofers Buch sind Sie auf dem besten Weg, ein guter Detektiv zu werden.«

Aus irgendeinem Grund machte das Franz wütend.

»Ihr Gesicht ist so rot«, sagte Beide.

»Hier drin ist es wie in einem Ofen«, sagte Franz. Er zog an der Kordel, mit der man das Fenster herunterlassen konnte, doch verschaffte ihm das keine Erleichterung, da ihm eine

Rußwolke direkt ins Gesicht schlug. Er rückte zur Seite und mühte sich, das Fenster wieder hochzuschieben.

»Soll ich Ihnen helfen?«, fragte Beide.

»Ich hätte gerne ein paar klare Antworten«, sagte Franz und drückte gegen das Fenster, das sich nicht bewegen wollte.

»Klare Antworten? Im Gegensatz zu trüben Antworten?«

»Ehrliche Antworten, keine Tricks.«

»Vielleicht, wenn Sie nicht so sehr dagegenhauen ...«

»Wie soll ich Geld verdienen, während ich Ihren Fall untersuche?«, fragte Franz und schlug gegen den Fensterrahmen.

»Sie haben Geld bekommen«, sagte Beide.

»Werde ich noch mehr bekommen? Ich muss meinen Unterhalt bestreiten, wissen Sie. Werden Sie dafür sorgen, dass man mir meine Pension überweist? Und selbst dann, es ist nicht gerade eine verschwenderische Summe ...«

»Sie werden alles Nötige erhalten.«

»Und was ist mit meinen Freunden, meiner Familie? Dora? Jedes Mal, wenn ich einen von ihnen kontaktieren möchte, passiert etwas, was mich daran hindert.«

»Das ist vielleicht besser so.«

»Was wollen Sie damit sagen?«

»Herr Kafka, hören Sie auf, an dem Fenster herumzumachen, und hören Sie mir zu.«

Franz setzte sich hin, aber so, dass ihn die Zugluft des Fensters nicht traf. Beide hatte sich verändert, während er mit dem Fenster beschäftigt gewesen war. Nun war sie wieder männlich. Franz blinzelte, nur um sich zu vergewissern, aber er hatte sich nicht geirrt. Beide war ein Mann.

»Ihre Mithilfe bei diesem Fall«, sagte Beide ohne die Spur eines Lächelns, »könnte gefährlich werden.« Er wartete ab, um zu sehen, ob Franz auf diese Aussage reagieren würde. »Ich dachte, wir hätten das schon besprochen. Mord ist eine gefährliche Sache, vor allem, solange Sie noch nicht wissen, mit was Sie es zu tun haben. Wollen Sie Ihre Freunde der Gefahr aussetzen? Willentlich? Oder Ihre Schwestern, Ihre Mutter? Vergessen Sie Ihren Vater, ich weiß ja, was Sie ihm gegenüber empfinden. Aber stellen Sie sich vor: Würden Sie Dora in die Schusslinie bringen wollen?«

Franz senkte den Blick zu dem ungeöffneten Umschlag auf seinem Sitz. Ein Windstoß erfasste ihn, sodass er aufflatterte, doch Franz fing ihn in der Luft auf.

»Eine letzte Frage«, sagte er und sah Beide an. »Sie ... wie soll ich das sagen? Sie *verändern* sich. Körperlich. Und auch in anderer, weniger auffälliger Hinsicht. So jemand wie Sie ist mir noch nie begegnet, jemand, der erst das ist und dann etwas ganz anderes.«

»Doch, ist Ihnen«, sagte Beide und lehnte sich zurück.

»Nein. Nein, ist mir nicht. Nicht so.«

»Vielleicht ist es Ihnen begegnet, ohne dass Sie es gemerkt haben. Wie lautet Ihre letzte Frage?«

»Wie«, sagte Franz und wog sorgfältig seine Worte ab, »soll ich Sie behandeln?«

Beide lächelte. »Wie alle anderen auch.«

Franz sah wieder auf den unbeschriebenen Umschlag, der in seiner Hand flatterte wie ein gefangener Vogel.

»Öffnen Sie ihn«, sagte Beide. »Womöglich liegt darin die Lösung des Falls.«

»Das halte ich kaum für möglich. Sonst wäre ich doch nicht hier, am Leben, gesund, ausgehungert, in diesem Zug, hier mit Ihnen, auf dem Weg in die Gefahr.«

»Aber woher wissen Sie das?«

Franz runzelte die Stirn und ließ den Umschlag los, der zum Fenster hinausflog.

Beide sah ihn nur an.

»Ich kenne dieses Spiel«, sagte Franz und stand auf. »Oder ich sollte sagen: Ich lerne Ihr kleines Spiel.«

»Welches Spiel? Es gibt kein Spiel.«

Franz lächelte. »Der Tunneltrick«, sagte er.

»Tunneltrick?«

»Und da kommt gleich einer, ich habe ihn kurz gesehen, als ich am Fenster war.«

»Was für ein Tunneltrick?«

»Oh, ich bin Ihnen weit voraus. Auf Wiedersehen, Inspektor.«

Der Zug fuhr in einen Tunnel, und das Abteil wurde in Dunkelheit getaucht.

Sekunden später kam der Zug wieder ans Licht, und die Nachmittagssonne flutete das Abteil.

»Hätte etwas passieren sollen?«, fragte Beide.

Franz setzte sich. »Vergessen Sie es«, sagte er.

Der Zug fuhr durch ein Gehölz mit hohen Baumstämmen, die an der Sonne im Westen vorbeihuschten und das Abteil für Sekundenbruchteile verdunkelten. Franz fühlte sich kurz schwindelig, als würde er Beide in einer Wundertrommel erblicken. Er schloss die Augen. Nur eine Sekunde lang, doch als er sie wieder öffnete, war er allein im Abteil, und das Fenster war geschlossen. Er stand auf, rüttelte am Fenster, und da es nicht nachgab, ging er zur Tür, nur um festzustellen, dass auch sie verriegelt war.

Was von seinem Verstand übrig war, bemühte sich, ihn davon zu überzeugen, dass er die ganze Zeit geschlafen hatte, dass ihn das Wackeln des Zuges eingeschläfert hatte und dass Inspektor Beide, Gregor – selbst die Nonnen – allesamt ein Traum gewesen waren. Er wollte sich wieder setzen.

Und trat auf eine Walnussschale.

KAPITEL 15
EIN SPAZIERGANG

Julia Dierkop stand auf dem Treppenabsatz und entdeckte den Hängekünstler am Fuß der Treppe. Wie grüßte man ihn angemessen? Grüßte man ihn überhaupt? Es bestand die Möglichkeit, dass er sie nicht sah, und weshalb sollte sie überhaupt *wollen*, dass er sie sah? Sie hatte keine Angst vor ihm, zumindest hier nicht, zumindest jetzt nicht.

»Guten Abend«, sagte Hans Henker zu ihr.

Julia lächelte und ging die Treppe hinunter. Im Flur waberte der Geruch von Frau Alts übergekochtem Essen.

»Guten Abend«, sagte Julia. »Sie kommen noch zu spät ins Theater, Herr Henker.«

»Da haben Sie recht, Fräulein Dierkop«, sagte Henker.

»Ich fürchte, das Abendessen ist mir nicht bekommen«, sagte sie. »Aber Sie haben sich der Erniedrigung dieser Gemeinschaftsessen ja nicht ausgesetzt. Ich beneide Sie und Ihre Schwester darum, dass Sie Ihre Mahlzeiten in Ihrem Zimmer einnehmen.«

»Wir haben gleich gemerkt, dass man auf Frau Alts Küche nur im Notfall als allerletztes Mittel zurückgreifen sollte.« Er lächelte und schaute weg. »Wie dem auch sei, ich bedaure, dass es Ihnen nicht wohl bekommen ist, aber Sie wirken so frisch wie eine Rose.« Er zupfte an seinen Handschuhen, um sie zu glätten. »Ihre Schwestern haben nicht auf Sie gewartet? Oder ist auch ihnen ... nicht wohl?«

»Oh nein, denen geht es gut. Die können jeden Mist in sich hineinschaufeln und sind trotzdem agil und frisch wie Rennpferde, um es einmal so auszudrücken. Und ich verrate Ihnen mal ein Geheimnis: Sie sind gar nicht meine Schwestern.«

»Ach. Sie sind eine Poseurin.«

»Schlimmer noch: Ich bin eine Kusine.«

»Und deshalb im Grunde eine Dierkop.«

»Im Grunde, ganz echt.«

»Wie bezaubernd. Nun verstehe ich, warum sie sich die Drei Dierkop Schwestern nennen, aber man sollte doch meinen, dass sie auch Sie irgendwie zu Ehren kommen lassen wollen.«

»Die Drei Dierkop Schwestern mit Kusine? Das wäre vielleicht treffender, macht sich aber nicht gut auf dem Programmzettel.«

Er rührte sich nicht. Sie hörten die Salonuhr die volle Stunde schlagen. Beide wandten sie den Kopf in die Richtung, aus der der Laut kam.

»Ich sollte mich besser beeilen«, sagte Julia und ging an ihm vorbei.

»Ich schätze«, sagte er, während er sich zu ihr umwandte, »dass meine Begleiter wohl vergessen haben, dass wir heute zusammen hingehen wollten.«

»Die Fliegenden Orkane?«

»Ja. Bestimmt haben sie den ganzen Nachmittag gebechert oder hauen sich mal wieder die Bäuche voll.«

»Die Italiener zeigen genauso viel Inbrunst beim Essen wie wir Österreicher.«

»Dann verrate auch ich Ihnen ein Geheimnis. Sie geben

nur vor, Italiener zu sein, aber sie sind aus Stuttgart. Und sie sind zu dick für ihre Kostüme geworden. Vielleicht ist Ihnen das schon aufgefallen.«

»Ich habe ihnen gar nicht zugesehen.«

»Wie dem auch sei, ich dachte ... nun ... da wir ja nun denselben Weg haben, habe ich mich gefragt, ob Sie vielleicht mit mir zusammen gehen wollen?«

»Mein lieber Herr Henker, können Sie denn nie ohne Begleitung irgendwohin gehen?«

Da verging ihm sein Lächeln. »Dann warte ich eben. Normalerweise macht Frau Alt um diese Zeit einen kleinen Spaziergang. Dann frage ich sie, ob sie mitkommt.«

»Ich wollte Sie nicht kränken«, sagte Julia. »Ich habe lediglich festgestellt, dass ... nun, ich sehe Sie eben *nie* alleine außer Haus.«

»Ich mag Gesellschaft. Ich bin ein netter Kerl.«

»Nun, es wäre mir ein Vergnügen. Und eine Ehre – mit einer Berühmtheit gesehen zu werden.«

Darauf errötete er. »Ich bezweifle, dass man mich in Begleitung eines so zauberhaften Mädchens überhaupt bemerkt.«

Sie machten sich auf den Weg zur Traumhalle. Das gefiel Julia: *Mädchen.* Freilich war der Kerl ein Schmeichler, man hatte sie schon seit Jahren nicht mehr für ein Mädchen gehalten. Er war so liebenswürdig, hatte eine so freundliche Art, dass sie an einen schüchternen Kurzwarenhändler denken musste, der tagsüber kaum Kundschaft gehabt hatte. Darüber vergaß sie fast die Beschaffenheit seiner Vorstellung.

»Ihrer Schwester geht es gut, hoffe ich?«, fragte sie, während sie einen kleinen Umweg über den Boulevard mit seinen vielen Läden und Restaurants gingen.

»Ich darf frohen Herzens berichten, dass es ihr gesundheitlich viel besser geht, seit wir nach Wien gekommen sind.«

»Wie schön. Was meinen Sie, woran das liegt?«

»Hm?«

»Dass es ihr gesundheitlich besser geht, meine ich.«

»Oh. An vielerlei. Ich bin kein Arzt. Und ich stelle das Leben nicht infrage, wenn es sich zum Besseren entwickelt. Ich brauche die Ursache nicht zu wissen.«

»Aber wenn Sie die Ursache kennen würden, dann könnten Sie sie erneut herbeiführen, wenn es Ihrer Schwester wieder schlechter ginge ... Wobei wir natürlich hoffen, dass das nicht geschieht.«

»Diese neue Nummer, die Sie in das Programm aufgenommen haben«, wechselte er das Thema, »ist sehr ›jazzig‹. Ich glaube, das ist der richtige Begriff.«

Julia konnte er nichts vormachen. Er wusste genau, dass »jazzig« der richtige Ausdruck war. Er war am Puls der Zeit. Er hatte Schallplatten der angesagtesten und jazzigsten Bands in Deutschland und Österreich.

»Danke«, sagte sie. »Ich wusste gar nicht, dass Sie sich uns anhören. Schließlich treten wir in der ersten Hälfte auf, und Sie ... nun, Sie bilden den krönenden Abschluss.«

»Wenn es noch heißer wird«, sagte er, »mache ich mir Sorgen, wie erst der Juli werden wird. Dann werden wir gebacken wie Honigkuchen.«

Danach gingen sie drei Straßen weit schweigend, bis Julia stehen blieb.

»Seltsam«, sagte sie.

Henker drehte sich um und wartete auf sie. »Alles in Ordnung?«, fragte er.

Julia schüttelte den Kopf, lächelte und ging weiter.

»Dieser Herr«, sagte sie. »Vor dem Schweizerhaus. An einem der Tische. Nein, schauen Sie nicht hin.«

»Was ist denn mit ihm?«

»Haben Sie schon einmal jemanden, den Sie immer nur in einem bestimmten Umfeld kannten ... in einem vollkommen anderen Umfeld gesehen? Ach, Gott, ich sagte, Sie sollen nicht hinschauen.«

»Welcher Mann? Der in dem schrillen Karo?«

»Ja.«

»Und der Krawatte, die wie ein Stallfeuer leuchtet?«

»Genau der.«

»Kennen Sie ihn?«

»Nur vom Sehen«, sagte Julia. »Oh, ich glaube, wir sollten uns sputen, oder nicht?«

»Wenn Sie möchten«, sagte Henker, sanft und ergeben wie immer. »Wo haben Sie ihn gesehen?«

»Na, natürlich im Theater«, sagte sie, und das Blut stieg ihr in die Wangen. »Es überrascht mich, dass Sie ihn noch nicht bemerkt haben. Man kann ihn kaum übersehen.«

»So viele Leute kommen ins Theater.«

»Oh, aber der ist mehr als einmal gekommen. Viele Male. Zumindest glaube ich, dass es derselbe ist.«

Henker warf noch einmal einen verstohlenen Blick zu dem Mann im karierten Anzug hinüber, der an seinem Tisch vor einem unberührten Teller saß. Er schrieb in einem Heft oder Notizbuch.

»Vielleicht ist er ein Kritiker«, sagte Henker, doch Julia hatte das Heft nicht bemerkt, deshalb verstand sie den Witz nicht.

»Nun, er mag auf alle Fälle das Theater«, sagte sie. Sie drückte ihr Taschentuch auf die feuchte Oberlippe.

»Könnte sein, dass er Sie mag«, sagte Henker.

Julia lachte. »Das bezweifle ich«, sagte sie. »Ich bin nur eine von vieren, falls Sie das vergessen haben.«

»Ach, aber Sie sind die einzige Dierkop, die nicht die Augen waidwund macht.«

»Sie meinen, die keine Augenweide ist.«

»Nein, ich habe gemeint, was ich gesagt habe. Ich dachte,

das wäre listiger, aber vermutlich ergibt es kaum einen Sinn, so, wie es aus meinem Mund kommt. Zu meiner Verteidigung muss ich sagen, dass ich nicht als Komiker engagiert bin.«

Julia machte eine düstere Miene. »Nein«, sagte sie, »das sind Sie nicht. Eindeutig nicht.«

Sie waren am Bühneneingang der Traumhalle angekommen und stellten erleichtert fest, dass der dunkle Bereich hinter der Bühne um einiges kühler war als der Juniabend draußen.

»Danke«, sagte Julia, »für die angenehme Begleitung.«

Er verneigte sich und ging die Treppe zu den etwas besseren Künstlergarderoben hinauf.

Etwas brachte Julia dazu, ihn aufzuhalten. »Wollen Sie nicht ... äh, erst Ihre Requisiten überprüfen?«

Er blieb stehen und sah zu ihr hinab. »Wenn ich auftrete, ist alles fertig.«

»Verstehe. Wie tröstlich. Sie müssen sich ja prächtig mit den Bühnentechnikern verstehen. Stecken Sie ihnen etwas zu?«

Er lachte. »Ich verlasse mich nicht auf die Hilfe anderer. Das will heißen, dass ich von niemandem Hilfe brauche.«

»Sie haben großes Glück.«

»Möchten Sie ... meine Garderobe sehen?«

»Ich habe noch nie die Garderobe einer Berühmtheit gesehen. Soll ich's wagen? Oder setzt mir das nur Flausen in den Kopf?«

Er sagte nichts, sondern ging weiter hinauf. Sie folgte ihm.

Als er die Türe öffnete, war nichts zu sehen.

Kein Koffer, keine Kostüme, nur der Schminktisch, der Spiegel und davor ein einfacher Stuhl. Auf dem Tisch lag nichts herum, keine Theaterschminke, keine Pinsel, keine Handtücher und nichts Persönliches. Keine Telegramme oder Notizen, keine eingerahmten Fotografien.

Mit offenem Mund betrachtete Julia die Leere.

»Es ist eine sehr schlichte Nummer«, sagte Henker.

»Das sehe ich«, sagte Julia. »Will heißen, ich sehe nichts. Gar nichts. Nicht einmal ...«

»Den Strick?«, fragte er. »Oh, der wird schon da sein, wenn ich ihn brauche, machen Sie sich da mal keine Sorgen. Ebenso wie womöglich auch Ihr junger Mann im karierten Anzug.«

»Er ist nicht mein junger Mann«, sagte sie, doch er machte bereits die Tür zu.

»Ich wünsche eine gute Vorstellung«, sagte Henker.

KAPITEL 16
MONSIEUR CHOUCAS

Alles, was Franz über Frau Alt schlussfolgerte, stellte sich als falsch heraus, und so fing sein Leben als Detektiv an.

Bei seiner ersten Begegnung mit ihr sah er in der imposanten Frau eine längst vergessene Soubrette, die vor rund vierzig Jahren als große Schönheit gegolten hatte, eine Frau, die mit einer Mischung aus überkommenen Moralvorstellungen und Neid auf diejenigen, die immer noch auf den Brettern standen, ihre Pensionsgäste bemutterte. Er sah in ihr eine aufgeblasene Schwätzerin voller guter Ratschläge und unmöglich nachprüfbarer Skandale aus der turbulenten alten Zeit. Er stellte sie sich vor, wie sie jeden Montagabend einen »zwanglosen« Salon veranstaltete, bei dem sie bescheiden ein Stück trällerte und danach sieben Zugaben drauflegte, größtenteils in einem vollbusigen Alt, der in Sopranlage angestrengt klang, und vor allem Stücke aus *Die lustige Witwe*, weil sie behauptete, dass sie darin für die Hauptrolle vorgesehen war, hätte sie nicht unermüdlich an ihrer Tugendhaftigkeit festgehalten und sich strikt geweigert, jene Intendantenbüros zu betreten mit Möbeln, die länger als ein Stuhl waren. Er sah in Frau Alt eine tratschende, neugierige Märtyrerin des Gedenkens an ihren verstorbenen Mann, einen trübseligen Winzling, dessen Fotografie, schwarz umrandet, an prominenter Stelle auf dem Kaminsims prangte.

Frau Alt hatte jedoch in Wirklichkeit ihr ganzes Leben lang nichts mit dem Theater zu tun gehabt, abgesehen von einer kurzen Stippvisite, als sie noch keine zwanzig gewesen war, und zwar als Konditorlehrmädel in einem Süßwarengeschäft zwei Türen vom Musikverein entfernt.

Was die Witwenschaft anging, musste Franz feststellen, dass sie ganz und gar nicht verwitwet war, dass Herr Alt, der ebenso groß und mächtig wie seine Frau war, in der Pension noch anzutreffen war, wo er mit einer Werkzeugtasche Zimmer um Zimmer abklapperte.

Trotz seiner Fehleinschätzungen bezüglich der Wirtin merkte Franz bald, dass er sich in dem Zimmer, das er bekommen hatte, nicht geirrt hatte.

Er hatte nicht mehr erwartet als einen Schrank mit einem schmalen, dreckigen Fenster nach hinten raus auf die Abortgrube. Lediglich in einem lag er falsch: Das winzige Fenster war sauber. Dass man das Zimmer als Schrank betrachtete, wurde ihm von Frau Alt bestätigt, die nämlich erst noch Eimer, Lappen und Besen hinaus auf den Treppenabsatz räumte, als sie ihm sein neues Domizil zeigte.

Franz hatte sich als Monsieur Choucas vorgestellt, denn eine andere französische Entsprechung seines eigenen Namens, die näher dran war, fiel ihm nicht ein. Er fand den Namen ziemlich schick und künstlerisch. Gregor hatte »Johann Schmidt« vorgeschlagen, doch Franz hatte ihm erklärt, dass ihm etwas Besseres einfallen würde.

»Das ist das lauschigste Eckchen im Haus«, sagte Frau Alt und nieste vom Staub, den sie mit dem Öffnen der Tür aufgewirbelt hatte. »Ausgezeichnet für einen alleinstehenden Herrn auf der Suche nach Ruhe und Zurückgezogenheit.«

»Es ist ausgezeichnet«, log Franz. Er sprach mit unverstellter Stimme, da sein Versuch, einen französischen Akzent zu fingieren, Gregor zu dem Vorwurf verleitet hatte, er würde sich anhören, als fielen ihm die Zähne aus dem Mund.

»Mahlzeiten gibt es im Esszimmer um sieben, zwölf und fünf«, sagte Frau Alt. »Wir essen etwas früher zu Abend, da alle unsere Gäste, worauf ich stolz bin, an dem einen oder anderen Theater engagiert sind. Was Jause und Kaffee und Kuchen angeht, müssen Sie sich selbst versorgen, schließlich ist das eine Unterkunft und kein Restaurant. In den Zimmern ist das Kochen verboten, außer natürlich in der Deluxe Suite, die aber schon belegt ist.« Dabei deutete sie zur Tür hinaus auf den nächsthöheren Treppenabsatz. Als Franz hinaufsah, entdeckte er eine vornehme Doppeltür, umrahmt von Blumentöpfen auf kleinen Tischchen. »Die Deluxe Suite hat auch eine eigene, private ... nun. Sie wissen bestimmt, was ich meine.«

Franz wusste es und fragte, wo sich das »Sie wissen bestimmt, was ich meine« für alle anderen befand. Frau Alt zeigte vage die Treppe hinunter, auf der sie heraufgekommen waren. »Ein Stock weiter unten, am Ende des Ganges, gehen Sie einfach links am Fuß der Treppe. Wenn Sie von hier kommen natürlich«, sagte sie. »Wenn Sie von unten kommen ...«

»Gehe ich nach rechts«, sagte Franz und freute sich, dass er wenigstens eine Sache richtig geschlussfolgert hatte.

Frau Alt lächelte auf eine Weise, die nachsichtig sein sollte, und die Lehrer für die debilen Eltern begriffsstutziger Kinder reserviert hatten.

Franz beobachtete, wie Gregor unter das traurig aussehende Bett kroch. »Danke, Frau Alt«, sagte er und nahm den Geldumschlag aus seiner Manteltasche.

Sie hielt ihn davon ab. »Immer sonntagabends«, erklärte sie. »Natürlich weise ich Geld niemals zurück, aber es ist angenehmer, wenn man eine gewisse Regelmäßigkeit etabliert, denn Sie wissen ja, was man über Regelmäßigkeit sagt.«

Franz wusste es nicht und gestand ihr das. Frau Alt klärte ihn jedoch nicht auf, da sie ganz gebannt das Bündel Banknoten betrachtete, das er herausgezogen hatte.

»Sollten Monsieur nach einer *geräumigeren* Unterkunft schauen«, sagte sie, »dann besteht die sehr konkrete Wahrscheinlichkeit, dass ich bald ein Zimmer freibekomme, das Ihren Wünschen entsprechen dürfte.«

»Ach?«, fragte Franz ein bisschen weniger geistreich, als ihm lieb gewesen wäre.

Frau Alt nickte wieder in Richtung der Doppeltür auf dem nächsthöheren Treppenabsatz. »Die exklusive Suite sogar«, sagte sie. »Aber bisher habe ich keine Bestätigung. Ich will nicht, dass Sie sich falsche Hoffnungen machen.«

»Plant da jemand abzureisen?«, fragte Franz.

Von Staub bedeckt, kroch Gregor unter dem Bett hervor. »Meine Güte«, sagte er, »was für Fragen du stellst! Willst du, dass sie dich für einen Dussel hält?«

Frau Alt sprach leiser weiter und machte die Tür zu, sodass man in dem winzigen Zimmer Platzangst bekommen konnte. Sie roch nach Lavendel und Gewürzen vom sauren Einmachen. Franz wich einen Schritt vor ihr zurück und stieß sich den Kopf an einem Regal.

»Herr Henker«, sagte sie. »Von dem haben Sie bestimmt schon gehört.«

Gregor sagte: »Denk dran, du gibst dich als Franzose aus.«

»Der Name ist mir nicht vertraut«, sagte Franz.

»Der Hängekünstler«, sagte Frau Alt.

»Was hängt er denn?«

»Er hängt sich selbst!«

»Unglaublich! Jeden Abend? Der muss einen ungewöhnlich zähen Hals haben.«

Gregor stöhnte und kroch wieder unters Bett.

Frau Alt lachte. »Ja, das muss er«, sagte sie. »Ich will Ihnen nicht die Spannung rauben.«

»Die Spannung?«

»Bei seiner Vorstellung.«

»Ah.«

»Die müssen Sie einfach sehen. Ganz Wien ist aus dem Häuschen.«

»Warum wollen die Wiener denn nicht mehr zu Hause bleiben?«

»Du übertreibst es!«, rief Gregor unterm Bett hervor.

Frau Alt war von ihrem angeblich ausländischen Gast offensichtlich bezaubert. Sie machte die Tür auf und spähte zum Treppenabsatz. »Monsieur versteht nicht richtig«, sagte sie. »Wenn ich sage, dass alle aus dem Häuschen sind, meine ich, dass er *à la mode* ist.«

»Ach, nun, dann muss ich die Vorstellung ganz bestimmt ansehen, nur allein um *à la mode* zu sein ... und als Zeichen der Ehrerbietung unter Künstlern.«

»Dann rate ich Ihnen, es bald zu tun, wenn Sie ihn noch zu einem vernünftigen Preis sehen wollen.«

»Was wollen Sie damit sagen?«

»Nun, ich bin ja keine Tratschtante, aber ich kann Ihnen sagen, dass er heute Besuch von Max Spindler bekommen hat, das ist der König aller Impresarios in Wien. Dem gehört die *Feier*, das größte Varieté in Österreich, und, tja ...«

»Ja?«

Frau Alt sagte: »Tja, Max Spindler scheint Herrn Henker ganz dringend engagieren zu wollen, denn dass Spindler wegen irgendjemandem sein Büro verlässt, ist eine unerhörte Sensation. Und wenn Herr Henker in der Feier spielt, dann werden er und seine Schwester umziehen in ein ... nun, sagen wir einfach, mein bescheidenes kleines Heim kann es nicht mit den vornehmen Hotels aufnehmen. Deshalb sollten Sie ihn sich anschauen, solange er in der Traumhalle ist, denn dort zahlen Sie nur die Hälfte von dem, was in der Feier schon die billigen Plätze kosten.«

»Sie haben eben eine Schwester erwähnt«, sagte Franz. »Macht sie denn mit bei der Vorstellung?«

»Jesus Maria, nein«, sagte Frau Alt. »Sie ist behindert, die Arme. Sie verlässt die Suite nie.«

»Was hat sie denn?«

»Ich habe keine Ahnung.«

Herr Alt stapfte die Stufen herauf, sah zu Franz herein, brummelte etwas, was wie ein lang gezogener Rülpser klang, während er einen Gummihammer zum oberen Stockwerk reckte, worauf Frau Alt sagte: »Nun, aber beeil dich.«

Herr Alt ging weiter hinauf, und Frau Alt gab Franz den Zimmerschlüssel.

»Sie werden sich bestimmt wohlfühlen«, sagte sie.

»Ist heute Abend eine Vorstellung?«, fragte Franz.

»Eine Vorstellung?«

»Vom Hängekünstler. Jetzt haben Sie mich neugierig gemacht.«

»Oh, ja, aber dann müssen Sie sich sputen, Sie haben nicht einmal mehr eine Stunde, bevor der Vorhang aufgeht, auch wenn Herr Henker erst am Schluss des Programms dran ist.«

»Ist es weit?«

Sie erklärte ihm den Weg zur Traumhalle, und er dankte ihr. Am oberen Ende der Treppe wandte sie sich noch einmal erschrocken um.

»Oh! Wie unhöflich von mir, Monsieur!«

»Madame?«

»Ich war so unhöflich und habe gar nicht gefragt, was Sie für eine Nummer haben?«

Gregor kam wieder unterm Bett zum Vorschein und

mampfte ein fauliges Apfelgehäuse. »Daran haben wir nicht gedacht.«

»Meine Nummer, Madame?«, fragte Franz.

»Ihre Spezialität«, sagte sie.

Franz achtete darauf, dass seine Augen nicht panisch hervortraten, während er fieberhaft nach einer Antwort suchte. »Ach«, sagte er, »meine Spezialität, ja, nun, wie soll ich das beschreiben? Ich bin, das heißt, man könnte mich als, schauen Sie, die Sache ist die, dass ich ...«

»Verrilionist«, sagte Gregor.

»Ein Verrilionist bin«, sagte Franz.

»Wie entzückend!«, rief Frau Alt aus. »Nun, dann geben Sie Bescheid, wenn Sie noch ein Gläschen brauchen, ja?«

»Nicht nötig, Madame, ich brauche gerade nichts zu trinken«, sagte Franz.

Frau Alt musste darüber sehr lachen, während sie die Treppe hinunterging und immerzu wiederholte: »›Nichts zu trinken!‹ Genial!«, bis sie unten angekommen war.

Franz machte die Tür hinter sich zu und nahm den Mantel ab. »Was zum Teufel ist ein Verrilionist?«, fragte er.

»Ich weiß nicht«, sagte Gregor.

»Du weißt nicht? Aber warum hast du mir dann gesagt, dass ich mich als einer ausgeben soll?«

»Es war das Erste, was mir eingefallen ist.«

»So ein Wort? Was geht in deinem Hirn nur vor sich?«

»Reg dich nicht auf, es ist ...«

»Jetzt muss ich herausfinden, was ein Verrilionist ist, und wehe, ich gehe nicht als einer durch!« Er knöpfte seine Weste auf.

»Was machst du?«, fragte Gregor.

»Nach was sieht es denn aus? Ich ziehe mich aus!«

»Jetzt?«

»Ich brauche ein Bad, und es ist klüger, jetzt ins Bad zu

gehen, wenn die ganzen anderen Gäste mit ihrem Theaterkram beschäftigt sind, als heute Nacht oder morgen früh, wenn man sicherlich anstehen muss.«

»Aber hast du denn nicht gehört, was die Frau gesagt hat?«

»Ich habe alles gehört, was sie gesagt hat. Warum fragst du?«

Gregor rieb sich am Vorhang, um den Schmutz von seinem Panzer zu wischen. »Henker wird umziehen«, sagte er. »Wenn du seine Vorstellung sehen willst, dann heute Abend.«

»Ich bin mir sicher, dass er heute Abend nicht seine letzte Vorstellung gibt«, sagte Franz, öffnete den Kragen und band die Krawatte auf. »Ich gehe morgen Abend.«

Gregor, wieder etwas präsentabler, schnappte Weste und Mantel und hielt sie ihm hin. »Jetzt!«, sagte er. »Los!«

»Warum denn die Eile?«

Gregor fixierte ihn mit einem – nach Franz' Interpretation – eindringlichen, nüchternen Blick. »Wann«, sagte das Insekt, »fängst du mal mit richtiger Detektivarbeit an?«

Franz erwiderte den Blick des Ungeziefers ein paar Momente lang, ehe er seinen Kragen wieder anknöpfte. »Na gut«, sagte er und sprach mit sich selbst. »Dann gehe ich eben. Aber glaube bloß nicht, ich hätte noch nichts in Erfahrung gebracht, mein scheußlicher Freund. Denn das habe ich.«

»Über die Morde?«

»Nun, nein, nicht über die Morde an sich, aber ...«

Gregor reichte ihm seinen Hut. »Du gehst besser«, sagte er. »Soll ich mitkommen?«

Franz setzte den Hut auf und betrachtete sich, so gut es ging, in dem untertassengroßen Spiegel, der über der Kommode an einem Haken hing. »Ich dachte, ich könnte dein Auftauchen und Verschwinden nicht beeinflussen«, sagte er und betrachtete sein Spiegelbild. »Ich sehe aus, als wäre ich am Verhungern. Und weißt du auch, warum? Weil ich verhungere. Mir ist, als wäre das Frühstück heute Morgen schon eine Woche her.«

»Wir besorgen dir auf dem Weg eine gute warme Brezel mit Senf«, sagte Gregor, während Franz die Tür öffnete und plötzlich den Türknauf in der Hand hielt.

»Zum Kuckuck«, sagte Franz und warf den Knauf auf den Teppich im Flur.

Brezel. Senf.

Er hatte zu tun.

KAPITEL 17
DIE VORSTELLUNG

Hans Henker saß in seiner leeren Garderobe, hatte die Augen geschlossen und fing an, jede Spur von sich selbst aus seinem Bewusstsein zu schaffen.

Das war nicht einfach.

Jedes Mal gab es Schwierigkeiten, wenn er die graue Wand hochzog, die Hans Henker vom Hängekünstler trennte. Es brauchte Zeit, und es brauchte vollen Einsatz.

Doch vor allem erforderte es Gerissenheit, die er von Natur aus nicht besaß. Und Übung machte einen, wie er hatte lernen müssen, auch nicht perfekt. Dennoch musste es gelingen, und er beschwor weiter in Gedanken einen Rattenfänger herauf, der seine Wirklichkeit fort in eine Geheimkammer in den dunklen Tiefen seiner Seele führen sollte.

Seele?

Er führte diesen Gedanken fort.

Die Vorstellung hatte begonnen. An sein Ohr drangen die Stimmen der Künstler, das Wispern des Publikums und sogar das Klappern des Mechanismus, mit dem der Vorhang hochgezogen wurde, und die kurze musikalische Zugabe.

Eines nach dem anderen lockte er die Geräusche fort.

Er hörte, wie die Dierkop-Schwestern ihr erstes Lied zwitscherten. Er hörte zu und versuchte, Julias Stimme aus den anderen herauszufiltern. Da war sie: der Alt. Nur ihre Stimme klang nicht wie eine verwirrte Hornisse. Sie war weich, ein warmer Faden unter dem ...

Nein. Er führte sie fort auf die andere Seite der grauen Wand, hinunter in die Finsternis.

Er wandte sich seinem Text zu.

Er kannte den Text und würde ihn wahrscheinlich bis an sein Lebensende kennen, vielleicht sogar noch länger. Er kannte den Text, sagte ihn aber dennoch auf, denn er stammte vom Hängekünstler. Der Text würde nie variieren, denn eine Variation bedingte Nachdenken – ein ständiges Kniffeln, das die Sache besser oder schlimmer machte –, und Hans brauchte weder Variation noch Verbesserung. Was er brauchte, war der Text, und ...

Der Geruch von Spindlers Zigarre, die Frische des Vertrags ... des hochwertigen Papiers ...

Es war ein weiterer Schritt für ihn, oder eher ein Sprung, und ...

Nein. Hinaus. Fort, hinunter, hinein, zu, verschlossen.

Guten Abend, meine Freunde, meine teuren neuen Freunde.

Der Hängekünstler verlässt die Garderobe und schließt die Tür hinter sich.

Er geht die Wendeltreppe hinunter, eine Hand am Geländer.

Er hört das Lachen des Publikums, doch er hört, dass es angespannt ist, denn sie warten, sie warten auf den Hängekünstler. Sie haben schon die ganze Woche auf ihn gewartet, den ganzen Tag, den ganzen Abend. Jede weitere Reaktion erfolgt automatisch: Überraschung, Applaus, Gelächter.

Er weicht nicht aus, als ein Schwung kaum bekleideter

Tänzerinnen zur Bühne hastet. Sie fließen links und rechts an ihm vorbei wie Gänse auf dem Weg nach Süden, die vor einer unerwarteten Wetterfahne auseinandergehen und sich dann wieder vereinigen.

Er wartet, wo er immer wartet, neben dem Harfenkasten, in dem vielleicht eine Harfe ist, vielleicht auch nicht.

Er weiß, dass die Tänzerinnen ihre glanzvollsten Figuren abliefern. Die Musik ist abgefahren, das Stampfen hartnäckig, trotzig.

Er hört den Applaus für ihre Anstrengungen, reichlich ist er, aber bedeutungslos.

Die Tänzerinnen schwärmen von der Bühne und reißen sich alle gleichzeitig den perlenbesetzten Kopfputz vom Haupt, trippeln hintereinander die Treppe hinauf, wobei ihre Schuhe klingen wie Regentropfen, die in einen Zinneimer prasseln.

Der Hängekünstler vernimmt seine Auftrittsmusik.

Es ist die Musik von Sonnenschein und Liebe.

Nie hat die Geige süßer getönt, die gedämpfte Trompete niemals schüchterner.

Ein junger Mann mit Mütze und Hemdsärmeln, die kräftigen Arme bereit, den Vorhang hochzukurbeln, nickt dem Hängekünstler zu, der lächelt, aber das Nicken nicht erwidert.

Der Vorhang hebt sich, die Musik schwillt an.

Dann bricht das Orchester ab. Der Dirigent nickt den Musikern zu, sie schalten ihre Lampen aus.

Der Hängekünstler betritt die Bühne. Er bleibt genau in der Mitte stehen und lässt dem Publikum einen Augenblick Zeit, um seinen fesch geschnittenen karamellfarbenen Leinenanzug, sein pomadisiertes Haar, seine frühlingsgrüne Krawatte, seine gewichsten fondantbraunen Schuhe und seine butterfarbenen Handschuhe aus Kalbsleder zu betrachten.

Er nimmt eine lässige, aber gebieterische Haltung ein: die Beine zusammen, aber die Füße ein Stück nach außen gedreht, ein Fuß einen Fingerbreit nach vorn gerückt, die linke Hand in der Tasche, die rechte Hand unbekümmert an der Seite.

Er spricht.

»Guten Abend, meine Freunde, meine teuren neuen Freunde – und, wie ich hoffe, neue Freunde, die zu alten Freunden geworden sind, weil sie wiedergekommen sind. Seien Sie willkommen, und vielen Dank. Danke, dass Sie mich gefunden haben.«

Er dreht sich nach rechts und geht zu dem Grammophon, das auf einem zierlichen Tisch steht. Er zieht es auf, bis die Feder völlig aufgezogen ist. Er drückt den Stopper des Plattentellers, und die Schallplatte dreht sich. Dann hebt er die Schalldose und senkt sie auf die sich drehende Platte. Die Nadel gleitet in die Rille.

Dann kehrt er in die Bühnenmitte zurück, während geschmackvolle, flotte Musik – *Gigolette,* gespielt von Marek Weber und seinem Orchester – aus dem blumenkelchförmigen Grammophontrichter fließt und sich anhört, als wäre sie unter einem nassen Wollteppich begraben.

Er lächelt.

»Ich habe vor, mich zu erhängen«, sagt der Hängekünstler.

Dann wartet er ab, bis die Reaktionen abebben. Es ist immer nahezu dasselbe: erschrecktes, ungläubiges Tuscheln, ein, zwei nervöse Lacher.

Er macht weiter.

»Denn es muss Gerechtigkeit walten. Und wer bin ich, mögen Sie vielleicht fragen, dass ich mich selbst richte und verurteile? Wer bin ich, dass ich mir selbst das Leben nehme? Nun, ich bin ich selbst, und wer kennt die Sünden, für die ich mich zu verantworten habe, besser als ich selbst?

Die Sünden des Lebens, meine Freunde. Die Sünden, die

in meinen Gedanken leben, in meinen Begierden, meinem Bedauern, meinen Schmerzen, meinen Kränkungen, meinem Neid. Sind das Sünden, oder sind es Dämonen? Sie sind beides.

Aber sind denn alle unsere inneren Dämonen nichts weiter als das – als unser Inneres? Vielleicht sind sie real, äußerlich, und sie nagen an uns. Vielleicht sind diese Dämonen Ihre Freunde, Ihre Nachbarn, Ihre Liebhaber, Ihre Ehegatten, Ihre Kinder ...

Die Liste, meine Freunde, geht immer so weiter.

Und deshalb der Strick, zur Schlinge gebunden um den Hals. Die Schlinge, die einem den Atem raubt, die Besinnung, das Verhältnis zu diesem Ort des Leidens und die stattdessen ... was? Frieden bietet? Einen Ausweg? Ganz sicher.

Nehme ich mir das eigene Leben? Nein. Tue ich es, um Sie dazu zu ermuntern, sich ebenfalls das Leben zu nehmen, sich ebenso streng zu richten? Das würde ich niemals tun. Ich würde niemals jemanden zu etwas ermuntern, was ich nicht schon selbst getan habe.

Und schließlich, wer bin ich, dass ich Sie bitte, im Publikum zu sitzen und mir dabei zuzusehen?

Ich bin der Hängekünstler, meine Freunde.

Das erwartet man von mir.«

Er deutet eine militärische Verbeugung zum Publikum hin an und wendet sich wieder zum Grammophon, da *Gigolette* zu Ende ist. Er wechselt die Schallplatte aus, zieht das Grammophon auf und setzt die Nadel auf die neue Platte. Alle kennen das Lied: *Ausgerechnet Bananen,* auch wenn der Großteil Europas das unsinnige amerikanische Lied auf seinen englischen Text gesungen hat: *Yes! We Have! No Bananas!* Die Zuschauer lieben diese Aufnahme – lieben die beliebte Kapelle, Efim Schachmeisters Tanzkapelle –, und Füße fangen an zu wippen.

Während die Zuschauer sich in die neue Musik hineinfinden und beruhigt werden, geht der Hängekünstler zu dem Stuhl weiter hinten auf der Bühne. Er nimmt den Strick, der zusammengerollt darauf liegt, und kehrt an die Rampe zurück.

Er zeigt dem Publikum den Strick, wickelt ihn beim Sprechen ab, bis die Schlinge zum Vorschein kommt.

»Das«, sagt der Hängekünstler, »ist das Instrument des Künstlers, das edelste überhaupt, feine Seidenfäden zusammengeflochten, bis sie eine größere und kräftigere Gestalt annehmen. Und warum ist dieser Strick aus hervorragender Seide und nicht aus herkömmlichem Manilahanf oder Jute oder einfachem Stroh? Man könnte das Argument anbringen, dass der Sünder lediglich die gröbsten Fasern verdient hätte, dass die Dämonen mit den gröbsten Mitteln ausgemerzt werden sollten.

Aber wir sind im Theater!«

Er hält die Schlinge hoch, damit alle sie sehen können.

»Macht Ihnen der Anblick Angst? Bereitet er Ihnen Schrecken? Bleiben Sie ruhig. Seien Sie vernünftig. Freuen Sie sich! Es gibt keinerlei Grund zur Angst – denn, wie Sie wissen, wer auf das Gute sein Bemühen richtet, dem wird Glück und Ansehen zuteil, und er muss sich nie und nimmer einer Schande schämen! Schauen Sie her!«

Sacht schüttelt er den Strick, und die Schlinge löst sich auf.

Das Publikum ist verblüfft, denn niemand hält es für möglich, dass sich die Schlinge eines Henkers so schnell auflösen lässt. Der Hängekünstler nickt und hebt eine Hand.

»Bitte, das ist kein Wunderwerk. Ich zeige Ihnen lediglich, dass es nichts zu fürchten gibt. Das ist nur ein Strick. Und um es Ihnen zu beweisen – um *mich* Ihnen zu beweisen –, brauche ich einen Freiwilligen oder eine Freiwillige, jemand, der zu mir nach oben kommt und diesen feinen Seidenstrick und mich selbst in Augenschein nimmt, um Ihnen zu demonstrieren, dass es sich um keinen Trick handelt. Nun, wer möchte es sein?«

Hundert Hände, zweihundert, dreihundert.

In der ersten Reihe geht eine Hand nach oben, langsam zwar, aber voller Selbstbewusstsein. Ihr Besitzer winkt mit dem Zeigefinger, als wolle er ein Taxi heranrufen.

Der Hängekünstler zeigt auf die erste Reihe, auf den ruhigen, selbstbewussten Arm und seinen Besitzer.

»Sie, mein Herr«, sagt der Hängekünstler, »der Herr im karierten Anzug. Bitte.«

Der Hängekünstler geht zurück zum Grammophon, gerade rechtzeitig, um die Nadel von der Schallplatte zu heben, während noch die letzten unheilvollen Klänge zu hören sind. Wenn er sich umwendet, wird er einen neuen Freund haben. Er wählt die nächste Platte aus, ersetzt die Nadel an der Schalldose durch eine neue, zieht das Gerät auf und lässt das neue Stück abspielen: *Tutanchamun*. Exotisch, lebhaft, geheimnisvoll.

Der Hängekünstler kehrt in die Bühnenmitte zu dem jungen Mann im karierten Anzug zurück, der überhaupt nicht nervös zu sein scheint oder sich unwohl fühlt vor all den Leuten.

»Danke«, sagt der Hängekünstler. »Und wie ist Ihr Name, mein Herr?«

»Leo«, sagt der Mann im karierten Anzug.

Nicht eine Sekunde lang wendet er den Blick vom Hängekünstler ab.

Der Hängekünstler gibt Leo das schöne, glatte Seil in die Hand.

»Lassen Sie sich Zeit bei der Inspektion«, sagt er und zieht sein Jackett aus.

Doch Leo inspiziert den Strick nicht. Er hält ihn einfach in der Hand und wartet darauf, dass der Hängekünstler sein Jackett ausgezogen hat.

»Sie vertrauen mir einfach so?«, sagt der Hängekünstler und lacht.

»Ich vertraue dem Strick«, sagt Leo.

Vereinzeltes Gelächter aus dem Zuschauerraum.

Der Hängekünstler nimmt die Krawatte ab, greift sich dann in den Nacken und löst den Hemdkragen. Er wirft Jackett, Weste, Krawatte und Kragen von der Bühne und streckt dann die Arme aus.

»Sie können mich absuchen«, sagt er.

Mit dem Strick in einer Hand klopft Leo dem Hängekünstler Schultern und Arme ab.

»Das ist alles?«, fragt der Hängekünstler. Er zwinkert ins Publikum.

Leo gibt ihm den Strick. »Das ist alles«, sagt er, »und danke.«

Leo geht von der Bühne herunter.

Der Hängekünstler zögert erneut, doch nur ganz kurz, dann bittet er das Publikum, sich bei Leo zu bedanken. Es wird geklatscht.

»Und damit«, sagt der Hängekünstler, »geht es los!«

Während der pseudoägyptische Foxtrott aus dem blitzenden Trichter des Grammophons schallt, windet der Hängekünstler den Strick, ein-, zwei-, dreimal und macht daraus wieder einen Henkersknoten.

Die Zuschauer staunen.

»Es gibt keinen Trick, meine Freunde, meine Zeugen«, sagt der Hängekünstler. »Reine Geschicklichkeit. Und weil ich weiß, wie abergläubisch wir manchmal sein können, mache ich nur zwölf Windungen und nicht die traditionellen dreizehn. Denn warum nicht? Schließlich muss man das Pech ja nicht einladen, wo das Pech doch ohnehin schon da sitzt oder da oder da ...«

Er hält inne, denn ihm fällt auf, dass der Mann im karierten Anzug – Leo – nicht an seinen Platz zurückgekehrt ist.

Der Hängekünstler konzentriert sich.

»Der Galgen!«, sagt er und wirft die Schlinge in die Luft.

Zu jedermanns großem Erstaunen fällt die Schlinge nicht zu Boden, sondern fliegt immer weiter nach oben und wickelt sich um den öden Galgen. Schließlich baumelt die Schlinge direkt über dem Stuhl.

Frenetischer Applaus.

Der Hängekünstler nimmt den Applaus mit einer anmutigen Verneigung entgegen und fasst sich dabei mit einer behandschuhten Hand an die Brust.

»Und nun«, sagt er, »fangen wir an ... mit dem Ende.«

Er geht wieder zum Grammophon, nimmt *Tutanchamun* vom Plattenteller und legt die letzte Schallplatte darauf. Die Musik ist entzückend. Im Publikum sitzt niemand, der das Lied nicht erkennen würde. Ist das Eric Borchards Jazzband? Ja, sie ist es.

Der Hängekünstler steigt auf den Stuhl.

Er wackelt. Er fängt sich wieder und lächelt. Er lächelt immer.

»Keine Sorge«, sagt er und zieht sich die Schlinge um den Hals.

Das ganze Publikum gibt leise Unmutsbekundungen von sich. Ein paar Zuschauer stehen von ihren Plätzen auf. Geschieht das jetzt wirklich? Ist es ein Trick?

»Was ist am Ende denn eigentlich ein Trick?«, fragt der Hängekünstler von seinem unsicheren Podest. »Laut Definition ist ein Trick eine schlaue oder geschickte Handlung oder eine List, um jemanden zu täuschen oder zu übertölpeln.

Aber ich habe gar nicht die Absicht, Sie zu täuschen oder zu übertölpeln. Ich bin hier, um zu tun, was ich mir vorgenommen habe. Ich gedenke, mir selbst die gerechte Strafe angedeihen zu lassen.

Habe ich verdient, am Leben zu bleiben?

Das überlasse ich Ihnen.«

Das Lied plärrt aus dem Grammophon:

»Ev'rybody shimmies now.
Ev'rybody's learning how.
Brother Bill, Sister Kate
Shiver like jelly on a plate,
Shimmy dancing can't be beat,
Moves ev'rything except your feet.
Feeble folks, mighty old,
Shake the shimmy and they shake it bold.
Oh! Honey, won't you show me how?
'cause ev'rybody shimmies now!«

Der Hängekünstler tritt den Stuhl unter sich weg, sodass dieser klappernd nach hinten fällt, ins Dunkel.

Der Hängekünstler sackt nach unten.

Sein Sturz wird aufgefangen vom Strick, und dem Geräusch nach zu urteilen auch von seinem brechenden Genick.

Das Publikum brüllt.

Der Hängekünstler baumelt am Strick vor und zurück, während die lebhafte Musik weiterspielt. Im Zuschauerraum vermag sich niemand zu rühren.

Die Schallplatte ist zu Ende.

Die Nadel hängt in der Rille und folgt einem endlosen, geisterhaften Band aus öden Geräuschen, so nutzt die Schallplatte die Nadel ab, und die Nadel nutzt die Schallplatte ab.

Der Körper des Hängekünstlers hört auf zu baumeln.

Zehn Sekunden lang herrscht Stille.

Und dann senkt sich der Vorhang.

KAPITEL 18

EIN NACHTSTÜCK

Wir sehen sie aus dem Theater kommen, sie gehen mechanisch, ihr Blick findet keinen Halt.

»Natürlich lebt er«, sagt jemand nach einigen Schritten in dumpfem Schweigen.

»Dann hätte er sich verneigen sollen«, sagt jemand anders.

»Er ist am nächsten Abend immer wieder da«, sagt jemand anders.

»Aber vielleicht ist er morgen Abend nicht wieder da«, sagt jemand anders.

»Nun, wenn heute Abend etwas schiefgegangen ist, dann lesen wir es vermutlich morgen in der Zeitung«, sagt wieder jemand anders.

Wir sehen sie ihren Heimweg fortsetzen, eingehüllt in Gedanken.

»Was sollte das Ganze dann?«, fragt jemand.

»Aus welchem Grund hat er es getan?«, fragt jemand anders.

»Warum mussten wir uns das mit ansehen?«, fragt jemand anders.

»Ich denke mal, wir hätten auch einfach gehen können«, sagt jemand anders.

Wir sehen sie in ihren schummrigen Schlafzimmern. Manche von ihnen, die sich sonst immer zum Gebet hinknien, fragen sich nun, ob es noch die Mühe wert ist.

Manche von ihnen, die nie zum Gebet gekniet haben, tun es nun.

Wir sehen vier Frauen in einer Garderobe.

»Du gehst heute nicht mit ihm nach Hause, Julia«, sagt eine.

»Warum nicht?«, fragt Julia.

»Du hättest schon gar nicht mit ihm herkommen sollen«, sagt eine andere.

»Er ist sehr nett«, sagt Julia.

»Die sind alle sehr nett«, sagt die Dritte, »und damit meine ich, dass sie alle sehr nett zu sein *scheinen.*«

»Am Tage können sie sehr nett sein«, sagt die Erste, »und bei Nacht sind sie dann ganz anders.«

»Er ist ein Künstler wie wir«, sagt Julia.

»Das trifft ja wohl kaum zu«, sagt die Zweite. »Wir blasen uns schließlich nicht den Kopf weg nach unserem letzten Lied.«

»*Er* bläst sich auch nicht den Kopf weg.«

»Du weißt, was ich meine.«

Wir sehen sie am Fuß der Treppe, sie zögert. Die Requisiten der heutigen Vorstellungen werden weggeräumt, die Bühne wird sauber gemacht. Ein alter Mann in Hemdsärmeln trägt ein Geisterlicht auf die leere Bühne. Wir sehen, wie drei der vier Frauen zum Bühneneingang schauen.

»Er wird auf dich warten, nehme ich an«, sagt die eine.

»Ich weiß es nicht«, sagt Julia. »Schließlich habe ich ihm nicht angeboten, ihn nach Hause zu begleiten …«

»Dann gehen wir vorn raus«, sagt eine andere. »Komm mit.«

Wir sehen einen Mann in einem karierten Anzug, der mit einer Geste um die Aufmerksamkeit des Nachtportiers in seinem Hotel heischt.

Wir sehen ihn den Portier um die Rechnung bitten, da er am nächsten Morgen abreisen möchte.

Wir sehen den Portier nicken.

Wir sehen den Mann in dem karierten Anzug darum bitten, dass ihm die Rechnung nicht vor acht Uhr morgens aufs Zimmer gebracht wird.

Wir sehen den Portier erneut nicken und den Mann fragen, ob ihm der Aufenthalt gefallen habe.

Wir sehen den Mann in dem karierten Anzug zum Aufzug schlendern.

»Ich werde es Sie morgen früh wissen lassen«, sagt er über die Schulter. »Wenn ich weg bin.«

Wir sehen den Nachtportier, der sich bei der seltsamen Antwort gar nichts denkt.

Wir sehen eine Frau und einen Mann, die sich vor der Hintertür eines schicken dreistöckigen Gebäudes herumtreiben. Das Gebäude befindet sich in der Mitte einer Reihe schicker dreistöckiger Gebäude, die alle genau gleich aussehen,

»Die Gartentür geht auf die Gasse hinaus, und von dort hast du die Wahl«, sagt die Frau.

»Was für eine Wahl?«, fragt der Mann.

»Wohin du gehen willst«, sagt sie.

»Oh«, sagt der Mann. »Lässt du das Tor aufgesperrt?«

»Ich schließe hinter dir ab«, sagt sie.

Wir sehen sie den dunklen Garten überqueren, in dem nichts wächst. Sie macht die hölzerne Tür in der rückwärtigen Gartenmauer auf. Wir sehen ihn innehalten.

»Ein Gute-Nacht-Kuss?«, fragt er. »Oder kostet der extra?«

Sie gibt ihm einen Kuss.

»Den gibt's extra«, sagt sie.

»Das hättest du mir sagen können, bevor du mich geküsst hast«, sagt er.

»Du kannst es mir beim nächsten Mal zurückzahlen«, sagt sie.

Wir hören einen Hund bellen in einem der nicht einsehbaren Gärten. Dem Klang nach ist es ein kleiner Hund, noch darüber hinaus ein sehr nervöser.

»Wenn es ein nächstes Mal gibt«, sagt der Mann, und wir stellen uns vor, dass er lächelt, doch ist es zu dunkel, um es sehen zu können.

»Es gibt immer ein nächstes Mal«, sagt die Frau.

Wir sehen den Mann gehen.

Die Frau schließt die Tür und sperrt ab.

Sie geht durch den Garten.

»Halt's Maul!«, schreit sie.

Wir hören keinen Pieps mehr von dem nervösen kleinen Hund.

Wir sehen die Frau ins Haus gehen. Sie schließt die Tür hinter sich zu.

Sie geht durch die dunkle Küche in den Flur, die Treppe hinauf und in ihr Boudoir.

Wir sehen sie nach dem einzigen Licht greifen, das noch brennt, dasjenige neben dem Spiegel.

Sie betrachtet sich im nahen, grellen Licht.

Sie meint, abgehärmt und verhungert auszusehen.

Sie hat Schmerzen.

Sie schaltet das Licht aus.

Abrupt fährt ihr Kopf nach links herum, als hätte sie etwas gehört.

»Schleichst du dich an?«, fragt sie. »Alles Weitere kostet extra, das weißt du.«

Sie greift zum Licht.

»Wie bist du hereingekommen?«, fragt sie.

Das Licht geht nicht an.

Wir sehen einen großen, dünnen Mann mit den Händen in den Taschen, der sich vom Theater entfernt.

Er sieht sich nach allen Seiten um.

Wir hören ihn leise vor sich hin singen: »Honey, won't you show me how ...«

Wir sehen seine Silhouette, als er in eine Gasse biegt.

Er wird von der Silhouette eines erstaunlich großen Insekts begleitet.

Die ebenfalls singt.

KAPITEL 19

ZWEI ZIMMER UM MITTERNACHT

»Mit anderen Worten, du warst mir von keinerlei Nutzen«, sagte Franz, während er sich auszog.

»Ich war von großem Nutzen. Du schaust einfach nicht genau hin.« Die Stimme kam eindeutig und klar vernehmlich von unter dem Bett.

»Gregor«, sagte Franz und zupfte an einem straff geknüpften Schnürsenkel, »nichts Ungewöhnliches zu sehen ... ist nicht hilfreich.«

»Aber ist denn nicht der Umstand, dass ich nichts Ungewöhnliches gesehen habe, ungewöhnlich?«

»Was isst du da?«

»Nichts, was dir schmecken würde.«

Franz kapitulierte vor dem Schnürsenkel. Sein Körper war müde, sein Kopf überlastet. Er kam sich vor wie viel zu viele Gäste, die sich auf einer klapprigen Yacht drängten, die vor Kurzem auf Grund gelaufen war. »Ich wünschte, Jizchak wäre hier«, sagte er und warf sich aufs Bett. Dem Bett gefiel das nicht, und ein oder zwei Federn beschwerten sich, indem sie krachten.

»Autsch«, sagte Gregor von unten. »Wer ist Jizchak?«

»Jizchak Löwy. Ein guter Freund. Und einer der besten Schauspieler in Prag.«

»Nie von ihm gehört.«

»Wie oft gehst du ins jiddische Theater?«

»Nie.«

»Dann ist es kein Wunder, dass du nie von ihm gehört hast.«

»Heute Abend war ich überhaupt zum ersten Mal im Theater. Ein Haufen Abfall – ich meine, richtiger Abfall. Ich bin mir vorgekommen wie im Himmel. Warum wünschst du dir, dass er hier wäre?«

»Er könnte mir erklären, wie Henker seine Illusion bewerkstelligt.«

»Ist dein Freund denn auch ein Hängekünstler?«

»Nein. Aber er ist ein Theatermensch. Ich nicht.«

»Ich frage mich immer noch, warum du so auf diesen Henker fixiert bist. Existiert denn nicht eine Art allgemeiner Konsens darüber, dass er die tatsächlichen Morde nicht hat durchführen können? Ist das das richtige Verb: durchführen? Oder ist es in die Tat umsetzen? Verüben? Tun?«

Franz setzte sich auf und zog den anderen, kooperativeren Schuh aus.

»Welches Verb auch immer du nimmst, es ist ärgerlich«, sagte Franz. »Und wenn diese Morde nicht mit Henker in Verbindung stehen, dann stehen sie auf jeden Fall mit seiner Nummer in Verbindung oder mit der gefühlsmäßigen Wirkung, die seine Nummer auf das Publikum hat.«

»Ist dir gerade danach, jemanden zu erdrosseln?«

Kurzes Schweigen. »Nein«, sagte Franz.

»Du bist ein Lügner«, sagte Gregor. »Ich habe dir den Schnürsenkel gerichtet.«

»Danke«, sagte er. »Und nenne mich nicht einen Lügner.«

»Dann lüge eben nicht.«

»Komm unterm Bett vor!«

»In dem Schrank ist nicht genug Platz für uns beide.«

Unter dem unablässigen Quietschen der Bettfedern wand sich Franz aus seiner Hose heraus.

»Ich habe nicht gelogen, als ich sagte, dass es mir nicht danach ist, jemanden zu erdrosseln«, sagte er. »Leg mir nicht irgendwelche Worte in den Mund.«

»Dein Vater«, sagte Gregor, worauf die Mampfgeräusche wieder einsetzten.

»Du hast keine Ahnung, wovon du sprichst.«

Gregor kroch unter dem Bett hervor und schnaubte Staub. »Schon möglich, dass ich keine Ahnung habe«, sagte Gregor, »aber andrerseits bin ich nicht derjenige, der den Brief geschrieben hat.«

Der Brief. Franz machte die Augen zu und ließ den Kopf hängen. Das Biest hatte den Brief erwähnt. Er würde nicht fragen, woher Gregor von ihm wusste. Er wusste Dinge, die er nicht wissen sollte, und tat unwissend in Bezug auf Dinge, die ihm bekannt sein sollten. Und was den Brief anging – wo war er jetzt?

»Das wollte ich dich auch gerade fragen«, sagte Gregor. »Hast du ihn vernichtet?«

»Er ist irgendwo.«

»Wirst du ihn ihm jemals geben?«

»Ich habe es schon einmal probiert.«

»Ich korrigiere dich nur ungern, aber du hast nicht versucht, ihn ihm zu geben. Du hast ihn deiner Mutter gegeben, damit sie ihm den Brief übergibt.«

»Und das hat sie nicht getan.«

»Sie hat ihn dir zurückgegeben. Wo war er die letzten fünf Jahre?«

Franz zog sein Hemd aus und wollte schlafen, wollte alles andere, als über den Brief an seinen Vater reden.

»Es sind keine fünf Jahre«, sagte Franz. »Es sind vier Jahre, sieben Monate und zwei Tage.« Er lächelte. »Aber wer will das schon so genau wissen?« Er streckte sich auf dem Bett so gut es ging aus und legte sich den Arm über die Augen. Es war zu heiß für einen Pyjama. Er hatte versucht, die armselige Vorrichtung zu öffnen, die sich Fenster schimpfte, es war ihm aber nicht gelungen. Daraus schloss er, dass es sich gar nicht um ein Fenster handelte, sondern um eine verschmiert gemalte Attrappe der Außenwelt mit einem Fensterrahmen drum herum. »Es war sowieso eine blöde Idee«, sagte er. »Als könnte ich ihn dazu bringen zu verstehen ... ach, lass uns meinen Vater vergessen und versuchen zu entscheiden, was wir als Nächstes tun sollen.«

Gregor schlüpfte wieder unters Bett. »Wir?«, fragte er.

»Du bist der Einzige, der sich noch blicken lässt. Den Inspektor habe ich seit dem Zug nicht mehr gesehen, und wer weiß, wann – und ob – er oder sie mal wieder auftaucht. Soweit ich sehe, bin ich ganz auf mich gestellt. Ich habe nichts außer einer Liste Ermordeter und den eigenartigsten Zauberkünstler, der mir je untergekommen ist.«

»Zauberkünstler?«

»Der Hängekünstler. Würdest du ihn keinen Zauberkünstler nennen?«

»Ich weiß nicht, ob man ihm mit ›Zauberkünstler‹ gerecht wird.«

Franz rieb sich die Augen. »Nur weil du behauptest, nichts gesehen zu haben?«, fragte er.

»Du hast meinen Augenzeugenbericht ja nicht ernst genommen.«

»Und betrachte ihn nun auf dein Betreiben in neuem Licht. Du hast die Nummer von einem Punkt weit über der Bühne beobachtet.«

»Das stimmt.«

»Was hast du da oben gemacht?«

»Was macht das für einen Unterschied?«

»Na gut, na gut«, sagte Franz und rutschte auf der Matratze herum in der Hoffnung, eine bequeme Lage zu finden. »Du hast mir gesagt, dass sich vom Personal oder von den anderen Künstlern niemand seine Nummer angesehen hat.«

»Keine einzige Seele. Der Vorhang ging hoch, und hinter der Bühne war innerhalb eines Augenaufschlags niemand mehr.«

»Und niemand kehrte während der Nummer zurück.«

»Richtig.«

»Und niemand war oben im ... wie hast du es genannt?«

»Im Schnürboden. So nennt man den Bereich über der Bühne, in den die großen Kulissenteile gezogen und aufbewahrt werden und wo die ganzen Züge und Seile ...«

Franz machte die Augen auf und zählte Punkte an seinen Fingern ab. »Also«, sagte er, »erstens schaut von hinter der Bühne niemand bei seiner Nummer zu. Zweitens macht sich niemand an dem Strick zu schaffen, was die vollkommen verwirrende Himmelfahrt der Schlinge hinauf zum Galgen und die nachfolgende Befestigung an selbigem erklärt hätte. Drittens bleibt Henker am Strick hängen, bis der Vorhang bis auf den Boden heruntergelassen wurde, wodurch der ganze Bereich hinter der Bühne völlig dunkel wird. Viertens dauert diese Dunkelheit lediglich fünf Sekunden an, und wenn die Arbeitslichter wieder angehen, sind Henker und der Strick verschwunden, und die Bühnenarbeiter sind zurückgekehrt. Habe ich das richtig verstanden?«

Von unten kam Schnarchen.

Franz hüpfte auf der Matratze herum.

»Aufwachen!«

Er spürte, dass Gregor sich unten bewegte.

»Wie lautet deine Schlussfolgerung?«, fragte Gregor.

»Dass ich mir wirklich sehr wünschen würde, Jizchak wäre hier«, sagte Franz. »Der könnte mich beruhigen.«

»Wie denn?«

»Indem er mir versichert, dass die Nummer des Hängekünstlers nichts anderes als ein Kunststück ist. Sonst nichts.«

»Was soll es denn sonst sein?«

»Ich weiß es nicht. Aber ich sage dir etwas, was ich weiß, denn die Nummer ist sehr gefühlsbeladen und verstörend. Sie könnte jeden ansprechen, der auf der Suche ist nach ... Nun, jeden, der ein wenig aus dem Gleichgewicht geraten ist. Oder völlig aus dem Gleichgewicht ist.«

»Du meinst, dass jemand Henkers Nummer nachahmt? Um Menschen zu töten?«

»Das würde erklären, wie der Mörder herumkommt, da Beide mir ja versichert hat, dass Henker mehrere Wochen lang beschattet und jede seiner Bewegungen beobachtet worden ist.«

»Das heißt nicht notwendigerweise, dass Henker sich nicht hätte unbemerkt bewegen können«, sagte Gregor. »Schließlich hat er auch diese unerklärliche Illusion auf der Bühne zustande bekommen, weshalb sollte er nicht auch eine unerklärliche Illusion zustande bringen können, um der Polizei zu entwischen?

Und sollte es ein Irrer sein, der die grundlegende Wirkung von Henkers Nummer nachahmt, wie willst du ihn dann identifizieren? Bisher kennen wir nur ein Opfer, das bekanntermaßen auch während Henkers Vorstellung im Publikum saß – der junge Mann von gestern Abend. Wie erklärst du dir die anderen?«

Franz wollte schreien. Worauf hatte er sich da nur eingelassen?

»Ich kann mir gar nichts erklären«, sagte er. »Ich werde noch ganz verrückt, wenn ich länger darüber nachdenke –

als wäre ich nicht schon längst verrückt! Wenn es nicht Henker ist, dann muss es in der Tat eine Verbindung zwischen den ganzen Opfern geben, eine Gemeinsamkeit, die uns bisher entgangen ist, oder … du lieber Gott.«

»Was?«

»… oder es gibt gar keine Verbindung zu irgendetwas oder irgendjemand, und es bleibt unmöglich, den Mörder zu finden?«

»Viel Glück beim Schlafen heute Nacht«, sagte Gregor.

»Wo ist mein Buch?«

»Welches Buch?«

»Das Buch darüber, wie man ein guter Detektiv wird.«

Gregor reckte eines seiner Beinchen von unter dem Bett herauf, mit dem er das fragliche, allerdings ein wenig angeknabberte Buch hielt.

»Sag jetzt nicht, dass du das angefressen hast«, sagte Franz.

»Ich wollte gerade. Ich dachte, du möchtest es nicht mehr.«

»Ich bin verzweifelt.« Er schlug es auf und las. »Da – ›Kapitel zwei. Fragen. Sie werden kein guter Detektiv werden, wenn Sie keine Fragen stellen können, vor allem Fragen, die Ihnen die Antworten verschaffen, die Sie brauchen, um den Fall aufzuklären.‹ Ach du liebe Güte …« Er schlug das Buch wieder zu und warf es unters Bett. »Bon appétit!«

»Du bist später dran als sonst«, sagte Mathilde und klappte ihr Buch zu. »Alles in Ordnung?«

»Es tut mir leid, dass du wegen mir aufgeblieben bist«, sagte Henker und machte die Tür zu.

»Wann habe ich je geschlafen, wenn du nach Hause kamst?«

»Ach.«

Er stand im Salon und starrte geistesabwesend auf einen leeren Sessel.

»Ich bringe dir Kaffee«, sagte Mathilde.

»Du weißt, dass ich es nicht mag, wenn du mich bedienst«, sagte er.

Sie streckte ihm die Hände entgegen. »Hoch«, sagte sie.

Er fasste sie.

»Nein«, sagte sie.

Sie sah auf seine Hände.

Dann sah auch er auf seine Hände.

»Oh.« Langsam nahm er die Kalbslederhandschuhe ab, legte sie auf den Beistelltisch und hielt ihr die Hand hin. Sie nahm sie, und er zog sie auf die Beine hoch. Dann ließ sie los und griff zu einem Stock, dann zu einem zweiten. Auf ihre beiden Stöcke gestützt, arbeitete sie sich Zoll für Zoll ins Esszimmer und schnaufte dabei schwer vor Anstrengung.

»Wer hat dich heute nach Hause gebracht?«, fragte sie.

»Niemand«, sagte Henker.

»Du bist alleine heimgekommen?«

»Ich hatte keine Wahl«, sagte Henker und setzte sich nieder. »Keiner meiner sogenannten Künstlerkollegen war noch da, als ich fertig war.«

»Bist du so spät aufgebrochen?«

»Nein.«

»Wie bist du denn dann heimgekommen?«

Er hörte, dass sie in der Küche den winzigen Herd anmachte und mit dem Porzellan herumhantierte. »Ich bin anderen Grüppchen gefolgt«, sagte Henker. »Ich habe mich so nahe wie möglich an alle gehalten, die in dieser Richtung unterwegs waren.«

»Das hat bestimmt keinen guten Eindruck gemacht.«

»Was hätte ich sonst tun sollen?«

»Du hättest dich ihnen widersetzen können, Hans – der Polizei und wer dich sonst noch verfolgt. Du könntest gehen, wohin immer du willst, wann immer du willst. Du hast nichts zu befürchten. Das müssten sie doch inzwischen wissen. Womöglich beschatten sie dich auch gar nicht mehr.«

»Oh doch, das tun sie. Erst gestern Abend hat mich auf der Straße jemand umgerempelt und so getan, als wäre es ein Versehen. Es war kein Versehen. Man hat mich durchsucht. Oh, die lassen mich nicht mehr in Ruhe.«

»Nur deine Künstlerkollegen wollen nichts mehr von dir wissen.«

»Ich wünschte, du würdest sie nicht so nennen.«

»Sie sind neidisch, das ist alles.«

»Warum?«

»Tja, ich bin überzeugt, dass keiner von ihnen einen Besuch von Herrn Max Spindler bekommen hat, Hänsel. Wann hörst du in der Traumhalle auf?«

Henker erhob sich und zog seine Jacke aus. Oben im Haus war es kühler, und Mathilde hatte alle Fenster aufgemacht. Der leichte Zug half ihm ein wenig, sein Unbehagen zu lindern.

»Morgen Abend habe ich meine letzte Vorstellung«, sagte er.

»Und dann auf zu Größerem«, drang die Stimme aus der Küche.

»Ja«, sagte Henker. Gedankenverloren betrachtete er den Krempel, den sie im Lauf der Jahre angesammelt hatten und der nun überall im Zimmer herumstand: alte Folianten, Grammophonaufnahmen, Elefanten aus Jade, seine Kriegsorden.

»Dein Kaffee ist gleich fertig«, sagte Mathilde und kam aus der Küche zurück. »Ruh dich ein bisschen aus.«

»Ja.«

»Sonst lief es heute Abend gut?«

»Ausverkauft.«

»Fabelhaft.«

»Nur …«, sagte er und brach ab.

»Ja?«

Er schüttelte den Kopf. »Der Freiwillige.«

»Was ist mit ihm?«

»Ich weiß es nicht.«

»Was weißt du nicht? Was hat er denn gemacht?«

»Nichts«, sagte Henker. »Das heißt, er … nun, er schien mir zu vertrauen, Tillie.«

»Dir vertrauen?«

»Vielleicht ist *vertrauen* nicht das richtige Wort. Er … Tillie, er schien es zu *wissen*.«

Mathilde sah ihn einen Moment lang an. Es war ein herber Blick.

»Unmöglich«, sagte sie. Sie wandte sich um und begab sich auf den langsamen, schmerzhaften Weg in ihr Zimmer. »Gute Nacht, Hänsel.«

»Ich habe mir überlegt, uns Zimmer im Hotel *Gottesanbeterin* zu nehmen«, sagte Henker. »Eine Suite. Das kann ich mir jetzt leisten. Würde dich das glücklich machen?«

»Glück«, sagte Mathilde, während sie sich in die Leere ihres Zimmers kämpfte. »Glück …«

KAPITEL 20

DAS MÄDCHEN, DAS NACH LAKRITZE ROCH

Franz wurde von einem unheimlichen Summen geweckt, das auf süß-klebrige Art die Tonhöhe zu verändern schien. Erst meinte er, von den Sirenen geträumt zu haben, die der Sage nach vorbeifahrende Seefahrer von ihren Felsen aus mit ihrem Gesang ins kühle Seemannsgrab lockten. Franz war kein Seemann, aber ein Schiff, und in seinem Traum segelte er zielbewusst dahin und warnte alle, die er an Bord hatte, dass sie sich die Ohren zustopfen sollten, um dem Gesang zu widerstehen. Doch einer nach dem anderen sprangen sie ins Meer, erlagen den Wellen, während die Sirenen weitersangen und er ohne einen Steuermann seiner Vernichtung, seinem Untergang entgegenfuhr.

Als er die Augen öffnete, erblickte er jedoch Inspektor Beide – gänzlich in weiblicher Variante –, die hinter einem Tablett mit Weingläsern stand. Die Gläser waren in unterschiedlichem Maße mit farbiger Flüssigkeit gefüllt, und sie fuhr mit den Fingern einmal über den Rand eines Glases, dann über den eines anderen.

Franz begriff: »Wien, du Stadt meiner Träume.«

Beide hielt inne, als sie sah, dass Franz wach war. »Ziehen

Sie sich an. Sie haben fünf Minuten«, sagte sie und trocknete sich die nassen Hände an dem armseligen Vorhangstreifen. »Die Dinge entwickeln sich schneller, als ich vorhergesehen hatte.«

»Gehen Sie raus«, sagte Franz und zog die Bettdecke ans Kinn.

»Da ist nichts an Ihnen, was ich nicht schon gesehen hätte«, sagte Beide, »oder mit dem ich nicht schon gut vertraut wäre, wenn Sie wissen, was ich meine. Beeilen Sie sich. Draußen wartet ein Wagen auf uns.«

»Tja, ich bin nicht davon ausgegangen, dass er drinnen auf uns wartet.«

»Ach, Sie gehören zu *der* Sorte von Leuten. Vermutlich geschieht mir das recht. Wie dem auch sei, beeilen Sie sich.«

»Wenn Sie es so eilig haben, weshalb haben Sie dann Zeit damit verplempert, mit diesen Weingläsern zu spielen, die Sie mitgebracht haben?«

»Die habe ich nicht mitgebracht. Die standen hier, fein säuberlich hergerichtet, man musste nur drauflosspielen. Ich bin davon ausgegangen, dass Sie geübt haben. Sind das nicht Ihre?«

»Sind sie nicht.«

»Sie geben sich doch als Verrilionist aus, als Glasharfenspieler«, sagte Beide. »Deshalb müssen es Ihre sein.«

Franz schwang sich aus dem Bett und griff nach seinen Socken und der Unterwäsche. »Ach, das ist ja großartig«, sagte er, während er sich anzog. »Ein Verrilionist ...«

»Spielt Glasharfe«, sagte Beide. »Kann man in diesem Zimmer denn nicht auf und ab gehen?«

»Sie müssen nicht auf und ab gehen, wenn Sie ungeduldig sind. Haben Sie Glasharfe gesagt? Das sind doch nur ein paar Weingläser voller ... soll ich überhaupt fragen, was drin ist?«

»Wein natürlich«, sagte Beide.

Franz nahm sich eines und trank einen Schluck. Augenblicklich spuckte er ins Waschbecken. »Das ist kein Wein.«

»Sie sollten so früh am Morgen noch nicht trinken«, sagte Beide. Sie setzte sich aufs Bett, betrachtete Franz, der sich die Schuhe anzog, fasziniert.

»Sie ziehen die Schuhe an, bevor Sie die Hose anziehen?«, fragte Beide.

»Schauen Sie mir nicht zu. Wenn Sie sich unbedingt beschäftigen müssen, bis ich fertig bin, dann fangen Sie schon einmal an, das wegzuräumen, diese ...«

»Glasharfe.«

»... aus meinem Zimmer.«

»Ich habe Ihnen doch gesagt, dass es Ihre ist. Sie haben dieser Frau erklärt, dass Sie ein Verrilionist sind. Nehmen wir einmal an, sie kommt eines Tages hier herein und findet nichts als Kleider und einen Stapel Manuskripte? Mit Ihrem richtigen Namen auf den Titelseiten?«

»Aber ich kann auf dem Ding nicht spielen«, sagte Franz.

»Dann hätten Sie ihr nicht sagen sollen, dass Sie es können.«

Franz wollte Gregor die Schuld geben, hielt sich aber noch rechtzeitig zurück. Er fragte sich, wo das nervtötende Geschöpf abgeblieben war. Kein Geräusch drang unter dem Bett hervor. Franz nahm die Hose vom Fußende des Bettes und zog sie vorsichtig an.

»Unglaublich«, sagte Beide. »Ich frage Sie noch einmal: Warum ziehen Sie erst die Schuhe an und dann die Hose?«

»Für den Fall, dass ein Feuer ausbricht«, sagte Franz und drehte sich um, bevor er sich den Hosenladen zuknöpfte.

»Wenn man vor einem Feuer wegläuft, ist es besser, Schuhe anzuhaben statt Hosen?«

»Schauen Sie«, sagte Franz und zog die übrigen Kleidungsstücke an. »Warum vergessen Sie mich, meine Gepflogenheiten und mein mangelndes musikalisches Talent nicht einfach und erzählen mir, was passiert ist? Gab es denn einen neuen Mord?«

»Den gab es in der Tat«, sagte Beide.

»Du meine Güte«, sagte Franz. »Das ist die zweite Nacht in Folge, nicht wahr? Es gab einen Mittwochnacht und nun auch letzte Nacht. Wer war es diesmal?«

»Sie war jemand, den viktorianische Romanschreiber als ›Frau mit loser Tugend‹ beschrieben hätten.«

»Ein Straßenmädchen?«

»Nun, nicht ganz.«

»Erklären Sie das.«

»Sie hat nicht auf der Straße gearbeitet.«

Franz knöpfte sich die Weste, so schnell er konnte, stellte fest, dass er sie falsch geknöpft hatte, und fing noch einmal von vorn an. »Das verstehe ich nicht.«

»Macht es Sie nervös, über geschlechtliche Liebe zu sprechen?«

»Nein. Und wir sprechen nicht über geschlechtliche Liebe, wir sprechen über eine ... eine wie auch immer Sie sie nennen wollen. Sie haben sie gekannt?«

»Sagen wir mal, es bestand eine Bekanntschaft zwischen ihr und der hiesigen Gendarmerie.«

»Flüchtig oder intim?«

»Das wäre ein ganz anderes Feld der Ermittlung. Wie dem auch sei, sie haben sie sofort identifiziert. Sie ist – war – die Immerplatz-Inge.«

»Sicher, weil sie am Immerplatz wohnte. Was für ein einfallsreicher Spitzname.«

»Nun, sie startete ihre Karriere am Immerplatz, doch in den letzten Jahren hatte sie ihr Geschäft in einer sehr guten Adresse in der Flumstraße.«

»Wer hat sie gefunden?«

»Nicht *wer*, sondern *was*.«

Franz hatte das Gefühl, gar nicht mehr erfahren zu wollen, was Beide damit meinte, aber er fragte trotzdem.

»Eine Katze«, sagte Beide.

»Und diese Katze hat bei der Polizei Bericht erstattet?«

»Inge Hersch hat ein Dienstmädchen beschäftigt. Sie wissen, was ein Dienstmädchen ist?«

»Natürlich weiß ich das. Ein solches spielt sogar eine wichtige Rolle in einer meiner Geschichten, in der ...«

»Ach ja, die über den armen Kerl, der sich in einen großen Käfer verwandelt. Aber egal ...«

»Damit wird die Geschichte nur sehr unzureichend beschrieben, Inspektor. Eigentlich geht es in ihr ...«

»Um sechs Uhr heute früh betrat das Dienstmädchen das Grundstück über den Hintereingang, nachdem sie die Holztür zum kleinen Garten hinter dem Haus aufgeschlossen hatte. Sie fand mehrere aufgeregte Katzen vor der Hintertür versammelt. Sie nahm an, dass es die Schoßkätzchen ihrer Dienstherrin seien ...«

»Warum hat sie das angenommen? Wusste sie denn nicht, ob Fräulein Hersch Haustiere hatte oder nicht?«

»Sie erzählte der Polizei, dass die Verstorbene eine wunderliche Person war, deren Kaufverhalten mehr von Spontaneität denn von Notwendigkeiten bestimmt wurde. Seit das Dienstmädchen sie am Vormittag des Vortages das letzte Mal gesehen hatte, hätte es durchaus sein können, dass das Fräulein zwischenzeitlich alles Mögliche gekauft hatte.«

Franz schauderte. »Darf ich den Rest raten, obwohl mich die Vorstellung anwidert?«

»Sie dürfen.«

»Das Dienstmädchen macht die Tür auf, die Katzen rennen hinein, das Dienstmädchen fängt an, anzufeuern und das Frühstück zuzubereiten. Und nachdem ungewöhnlich lange nichts passiert, macht sie sich auf die Suche nach der Hausherrin ... Ich nehme an, dass es nicht die Schoßkätzchen von Fräulein Hersch waren.«

»Soweit wir es bestimmen können, handelte es sich nicht um domestizierte Tiere.«

»Und ergo hungrig.«

»Und nicht wählerisch in Bezug auf ihre Nahrung«, schloss Beide. »Womöglich ist es gar nicht so verkehrt, dass Sie das Frühstück verpasst haben.«

Franz zog seine Taschenuhr heraus. Zehn Minuten nach acht. Frau Alt hatte ihm gesagt, Frühstück gebe es um sieben.

»Warum haben Sie mich so lange schlafen lassen?«, fragte Franz.

»Weil Sie geschlafen haben«, sagte Beide.

»Das ist keine schlüssige Antwort.«

»Ist es aber, und außerdem kann man Leute nicht zu unziemlicher Stunde besuchen.«

»Leute? Mich? Besuchen? Welche Leute?« Franz goss Wasser in das Becken und bückte sich, um sich das Gesicht zu waschen.

Beide lächelte. »Ich vermute, jetzt bereuen Sie, dass Sie den dritten Umschlag weggeschmissen haben, was?«

»Sie und dieser Umschlag. Wen besuchen wir?«

»Sie haben gesagt, Sie müssten mit Leuten reden, und ich habe Ihnen beigepflichtet. Ich dachte, wir fangen mit Hannah Bickel an, denn sie ist unser neuestes Verbindungsglied zu diesem Fall.«

»Hat sie Immerplatz-Inge gekannt?«

»Nein, nein«, sagte Beide. »Fräulein Bickel war am Mittwochabend mit Herrn Herbort im Theater. Mit der Immerplatz-Inge hat sie nichts zu tun.«

»Und hat Fräulein Bickel Herrn Herbort in seinem, ähm, posthumen Zustand vorgefunden?«

»Oh, Gott, nein. Er wurde von zwei Huren gefunden.«

Franz stieß mit dem Kopf gegen ein unerwartetes Regal, fluchte und merkte dann, dass er nicht wusste, ob es in seinem Zimmer einen Waschlappen gab, und wenn, dann wusste er nicht, wo er sich befand. Blind tastete er nach dem Vorhang, lief gegen etwas und hörte, wie zwei Dutzend Weingläser zersprangen, nachdem das zierliche Tablett zu Boden gefallen war.

»Bravo«, sagte Beide.

Beides Automobil war genau so, wie Franz es sich vorgestellt hatte: schnittig, schwarz und gelenkt von einem unsichtbaren Fahrer.

Franz fragte, ob er das blickdichte Fenster herunterkurbeln könne, das sie von den Vordersitzen trennte.

»Das können Sie nicht«, sagte Beide. »Und Sie sollten den Fahrer nicht beim Fahren stören. Wie fanden Sie den Hängekünstler?«

»Ich bin ihm nicht begegnet.«

»Sie haben sich doch seine Vorstellung angesehen.«

Franz dachte über seine Antwort nach, bevor er sie aussprach. »Und ich will sie nie wieder sehen«, sagte er.

»Warum nicht?«

»Er hat eine gewisse Respektlosigkeit dem Tod gegenüber zur Schau gestellt«, sagte Franz. »Ich vermute, dass ich mit einer griesgrämigeren Person gerechnet hatte. Jemand, der meiner Vorstellung von der Gestalt des Todes eher entspricht. Doch Henker stellte sich als sehr angenehmer Zeitgenosse heraus. An dem ist nichts Blasses oder Schauerliches, als hätte er eben gut gegessen und wäre nun bereit für ein Gesellschaftsspiel. Und dann diese infernalische Musik aus dem Grammophon. *Ev'rybody shimmies now* und das alles.«

»Haben Sie sich freiwillig gemeldet, als er das Publikum darum bat?«

»Ich wollte eigentlich nicht«, sagte Franz, »aber was mich sehr aufgeregt hat, war die Erkenntnis, dass meine Hand plötzlich in die Höhe ging, so wie alle anderen auch. Ich wollte das gar nicht.«

Beide wurde lebhafter. »Oh, bitte sagen Sie mir, dass er Sie ausgewählt hat!«

»Hat er nicht«, sagte Franz. »Das wäre ja wohl ein wenig zu einfach, finden Sie nicht auch?«

»Wie meinen Sie das?«

»Denn dann hätte ich mit Sicherheit gewusst, dass das alles nur wegen mir inszeniert wurde.«

»Das alles?«

»Von vorn bis hinten, von dem Augenblick, als ich am Mittwochmorgen gesund und im Vollbesitz meiner Kräfte aufgewacht bin, bis jetzt. Wäre ich bei meinem ersten Besuch vom Hängekünstler aus dem Publikum ausgewählt worden, nun ... dann hätte ich keinen Zweifel mehr daran, dass ich mich in einem anderen höllischen Reich befinde als dasjenige höllische Reich, das ich gewohnt bin.«

»Sei dem, wie es wolle – wer war der Freiwillige?«

»Ein Kerl in einem schrillen Anzug.«

»Schrill?«

»Kariert. Auch noch ein großes Karo wie die Anzüge aus den Geschäften, in denen Bauerntrampel einkaufen, wenn sie einmal in der großen Stadt einen draufmachen wollen.«

Beide lachte. »Sie sind ja mal ein Snob«, sagte sie. »Aber reden Sie weiter. Sie haben gerade Henkers Vorstellung kritisiert.«

»Nein, habe ich nicht. Soweit ich es beurteilen kann, war sie einwandfrei. Ich habe erklärt, weshalb ich kein Verlangen habe, sie noch einmal über mich ergehen zu lassen. Da war zum einen dieser beunruhigende Trick mit dem Strick, der nach oben flog und sich von selbst um den Galgen wickelte, während er die ganze Zeit gelächelt und über Gerechtigkeit und Strafe geredet hat ... und das war alles ziemlich verwirrend. Und dann dieses grauenhafte Finale. Wie Henker einfach nur da hing.«

»Und die Leute?«

»Niemand rührte sich. Niemand hat ein Wort gesprochen. Wie auch? Der Vorhang ging herunter, und wir saßen einfach nur da. Wir wussten, dass es gespielt war, dass es gespielt sein *musste*, aber ich will verdammt sein, wenn das nicht alles sehr real ausgesehen hat. Und hinterher wurde nichts zurechtgerückt, nichts, was einen beruhigt hätte. Der Vorhang teilte sich nicht, um uns Henker erneut unbefleckt und lächelnd zu zeigen. Es war schrecklich.«

»Ja«, sagte Beide mit heiserer Stimme. »Schrecklich ist das richtige Wort dafür.«

»Ich kenne niemanden, der Herrmann nicht verehrt hätte«, sagte Hannah Bickel zu Beide und zu Franz. »Das habe ich schon so oft gesagt seit Mittwochabend, und ganz ehrlich, ich habe viel darüber nachgedacht. Aber mir fällt partout niemand ein, der ihm auch nur das geringste Leid hätte zufügen wollen, ganz zu schweigen von ...« Sie nahm die Hände an die Kehle.

Beide hatte sich während der Fahrt durch die Stadt zum Kurzwarengeschäft, in dem Hannah Bickel angestellt war, in ihr männliches Selbst verwandelt, was sie sehr ärgerte, denn »... Frauen fühlen sich in meiner Gegenwart wohler, wenn ich ... nun, sagen wir einfach, ich wünschte, ich könnte das ein wenig steuern.« Franz hatte nicht gewusst, was er darauf antworten sollte.

Fräulein Bickel zeigte sich ihnen gegenüber jedoch ausnehmend herzlich und schien besonders von dem gutaussehenden jungenhaften Inspektor eingenommen zu sein. »Das liegt an der Uniform«, hatte Beide später gemeint, als Franz ihn darauf angesprochen hatte.

Franz hatte mit Erleichterung erfahren, dass er seine Maskerade als Monsieur Choucas nicht aufrechterhalten musste, wenn er mit ... was genau eigentlich? Mit Zeugen? Mit Verdächtigen sprach? Jedenfalls konnte er dann der gute alte Herr Kafka sein, Konzipist bei einer Versicherung.

»Ich muss nur eines wissen, Fräulein Bickel«, sagte Kafka zu ihr, »und zwar, was am Mittwochabend geschehen ist, vor allem in der Traumhalle.«

»Warum vor allem dort?«, fragte Hannah.

Franz schnappte Beides Blick auf, der ihn zur Vorsicht gemahnen wollte, nicht zu sehr den Hut vor dem Hängekünstler zu ziehen. Das war unnötig. Denn Franz hatte nicht die Absicht, das Mädchen in diese Richtung zu lenken. Aus irgendeinem Grund hatte er das Gefühl, dass ohnehin schon zu viel Aufmerksamkeit auf Henker und seiner neuen, wenn auch verstörenden Nummer lag.

»Das Varieté ist öffentlich«, sagte Franz, »und deshalb ein Ort, wo viele Menschen zusammenkommen. Jemand könnte Herrn Herbort im Theater gesehen haben oder ihm dorthin oder im Anschluss gefolgt sein.«

»Sie meinen, ein Dieb oder so ...«

»Ich weiß nicht, was ich meine, ehe ich nicht von Ihnen höre, was an dem Abend geschah. Das heißt, bis zu dem Zeitpunkt, als er sich von Ihnen verabschiedete.«

»Er hat sich nicht von mir verabschiedet, ich habe mich von ihm verabschiedet«, sagte Hannah.

Franz vergaß, was er hatte sagen wollen, als er das hörte, und schwenkte in eine andere Richtung um. »Mir wurde gesagt, er habe Sie nach Hause begleitet.«

»Das hat er auch getan.«

»Und dennoch sagen Sie, dass Sie sich von ihm verabschiedet haben und nicht andersherum?«

»Was macht es denn für einen Unterschied?«

Franz dachte kurz nach und korrigierte sich dann selbst. Er hatte sie für ein Mädchen gehalten, doch sie war eine Frau, und nun fragte er sich, woran es lag, dass er sie für ein Mädchen gehalten hatte. Vermutlich der kräftige Lakritzgeruch, der von ihr ausging.

Oder die Mischung aus Eifer, Angst und Traurigkeit, die sie zeigte, wann immer sie über Herrmann Herbort sprach. Es war die Art, wie sie sich ausdrückte, »verehren« und »ich verabschiedete mich von ihm«, sogar »Herrmann«, obschon in dieser halb offiziellen Befragung eigentlich »Herr Herbort« angemessen gewesen wäre.

»Sie haben ihn gemocht«, sagte Franz. »Ich verstehe.«

Hannah ließ einen Augenblick verstreichen, bevor sie sagte: »Das taten wir alle. Aber Adeline und Frieda – die beiden anderen Freundinnen, mit denen ich an dem Abend aus war – interessierten sich nur für sein Äußeres.«

»Sie machten sich nichts aus seinem Äußeren«, sagte Franz. »Sie haben etwas Tieferes empfunden. Weniger oberflächlich. Und das haben Sie erst gemerkt, als Sie zuließen, dass er Sie küsste, und das hat Ihnen Angst gemacht, ein wenig. Ich verstehe.«

»Wie können Sie das verstehen?«, fragte Hannah.

»Weil Sie gesagt haben, dass Sie sich von ihm verabschiedet haben«, sagte Franz. »Obwohl Sie ja bereits zu Hause waren und er sich deshalb im Grunde eher von Ihnen verabschiedet hat. Aber Sie haben ihn geküsst, und da ist es Ihnen aufgegangen, und es hat Sie erschreckt. Und deshalb sind Sie vor einem Gefühl geflohen, das Sie nie zuvor empfunden hatten – Sie hatten den Eindruck, dass Sie bald nicht mehr zurechnungsfähig in Ihrem Handeln sein würden, wenn Sie noch länger bei ihm blieben ...«

»Ich habe nichts getan ...«

»Natürlich nicht«, sagte Franz. »Das haben Sie mir mitgeteilt, ohne es auszusprechen. Ich tadele Sie ja gar nicht oder dergleichen. Wie gesagt, ich verstehe es. Sie haben sich von ihm verabschiedet, weil Sie das Gefühl hatten, wenn in dieser Nacht noch mehr zwischen Ihnen passieren würde, Sie das kompromittieren würde oder ihn zumindest auf den Gedanken bringen könnte, man könne Sie kompromittieren.«

Hannah begutachtete ihren Schoß. Dann sah sie auf, mit feuchten Augen. »Und was hat das alles mit der Versicherung zu tun?«, fragte sie.

Beide mischte sich ein. »Sie würden staunen. Herr Kafka ist sehr ... *modern*, und, äh, nun, uns geht es eigentlich nur um die Einzelheiten des Abends. Im Interesse von Herrn Kafka.«

Hannah seufzte, zuckte die Achseln und wiederholte die Ereignisse noch einmal für Franz: wie die sieben Freunde beschlossen hatten, zur Traumhalle zu gehen, um den Hängekünstler zu sehen ...

»Sieben?«

»Ja, wir sieben«, sagte Hannah. »Wir Mädchen und die Bankbuben.«

»Die Bankbuben?«

»Sie arbeiten bei der Sparkasse. Wir nennen sie die Bankbuben, was wohl bedeutet, dass wir nicht sonderlich einfallsreich sind, wenn es um ... nun, egal, an dem Abend waren es ich, Herrmann, Adeline, Frieda, Peter Schussler, Georg Jaeger und – ach ja – Prinsky, Robert Prinsky.«

»Hat jemand nicht mitkommen können?«

»Wie meinen Sie das?«

»Für mich klingt es so«, sagte Franz, »als sollte unsere kleine Theatergruppe ein Oktett werden und kein Septett.«

»Warum glauben Sie, dass wir hätten zu acht sein sollen?«

»Wegen der Verteilung der Geschlechter«, sagte Franz, ohne auf Beides fragende Blicke zu achten. »Drei Frauen, vier Männer. Pärchen, die gemeinsam ausgehen. Und das bringt mich zu der Vermutung, dass da noch eine weitere Frau ist, die es nicht geschafft hat, oder ...«

»... oder?«, fragte Beide.

Franz lehnte sich zurück und wurde rot. »Entschuldigen Sie«, sagte er zu Hannah. »Vielleicht ist es besser, wenn Sie die Geschichte erzählen und nicht ich.«

»Sie meinen, dass sich da irgendwelche Pärchen hätten zusammentun sollen«, sagte Hannah. »Ich glaube, in gewisser Weise war es auch so. Andrerseits aber auch wieder nicht.«

Beide räusperte sich. »Dann sind Sie also alle zusammen ins Theater, haben Eintrittskarten gekauft, haben Ihre Plätze eingenommen ...«

Doch Franz wollte der Spur weiter nachgehen. »Ich möchte damit nicht zu persönlich werden«, sagte er und erschreckte Hannah, indem er sich unvermittelt wieder nach vorn beugte, »aber das ist eine sehr persönliche Sache, verstehen Sie, ich will damit sagen, dass das, was Herrmann zugestoßen ist, als persönliche Sache *angesehen* werden sollte. Wenn sich also nicht absichtlich Pärchen gebildet haben, dann eben unabsichtlich. Und wenn es kein viertes Mädchen gab – und inzwischen ist mir klar, dass es sie nicht gab. Denn Sie haben mir ja so überaus reizend zu verstehen gegeben, dass es an dem Abend nur darum ging, mit anderen jungen Leuten auszugehen und sich zu amüsieren, und nur nebenbei, um zu sehen, ob sich die Pärchen auf natürliche Weise am Ende des Abends zusammenfanden oder nicht.«

»Ich weiß nicht, wie ich darauf antworten soll«, sagte Hannah.

»Das war keine Frage«, sagte Franz. »Ich setze das Bild

lediglich zusammen, in meinem Kopf, aufgrund der eigentümlichen Art, wie Sie die Dinge ausdrücken.«

»Eigentümlich?«

»Nicht eigentümlich, das ist der falsche Ausdruck, entschuldigen Sie bitte. Einzigartig. Nicht gerade einzigartig für Sie, aber einzigartig in Bezug auf die Situation. Und Ihrem Gesichtsausdruck nach zu urteilen, mache ich es noch schlimmer, als es ohnehin schon ist. Ich halte hier inne.«

Hannah blinzelte und sah hilfesuchend zu Beide hinüber, doch der zuckte nur mit den Schultern und bat sie, mit der Schilderung der Ereignisse des Abends fortzufahren. Sie ging noch einmal zu dem Punkt zurück, als sie alle gemeinsam zu Abend gegessen hatten, dann zusammen zum Theater gingen, sich davor noch eine Weile unterhalten hatten, ehe sie hinein...

»Wie sind Sie hineingegangen?«, fragte Franz. Beide seufzte angesichts der neuerlichen Unterbrechung.

»Natürlich durch den Haupteingang«, sagte Hannah.

»Ich meinte, ob alle sieben auf einmal hineingegangen sind? Zur selben Zeit? Als Gruppe?«

»Oh. Nein, tatsächlich nicht.«

»Ach. Wie dann?«

»Ist das wichtig?«

»Ich weiß es nicht.«

»Adeline und Frieda und Georg und Peter sind hineingegangen, aber Herrmann blieb draußen. Ich wollte gerade hinein, da merkte ich, dass er sich uns nicht angeschlossen hatte, deshalb habe ich mich umgedreht, und da war er.«

»Wieso ist er nicht hinein?«

»Einfach so. Er schien in Gedanken versunken zu sein.«

»Gedanken an was?«

»Das hat er nicht gesagt, ich habe ihn nicht gefragt.«

Franz lehnte sich zurück und kratzte sich am Kinn. Was

wollte er mit diesen Fragen erreichen? Was für einen Unterschied machte es überhaupt, wie diese jungen Leute an diesem Abend ihre Plätze eingenommen hatten? Dieses halbe Dutzend Menschen, diese ... Nein, falsch. Sieben, nicht sechs. Warum hatte er den Siebten bereits vergessen?

»Weil Sie ihn nicht erwähnt haben«, sagte er laut.

»Wen habe ich nicht erwähnt?«, fragte Hannah erschrocken.

»Den siebten Kameraden. Wie hieß er noch gleich? Pinsky oder so ähnlich?«

»Oh«, sagte Hannah. »Prinsky. Ja, den hatte ich vergessen. Vielleicht ist er mit den anderen hinein, vielleicht ist er zurückgeblieben oder ins Herrenzimmer oder hat irgendetwas anderes gemacht, mir ist es nicht aufgefallen.«

»Prinsky«, sagte Beide zu Franz, »wurde an jenem Abend von Henker als Freiwilliger ausgewählt.«

»Ja«, sagte Franz. »Erzählen Sie mir davon.«

»Da gibt es nicht viel zu erzählen«, sagte Hannah. »Als es so weit war, dass der Hängekünstler einen Freiwilligen brauchte, um auf die Bühne zu kommen, den ... Strick ... und ihn selbst zu begutachten, da haben wir alle die Hände gehoben. Das heißt alle bis auf mich und Herrmann, und ...«

»Warum haben Sie die Hand nicht gehoben?«, fragte Beide.

Franz lächelte ihn an. »Ach, Inspektor, bringen Sie das Mädchen doch nicht in Verlegenheit«, sagte er. »Das ist doch offensichtlich.«

»Ist es das?«

»Ihre Hände waren anderweitig beschäftigt.«

»Herr Kafka?«, sagte Hannah.

»Ich möchte damit sagen, dass Sie Händchen gehalten haben, mein Fräulein«, sagte Kafka, während ihr Gesicht die Farbe von Roter Beete annahm. »Habe ich recht?«

»Sie müssen darauf keine Antwort geben«, sagte Beide.

»Herr Kafka möchte Sie nicht aus dem Konzept bringen, er weiß, dass das respektlos wäre, ganz zu schweigen von kontraproduktiv. Also, wie kam es, dass der Hängekünstler Herrn Prinsky ausgewählt hat?«

»Das hat er einfach getan«, sagte Hannah.

»Wie viele Leute im Publikum haben die Hand gehoben?«, fragte Franz.

»Die meisten.«

»Und es war ausverkauft an dem Abend?«

»Oh, ja. Proppenvoll. Furchtbar heiß obendrein.«

»Und wo waren Ihre Plätze?«

»Unsere Plätze?«

»Waren sie nahe an der Bühne?«

»Oh nein, wir waren im hinteren Viertel. Das war die einzige Sektion, in der wir noch sechs Plätze nebeneinander bekommen haben.«

»Sieben«, sagte Franz. »Sehen Sie? Sie haben Herrn Prinsky schon wieder vergessen.«

»Ist einfach nicht meine Gewohnheit, so viel an ihn zu denken.«

»Sie mögen ihn nicht.«

»Das habe ich nicht gesagt.«

»Das brauchten Sie auch nicht. Jedes Mal, wenn Sie von ihm sprechen, nennen Sie ihn ›Prinsky‹ und nicht ›Robert‹. Nicht einmal ›Herr Prinsky‹, was wenigstens höflich wäre, wenn auch seltsam förmlich.«

»Ich habe nie gesagt, dass ich ihn nicht mag.«

»Aber es ist etwas an ihm, was Sie dazu veranlasst, ihn zu übersehen«, sagte Franz. »Und ich glaube, bei den anderen ist es genauso. ›Prinsky‹ – haben Sie die Art, ihn zu benennen, vielleicht bei den anderen Männern aufgeschnappt?«

Hannah dachte darüber nach. »Vielleicht haben Sie recht, Herr Kafka.«

»Fanden Sie es seltsam, dass Henker Prinsky ausgewählt hat, da er doch so weit hinten saß?«, fragte Beide.

»Ich glaube, dass Sie sich um niemanden Gedanken gemacht hat außer um Herrn Herbort«, sagte Franz. »Aber Sie haben Prinsky wahrgenommen, als er auf die Bühne ging?«

»Nun, ja, natürlich. Er stand da vorn, hat an dem Strick herumgefingert und sah aus wie ein Pavian.«

»Wie hat er den Strick angefasst?«, fragte Beide.

»Er nahm ihn aus der Hand des Hängekünstlers entgegen«, sagte Hannah langsam und konzentrierte sich auf ihre Erinnerung. »Er hielt ihn in beiden Händen, drehte ihn mal so rum, mal so ... und dann hat der Hängekünstler das Seil aufgewickelt und auf den Stuhl gelegt ... und hat sich wieder umgewandt und Prinsky gebeten, ihn zu durchsuchen. Oh – davor hat er das Jackett ausgezogen.«

»Und Herr Prinsky hat ihn durchsucht.«

»Ich vermute mal«, sagte sie. »Er hat ein wenig herumgetatscht, aber ich glaube, dann war es ihm bald nicht mehr so peinlich, und er hat seine Aufgabe gründlich erledigt. Die Schallplatte spielte, wissen Sie, deshalb war das Ganze etwas heiterer. Und der Hängekünstler lachte ein- oder zweimal, meinte, Prinsky würde ihn kitzeln. Das alles war ganz fröhlich und albern, verstehen Sie. Wir verstanden gar nicht, weshalb da so ein Gewese drum gemacht wurde – ich meine, um den Hängekünstler.«

»Und dann?«

»Er hat Prinsky gefragt, ob er zufrieden sei, und Prinsky hat Ja gesagt. Und dann ist er auf seinen Platz zurückgegangen.«

»Und dann?«

Hannahs Miene verfinsterte sich. »Haben Sie die Vorstellung gesehen?«, fragte sie Beide.

Beide nickte verständnisvoll.

Hannah schloss ihren Bericht über den Abend damit, dass sie nach der Vorstellung alle ihrer Wege gegangen seien, alle waren inzwischen viel ruhiger und nüchterner als bei ihrem Eintritt ins Theater. Sie sei dann mit Herrmann Herbort nach Hause gegangen, auf dem Heimweg hätten sie aber die meiste Zeit geschwiegen.

»Wir wussten nicht, was für einen Reim wir uns auf das machen sollten, was wir gesehen hatten«, sagte sie.

Sie bestätigte, dass es an dem Punkt, als sie vor der Tür angekommen waren, genauso abgelaufen war, wie Franz es beschrieben hatte. Da hatte sie Herrmann zum letzten Mal gesehen.

Sie fing an zu weinen.

»Es war ein schrecklicher Abend, in jeder Hinsicht, nicht wahr?«, fragte sie, als Beide ihr sein Taschentuch anbot. »Ich werde ihn mein ganzes Leben lang nicht vergessen.« Sie schnäuzte sich die Nase und sagte: »Aber so wahr mir Gott helfe, ich werde es versuchen.«

»Das war mal eine ganz eigene ... Befragung«, sagte Beide zu Franz, als sie vom Kurzwarengeschäft wegfuhren.

»Soll das eine Kritik sein?«, fragte Franz.

»Nein«, sagte Beide so vorsichtig wie möglich.

»Ich habe Ihnen gesagt, dass ich kein Detektiv bin«, sagte Franz. »Aber Sie haben darauf bestanden, haben mich angefleht, mich zu beteiligen.«

»Ich weiß.«

»Und jetzt bekommen Sie Ihre Zweifel. Ich kann es Ihnen nicht verdenken.«

»Bezüglich Ihrer Beteiligung? Ganz und gar nicht. Wenn ich wegen irgendetwas Zweifel habe, dann wegen diesem Prinsky. Sie schienen immer wieder auf ihn zurückzukommen.«

»Nur weil sie immer von ihm wegkam.«

»Verdächtigen Sie ihn? Der Kerl hat ein wasserdichtes Alibi für Herborts Todeszeit.«

»Sind Sie sich da sicher?«

Beide bemühte sich, bei der Frage nicht in die Luft zu gehen. »Ein ganzes Wirtshaus voller Leute kann es bezeugen«, sagte er.

»Die ihn alle nicht kannten? Ich kann nur schwer glauben, dass sich so viele Leute, mitten in der Nacht und in unterschiedlichen Stadien der Alkoholisierung, an einen Mann erinnern, der dem Eindruck nach, den ich von ihm gewonnen habe, einer der am meisten übersehenen und am wenigsten denkwürdigen Menschen auf dem Planeten, ganz zu schweigen in Wien, ist.«

»Herr Prinsky hat sich ordentlich betrunken und hat den Großteil der Nacht damit verbracht, aus Leibeskräften derbe Lieder zu grölen.«

»Ich verstehe.«

»Und dennoch glauben Sie immer noch, dass er es irgendwie geschafft hat, Herbort zu töten.«

»Ich weiß nicht, was ich glaube.«

»Doch, das tun Sie.«

Franz hielt sich fest, als der Wagen um eine Kurve raste. »Ich denke an Prinsky herum – wie es wohl sein muss, er zu sein«, sagte Franz. »Und ich zögere, mir einzugestehen, dass ich es nicht allzu abwegig finde zu wissen, wie es sein muss.«

»Ein Nichts, ein Niemand ... so wie Sie sich gestern beschrieben haben, wie ich mich erinnere.«

»Ja«, sagte Franz, wandte den Kopf ab und sah zum Fenster hinaus. »So ungefähr.«

»Aber weshalb sollte Prinsky Herbort töten wollen?«

»Wieso sollte ein so unauffälliger, reizloser Mensch, der von den Leuten, die er für seine Freunde hält, mit Sicherheit als eine Belästigung empfunden wird, der vermutlich immer das fünfte Rad am Wagen ist bei den wenigen gesellschaftlichen Anlässen, bei denen er mit Frauen zusammenkommt und mit einem Herrmann Herbort verglichen wird, der groß, gutaussehend, geheimnisvoll und der Magnet sämtlicher weiblicher Aufmerksamkeit ist – war –, wieso sollte so jemand ihn töten wollen? Die Frage, Inspektor«, sagte Franz, »ist vielmehr, warum sollte er ihn *nicht* töten wollen?«

»Wir sprechen noch einmal mit ihm, wenn Sie möchten.«

»Ich glaube, das sollten wir.«

Schließlich fragte Beide so heiter wie möglich: »Sollen wir uns eine Leiche anschauen gehen?«

KAPITEL 21

EIN GESPRÄCH BEI EINER LEICHE

Zwei Gedanken gingen Franz unmittelbar durch den Kopf: dass Inge Hersch nicht friedvoll aussah und dass er froh war, noch nicht gefrühstückt zu haben.

Zwei Beamte der Leichenhalle hatten Franz empfangen, der ranghöhere der beiden war um einiges jünger als der andere, was Franz hätte überraschen müssen, aber neuerdings konnte ihn das Leben kaum mehr überraschen. Der ranghöhere – und jüngere – Beamte bemerkte Franz' grünliche Gesichtsfarbe und zog das Tuch wieder über die Leiche.

»Möchten Sie vielleicht etwas Wasser, Inspektor Kafka?«, sagte er. »Enzel, bring dem Inspektor etwas Wasser.«

»Schon gut«, sagte Franz und schaute sich um. In der Leichenhalle lagen noch drei weitere zugedeckte Gestalten. Er stützte sich auf der Totenbank ab und holte tief Luft. »Wenn man so aus der Hitze hier reinkommt«, sagte Franz. »Habe mich wohl nicht so gut akklimatisiert.«

Enzel war Wasser holen gegangen und kam nun mit einem Glas für Franz zurück.

»Inspektor«, sagte er und warf seinem Vorgesetzten einen Blick zu.

»Sie hören nicht zu«, sagte der Jüngere. »Der Inspektor meinte doch, dass er keines will. Haben Sie etwas an den Ohren?«

Enzel gab keine Antwort. Der Jüngere schüttelte den Kopf und zuckte mit den Schultern. »Diese neuen Rekruten sind alle gleich. Was soll man machen?«

Beide hatte Franz am Eingang allein gelassen und als Grund einen dringenden Telefonanruf genannt, worin Franz eine Lüge vermutete. Beide hatte ihn regelrecht durch die Tür geschoben und dabei gesagt: »Ich habe sie schon gesehen, und ich möchte, dass Sie Ihr Ding durchziehen, ohne dass ich Ihnen über die Schultern schaue.«

»Mein Ding?«, hatte Franz gefragt.

»Gehen Sie«, hatte Beide gesagt.

Und die beiden Beamten hatten keine weiteren Fragen gestellt, als Kafka sich als der Versicherungsermittler ausgegeben hatte, der er tatsächlich war. Wie selbstverständlich hatten sie ihm die sterbliche Hülle der Immerplatz-Inge gezeigt.

Franz fasste sich und überlegte, welche Frage nun wohl die beste wäre.

»Sie haben als Todeszeitpunkt kurz nach Mitternacht ermittelt?«, fragte er den jungen Mann.

Der Jüngere sah auf seine Armbanduhr. »Ich bin der Überzeugung, dass diese Frau momentan nicht länger als zwölf Stunden und nicht weniger als zehn Stunden tot ist, was bedeutet, dass der Tod entweder kurz vor oder kurz nach Mitternacht eingetreten ist.«

»Aber nicht *um* Mitternacht«, sagte Franz.

Der Jüngere bedachte Franz mit einem sengenden Blick und knurrte: »Es könnte auch exakt um Mitternacht gewesen sein, natürlich. Aber genau werden wir es nie wissen. So ist es nun mal. Es sei denn, der Mörder erzählt es uns.«

»Dann wurde sie also definitiv ermordet?«

Der Jüngere gab Enzel ein Zeichen, und der Ältere zog die Decke noch einmal zurück.

»So sicher wie das Amen in der Kirche hat sie sich das nicht selbst zugefügt«, sagte der Jüngere und bezog sich dabei auf den verdrehten, blau angelaufenen Hals.

»Entschuldigen Sie, Dr. Wolberg«, sagte Enzel, »aber vorher meinten Sie doch selbst noch, dass sie sich das durchaus auch selbst hätte antun können.«

Wolberg warf seinem Assistenten einen vernichtenden Blick zu. »Habe ich exakt diese Worte benutzt, Enzel?«, fragte er. »Oder habe ich gemutmaßt?«

Enzel senkte den Blick. »Sie haben gemutmaßt, Herr Doktor«, sagte er.

Wolberg wandte sich wieder zu Franz um. »Sie müssen wissen«, sagte er, »wenn sie mir die Leichen hereinbringen, dann schaue ich sie mir an, dann sage ich: ›Oh, Selbstmord!‹, wegen der Male, wissen Sie, und dann sagen sie mir, dass sie keinen Selbstmord begangen haben, und ich sage, dass das nicht möglich ist, und sie sagen: ›Ach, wirklich?‹, und ich sage, wenn es kein Selbstmord ist, dann hat es jemand wie einen Selbstmord aussehen lassen, und dann werden alle gleich ganz diensteifrig und brummen missbilligend, und man sagt mir, ich solle den Mund halten und trotzdem eine Autopsie vornehmen.«

»Autopsie?«, fragte Franz. Er sah hinab auf den Y-förmigen Schnitt auf der Brust der Leiche. Wieder stützte er sich auf der Totenbank ab.

»Bestimmt haben Sie selbst schon Hunderte veranlasst«, sagte Wolberg, »in Ihrem Metier. Selbst wenn die fragliche Leiche nicht erhängt worden ist ... oder angenagt, wie in diesem Fall.«

Die Erinnerung an die Katzen ließ Franz erblassen. »Ja,

natürlich, viele«, sagte er und fügte den vielen Lügen des heutigen Tages noch eine weitere hinzu. »Darf ich fragen, ob und was Sie herausgefunden haben?«

»Sie meinen bezüglich des Mageninhalts?«, fragte Wolberg.

»Nur«, sagte Franz und schloss die Augen, »wenn etwas ungewöhnlich war.«

»Oh, da gibt es durchaus etwas Ungewöhnliches«, sagte Wolberg. »Vielleicht nicht besonders ungewöhnlich bei einer Frau ihres – ähm – Beschäftigungsfelds, aber ... Nun, sie hatte Syphilis.«

»Syphilis?«

»Sie wissen, was Syphilis ist, oder?«

»Ja, aber ...«

Wolberg betrachtete die sterblichen Überreste von Inge Hersch, als begutachtete er beim Abendessen ein verbranntes Beefsteak. »Was meinen Sie, Inspektor, wie alt war diese Frau? Wenn Sie das Alter bereits kennen, schauen Sie sie sich trotzdem an und nennen Sie Ihren ersten Eindruck.«

Franz schaute hin. Grau und gewaschen, bar aller Farbe und alles Puders, schätzte er sie auf fünfundfünfzig.

»Einunddreißig«, sagte Wolberg. »Und meiner Einschätzung nach hätte sie das Ende des Jahres nicht mehr erlebt, nicht in ihrem Zustand. Sind Sie auch dieser Meinung, Enzel?«

»Ich, äh ...«

»Ich habe vergessen, dass Sie noch keine Meinung haben«, sagte Wolberg und zwinkerte Franz zu.

»Und kannte sie ihren Zustand?«, fragte Franz.

»Ich wüsste nicht, wie ihr der entgangen sein könnte. Nicht bei *diesem* Gesicht.«

Inge Herschs Gesicht wirkte gehämmert, eingefallen. Von ihrer Nase war im Grunde nichts mehr übrig.

»Und verstehe ich richtig, dass diese Frau, ähm ... ihren Lebensunterhalt verdient hat, indem sie ...«

»Herren unterhalten hat?«, fragte Wolberg grinsend.

»Das ist eine sehr viel feinere Ausdrucksweise, ja.«

»Geben Sie ihm die Nase«, sagte Wolberg zu Enzel, der nickte und zu einem Tisch an der Wand ging. Als er zurückkam, hatte er einen dreieckigen Klotz aus weißem Material in der Hand, den er Franz überreichte.

»Behalten Sie sie als Andenken«, sagte Wolberg.

»Was ist das?«, fragte Franz.

»Nach was sieht es denn aus?«

»Eine Nase.«

»Sie würden einen guten Anatomen abgeben«, sagte Wolberg kichernd und gestattete seinem älteren Assistenten mitzulachen, was vermutlich sehr selten vorkam. »Das ist in der Tat eine Nase. Geschnitztes Elfenbein. Eine sehr gute Arbeit übrigens, sollte ich hinzufügen. Sehen Sie«, sagte er und lenkte Franz' Aufmerksamkeit auf Inges eingesunkenes Gesicht, »Tertiärsyphilis verursacht die oberflächliche und innere Bildung von Geschwüren, dazu zerstört sie das Knochengerüst der Nase und schrumpft das Muskelgewebe. Seit Jahrhunderten schon verwenden Erkrankte falsche Nasen. Wenn sie nicht viel Licht gemacht und dick und ausgewogen Schminke aufgetragen hat, konnte sie ihre illegalen Liebhaber weiterhin ohne Furcht vor einer Entdeckung empfangen. Allerdings würde es einen ziemlichen Skandal gegeben haben, wenn sie einmal hätte niesen müssen.«

Wolberg und Enzel lachten herzlich darüber. Franz gefiel die Albernheit der beiden Männer nicht.

Er gab Enzel die falsche Nase zurück. »Dann hatte sie allen Grund, Selbstmord zu begehen.«

»Ja.«

»Und doch behaupten Sie, dass sie sich das nicht hätte selbst antun können«, sagte Franz und zeigte auf den verdrehten Hals der Toten.

»Ihr Versicherungsleute«, sagte Wolberg, »seid alle gleich. Ihr wollt immer, dass es Selbstmord ist. Ihr wollt eben nie etwas auszahlen, nicht wahr? Hören Sie, ich stehe zu dem, was ich gesagt habe. Sie hätte sich das nicht selbst antun und danach den Strick entfernen können.«

»Wie viele solcher stricklosen Selbstmorde ...«

»... Morde ...

»... hatten Sie in Ihrer Leichenhalle, Herr Doktor?«

Wolberg sah zu Enzel hinüber und zog eine Braue nach oben. Enzel verstand den Hinweis erst nicht, sagte dann aber: »Oh«, und damit ging er zu dem Schreibtisch in der Ecke, wo er einige Augenblicke lang in einem dicken Ordner herumblätterte. »Elf«, sagte er schließlich.

»Elf«, antwortete Wolberg.

Da kam Franz ein Gedanke, und eine Sekunde lang fand er ihn genial.

»Erzählen Sie mir«, sagte er, »von dem Mörder.«

»Vom Mörder?«

»War es dem Mörder Ihrer Meinung nach möglich, sich ihr von hinten zu nähern, ihr die Schlinge um den Hals zu legen und sie von hinten zu erdrosseln?«

Wolberg wirkte perplex. »Ich habe keine Ahnung«, gestand er.

»Nein«, sagte Enzel und näherte sich wieder der Totenbank. »Diese Frau wurde eindeutig erhängt.« Mit einem schwerfälligen Finger zeigte er auf die Male an ihrem Hals. »Der Strick hinterlässt immer eine Spur des Vorgangs. Sehen Sie die Abdrücke hier, ganz eng auf der Kehle, direkt unterm Kinn und hinter den Ohren. Beim Erdrosseln von hinten, nun, da trifft es den gesamten Hals wie ein Kragen, das ist üblicherweise gleichmäßig. Aber hier – und bei den anderen –, die wurden alle oben aufgehängt. Von den Füßen gerissen, wie es ausschaut.«

Wolberg starrte Enzel an. »Und woher«, fragte er, »wollen Sie das wissen, Enzel?«

»Ich habe im Gefängnis gearbeitet«, sagte Enzel. »Ich musste sie runterschneiden, wenn sie da gebaumelt sind.«

Wolberg lächelte Franz zu. »Nun«, sagte er, »*damit* erstickt man jede Unterhaltung, was?«

»Einunddreißig«, sagte Franz nachdenklich und starrte auf Inge Hersch hinab. »Ich bin selbst erst vierzig.«

»Wie bitte?«

»Ich habe früher immer geglaubt, das wäre alt«, fuhr Franz fort. »Dass es zehn Jahre mehr wären, als mir zustehen würden. Darf ich?« Er nahm das Laken und zog es über die Leiche. »Wäre alles so gegangen, wie ich erwartet hatte, dann würde ich jetzt auf mich selbst blicken, und Sie würden das Laken über mich breiten.«

»Inspektor?«, fragte Enzel.

Franz sah die beiden an. »Die Gedanken des Lazarus«, sagte er. »Entschuldigen Sie. Man sieht Hunderte Tote, gewöhnt sich aber nie daran.« Und er würde versuchen, nie wieder einen sehen zu müssen, ganz zu schweigen von Hunderten.

»Oh, man gewöhnt sich durchaus daran«, sagte Wolberg. »So circa beim sechsten oder siebten, würde ich sagen. Jedenfalls – können wir sonst noch etwas für Sie tun, Inspektor?«

»Mir fällt nichts weiter ein. Sie haben mir sehr geholfen.«

»War sie hoch versichert, Inspektor?«, fragte Enzel.

»Wie meinen?«

»Lebensversicherung?«

Ein letztes Mal sah Franz auf das unpersönliche Laken, das über die leblose Gestalt gezogen worden war. »Lassen Sie es mich so ausdrücken«, sagte er. »Ganz gleich wie hoch, es ist nie genug, nicht wahr?«

Seine Worte hallten in der kalten Leichenhalle wider.

KAPITEL 22

EINE SPONTANE BEFRAGUNG

Franz Kafka stand vor der Leichenhalle, dankbar für die Hitze, und verfluchte Inspektor Beide. Der Inspektor war nirgends zu sehen – mit welchem Geschlecht auch immer – und das schnittige schwarze Automobil auch nicht.

Er wünschte, sich in Wien besser auszukennen, aber er wünschte sich auch zu wissen, was er als Nächstes tun sollte. Er wusste, was von ihm erwartet wurde – den Morden ein Ende zu bereiten oder wenigstens die Obrigkeit zu dem Schuldigen zu führen, damit sie es tun konnte.

Doch Franz fiel nicht ein, wie er das bewerkstelligen sollte.

Erstens handelte es sich um zu viele Morde, die zu wenig miteinander gemeinsam hatten und zu weit auseinanderlagen. Außer dass sie alle Spuren einer Erhängung aufwiesen, gab es nichts, was die derzeit bekannten zwei Dutzend Fälle miteinander verband.

Derzeit bekannt. Gab es auch noch unbekannte Morde?

Bei dem Gedanken schauderte es Franz.

Zweitens war die Verbindung zum Hängekünstler im besten Falle lose. Ja, die Nummer dieses Mannes war vieles, unter anderem auch geschmacklos, aufsehenerregend, makaber und verstörend, aber angesichts der bekannten Fakten schien der Mann selbst über jeden Verdacht erhaben zu sein. Warum also der Fokus auf Henker? Franz hatte das Gefühl, der war nur Zeitverschwendung.

Drittens gelangte er nirgendwohin.

Er ging vor der Leichenhalle auf und ab, die Hände in den Taschen, und wartete darauf, dass Beide zurückkam.

Und was war mit Beide? Soweit Franz es beurteilen konnte, war Beide der Einzige, der an den Fällen arbeitete. War denn nicht die ganze Wiener Polizei dazu verpflichtet, diese Verbrechen aufzuklären? Und wenn dem so war, wieso hatte er dann keine anderen Beamten gesehen? Sicher, Beide hatte behauptet, zur mysteriösen »IKPO« zu gehören, aber warum sollte Beide allein arbeiten? Das Ausmaß der Morde war zu gewaltig für nur einen Ermittler.

Zwei Ermittler, dachte Franz. Ich bin ja auch darin verwickelt.

Franz ging noch einmal alles durch, was er über einige der Opfer wusste. Laut Hannah Bickel war Herrmann Herbort nichts als ein gutaussehender junger Mann, und niemand würde von seinem Tod profitieren. Bei Inge Hersch sah es so aus, dass ihr Ruf als Frau vom Gewerbe ihr sicher keine Preise für gutes Benehmen oder makellose Tugend eingebracht hätte, aber wer sollte sie schon töten wollen, vor allem, da ihr Gesundheitszustand sie in ein paar Monaten sowieso das Leben gekostet hätte?

Eine Glocke in der Nähe schlug elf. Eine Kirche? Das Rathaus? Eine Bank?

Eine Bank …

Franz erschreckte eine junge Frau, die einen Kinderwagen schob, weil er sie sehr aufgeregt nach dem Weg zur Sparkasse fragte. Die junge Frau erklärte es ihm, und er rannte die Straße hinunter.

Robert Prinsky konnte sich nicht entscheiden, ob der Herr aus Zürich ein vollkommener Depp oder ein chronischer Volltrottel war. Dem Aussehen nach würde man ihn für einen Lehrer gehalten haben oder gar einen lutherischen Pfarrer, mit den hohen Wangenknochen, den hageren Gesichtszügen und dem ernsten Gebaren. Aber wenn man ihn reden hörte ...

»Es stand Herrn Herbort nicht zu, Ihnen das zu sagen, mein Herr«, sagte Prinsky. »Nicht dass es Ihnen auch nur im Geringsten geschadet hätte, natürlich nicht, aber man hätte Sie an die richtige Person verwiesen, und die wäre ich gewesen, aber ... nun, das mag sein, wie es wolle.«

»Gott sei seiner Seele gnädig«, sagte der Herr und bekreuzigte sich.

Kein Lutheraner also, stellte Prinsky fest. »Ja«, sagte er. »Genau.«

»Wäre ich doch nur schon eher nach Wien zurückgekehrt«, fuhr der Mann fort. »Dann hätte ich ihn noch einmal sehen können vor seinem tragischen Unfall.«

»Es war kein Unfall«, erwiderte Prinsky. »Nun denn, lassen Sie uns sehen, was wir ...«

»Ich bin einfach davon ausgegangen, dass es ein Unfall war«, sagte der Herr. Er sah sich in dem großen, freudlosen Saal der Bank um, in den aus hohen Fenstern Balken schwachen Sonnenlichts hereinfielen. »Wissen Sie, es ist komisch: Ich komme herein und sehe, dass alle Mitarbeiter schwarze Armbänder tragen, und ich denke: ›Was für eine eigentümliche Arbeitskleidung in einer Bank!‹ Und dann denke ich: ›Das ist Blödsinn, ich muss aus Versehen in ein Leichenschauhaus geraten sein!‹ Und dann denke ich: ›Nein, ich sehe doch einen Tresor.‹ Und dann habe ich geschlussfolgert, dass jemand Wichtiges gestorben sein musste.« Er strahlte Prinsky an, als wäre er stolz auf seinen Gedankengang.

»Nein, niemand Wichtiges«, sagte Prinsky. »Herr Herbort

war wohl kaum wichtig.« Er schaute auf die gerahmte Fotografie auf seinem winzigen Schalter.

»Er muss ziemlich beliebt gewesen sein«, sagte sein Gegenüber mit einem Blick auf die übrigen Angestellten. »Sie alle tragen Trauer. Will heißen, es ist ein trübsinniger Anblick, alle mit den Armbändern, und ... oh. Nun, alle bis auf Sie.«

Prinsky warf einen Blick auf den schmucklosen Ärmel seines grauen Anzugs und sah dann wieder auf den Herrn aus Zürich. »Ich ... ja«, sagte er. »Ich musste es abmachen, verstehen Sie, weil ... es zu eng war, mir ist immerzu der Arm eingeschlafen.«

»Wie unangenehm. Ich kann mich nicht erinnern, dass Herr Herbort krank gewesen ist.«

»Wie bitte?«

»Nun, wenn er keinen Unfall hatte, dann nehme ich an, dass es eine Krankheit war?«

Prinsky räusperte sich und senkte die Stimme. »Er wurde umgebracht«, sagte er.

»Sie meinen, er wurde *ermordet?*«, fragte der Fremde so laut, dass sich alle anderen Leute in der Bank zu ihm umdrehten.

»Ja«, sagte Prinsky, »und wenn Sie die Güte hätten, etwas leiser zu sprechen ...«

»Aber wer würde denn einen so liebenswürdigen Menschen wie Herrn Herbort umbringen wollen?«, fragte der Herr noch lauter.

»Das weiß ich ganz sicher nicht. Also, nun, betreffs der Konten, die wir anbieten können ...«

»So voller Leben«, sagte der Fremde. »So jung, so viel Potenzial, und ein so gutaussehender Mann. In dieser Hinsicht habe ich ihn ziemlich beneidet. Ich weiß, es ist die Sünde der Eitelkeit, dies zuzugeben, aber ... tja, *Sie* verstehen mich doch.«

Prinsky warf einen Blick auf die Fotografie auf seinem Schalter. »Ja, ja«, sagte er, »eine Tragödie. Wir sind alle bestürzt.«

»Natürlich. Sie haben ihn jeden Tag gesehen, auf der Arbeit ... und auch sonst?«

»Tatsächlich war er an dem Abend, an dem er sein unglückliches Ende gefunden hat, noch mit uns im Theater.«

Der Fremde aus Zürich lächelte. »Ach ja. Er war ein großer Liebhaber des Theaters.«

»Wie gut kannten Sie ihn denn, Herr ...?«

»Mein lieber Herr Prinsky, man muss jemanden nicht sein Leben lang kennen, um zu viel über ihn zu wissen.«

»Das stimmt wohl«, sagte Prinsky. »Nun, was die Überweisung von ausländischen Konten auf unser ...«

»Ich hoffe, er hat seinen letzten Ausflug ins Theater genossen«, sagte der Fremde.

»Ich weiß es nicht. Er schien sich gut unterhalten zu haben.«

»Oh! Sie waren bei ihm?«

»In gewisser Weise. Wir waren eine ganze Gruppe, und er ...«

»Sind Sie zum Musikverein? Ich liebe dieses Theater.«

»Nein, in die Traumhalle.«

Der Fremde sah den kleinen Mann, der aussah, als hätte er Verdauungsstörungen, kameradschaftlich und auch ein bisschen überrascht an. »Wie ist die Welt doch klein und vollkommen verblüffend«, sagte er. »Ich war erst gestern Abend dort!« Er beugte sich näher an Prinsky heran und flüsterte mit wissendem Blick: »Der Hängekünstler.«

Prinsky wurde blass. »Ja, genau.«

»Eine Vorstellung, die ich nie vergessen werde.«

»Nein«, sagte Prinsky.

»Wie ich sehe, hat Sie die Darbietung genauso mitgenommen wie mich.«

»Sie war einzigartig.«

»Und ich wollte so gern, dass er mich als Freiwilligen nimmt«, sagte der Herr, während er sich zurücklehnte. »Der Kerl ist ein Genie. Stellen Sie sich vor, was es für eine Ehre wäre, ihm nahe zu sein! Um mich zu vergewissern, dass er kein ... kein ... kein Phantom ist!«

Prinsky zupfte an seinem Ärmel. »Stellen Sie sich vor, mein Herr«, sagte er, wobei ihm ein kleines Lächeln entschlüpfte, »ich war einen Moment lang mit ihm auf der Bühne.«

Der Herr aus Zürich bekam große Augen. »Erzählen Sie weiter«, sagte er.

»Es war ... einzigartig.«

»Sie haben ihn gründlich durchsucht?«

»Nur dass ich ihn nicht gebeten habe, sich auszuziehen, ja.«

»Und haben was gefunden?«

»Nichts. Nichts als ihn selbst natürlich.«

»Und der Strick?«

»Das war nur ein Strick«, sagte Prinsky.

»Bestimmt war es mehr als nur das.«

»Nun, ein Strick aus Seide, freilich.«

»Freilich.«

»Hat sich warm angefühlt.«

»Interessant!«

»Ich habe es auf die Bühnenbeleuchtung geschoben. Auf der Bühne war es heiß wie unter der Wüstensonne.«

Der Mann betrachtete ihn ein, zwei Augenblicke, während Prinsky sich die Hände an einem Taschentuch abwischte.

»Ihre Frau muss unheimlich stolz auf Sie gewesen sein«, sagte der Herr.

»Meine Frau?«

»Ich spüre, dass Sie der hingebungsvollste Gatte sind«, sagte der Fremde. »Und man muss Ihnen gratulieren.«

»Und woher spüren Sie das?«, fragte Prinsky.

»Entschuldigen Sie, dass mir das auffällt, Herr Prinsky«, sagte der Zürcher, »aber Sie haben nun schon öfter auf die Fotografie auf Ihrem Tisch da geschaut. Gewiss handelt es sich um Ihre Frau. Sie hat wahrhaft Glück.«

Prinsky zögerte, griff dann aber zu der Fotografie, während sich seine Braue entspannte. »Es ist nett, dass Sie das sagen«, sagte er und reichte dem Fremden das Bild. »Ich halte mich für einen ebenso großen Glückspilz.«

Der Herr betrachtete die Fotografie, einen Schnappschuss von Hannah Bickel. Dann gab er sie Prinsky zurück. »Die Jugend und Schönheit selbst.«

»Also dann«, sagte Prinsky, während er Hannahs Fotografie wieder an ihren Platz auf seinem Schalter stellte. »Wie viel wollten Sie heute denn einzahlen?«

Der Mann schaute ihn an, setzte an, etwas zu sagen, und kramte dann in seinen Manteltaschen herum.

»Ach, ja«, sagte er. »Geld. Geld. Natürlich. Der Grund, weshalb ich hier bin. Also, wo habe ich meine Brieftasche hingesteckt? Ich muss sie ...«

In diesem Moment betraten zwei Männer die Bank, beide in schwarzen Uniformen mit Mützen und Umhängen. Einer schaute direkt zu Prinsky und dem Herrn herüber, stieß seinen Kollegen an, und dann marschierten sie gemeinsam zu Prinskys Schalter. Sie stellten sich zu beiden Seiten des Herrn auf, ein jeder legte ihm eine Hand auf die Schulter.

»Nach Ihnen wird verlangt«, sagte einer von den beiden.

»Wer verlangt nach mir?«, fragte der Mann aus Zürich.

Sie hievten ihn aus dem Stuhl und zerrten ihn durch das Foyer.

»Sofort«, sagte der andere, »wenn nicht noch früher.«

»Also bitte, einen Moment ...!« war das Letzte, was Prinsky von dem Herr aus Zürich hörte. Er sah, wie das Trio aus der Bank hinauspolterte.

Er tupfte seinen breiten Schnauzer mit dem Taschentuch, schaute auf das Bild von Hannah und wischte sich zum achtundvierzigsten Mal am heutigen Tage den Schweiß von den Händen.

KAPITEL 23

DER GAST, DER NICHT MEHR AUF BEIDEN BEINEN STAND

Franz hatte keine Zeit, sich ins Gedächtnis zu rufen, dass er sich vor nicht einmal eineinhalb Stunden geschworen hatte, nie wieder eine Leiche anzuschauen, als bereits der Anblick einer weiteren Leiche eine Ohnmacht bei ihm hervorrief.

Später würde er es dem ausgebliebenen Frühstück zuschreiben.

Im Moment jedoch schrieb er es der Leiche selbst zu, die von der Decke hing, mit schwarzem Gesicht, heraushängender Zunge und Augen, die fast ganz aus ihren Höhlen traten, und die, ganz unschicklich, keine Kleidung trug.

Viele behaupten, dass man den altweltlichen Prunk des Hotels Gottesanbeterin nur dann so richtig goutieren kann, wenn man so anreist wie die Könige des vergangenen Jahrhunderts: gemächlich, mit einer von Pferden gezogenen Kutsche, vorbei am herrlichen Palais Windisch-Graetz und dann rechts in den Tiefen Graben, wo die namensgebende Fangschrecke des Hotels als Terrakotta-Basrelief sich über der herrschaftlichen Eingangstür aus poliertem Messing und Holz präsentiert.

Franz war jedoch kein derart atmosphärisches Herannahen vergönnt. Das Automobil, in das er von den beiden Männern geschleppt worden war, raste die Taborstraße hinunter und über den Kanal – in der falschen Richtung den Laurenzberg hinunter und in der falschen Richtung den Fleischmarkt entlang und dann die Wipplingerstraße hoch, wo es vor dem Hotel quietschend zum Stehen kam. Es war das einzige Quietschen, das das Automobil von sich gegeben hatte. Das ganze andere Quietschen kam von den Leuten, die während seiner rekordverdächtigen Fahrt beinahe platt gefahren wurden und zur Seite springen mussten.

Die beiden Männer hatten Franz gewissermaßen ins Hotel getragen. Zwischen ihnen eingeklemmt und an den Ellbogen gepackt, hatte er sich die Worte für einen wütenden Protest zurechtgelegt, während er in einen Aufzug gesteckt und ins oberste Stockwerk gefahren wurde. Dort angekommen, glitt die Tür so schnell zur Seite, dass man annehmen musste, sie sei geölt, und Franz wurde in eine herrschaftliche Suite gescheucht, und das Erste, was er dort sah, war die ...

Beißendes Riechsalz ließ ihm Pfeile ins Gehirn schießen, er schlug die Augen auf ... und sah die nackte Leiche über sich hängen.

Er hatte sich nicht getäuscht.

»Sehr gut, Herr Kafka«, sagte eine beruhigende Frauenstimme. »So ist es gut. Kommen Sie wieder zu sich. Meine Herren, helfen Sie mal.«

Franz merkte, dass er von Händen auf die Beine gehievt, zu einem Sessel geschleift und darauf geworfen wurde. Dann erklang wieder die trällernde Stimme. »So ist es brav.«

Inspektor Beide tauchte vor ihm auf und lächelte. »Sie hatten einen ereignisreichen Morgen, nicht wahr?«, fragte sie.

Franz gurgelte eine Antwort.

»Wasser«, sagte Beide, worauf eine Hand mit einem vollen Glas erschien.

»Was«, fragte er, »geht hier vor?«

»Eine ganze Menge, wie Sie bestimmt schon festgestellt haben«, sagte Beide.

Er betrachtete seine Umgebung. Beide war in Begleitung der beiden Männer, die ihn ins Hotel gezerrt hatten, und zweier weiterer Männer in ähnlichen Uniformen, die sich in einer Ecke herumdrückten. Einer pflanzte eine Kamera auf einem Dreibein auf.

Die Suite war wahrscheinlich die vornehmste Unterkunft, die Franz je von innen gesehen hatte: Die Wände waren in einem schimmernden blassen Gelb tapeziert, die silbergrauen Vorhänge umrahmten die Fenster, die bis zum Boden reichten, der weiße Teppich war weich wie frische Butter, und die Möbel sahen so aus, als wären sie direkt vom Hof Ludwigs XVI. hierhergebracht worden. Ein breites Bett, groß genug für eine kleine Familie und mit seidigen kastanienbraunen und silbernen Bezügen drapiert, beherrschte den Raum. Es war nicht gemacht, und jemand hatte darauf feinsäuberlich einen karierten Anzug zurechtgelegt.

Franz erkannte den schrillen Anzug auf Anhieb.

Verstohlen warf er einen Blick auf die Leiche, die in der Zimmermitte hing. Darunter lag umgekippt einer der feinen Stühle. Zwar war das Gesicht verzerrt, aber er wusste gleich, wo er den Mann schon einmal gesehen hatte: am Abend zuvor auf der Bühne der Traumhalle.

Er schaute weg.

»Muss er da oben bleiben?«, fragte er.

»Na schön, schneidet ihn herunter«, sagte Beide zu einem der Männer. »Und seien Sie nicht zu grob: Behutsamkeit geht über Zweckmäßigkeit. Und ich will, dass Sie so viel wie möglich vom Strick intakt lassen.«

Einer der Männer holte eine Schere aus einem Lederetui, während ein anderer ein aufwendig geschnitztes Sofa herbeischob.

Beide sagte: »Warten Sie.« Dann: »Gehen Sie zur Seite.«

Die Männer traten zur Seite, und der Mann mit der Kamera machte eine Fotografie.

»Noch eine, von der Seite«, sagte Beide.

Der Fotograf kam zu Beide herüber, stellte das Dreibein auf, richtete die Kamera aus und machte ein zweites Bild der Leiche aus einem anderen Blickwinkel.

»Dann noch eines, wenn er liegt«, sagte Beide zu dem Fotografen. »Und Bilder vom Zimmer aus jeder Ecke, so viele Sie möchten, aber denken Sie daran, dass der Film teuer ist.« Sie wandte sich zu dem vierten Mann um. »Bestandsaufnahme.«

Der Mann mit der Schere stieg auf das Sofa, während sein Kollege ihn stützte. Dann fing er an, den Strick durchzusägen.

Beide drehte sich zu Franz um.

»Wir müssen hier nicht herumsitzen und zusehen«, sagte sie.

Sie führte ihn ins Vorzimmer, ließ die Tür zum Schlafzimmer jedoch geöffnet, um jederzeit erfahren zu können, wie weit die Arbeit der Kollegen gediehen war.

»Haben Sie sich wieder gefasst?«, fragte sie.

»Ich werde schon wieder«, sagte Franz. »Würde es Ihnen etwas ausmachen, wenn ich Krawatte und Kragen etwas öffne?«

»Nicht im Geringsten«, sagte Beide. »Wo waren Sie?«

»Sie wissen genau, wo ich war«, sagte Franz, »sonst hätten Sie ja nicht gewusst, wo Sie Ihre Gorillas hinschicken sollen. Die Frage ist viel eher: Wo waren *Sie?*«

»Es tut mir leid, dass ich Sie bei der verstorbenen Inge Hersch zurücklassen musste. Es ging nicht anders.«

»Sie haben meine Frage nicht beantwortet.«

Beides Aufmerksamkeit wanderte zu den Beamten, die im Schlafzimmer hantierten. Der Scherenmann mühte sich noch immer mit dem Strick ab.

»Leo Kropold«, sagte Beide, griff in ihre Uniform und holte ein schlankes Zigarettenetui und ein Feuerzeug heraus. »Zigarette?«, fragte sie.

»Ich rauche nicht«, sagte Franz.

»Überdeckt den Leichengeruch.« Sie zündete sich eine Zigarette an.

Franz stellte fest, dass er tatsächlich rauchte. »Wie war der Name noch einmal?«

Beide wartete ab, bis sein Husten nachgelassen hatte. »Besser?«

Franz massierte sich die Kehle. »Diese Enge ist mir nur allzu bekannt«, sagte er. »Aus anderen Gründen allerdings, aber dennoch ... Sprechen Sie weiter, mit mir ist alles gut.«

»Der Herr, der da von der Decke hängt, ist Leo Kropold«, sagte Beide. »Wenigstens ist das der Name, unter dem er gemeldet war. Er hat das Zimmer vor drei Wochen bezogen – auf den Tag genau. Als Adresse gab er ›Bern‹ an, was der Wahrheit entsprechen könnte oder auch nicht. Natürlich werden wir das überprüfen.

Woher er auch immer stammte, Herr Kropold kam gestern eine Viertelstunde nach elf zurück ins Hotel. Er bat den Portier, ihm die Rechnung auszustellen, damit sie am Morgen fertig wäre, denn er hatte beschlossen abzureisen.«

»Hat er das zum Portier gesagt? Dass er beschlossen hatte abzureisen?«

»Dem Portier zufolge ja. Warum?«

»Weil es offensichtlich scheint, dass er abreisen möchte, wenn er die Rechnung verlangt. Weshalb sollte er sich die Mühe machen, das Offensichtliche noch extra zu erwähnen?«

»Ich weiß es nicht«, sagte Beide und blies Rauch aus. »Vielleicht, um etwas klarzustellen? Schließlich hatte er die Suite für den ganzen Monat reserviert.«

»Verstehe. Bekanntgabe der vorzeitigen Abreise.«

»In mehrerlei Hinsicht«, sagte Beide und drückte ihre Zigarette in einem kompakten Aschenbecher aus, den sie anschließend zuklappte und in ihre Uniform steckte. »Sie finden das nicht zufriedenstellend.«

»Es ergibt eben keinen Sinn, das ist alles«, sagte Franz. »Ein Mann kehrt in sein Hotel zurück, bittet, dass ihm die Rechnung ausgestellt wird, geht in sein Zimmer ... und erhängt sich dann irgendwann in der Nacht. Wieso sollte er sich dann die Rechnung ausstellen lassen, wenn er gar nicht vorhat, sie zu bezahlen?«

»Vielleicht hat er erst viel später beschlossen, sich zu erhängen«, sagte Beide. »Wir können uns da bestimmt ein besseres Bild machen, wenn der Gerichtsmediziner sich ihn einmal angeschaut hat.«

»Er kehrt in sein Hotel mit der Absicht zurück, am nächsten Tag abzureisen«, sagte Franz. »Und nicht mit der Absicht, sich zu erhängen, doch irgendwann in der Nacht fällt ihm ein, dass er sich selbst ein Ende bereiten möchte. Wollen Sie das sagen?«

»Es ist eine Möglichkeit«, sagte Beide.

Einer der Beamten stand in der Tür. Sie hatten Kropold inzwischen heruntergeschnitten und ihn auf den Boden gelegt. Der Beamte gab Beide ein Zeichen.

»Möchten Sie ihn sich näher anschauen?«, fragte Beide, während sie aufstanden.

»Bevor ich damit weitermache«, sagte Franz, »würde ich gerne wissen, weshalb ich hier bin.«

Beide bedeutete dem Beamten mit einem Nicken, dass er gehen solle.

»Sie sind Teil dieser Ermittlung«, sagte Beide. »Und bisher bin ich sehr zufrieden mit Ihrer Kollaboration. Warum fragen Sie?«

Franz schüttelte den Kopf. »Das wollte ich nicht wissen«, sagte er. »Ich meine, warum sind wir *hier* und untersuchen den Tod dieses Mannes?«

»Warum sollten wir das nicht?«

»Inspektor«, sagte Franz, »er ist ganz anders als die anderen.«

»Oberflächlich besehen vielleicht«, sagte Beide.

»Nein«, sagte Franz. »In jeder Hinsicht. Zum einen können wir beweisen, dass dieser Mann Kontakt zum Hängekünstler hatte, was Sie sicher glücklich machen wird, da Sie so versessen darauf sind, diese Verbrechen Herrn Henker zuzuschreiben.«

»Wie können Sie das beweisen?«, fragte Beide.

Franz führte Beide ins Schlafzimmer zurück und zeigte auf den karierten Anzug, der auf dem Bett ausgebreitet war.

»Herr Kropold war gestern Abend in der Traumhalle«, sagte Franz. »Überdies war er Herrn Henkers ›Freiwilliger‹. Das ist schon mal ein Unterschied zu den anderen Fällen – Herr Kropold stand tatsächlich mit ihm auf der Bühne.«

»Was ist der andere Unterschied?«

Franz ging zu der Leiche und zeigte auf die Schlinge um ihren Hals. »Es ist das erste Mal«, sagte Franz, »dass wir uns die Mordwaffe anschauen können.«

KAPITEL 24

ZU VIELE HINWEISE

Franz' erster Eindruck des verstorbenen Leo Kropold war der eines jungen Mannes, der plötzlich alt geworden war, und nicht nur weil seine Züge aufgrund des Erstickungstraumas zu einer gequälten Maske deformiert waren.

»Dieser Mann hat mit etwas gekämpft«, sagte Franz. »Schauen Sie, wie sich Angst und Sorge in seine Haut gegraben haben – in die Augenwinkel, in die Ecken des Mundes. Solche Gesichter kenne ich.«

»Gesichter von Lebenden?«, fragte Beide. Ihre Stimme hatte jetzt etwas Jungenhaftes an sich. Und als Franz aufsah, stellte er fest, dass er wieder männlich geworden war.

»Ich wünschte, ich könnte mich daran gewöhnen«, sagte Franz.

»An was gewöhnen?«, fragte Beide.

»Vergessen Sie's.«

Beide betrachtete sich im Ankleidespiegel gegenüber dem Bett. »Ach«, sagte er, »das. Falls es Ihnen hilft: Auch ich wünsche mir, ich könnte mich daran gewöhnen.« Er wandte sich an die vier schweigenden Beamten. »Wenn das alles ist«, sagte er, während sie aufhorchten, »können Sie gehen. Einer bleibt vor dem Zimmer. Die anderen wissen, was als Nächstes zu tun ist.«

Die Männer salutierten und gingen hinaus.

Beide ging zu den beiden Gegenständen, die seine Lakaien auf den Toilettentisch gelegt hatten. »Interessant«, sagte er.

Der erste Gegenstand war ein kleines ledergebundenes Tagebuch oder Notizheft. Der zweite war eine braune Flasche mit einem aufgeklebten Etikett. Beide blätterte das Heft durch und gab es Franz. »Worte«, sagte er. »Ihre Abteilung.«

Franz schlug das Heft auf. Es war seitenweise mit einer kräftigen, schlichten Handschrift gefüllt, die Schrift von jemand, der Schreiben nicht gewohnt und darin nur ansatzweise geschult war. Er suchte sich eine Seite aus und lenkte Beides Aufmerksamkeit von der Flasche weg. »Hören Sie sich das an: ›Wer bin ich, dass ich mich selbst richte und verurteile? Wer bin ich, dass ich mir selbst das Leben nehme? Nun, ich bin ich selbst, und wer kennt die Sünden, für die ich mich zu verantworten habe, besser als ich selbst?‹ Kommt Ihnen das bekannt vor?«

Beide nickte. »Der Hängekünstler.«

»Ja. Die Vorstellung.«

Franz blätterte ziellos herum. Immer und immer wieder standen die Worte des Hängekünstlers in Druckbuchstaben auf den Seiten, nicht immer in der richtigen Reihenfolge, aber oft mehrfach.

»Und noch einmal«, sagte Franz, »die Worte von Hans Henker: ›Aber sind denn alle unsere inneren Dämonen nichts weiter als das – als unser Inneres?‹ Und hier: ›Habe ich verdient, am Leben zu bleiben? Das überlasse ich Ihnen.‹ Und so weiter. Jedes Wort der Vorstellung, Inspektor, alles mehrfach aufgeschrieben, als hätte Kropold sich die Worte diktieren lassen.«

»Vorausgesetzt, das ist seine Handschrift«, sagte Beide.

»Können Sie das herausfinden?«

»Wir können es versuchen.«

»Können wir so lange davon ausgehen, dass Kropold tatsächlich der Urheber dieser Einträge ist?«

»Das ist eine interessante Betrachtungsweise, Herr Kafka.«

»Was?«

»Dass Kropold der Urheber dieser Aufzeichnungen ist. Denn einerseits, das wissen wir schon, ist er nicht der Urheber dieser Einträge, denn es sind die Worte von Hans Henker ...«

»... andrerseits jedoch, wer kann schon sagen, ob Kropold nicht tatsächlich der wahre Urheber der Worte ist?«, sagte Franz. »Wollen Sie damit andeuten, ...«

»... dass Kropold den Text zu Henkers Nummer verfasst hat? Möglich wäre es.«

»Es ergibt keinen Sinn.«

»Das wird es aber, wenn wir lange genug daran herumzerren.«

Franz legte das Heft auf den Toilettentisch. »Und was ist mit der Flasche?«

Beide zeigte ihm das Etikett. »Quecksilber(II)-chlorid«, sagte er.

»Der Mann war krank«, sagte Franz und schaute ganz kurz zu Kropolds Leiche hinüber.

»Syphilis«, sagte Beide. »Und auch noch eine ganz neue Flasche – der Apotheker hat das Datum von gestern draufgeschrieben. Das lässt sich leicht nachverfolgen.«

»Warum ersteht Kropold eine neue Flasche Quecksilber(II)-chlorid an dem Tag, an dem er sich erhängt?«

»Ausgezeichnete Frage.«

»Ich weiß, dass es eine ausgezeichnete Frage ist, Inspektor«, sagte Franz, »aber was wir im Moment brauchen, ist eine ausgezeichnete Antwort.«

»Was denken Sie?«

Franz verdrehte die Augen. »Müssen Sie das immer machen?«, fragte er. »Haben Sie denn gar keine eigenen Gedanken?«

»Haben wir«, sagte Beide. »Aber ich würde zuerst gerne Ihre hören.«

Franz dachte nach. »Ich bin kein Arzt«, sagte er, »aber so wie es aussieht, hat die Krankheit ihn nicht gerade gezeichnet. Es könnte sein, dass er das Medikament zum ersten Mal gekauft hat, und nachdem er eine Dosis eingenommen hat, hat er beschlossen, dass er es nicht erträgt, für den Rest seines Lebens Gift zu schlucken, ganz gleich wie kurz es auch sein mochte.«

»Drum hat er beschlossen, sich aufzuhängen.«

Franz nickte. »Oder ...«

»Oder?«

»Oder er hat das Zeug schon eine Weile lang genommen und hat sich nur eine neue Flasche gekauft, weil ...«

»Ja?«

»Weil er wusste, dass sie gefunden werden würde.«

»Von wem?«

»Von uns.«

»Ausgerechnet von uns?«

»Von uns, also von jenen, die versuchen, der Sache auf den Grund zu kommen.« Franz fasste sich mit der Hand an den Kopf und machte die Augen zu. »Mein Kopf dröhnt. Das alles macht mir Kopfschmerzen, Inspektor.«

»Durchaus.«

»Und jetzt sind Sie dran. Was meinen Sie?«

Beide stellte die Flasche neben das Heft. »Mich interessiert, inwiefern alle Hinweise auf den Hängekünstler zu deuten scheinen, wie ich es vermutet habe«, sagte Beide, »und gleichzeitig aber von ihm wegführen.«

»So wahr uns Gott helfe«, sagte Franz.

»Ja, das wäre schön, wenn ein solches Wesen existieren würde, aber lassen Sie uns lieber einen Blick auf die Schlinge werfen.«

Beide kniete sich neben der Leiche nieder.

»Sollen wir ihn aus der Schlinge nehmen?«, fragte Franz.

Beide zog seine Handschuhe an und nickte. Langsam und überaus vorsichtig, als hätte er es mit einer giftigen Schlange zu tun, streifte er die Schlinge über Kropolds Kopf.

Franz betrachtete die Decke. »Sind die Zimmer in diesem Hotel alle gleich?«, fragte er.

»Ich weiß es nicht. Warum?«

Franz besah sich die Ausmaße des Zimmers. »Was würden Sie sagen: Wie groß war der verstorbene Herr Kropold?«, fragte er.

»Ich würde sagen, knapp einen Meter achtzig«, sagte Beide, der sich noch immer darauf konzentrierte, die Schlinge über Kropolds Kopf zu ziehen. »Sicher nicht größer.«

»Und wie hoch ist die Decke?«

Beide warf einen Blick nach oben. »Dreieinhalb Meter«, sagte er. »Das ist ein altes Gebäude, Herr Kafka, es ist ...«

»Sie können jetzt meinetwegen auch Franz zu mir sagen«, sagte Kafka und ließ den Blick durchs Zimmer schweifen. »Oder, wenn Sie mögen, einfach nur Kafka.«

Beide unterbrach seine Tätigkeit, machte den Mund auf, als wolle er etwas erwidern, überlegte es sich aber anders und wandte sich wieder seiner Arbeit zu. »Weshalb interessieren Sie sich für die Maße des Zimmers, Kafka?«, fragte er.

»Ich weiß nicht, warum ich mich für irgendetwas interessiere«, sagte Franz, »ich stelle nur fest, dass ich alles, was mir in den letzten Tagen begegnet, enorm interessant finde, auch wenn es gar nicht interessant ist. Woran liegt das?«

»Das haben Morde so an sich«, sagte Beide, der den Kopf

endlich von der Schlinge befreit hatte. »Auf mich haben sie dieselbe Wirkung. Nun aber, bitte, fahren Sie fort. Die Decke?«

»Vielleicht ist es nicht so sehr die Decke als vielmehr der Balken«, sagte Franz und stand auf. »Ein massiver Eichenbalken, der durchs ganze Zimmer verläuft, und wir befinden uns im obersten Stockwerk eines Hauses mit einem schrägen Dach. Das war nicht immer ein Hotel, oder?«

»Ich weiß es nicht. Ich kann den Direktor rufen lassen, wenn Sie möchten. Vielleicht kann er Ihnen Ihre Fragen beantworten.«

»Das ist eine gute Idee«, sagte Franz. »Das mache ich.« Er ging zum Telefon, wählte die Rezeption und bat die Stimme am anderen Ende der Leitung, ihm den Direktor nach oben zu schicken. Dann wandte er sich wieder Beide und der Leiche zu. »Vielleicht sollten wir Herrn Kropold zudecken?«, sagte Franz.

»Der Direktor hat ihn bereits in diesem, ähm, Zustand gesehen«, sagte Beide.

»Das heißt ja nicht, dass er es auch weiterhin tun muss«, sagte Franz und schaute sich im Zimmer um. »Und vielleicht antwortet der Direktor etwas freimütiger, wenn er nicht von einer nackten Leiche abgelenkt wird. Das Bett möchte ich lieber nicht durcheinanderbringen. Mal sehen, ob im Schrank noch Decken sind.«

Er öffnete den Schrank. Gregor, der etwas Verdorbenes aß, winkte ihm daraus entgegen.

Franz starrte ihn an. »Verdammt«, sagte er. »Raus mit dir!« Er schlug die Tür zu.

»Wie bitte?«, fragte Beide vom Fuß des Bettes.

»Nichts, lediglich eine unbedeutende Beobachtung«, sagte Franz und machte den Schrank erneut auf.

Gregor reichte ihm ein Bettlaken. »Du hast einen meiner

Fühler eingeklemmt«, sagte er. »Sei ein bisschen vorsichtiger, wenn du Türen zuwirfst ...«

Franz nahm das Laken und schlug die Tür erneut zu.

Nachdem er und Beide die Leiche zugedeckt hatten, gingen sie mit der abgeschnittenen Schlinge zum Fenster und zogen die Vorhänge zurück. Beide hielt die Schlinge hoch, um sie zu begutachten.

»Seide«, sagte er.

»Das fasse ich nicht an«, sagte Franz.

»Sie haben nichts zu befürchten.«

»Ich habe keine Angst davor, Inspektor. Aber es ist ein Mordwerkzeug.«

»Ja. Aber es ist von zentraler Bedeutung für diese Morde.«

»Nein, es ist von zentraler Bedeutung für Herrn Kropolds Selbstmord.«

»Verbessern Sie mich etwa?«

»Ich stelle lediglich fest, dass der einzige Todesfall, bei dem dieses Objekt eine Rolle spielte, derjenige von Herrn Kropold war und von sonst niemandem. Ich würde sogar so weit gehen, dass wir uns nicht einmal dessen gewiss sein können.«

»Eben noch«, sagte Beide, »wollte ich Ihnen mitteilen, wie froh ich bin, dass ich Sie endlich als einen kooperativen Gefährten betrachten kann, der inzwischen anscheinend auch bereitwillig, ja sogar eifrig mitarbeitet. Doch ich habe mich zurückgehalten, weil ich meinte, Sie würden diese Aussage entweder bestreiten oder eingebildet werden und mir gegenüber eine selbstherrliche Haltung einnehmen.«

»In den letzten zwei Tagen«, sagte Franz, »war nichts so, wie es sein sollte, und Sie waren, mehr als alles andere, symptomatisch für diese Tatsache. Und deshalb, nein, ich bin nicht selbstherrlich, ich sage Ihnen nur, dass wir uns auf nichts verlassen können. Dieses Zimmer, diese Leiche, dieses Hotel, diese Suite, diese Schlinge ...«

Er nahm die Schlinge und schrie auf.

Sie hatte sich in seiner Hand aufgelöst.

Sie schien sich bei seiner Berührung zu winden wie ein Bündel dicker Würmer, die voreinander flüchteten, doch dann stellten sie sich als nichts weiter als ein aufgelöster Strang verdrehter Stoffstücke heraus. Die meisten fielen zu Boden. Beide bückte sich, um eines von ihnen aufzuheben. Franz betrachtete den Stoff, den er noch in der Hand hatte.

»Sehen Sie, was ich meine?«, fragte er und ließ das verdrehte Tuch flattern. Dabei rollte es sich ein wenig auf, sodass man seine ursprüngliche Gestalt erahnen konnte.

»Ein Taschentuch«, sagte Beide und zählte die Tücher, die er vom Boden aufhob. »Zwei Dutzend, Kafka«, sagte er. »Ganz genau zwei Dutzend Seidentaschentücher.«

Vom Fenster aus fiel Franz etwas auf: Unten im Hof bewegte sich etwas Unbeholfenes. Gregor kroch in die Mülltonnen.

»Was haben Sie entdeckt?«, fragte Beide, doch Franz brauchte keine Antwort zu geben, da in diesem Moment Herr Fautz erschien, der Direktor des Hotels Gottesanbeterin.

»Jetzt erst merke ich, dass dieser Mann mich bisher nur in meinem ›anderen‹ Zustand gesehen hat«, sagte Beide, »und wir haben keine Zeit für lange Erklärungen oder Entschuldigungen. Ich komme wieder, wenn Sie mit Ihren Fragen an ihn fertig sind.« Und als der Besucher hereinkam, verbarg Beide sich hinter der Tür, um danach geduckt hinauszuschleichen.

Herr Fautz war ein gutaussehender Mann mittleren Alters mit lediglich ein paar weißen Flecken im schwarzen Bart. Er verströmte eine unbedingte Würde. Franz vermutete, dass er einmal beim Militär gewesen sein musste. Seine gestreifte Hose war akkurat gebügelt, und auf einem Revers seines waldgrünen Cutaways prangte eine gestickte Fangschrecke. Sollte ihn die Entdeckung von Leo Kropolds Leiche in irgendeiner Weise erschüttert haben, dann sah man ihm das nicht an, und auch jetzt schenkte er dem zugedeckten Leichnam wenig Beachtung. Franz stellte sich ihm als ein Sonderberater der Polizei vor, was er mit einem Nicken quittierte.

»Dann nehme ich an, dass die Inspektorin mit ihren Kollegen gerade unterwegs ist, um alles Nötige für den Abtransport dieses Herrn aus unserem Hotel in die Wege zu leiten?«, fragte Fautz.

»Ganz genau«, sagte Franz und hoffte, dass dies auch der Fall war. »Ob Sie, Herr Fautz, in der Zwischenzeit ein paar Minuten entbehren könnten, um ein oder zwei Punkte zu klären, die für die gegenwärtige Situation von Bedeutung sein mögen oder auch nicht?«

»Ich stehen Ihnen zu Diensten«, sagte Fautz und rückte seine Manschetten zurecht, obwohl sie bereits richtig saßen.

»Danke. Wie alt ist das Hotel?«

»Einhundertneunundachtzig Jahre ist es alt«, kam die Antwort. »Es wurde im Jahr 1735 erbaut. Sie werden feststellen, dass ich richtig gerechnet habe.«

»War es schon immer ein Hotel?«

»Das war es nicht. Es begann sein Dasein als Residenz der Marschallin Klischat, die von seiner Fertigstellung an bis ins Jahr 1777 darin gewohnt hat. Danach ging das Haus auf ihren Neffen und dessen Familie über, und es blieb in der Familie Klischat bis zum Tod der Frau des jüngsten Sprosses im Jahr 1843. In den folgenden Jahren wurde der Besitz an meinen Großvater verkauft, der das Gebäude in seinen jetzigen Zustand versetzte und zum vornehmsten Luxushotel Wiens machte.«

»Sie haben allen Grund, stolz darauf zu sein, Herr Fautz.«

Fautz schlug die Hacken aneinander und senkte leicht

den Kopf zum Dank für das Kompliment. »Brahms logierte einmal bei uns«, sagte er. »Ganze zwei Wochen. Ein kleiner Teil seines Opus 90 wurde während seines hiesigen Aufenthalts ausgiebig überarbeitet. Etliche Takte des *poco allegretto*. Nicht in diesem Zimmer, sondern einen Stock tiefer. Damals war ich noch ein Junge, aber ich erinnere mich lebhaft an ihn. Vor allem wegen der Bonbons, die er mir immer mitgebracht hat.«

»Was für eine süße Erinnerung«, sagte Franz, der keine Ahnung hatte, um welches Stück es sich bei Brahms' Opus 90 handelte, sein Unwissen aber nicht zugeben wollte. Fautz fand Franz' Witz nicht zum Lachen, sondern zog stoisch die Schultern nach hinten und das Kinn nach oben. »Nun denn«, sagte Franz, »was die Stockwerke dieses Gebäudes angeht, auf die Sie ja schon so scharfsichtig eingegangen sind, dass Sie mir jede Vorrede dazu ersparen ... sind diese Zimmer hier die einzigen mit schräger Decke?«

»Unterm Dachfirst, ja«, gab Fautz zurück. »Als das Gebäude noch ein Wohnhaus war, war dies der Stock der Bediensteten mit Stauräumen darüber. Als mein Großvater das Haus kaufte, hat er den Dachboden herausnehmen lassen, damit die Zimmer höhere Decken bekommen.«

»Daher die kräftigen Balken, die durchs ganze Stockwerk laufen.«

»Ja, Herr Kafka?«

»Das ist ungewöhnlich.«

»Eine Einzigartigkeit des Hotels Gottesanbeterin. Die Balken sind bekannt, Herr Kafka.«

»Wem? Den Gästen, die schon einmal hier genächtigt haben?«

»Natürlich.«

»Wie viele solcher Suiten gibt es auf diesem Stockwerk?«

»Es gibt zwei Suiten und zwei Appartements.«

»Appartements?«

»Die Suiten stehen Gästen zur Verfügung, die nur für eine kurze Zeit – sagen wir mal zwei Wochen – verweilen möchten, während die Appartements für Gäste sind, die einen längeren Aufenthalt wünschen.«

»Ungefähr so wie ein Mieter, nicht wahr?«

»Ganz genau. Ein Appartement wird monatsweise, halbjährlich oder jährlich vermietet.«

»Wieso hat man Herrn Kropold eine Suite und kein Appartement gegeben?«

Fautz' stramme Haltung knitterte ein wenig. »Wie meinen?«

»Hat er nach dieser Suite verlangt, als Sie ihm ein Appartement angeboten haben?«

»Daran erinnere ich mich nicht.«

»Erinnern Sie sich an seine Anmeldung?«

»Nein. Die hat einer der stellvertretenden Direktoren übernommen.«

»Haben Sie Ihren stellvertretenden Direktor gefragt, weshalb er einen Gast, der sich länger einquartieren wollte, in die Suite gesteckt hat und nicht in ein Appartement?«

»Weshalb sollte ich das tun?«

»Weil Sie ein ausgezeichneter Geschäftsmann sind, Herr Fautz, und dieses Gebäude ist Ihnen genauso wichtig wie der ehrwürdige gastfreundliche Ruf Ihrer Familie. Und darum, wenn ein Appartement teurer ist als eine Suite, nehme ich an, dass Ihr stellvertretender Direktor nicht länger hier beschäftigt ist, nachdem Sie herausgefunden haben, dass er Herrn Kropold das günstigere Zimmer gegeben hat. Wie heißt er denn? Ich würde gerne mit ihm sprechen.«

Fautz erstarrte. »Das ist nicht nötig, Herr Kafka«, sagte er. »Da Sie nun einmal nicht lockerlassen, gestehe ich ein, dass ich mich selbst um Herrn Kropold gekümmert habe. Ja, er hat mir gesagt, dass er Zimmer für einen Monat oder noch länger braucht ...«

»Aber seine Nase hat Ihnen nicht gefallen«, sagte Franz. »Er schien Ihnen zwar nicht gerade ... nun, was? Unanständig? Unehrbar? Nein, ich vermute, er erschien Ihnen ...«

»Ungehobelt.«

»Ja«, sagte Franz, »aber er hatte Geld – und wahrscheinlich hat er es sich angelegen sein lassen, Ihnen das zu zeigen. Also, was konnten Sie schon tun? Ihm sagen, Sie seien ausgebucht, obwohl Sie es nicht waren? Und wie die Dinge nun einmal stehen in der Nachkriegswirtschaft ...«

»Herrn Kropolds Tod ist äußerst bedauerlich«, sagte Fautz. »Und da solche Tode nun einmal ... bedauerlich ... sind, hoffe ich, dass der Ort nicht öffentlich gemacht werden muss.«

Franz lächelte. »Das habe nicht ich zu entscheiden«, sagte er. »Der eine überarbeitet ein paar Takte einer Symphonie, ein anderer erhängt sich. Kommt es tatsächlich darauf an, wo es geschieht?«

»Es freut mich zu sehen, dass Sie ganz meiner Meinung sind, mein Herr.«

»Haben Sie sich über Herrn Kropolds Verhältnisse erkundigt, nachdem er hier sich einquartiert hatte?«

»Dergleichen würde ich nie tun, mein Herr. Ich habe seinem Wort vertraut.«

»Dass er aus Bern kam?«

»Ja. Jeder könnte aus Bern kommen. Oder von sonst wo.«

»Und sein Verhalten?«

»Verhalten, mein Herr?«

»Sein Betragen. Wenn Sie ihm begegnet sind. Griesgrämig? Geheimnistuerisch? Den drohenden Untergang stets im gehetzten Blick?«

»Sie meinen, ich wäre in der Lage, anhand des Verhaltens eines Menschen mir und meinem Personal gegenüber vorauszusagen, ob sich dieser Mensch umbringen wird oder nicht?«, fragte Fautz.

»Ich wollte einfach nur wissen, wie er sich so verhalten hat.«

»Er war mit seiner Unterbringung zufrieden«, sagte Fautz. »Und nett zu jedermann. Den Kellnern, den Zimmermädchen und allen gegenüber zeigte er sich großzügig. Er war ein vorbildlicher Gast.«

»Bis heute Morgen.«

»Ich frage Sie, Herr Kafka«, sagte Fautz und wandte sich dabei zu dem schrillen Anzug auf dem Bett um. »Halten Sie jemanden, der sich in der Öffentlichkeit auf diese Weise kleidet, für des Selbstmords fähig?« Er hob das Jackett hoch, als wäre es aus Exkrementen gewoben. »Jemand mit einem so erbärmlichen Geschmack kann überhaupt nicht genug *Verstand* besitzen, um sich umzubringen, selbst wenn er andere dazu bringt, sich zu wünschen, dass er es tun würde.«

Aus dem Jackett flatterte ein zusammengefaltetes Stück Papier zu Boden.

Franz hob es auf, faltete es auseinander und las, was darauf stand.

In derselben verkrampften, blockigen Handschrift wie in dem Heft stand da:

Danke
Hängekünstler

»Was ist das, Herr Kafka?«, fragte Fautz.

»Ein weiteres Teil eines Puzzles ohne Bild«, sagte Franz.

»Wie bitte?«

Franz steckte den Zettel ein. »Sie haben mir mehr geholfen, als ich ausdrücken kann«, sagte er, »deshalb versuche ich es erst gar nicht. Danke, Herr Fautz. Ich werde zusehen, dass das alles hier in Ordnung gebracht wird.«

»Bitte tun Sie das«, sagte Herr Fautz, während er Franz zur Tür begleitete. »Ich möchte nicht gefühllos erscheinen, aber ... nun, ein leer stehendes Zimmer ist ...«

»Ja, ja«, sagte Franz und machte hinter ihm die Tür zu. »Geld, das darauf wartet, gemacht zu werden.«

Nachdem Fautz draußen war, wandte sich Franz dem stillen, leeren Zimmer zu. Leer bis auf die zugedeckte Leiche am Fuß des Bettes.

Er setzte sich auf den Stuhl, den Leo Kropold als provisorisches Schafott benutzt hatte. Zahllose Dinge gingen ihm durch den Kopf, Dinge, die sich alle Mühe gaben, zur selben Zeit lärmend und ausweichend zu sein. Er hatte das verwirrende Gefühl, dass sich alles gleichzeitig zusammenfügte und auseinanderfiel. Eine Facette führte zu einer möglichen Antwort, während eine andere von ihr wegführte.

Was hatte er?

Einen Strick aus Taschentüchern.

Einen Zettel, auf dem der Hängekünstler direkt benannt wurde.

Ein Heft, angefüllt mit den Worten eines anderen.

Eine Flasche mit Quecksilber(II)-chlorid.

Und die erstarrende Leiche von Leo Kropold.

»Und vergiss die Stiefel nicht«, unterbrach eine krächzende Stimme seine Gedanken.

Gregor tauchte vor ihm auf und hielt ein Paar schmutziger Stiefel in die Höhe.

Franz seufzte. »Stiefel?«, fragte er. »Welche Stiefel? Und was haben Stiefel denn mit dem allem zu tun?«

»Das musst du mir sagen, Herr Detektiv«, sagte Gregor.

»Wo hast du die gefunden?«

»Im Hof. Weggeschmissen.«

»Wem gehören die?«

»Wer sein Geld klug einsetzt, sagt, dass sie der Leiche gehörten.«

»Und weshalb glaubst du das?«

»Wegen der Art, wie sie weggeschmissen wurden.«

»Na gut«, sagte Franz. »Dann erklär mir das.«

»Ich weiß noch etwas Besseres als Erklären«, sagte Gregor und hob das Laken am Fußende von Leo Kropold etwas an. Dann begann er, die Stiefel mit Gewalt auf die Füße zu stecken, und als Franz ihn davon abhalten wollte, hieß er ihn schweigen. »Ich mache mich hier gerade nützlich«, sagte er. »Und ... warte nur einen Moment ... er ist nicht so beweglich, wie ich gehofft habe ... da ... ich muss etwas kräftiger drücken, damit ... verdammt ...«

»Gregor«, sagte Franz, »lass es.«

»Das sind seine«, sagte Gregor und setzte sein Werk am anderen Fuß fort.

»Das kannst du nicht wissen. Und er hat ein Paar Stiefel.« Franz deutete auf zwei gewichste schwarze Lederstiefel, die feinsäuberlich auf dem Boden des Schranks standen.

»Er hatte ein Paar Stiefel, als er sich einquartierte«, sagte Gregor ächzend. »Und dann hat er sich ein zweites Paar gekauft, als er sich die neuen Klamotten zugelegt hat. Das passt doch einwandfrei zusammen.«

»Er war drei Wochen lang hier«, sagte Franz. »Hätte er die alten Stiefel dann nicht entsorgt, als er die neuen gekauft hat?«

»Wer sagt denn, dass er das nicht getan hat?«

Krach.

»Ich glaube, dass ich ihn zerbrochen habe«, sagte Gregor, der einen schlaffen Fuß in der Hand hielt.

Franz brummte. »Hör mal, nur weil du im Hinterhof schmutzige Stiefel findest ...«

»Zwischen den Mülltonnen, die dem Geschmack nach regelmäßig geleert werden ...«

»Gregor!«

»... aber nicht *in* einer der Mülltonnen. Und die Tonnen befinden sich direkt unter diesem Fenster da. Aus irgendeinem Grund hat er diese alten Stiefel behalten, und letzte Nacht, als er sich auf seinen Selbstmord vorbereitet hat, da hat er das Fenster aufgemacht und sie rausgeschmissen.«

»Weshalb sollte er das tun?«

»Das ist deine Sache«, sagte Gregor, nachdem er sein Werk vollendet hatte. »Da. Schau. Stiefel. Sie passen. Das sind seine. Sag mir, dass ich mich irre.«

Die Stiefel schienen der Leiche tatsächlich zu passen. »Nur weil sie passen, heißt das noch nicht, dass es seine sind«, sagte Franz.

»Du bringst einen zum Verzweifeln«, sagte Gregor. »Es tut mir leid, dass ich das sage, aber jemand muss es dir ja sagen. Kannst du die Tatsache nicht akzeptieren, dass das seine Stiefel waren und dass er sie viel später erst weggeschmissen hat, als die meisten anderen Leute es tun würden?«

»Ein Paar schmutziger Stiefel bedeutet lediglich, dass die Stiefel schmutzig sind!«

Gregor riss die Stiefel wieder von den Füßen der Leiche. »Um Himmels willen«, sagte er und hob einen der Stiefel zu dem, was Franz für seinen Mund hielt. »Ich kläre das ein für alle Mal.«

»Was tust du?«, fragte Franz entsetzt, aber es war zu spät.

Gregor hatte bereits ausgiebig von dem Schmutz gekostet. Ein paar Sekunden lang saß er da und machte Schmatzgeräusche. »Kot«, sagte er.

»Ich muss mich übergeben«, sagte Franz.

»Dann schau halt woandershin«, sagte Gregor, ehe er erneut von dem angetrockneten Schmutz an dem Stiefel kostete. »Jawohl«, sagte er, »Kuhmist und angereicherte Erde. Ackererde. Herr Kropold war Bauer. Ein entlegener Bauernhof, würde ich sagen, wenn Kuhmist dabei ist. Er hat alles selbst angebaut, von der Rübe bis zum Rumpsteak.«

»Gregor, wie um alles in der Welt kann ich …«

»Einen Moment noch«, sagte Gregor und nahm eine Kostprobe vom anderen Stiefel. Franz sah dem großen Insekt zu, wie es Feinschmeckergeräusche von sich gab und sich Zeit ließ mit der Verkostung der schmutzigen Kruste. »Ich würde sagen – aber das ist nur meine Meinung aufgrund von zehn Jahren Dasein als Insekt in freier Wildbahn, wohlgemerkt –, dass sich Kropolds Hof im Süden von Wien befindet – nein, Südwesten –, in der … ja, ich würde ihn westlich von Schwechat hinsetzen.«

»Schwechat?«

»Westlich davon. Ja, ganz eindeutig westlich von Schwechat.«

»Gregor«, sagte Franz, »ich kann nicht zu Inspektor Beide gehen – oder sonst irgendjemand – und ihm sagen, dass ich weiß, woher Kropold kommt, und zwar anhand des Geschmacks der Kuhscheiße an seinen alten Stiefeln!«

»Natürlich kannst du das«, sagte Gregor.

»Wie denn? ›Ach übrigens, ein außerordentlich übergroßes Ungeziefer, das mir seit ein paar Tagen hinterherläuft, hat im Müll herumgestöbert und zufällig …‹ Ja, das kauft mir jeder ab!«

»Du bist Schriftsteller«, sagte Gregor. »Lass dir etwas einfallen.«

»Ich bin kein Schriftsteller«, sagte Franz und wünschte, er könnte mit etwas nach dem Geschöpf werfen.

»Du hast doch Geschichten geschrieben, oder?«

»Ja, aber …«

»Dann bist du ein Schriftsteller.«

»Aber normalerweise mache ich das nicht …«

»Tja, was du nicht sagst.«

Franz gab auf. Er wollte, dass jemand hereinkam und ihm sagte, dass seine Dienste nicht länger erforderlich seien. Er wollte nach Prag zurückkehren, zu Dora, zu seinen Freunden, zu gewissen Mitgliedern seiner Familie. Er wollte nie wieder allein mit einer Leiche und einem riesigen Insekt in einem Zimmer sitzen. Er wollte Mittagessen.

»Na gut«, sagte er, »wir machen Folgendes. Nimm die Stiefel und bring sie dorthin zurück, wo du sie gefunden hast. Ich gebe Beide Bescheid, dass er eine Durchsuchung der … tja, ich weiß nicht, das Zimmer haben sie ja schon durchsucht. Ich werde ihm vorschlagen, die Mülltonnen durchsuchen zu lassen, um herauszufinden, ob Kropold etwas weggeworfen hat, bevor er sich erhängte.«

»Aber dieser angetrocknete Dreck ist wichtig«, sagte Gregor.

»Zweifellos«, sagte Franz. »Aber wie soll ich das anstellen? Soll ich ihnen sagen, dass sie den Dreck untersuchen sollen, wenn sie die Stiefel gefunden haben? Selbst wenn sie das nötige Laboratorium dafür haben, bezweifle ich dennoch, dass sie die Herkunft so genau bestimmen können wie du.«

»Ich sage dir doch immer …«

»Ich weiß, ich weiß«, sagte Franz, »aber du musst doch begreifen, wo meine Grenzen sind bei meiner Mithilfe bei diesem elenden Schlamassel. Bislang habe ich lediglich deine Aussage, dass Kropold von einem Bauernhof westlich von Schwechat kommt. Genau dort kam es zu den ersten unaufgeklärten Morden zeitgleich mit dem ersten Auftritt von Henker als Hängekünstler, und auch wenn ich dir gerne glaube, so wird das außer mir wohl niemand tun, denn du bist *ein verdammtes Insekt!*«

Er erhob sich, ging zu der Leiche, hob die Stiefel auf, ging dann zum Fenster und warf sie in den Hof hinunter.

»Tja, wenn du das so siehst«, sagte Gregor in verletztem Tonfall – doch sprach er nicht zu Ende, denn er war schon verschwunden.

Und das traf sich ausgezeichnet, denn in eben diesem Moment ging die Tür zur Suite auf.

KAPITEL 25

ZU VIELE THEORIEN

»Sie sehen wie eine aufgewärmte Leiche aus«, sagte Beide. Die vier schweigenden Beamten, die mit ihm zurückgekehrt waren, machten sich daran, Kropold und alles, was mit Kropold zu tun hatte, aus dem Zimmer zu schaffen.

»Das liegt daran, dass ich wahrscheinlich tatsächlich eine aufgewärmte Leiche bin«, sagte Franz.

»Sagen Sie das jetzt aus Ärger oder aus Spaß?«

»Ich bin zu müde für Ärger.«

»Gut. War Ihr Gespräch mit Fautz hilfreich?«

»In gewisser Weise.«

»Was meinen Sie damit?«

Die Beamten kamen ihrer Aufgabe zügig nach, was Franz zu der Bemerkung veranlasste: »Dürfte ich, bevor wir weitermachen, eine Bitte äußern?«

»Natürlich?«

»Ich möchte, dass Ihre Leute eine gründliche Durchsuchung durchführen.«

Es geschah so flüchtig, dass man sich nicht sicher sein konnte, ob die Männer bei ihrem Tun innehielten, aber sie hielten inne.

»Ich kann Ihnen versichern«, sagte Beide, »dass sie dieses Zimmer so gründlich wie irgend möglich durchsucht haben. Wenn Sie jedoch argwöhnen, dass ihnen etwas entgangen sein könnte, dann ...«

»Dieses Zimmer vielleicht, auch wenn ich hier noch etwas gefunden habe, was ihnen entgangen ist ...«

»Oh?«

»... aber ich meinte das Grundstück. Überall dort, wo Kropold sich im Hotel aufgehalten haben könnte. Drinnen, draußen, vor allem die Mülltonnen.«

»Den Abfall?«

»Es scheint zwar so, dass er uns in seinem Zimmer schon genug hinterlassen hat, was uns zu denken aufgibt«, sagte Franz, »aber wir sollten auch darüber nachdenken, was er uns hier nicht hinterlassen hat.«

»Wonach suchen Sie?«

»Alles Mögliche«, sagte Franz. Wenn er sie doch nur zu den Stiefeln führen könnte, ohne ihnen einen Hinweis auf den nervtötenden, aber hilfreichen Gregor zu geben.

Beide zuckte mit den Schultern, drehte sich um, schnippte mit den Fingern, und einer der Männer schlug die Hacken zusammen, salutierte und verließ das Zimmer.

»Also dann«, sagte Beide. »Was haben Sie gefunden, was meinen Männern entgangen ist?«

Franz holte den gefalteten Zettel hervor und reichte ihn Beide.

Danke
Hängekünstler

Beide begutachtete den Zettel einige Augenblicke lang, drehte ihn ein paar Mal um und hielt ihn gegen das Licht.

»Und wie ist das in Ihren Besitz gelangt?«, fragte Beide.

»Es ist zu Boden gefallen«, sagte Franz.

»Von wo?«

»Aus Kropolds Jackett.«

»Was hat Sie überhaupt dazu veranlasst, den Anzug zu untersuchen?«

»Ich habe ihn gar nicht untersucht. Fautz hat das Jackett in die Hand genommen. Spielt das eine Rolle?«

Beide sah zu den Männern hinüber, deren gesteigerte Betriebsamkeit ihr bohrendes Interesse an dem Zettel nicht verbergen konnte. Beide nahm Franz am Arm und schob ihn aus dem Zimmer hinaus.

»Am Ende des Ganges befindet sich ein Gästesalon«, sagte Beide. »Wir reden dort weiter.«

Der Inspektor führte ihn aus dem Zimmer, achtete aber darauf, dass die Tür zur Suite weit offen stehen blieb. Sie überquerten den Gang und betraten ein getäfeltes Zimmer voller überbordender Möbel, die um einen Kamin angeordnet waren. Ringsum an den Wänden standen Bücherregale, die vom Boden bis zur Decke reichten.

Franz setzte sich auf eine Couch, Beide setzte sich neben ihn, so nahe, dass Franz zum ersten Mal auffiel, dass er nach Orangenblüten roch.

Noch einmal faltete Beide den Zettel auseinander. »Wie interpretieren Sie das?«, fragte er.

Franz, dem der Duft ein wenig zu Kopf gestiegen war, antwortete: »Gar nicht.«

»Nicht? Natürlich tun Sie das. Sie können doch so etwas nicht anschauen, ohne dabei mehr oder weniger vorschnelle Schlüsse zu ziehen. Kafka? Reißen Sie sich zusammen!«

Franz machte die Augen zu und versuchte, einen klaren Kopf zu bekommen. »Ich werde gleich wieder ohnmächtig.«

»Nein, das werden Sie nicht. Sie gehören nicht zu den Leuten, die ständig in Ohnmacht fallen. Natürlich, ja, Sie sind vorhin in Ohnmacht gefallen, aber ...«

Sie beobachteten, wie zwei Beamte die Leiche aus der Suite heraustrugen.

»Geht es Ihnen besser?«, fragte Beide und sah Franz in die Augen.

»Mir geht es gut«, sagte Franz. »Der Zettel. Ich weiß nicht, was ich davon halten soll.«

»Sie wollen damit sagen, dass Sie sich nicht auf eine Vermutung festlegen wollen.«

»Was immer Sie sagen. Schauen Sie, ich tue mich schwer, das alles zu verarbeiten.«

»Dieser Zettel ist auf den Boden gefallen, meinten Sie«, sagte Beide, »als Fautz Kropolds Jackett hochgehoben hat. Dann steckte er also nicht in einer Tasche, denn dann wäre eine Durchsuchung derselben nötig gewesen – und bitte erinnern Sie mich daran, dass ich diesen Idioten noch eine Standpauke halte, dass sie das Jackett nicht bereits durchsucht haben –, oder man hätte das Jackett ausschütteln müssen. Nein, er fiel einfach herab. Das ist interessant.«

»Es ist *alles* interessant, Inspektor«, sagte Franz, »und es ist alles verwirrend. Meine Frage ...«

»Ja?«

»... lautet, weshalb ein derartiger Zettel an einer Stelle platziert wurde, wo man ihn irgendwann einmal finden würde, aber nicht sofort.«

»Sie meinen, weshalb Kropold den Zettel nicht hat offen herumliegen lassen?«

»Oder besser versteckt hat?«

»Immer vorausgesetzt, dass er ihn geschrieben hat.«

Franz seufzte. »Ja. Ich vermute, das bleibt immer noch abzuklären«, sagte er. »Ich nehme an, dass man seine eher schlichte Handschrift leicht nachahmen kann ... Aber wenn jemand anders den Zettel geschrieben hat, warum hat er ihn dann nicht an einer offensichtlichen Stelle platziert, ihn zum Beispiel an die Leiche geheftet?«

»Kropold hatte keine Kleider an«, gab der Inspektor zu bedenken. »Da kann man nichts anheften.«

Franz lachte. »Dann meinen Sie also, dass wir es mit einem feinfühligen, empfindsamen Mörder zu tun haben? Einer, dem es zwar nichts ausmacht, seine Opfer aufzuhängen, während ihm die Schändung der Leiche einen Schritt zu weit ginge?«

Beide starrte ihn an.

»Habe ich etwas Falsches gesagt?«, fragte Franz.

»Glauben Sie wirklich, dass Kropold ermordet wurde?«

Franz musste kurz darüber nachdenken. Was hatte er gesagt? Als er es ausgesprochen hatte, war es ihm gar nicht bewusst gewesen, doch genau das war ihm herausgerutscht. Er schüttelte den Kopf.

»Nein«, sagte er. »Ich glaube nicht, dass er ermordet wurde. Ich weiß überhaupt nicht, was ich sage und warum ich es sage. Nein, ich glaube, das war ein richtiger Selbstmord. Und was diesen Zettel angeht, da müssen wir uns anschauen, wie er geschrieben wurde.« Franz nahm den Zettel und zeigte Beide die seltsame Schreibweise:

Danke
Hängekünstler

»Keine Interpunktion«, sagte Franz.

»Sollte da eine sein?«, fragte Beide.

»Ja und nein. Es kommt darauf an, was die Notiz aussagen möchte. Wollte er, Kropold, sich bei Henker, dem Künstler, bedanken? Wenn ja, dann sollte hinter das ›Danke‹ ein Komma.«

»Warum sollte Kropold sich bei Henker bedanken?«

»Ich weiß es nicht. Eine andere Möglichkeit wäre, dass es eine Signatur ist. Dass Kropold derjenige ist, hinter dem Sie die ganze Zeit schon her sind, und dass er sich auf diese Weise verabschiedet.«

»Was?«

»Fassen Sie sich einen Moment in Geduld, während ich das ausformuliere«, sagte Franz mit neuerlicher Energie. Er stand auf und ging vor Beide auf und ab. »Sie haben selbst zugegeben, dass Sie trotz eingehender Untersuchung und unablässiger Überwachung keinen einzigen dieser Morde Henker anhängen können. Nun, aber wen haben Sie die ganze Zeit über weder verdächtigt noch beschattet? Alle anderen – unter anderem auch Kropold, während er noch unter den Lebenden weilte.

Es ist offensichtlich, dass Kropold Henker ganz genau beobachtet hat – diese zwanghaften Notizen in seinem Heft sind ein Beweis dafür. Und er hatte auf jeden Fall Kontakt zu Henker im Theater, denn ich habe ihn gestern Abend zufällig dort gesehen – er war als Freiwilliger bei ihm oben auf der Bühne!

Wir wissen von Fautz und den Concierges, dass Kropold seit drei Wochen im Hotel logierte, was bedeutet, dass er sich mindestens genauso lange in der Stadt und noch dazu in fußläufiger Nähe zur Traumhalle aufhielt, wenn nicht sogar noch länger.«

»Aber das würde nur erklären ...«

»Einen Moment noch«, unterbrach ihn Franz. »Wenn Sie mich meinen Gedankengang zu Ende führen lassen, dann gelangen wir vielleicht irgendwohin. Kropold war der Mörder. Letzte Nacht fand sein letzter Mord statt. Er wusste das. Er hatte es geplant. Und er hatte auch geplant, sein eigenes Leben zu beenden, wenn der Mord erledigt wäre. Er war krank und ertrug den Gedanken nicht, noch länger unter dieser Krankheit zu leiden, bis sie ihn irgendwann einmal töten würde.

Ich behaupte, dass er von Anfang an ein mörderisches Wesen hatte. Dass er Henker entdeckt hat, entweder durch genaue Beobachtung oder weil er in der Zeitung von ihm gelesen hat, und dann heckte er einen Plan aus, der den Verdacht auf den Hängekünstler als eine Persönlichkeit des öffentlichen Lebens und des öffentlichen Aufsehens lenken würde.

Das erklärt die Notizen, die Mitschriften von Henkers Bühnenskript beinhalten. Das erklärt seinen Aufenthalt in diesem Hotel und sein angenehmes, freundliches Benehmen, das er laut Herrn Fautz immer zur Schau stellte. Das erklärt, warum bei keiner der entdeckten Leichen eine Schlinge gefunden wurde – Kropold band sie selbst aus Taschentüchern zusammen und nahm sie wieder mit, wenn er fertig war, und am Ende erhängte er sich selbst mit ihr.

Und denken Sie doch nur – die schiere Symbolik des Ganzen!«

Beide war verblüfft, brachte aber ein rasches »Die was?« heraus, ehe Franz weiterpolterte.

»Kropolds Schlinge!«, sagte Franz. »Er band sie aus vierundzwanzig Seidentaschentüchern zusammen, nicht wahr? Vierundzwanzig! Ein Taschentuch für jeden Mord!«

Sie wurden von einem Beamten in der Tür unterbrochen. Dieser hatte offenbar endlich einen Namen, mit dem Beide ihn nun ansprach.

»Nun, Gründlich? Was haben Sie gefunden? Etwas Ungewöhnliches?«

»Das hier, Inspektor«, sagte Gründlich und reichte Beide zwei rechteckige blaue Schachteln.

»Ist das alles?«, fragte Franz. Wo waren die Stiefel?

»Das waren die einzigen auffälligen Gegenstände, Herr Kafka«, sagte Gründlich. »Bei allem anderen handelte es sich um Küchenabfälle.«

Dem Geruch und Zustand seiner Uniform nach zu urteilen, war Gründlich bei der Suche sehr gründlich vorgegangen.

Beide hatte die Schachteln aufgemacht und betrachtete nun ein Stück Papier, das er in einer von ihnen gefunden hatte. Er reichte es Franz.

»Noch ein Zettel?«, fragte Franz, als er ihn entgegennahm. Es war ein Kaufbeleg.

»Von einem angesehenen Herrenausstatter ganz in der Nähe«, sagte Beide. »Über zwei Dutzend Seidentaschentücher.«

Franz betrachtete die Quittung. »Von wann?« Fast wollte er gar nicht hinsehen.

»Gestern«, sagte Beide.

»Gestern?«, fragte Franz und schüttelte den Kaufbeleg, als wolle er ihn zwingen, eine Lüge einzugestehen.

»Also vor einem Tag«, sagte Beide. Er legte Franz tröstend eine Hand auf die Schulter. »Sie machen das ganz prächtig, Franz«, sagte er lächelnd. »Und Ihre leidenschaftliche Argumentation war äußerst inspirierend. Aber ich fürchte, dass wir noch tiefer graben müssen.«

Franz gab Beide die Quittung zurück. »Gestern«, sagte er.

»Ich glaube, Sie sind erschöpft«, sagte Beide und gab Gründlich ein Zeichen, dass er sich entfernen sollte. »Sie hatten einen anstrengenden Tag und kein ordentliches Essen. Eigentlich hatten Sie sogar überhaupt keine Mahlzeit, und das ist meine Schuld, weil ich mich nicht um Ihr Wohlergehen gesorgt habe.« Er musterte Franz' leeren Gesichtsausdruck. »Sie scheinen enttäuscht zu sein. Hatten Sie erwartet, dass wir etwas finden, was wir nicht gefunden haben?«

Franz machte den Mund auf, überlegte es sich aber noch einmal anders.

Beide brachte ihn zum elektrischen Aufzug und rief den Aufzugführer mit einem Klingeln herbei. Unter ihnen meldete sich schwirrend der Motor, und der Lift machte sich ratternd auf die Fahrt nach oben.

»Ich schicke Sie zu Frau Alt zurück«, sagte Beide. »Vor dem Abendessen haben Sie noch massig Zeit, und ich weiß, dass sie freitagabends ein ausgezeichnetes Gulasch macht. Ich melde mich später bei Ihnen. Ich glaube, wir sind auf der richtigen Fährte, oder wenigstens sind wir auf einer Fährte, die parallel zur richtigen läuft. Wie dem auch sei, wir sind auf *einer* Fährte, und wir haben so viel in Erfahrung gebracht. Falls es Ihnen ein Trost ist, ich glaube nicht, dass wir so schnell so weit gekommen wären ohne Ihre unschätzbare Hilfe. Nun, was sagen Sie dazu?«

»Scheiße«, sagte Franz.

KAPITEL 26

IM ABFALL

Kropolds Stiefel waren nicht mehr zu finden.

Natürlich nicht. Nichts war einfach. Und nichts roch so intensiv wie Müll im Hinterhof an einem heißen Juninachmittag.

Franz wusste, dass er die Stiefel aus dem Fenster geworfen hatte.

Er gab auf. Die Dinge ließen sich nur finden, wenn und wann sie sich finden lassen wollten.

Das war Franz' neue Lebensauffassung.

Es sei denn ... Es sei denn, Gregor war eingeschnappt, nachdem er von Franz angeranzt worden war, und in den Hinterhof gekrabbelt, um die Stiefel wegzunehmen.

Nur um Franz zu ärgern.

Oder um Franz dazu anzuspornen, den Beweisen, die die Stiefel boten, weiter nachzugehen, denn ihre Entdeckung und das, was sie über ihren toten Vorbesitzer erzählten, ließ Franz nicht in Ruhe.

Mmmh, Käse.

Trotz des ekelhaften, feuchten Gestanks, der ihn umgab, knurrte Franz der Magen, und er kehrte ins Hotel zurück, betrat die Empfangshalle und ging hinaus auf die Straße wie jede andere respektable Person im Vollbesitz ihrer geistigen Kräfte auch.

Wenn er es doch nur auch gewesen wäre.

»Brahms logierte einmal bei uns, mein Herr. Ganze zwei Wochen. Ein kleiner Teil seines Opus 90 wurde während seines hiesigen Aufenthalts ausgiebig überarbeitet. Etliche Takte des *poco allegretto*. Damals war ich noch ein Junge, aber ich erinnere mich lebhaft an ihn. Vor allem wegen der Bonbons, die er mir immer mitgebracht hat.«

»Was Sie nicht sagen.«

Franz drehte sich bei der Erwiderung um. Er kannte diesen kräftigen Bariton.

»Allerdings ist das Brahms-Zimmer nichts weiter als genau das, ein Zimmer«, sagte Fautz. »Dachten Sie eher an ein ...?«

»Eine Suite«, sagte Hans Henker. Er trug einen leichten Sommeranzug, hatte seine Sommerhandschuhe an, so schlenderte er neben Fautz her, der ihn direkt zu den Aufzügen führte.

»Ah, eine Suite«, sagte Fautz und versuchte dabei, sein Unbehagen zu verbergen. »Ja, nun, momentan sind alle Suiten ausgebucht, doch gewiss kann in Bälde eine für Sie fertig gemacht werden.«

»Wie viele Zimmer hat so eine Suite?«, fragte Henker.

»Zwei. Ein Schlafzimmer und ein Vorzimmer.«

»Verstehe. Dann suche ich wohl eher ein Appartement.«

»Sehr gut, mein Herr. Da hätten wir eines verfügbar. Ich zeige es Ihnen sofort.«

»Bestens.«

»Wie lange gedachten Sie bei uns zu bleiben, mein Herr?«

Henker lächelte sein wohlwollendes Lächeln. »Auf unbestimmte Zeit, vielleicht«, sagte Henker. »Am Montag habe ich Premiere an der Feier. Heute Abend ist Abschiedsvorstellung in der Traumhalle.«

»Ah! Die Feier! Nun, zu der geht man von hier ja nur fünf Minuten.«

»Ich weiß. Sagen Sie mir, Herr Fautz – dieses Hotel. Warum ist es nach einer Fangschrecke benannt?«

»Ach! Ich fürchte, diese Legende ist mir nicht bekannt, sie geriet mit der Zeit in Vergessenheit. Allerdings ist die Gottesanbeterin ein bewundernswertes und sehr nützliches Geschöpf.«

»Ja«, sagte Henker. »Und auch sehr tüchtig und gar nicht wählerisch. Sie frisst alles, was sie fangen kann.«

Franz hörte Fautz' kriecherische Antwort nicht mehr, da das Gespräch vom Aufzug in die Höhe getragen wurde, und verließ das Hotel. Er hatte genug von Symbolik.

Und Insekten.

KAPITEL 27
EIN GESCHENK

Franz kehrte zu Frau Alt in einem Zustand zurück, den er vor drei Tagen, als er auf seinem Sterbelager gelegen hatte, noch willkommen geheißen hätte: heiß, müde, wütend und einen einzigartigen Geruch verströmend, nachdem er sich durch den Müll des Hotels Gottesanbeterin gewühlt hatte. Da er nicht länger auf dem Sterbelager lag, hieß er seinen Zustand allerdings nicht willkommen. Er hatte das Mittagessen verpasst, und all seine Gedanken und Hoffnungen konzentrierten sich auf das Gulasch zum Abendessen.

Noch hatte er keinen der anderen Pensionsgäste kennengelernt, und vielleicht war das ein Segen. Er war noch keine vierundzwanzig Stunden Gast hier, hatte sein erstes Essen mit ihnen noch vor sich und war noch keinem von ihnen im Salon oder sonst wo zufällig begegnet. Er war überzeugt, dass die Wirtin sie von der Ankunft von »Monsieur Choucas« in Kenntnis gesetzt hatte, aber was würden sie mit dieser Information anfangen? Ihm selbst war es eigentlich recht gleichgültig.

Er stieg die endlose Treppe zum dritten Absatz und seinem »behaglichen« Quartier hinauf, von Verzweiflung übermannt.

Er ging noch einmal alles durch, was er am heutigen Tag gehört und gesehen und was er alles falsch angepackt hatte. Er war sich recht sicher, dass Beide ihn von dem Fall suspendiert hatte, ohne es ihm offen zu sagen, und weshalb sollte er das auch nicht tun? Kafka hatte bisher lediglich bewiesen, dass er als Detektiv genauso unfähig war wie als ... als was?

Was war er denn überhaupt? Ein Versicherungsermittler in Rente? Ein Schriftsteller? Ein Liebhaber?

Er war nichts von alledem, auch wenn er zu manchen Zeiten all dies gewesen war. Sein Versagen in allen diesen Bereichen – und in so vielen anderen, hätte er nur die Kraft, die ganze Liste durchzugehen – war darin kulminiert, dass er sogar beim Sterben versagt hatte.

Leo Kropold war wenigstens anständig gestorben. Was meinte er nur mit »anständig«?

Nun, Leo Kropold würde nicht mehr ins Leben zurückkehren. Auch war er keine Immerplatz-Inge und kein Herrmann Herbort oder irgendein anderes dieser sogenannten Opfer, die bis zu Ulla Stach zurückreichten. War Kropold für all diese Toten verantwortlich gewesen? Beide hatte es für möglich gehalten, doch war Beide auch überzeugt gewesen, dass Hans Henker, der Hängekünstler, verantwortlich dafür gewesen war, obwohl er noch viel weniger Anhaltspunkte gehabt hatte – außer einem Bauchgefühl.

Franz' *momentanes* Bauchgefühl war Hunger. Und ein wenig Übelkeit. Der Anblick von zwei Leichen innerhalb von weniger als sechs Stunden war zu viel für jeden Magen mit auch nur einer Spur Selbstachtung, selbst ohne die Zugabe von Kropolds verzerrter, schwarz angelaufener Strangulationsfratze und Inges praktisch nasenlosem, von der Krankheit verheertem Gesicht ...

Ihr Gesicht.

Da war die Verbindung.

Leo Kropold und Inge Hersch.

Sie hatte die Anzeichen einer fortgeschrittenen Syphilis.

Er hatte Quecksilber(II)-chlorid genommen.

Beide waren in derselben Nacht gestorben.

Hatte sich Kropold die Krankheit bei Inge geholt?

Hatte er Inge umgebracht und dann sich selbst?

Der zeitliche Ablauf.

Wann fand Kropolds Besuch in der Traumhalle statt, seine Rückkehr ins Hotel Gottesanbeterin, Inges Tod, Kropolds Selbstmord? Das waren die Fragen, die er Beide und den grimmigen Beamten hätte stellen sollen, oder dem ungleichen Paar in der Leichenhalle.

Und nun wünschte er sich, dass er sich auf die Vorliebe der Leute, aus dem Nichts aufzutauchen, verlassen könnte. Er wollte Beide sehen, männlich, weiblich oder beides, oben auf dem Treppenabsatz sitzend, auf ihn wartend. Er würde sich sogar freuen, Gregor dort zu erblicken, wie er eine weggeworfene Bratwurst oder einen verendeten Nager mampfte.

Was er jedoch vorfand, als er die Tür zu seinem Zimmer öffnete, das war eine funkelnde Ansammlung von Weingläsern auf einem glitzernden Tablett auf seinem Bett.

Mathilde Henker legte die in Saffianleder gebundene Ausgabe von Goethes *Die Leiden des jungen Werther*, in der sie eigentlich gar nicht gelesen hatte, in ihren Schoß und versuchte, sich in ihrem Sessel aufzurichten, auch wenn sie nicht wusste, warum sie das eigentlich tat; denn schon seit Jahren war es ihr nicht mehr möglich gewesen, sich aufzurichten. Was für eine längst vergessene Lust bemächtigte sich da ihrer unbrauchbaren Wirbelsäule? Atemlose Vorfreude? Hoffnung?

Ein Besucher?

Natürlich war es ein Besucher. Sie hatte den Besuch eingefädelt, und was immer sie einfädelte, lief am Ende zu ihrer Zufriedenheit.

»Herein«, rief sie.

Die Tür ging auf, und Monsieur Choucas kam herein.

Er war genauso gutaussehend und ernst, wie Frau Alt ihn geschildert hatte. Zu ernst und steif für einen Pariser, aber da Mathilde seit dem Krieg nicht mehr in Frankreich gewesen war, hatte sie keinen verlässlichen Vergleichsrahmen mehr. Vielleicht waren die Menschen überall auf der Welt ernst und steif geworden nach dem Krieg. Das konnte sie sich gut vorstellen.

Er stotterte etwas.

»... eine zu großzügige ... Geste ... ein Geschenk ... für einen Fremden ...«

Konnte sie lächeln? Sie versuchte es. Ihr Gesicht fiel beinahe auseinander.

Und doch schrak er nicht vor ihrer Hässlichkeit zurück.

Vielleicht war er blind. Aber wie hätte er dann ihre Nachricht lesen sollen?

»Verzeihen Sie, Monsieur, dass ich Sie so formlos empfange«, sagte sie, nachdem ihm die Phrasen ausgegangen waren. Sie deutete auf ihren missgestalteten Leib. »Schon längst lassen meine Schritte jeden Schwung vermissen, und selbst mit der Hilfe von denen da« – sie zeigte mit einem Nicken auf die beiden Stöcke in Reichweite ihrer Arme – »würde es mich den restlichen Nachmittag kosten, bis zur Tür zu gelangen und Ihnen zu öffnen.«

Was ging dem Mann durch den Kopf, als er da vor ihr stand, hochgewachsen und hager und errötet bis zu den Augenbrauen? Sie wusste es nicht zu sagen, aber ihr fiel voller Erstaunen auf, dass er den Blick nicht von ihr abwandte.

»Ich brauchte einen Augenblick, bis ich begriff, was Sie mit meinem ›kleinen Unfall heute Morgen‹ meinten«, sagte er. »Und dann habe ich mich daran erinnert.«

»Wenn einem die Existenzgrundlage als Verrilionist mit einem Mal in einen nutzlosen Scherbenhaufen zerspringt, das muss einem das Herz zerreißen, Monsieur«, sagte sie. »Verzeihen Sie, wäre es Ihnen angenehmer, wenn wir uns auf Französisch unterhielten?«

Der Monsieur versicherte ihr, dass kein einziges Wort Französisch gesprochen zu werden brauchte. »Nur eines, vielleicht«, fügte er hinzu, »und das lautet: *merci.*«

Während sein Benehmen so zwanglos wie eine Fahnenstange war, so hatte er doch einen schüchternen Charme.

Was ihr eigenes Benehmen betraf, das hatte sie vergessen. Doch im Lauf der Jahre hatte sie fast alles vergessen, was warm und menschlich war. Sie bot ihm einen Platz an. Er lehnte ab, indem er meinte, er wolle sein Eindringen nicht in die Länge ziehen, und sie erklärte ihm, dass sein Eindringen kein Eindringen sei, sondern ein willkommener Sonnenstrahl an ...

... an einem ohnehin schon sonnigen Nachmittag?

Nun tat er etwas, was schon lange kein Mann mehr in ihrer Gegenwart getan hatte. Er lachte.

War sie etwa *witzig* gewesen?

Sie war Expertin in Sachen Sarkasmus geworden, ja, und in Ironie. Aber Witz?

Nein, sie irrte sich nicht. In der Art, wie sie zurückgerudert war, nachdem sie mit ihrem armseligen Klischee vorgeprescht war, hatte er tatsächlich einen Witz erkannt.

»Oh, bitte setzen Sie sich«, sagte sie. »Es sei denn, ich halte Sie von etwas ab. Wie zum Beispiel von diesen schönen Weinkelchen?«

»Oh nein«, sagte er und nahm sich einen Stuhl. Ihr fiel auf, dass er sich weniger darauf setzte als darauf lauerte, nicht unähnlich einem hungrigen, aber geduldigen Raubvogel. Vielleicht war er so an seinen Nachnamen gekommen. Choucas. Dohle.

»Ich hoffe, sie reichen aus für Ihre Zwecke«, sagte sie und schlug das Buch in ihrem Schoß zu.

»Viel mehr als das«, sagte er. »Ich habe fast Angst, sie zu berühren, weil sie so schön und so fein sind.«

»Vielleicht klingt Ihre Musik dann umso süßer«, sagte sie, setzte jedoch rasch hinzu: »Damit möchte ich nicht andeuten, Ihre Musik wäre nicht ohnehin schon süß gewesen.«

Er hatte sich verrenkt, um den Titel des Buches auf ihrem Schoß entziffern zu können. »Der *Werther*«, sagte er. »Bewundern Sie Goethe?«

Sie fuhr mit einer knorrigen Hand über das Buch. »Oft frage ich mich«, sagte sie, »ob ich den Dichter bewundere oder des Dichters Werk.«

Diese Bemerkung schien sein Interesse zu wecken. »Sind Sie nicht der Meinung, dass Dichter und Werk ein und dasselbe sind?«

Sie bewunderte seine Beherrschung der Pronomina. »Bin ich nicht«, sagte sie. »Wenn ich den *Werther* lese, glaube ich keinen Augenblick lang, dass er Goethe sei. Werther existiert in Form von Worten auf einer Seite. Goethe hat existiert. Hat so existiert wie Sie oder ich jetzt in diesem Moment existieren. Goethe war lediglich verantwortlich dafür, seine Feder in die Tinte zu tauchen und Werther auf Papier zu bringen. Sie können nicht ein und dasselbe sein, denn einer hat den anderen erschaffen.«

»Und doch sagt man, dass Gott und Mensch dasselbe seien, obwohl einer den anderen geschaffen hat.«

Oh. Das war *Wärme,* was sie da spürte. Ein kurzes Aufflammen von Wärme oder immerhin etwas, was der Erinnerung an Wärme ähnelte.

»Wir kennen uns noch nicht lange genug, um uns auf eine Diskussion über Gott und Mensch einzulassen«, sagte sie. »Aber was Goethe betrifft, kann ich nicht sagen, dass ich ihn bewundere, denn ich kannte ihn nicht persönlich. Er lebte ein wenig vor meiner Zeit, auch wenn ich vielleicht alt genug aussehe.«

Er sah sie mit schiefem Kopf an. »Ich würde Sie auf einunddreißig schätzen.«

Mathilde war überzeugt, dass nur die Franzosen so unverfroren und gleichzeitig so entwaffnend sein konnten. »Zweiunddreißig«, sagte sie, »obgleich es für eine junge Dame genauso unhöflich ist, ihr Alter einzugestehen, wie es für einen jungen Mann unhöflich ist, ihr Alter zu raten.«

Zum ersten Mal wandte er den Blick von ihr ab. »Bitte verzeihen Sie mir«, sagte er. »Ich wollte Sie nicht ... das heißt, ich bin nicht immer ... das heißt, wenn es um Umgangsformen geht ...«

»Ich ziehe Sie doch nur auf«, sagte sie, worauf er ihr wieder ins Gesicht schaute.

Das Gespräch erlosch.

»Ich werde nächsten Monat einundvierzig«, sagte er plötzlich.

»Ah«, sagte sie. »Ich hätte Sie jünger geschätzt.«

»Ah«, sagte er.

Wieder herrschte unbehagliches Schweigen.

»Das ist eine sehr schöne Ausgabe, die Sie da haben«, sagte er.

»Es ist eine ganz frühe Auflage«, sagte sie.

»Die muss selten sein.«

»Ziemlich selten.«

»Von Generation zu Generation weitervererbt?«

»Oh nein«, sagte sie. Sie hielt ihm das Buch hin, und er nahm es in die Hand. »Es ist Teil unserer Sammlung«, sagte sie. »Seltene und schöne Dinge sind unsere Leidenschaft.«

»Wenn Sie ›unsere‹ sagen, wen meinen Sie da?«, fragte er.

»Meinen Bruder und mich natürlich«, sagte sie. »Verzeihen

Sie, ich dachte, inzwischen würden ihn alle kennen. Aber Sie sind ja eben erst angekommen, nicht wahr? Mein Bruder heißt Hans, aber ich nenne ihn Hänsel. So hört er sich an wie ein kleiner Junge, oder nicht? So halte ich ihn im Zaum. Freilich ist er alles andere als ein kleiner Junge. Er und ich sind gleich alt.«

»Gleich alt?«, fragte er. »Aber ... dann sind Sie ja ...?«

»Ich frage mich, wie Sie diesen Satz beenden werden.«

Franz errötete. »Ich weiß nicht, warum mein erster Gedanke war, dass sie so nah aufeinander geboren wurden. Was die Monate angeht. Ach, ich weiß nicht, was ich damit meine. Sie sind Zwillinge.«

»Ja. Auch wenn es möglich wäre, so um die zehn Monate auseinander zu sein.«

Franz hatte es eilig, von jeder weiteren möglichen Fehlinterpretation der Vermehrungsgeschichte der alten Henkers wegzusteuern, und deshalb sagte er: »Sie nennen ihn Hänsel ... nennt er Sie dann Gretel?«

»Das hat er einmal probiert. Ich habe seinen Irrtum berichtigt, er wird es nie wieder tun. Mir ist Tillie als Spitzname lieber, wenn man Leuten überhaupt Spitznamen geben muss.«

»Tillie.«

»Für Mathilde.«

»Ein sehr angenehmer, tröstlicher Name.«

»Welcher? Tillie? Oder Mathilde?«

»Beide.«

Sie sah ihn an. Sie zog eine Augenbraue nach oben. Er brauchte lange, um den Hinweis zu verstehen.

»Oh«, sagte er. »Meiner ist ...«

»Ja?«

»François.«

»Ich dachte schon, Sie hätten ihn vergessen, bei der langen Pause, die Sie gemacht haben.«

»Habe ich auch.«

Sie lachte.

»Nein, wirklich«, sagte er. »Ich hatte ihn vergessen.«

»Wie kann man denn den eigenen Namen vergessen?«

»Ich denke nicht so oft an mich.«

Sie wusste nicht, was sie darauf erwidern sollte. Sie wusste auch nicht, was sie von seiner körperlichen Haltung halten sollte. Er schien gleichermaßen erpicht darauf zu sein, bei ihr zu bleiben und hinauszugehen.

»Darf ich Ihnen eine Erfrischung anbieten?«, fragte sie.

»Oh, ich wollte mich nicht zu lange aufdrängen«, sagte er. »Und es gibt ja bald schon Abendessen ...«

»Dann ist es doch genau die richtige Zeit für einen Aperitif«, sagte sie.

»Nun ...«

»Sie wollen mich doch nicht beleidigen, indem Sie meine Gastfreundschaft ausschlagen, oder etwa doch, Monsieur?«

»Nein, nein, natürlich nicht, aber ...«

»Gut.«

»Sie haben mich bereits so reich beschenkt. Zu reich.«

»Habe ich das?«

»Die Kelche.«

»Nun, ich konnte Ihnen die Kelche ja nicht einzeln nach und nach geben. Es sei denn, Sie führen Musikstücke auf, die aus einer Note bestehen. Ach, lassen Sie uns nicht zu ehrerbietig zueinander sein und lieber einen Aperitif trinken. Auf dem Buffet im anderen Zimmer steht eine Karaffe mit Schwabacher Goldwasser und ein paar Gläser. Ich bin zwar eine großzügige Gastgeberin, aber keine sehr bewegliche. Wenn ich Sie selbst bedienen würde, wäre das Abendessen längst um, ehe ich zum Buffet gegangen und wieder zurückgekommen wäre, und da ich die Hände für die Stöcke brauche, ist es äußerst schwierig, volle Flaschen mit mir herumzutragen.«

»Es ist mir ein Vergnügen«, sagte er und ging in das andere Zimmer.

Sie hörte das feine Klirren des Kristallpfropfens, als er ausschenkte. Sollte sie ihn auch um etwas Musik bitten? Den kürzlich verstorbenen Caruso auf dem Grammophon? Oder würde sie es dann übertreiben mit dem Besuch des Franzosen?

Ein scharfer Schmerz ließ sie alle weiteren Nettigkeiten vergessen. Sie bemühte sich, sich Linderung zu verschaffen, indem sie das Gewicht verlagerte, und unterdrückte einen Schrei, als sie sich in eine sitzende Haltung zu hieven bemühte. Doch leider führten ihre verzweifelten und ungelenken Bewegungen dazu, dass das Stützkissen sich löste und zu Boden glitt, zusammen mit dem Buch auf ihrem Schoß. Ohne die Stütze im Rücken wurden die Schmerzen unerträglich, und sie sog zischend Luft ein, ehe sie ein vollkommen undamenhaftes Keuchen ausstieß.

Monsieur Choucas kam im selben Moment mit dem Likör zurück, sah, dass es ihr nicht gut ging, und stellte sogleich die Gläser ab.

»Wie kann ich Ihnen helfen?«, fragte er.

Sie konnte nicht sprechen, deutete jedoch mit einem Kopfnicken auf das Kissen. Er schob es an seinen Platz zurück. Sie machte eine Drehbewegung mit der Hand, und er legte die Arme um sie.

»Ich bitte tausendmal um Verzeihung«, flüsterte er.

Sie klammerte sich an seine Arme, während er sie so weit drehte, bis sie aufrecht saß. Dann ließ er sie los und trat einen Schritt zurück, als würde ihn ihr gebrechlicher, verschraubter Körper abstoßen.

»Danke«, sagte sie, kam wieder zu Atem und wartete darauf, dass das Pochen in Rücken und Hüfte nachließ. Schließlich lächelte sie. »Wir bezahlen für unsere Sünden«, sagte sie.

»Lassen Sie uns nun anstoßen. Ich kann einen Schluck vertragen.«

Er reichte ihr ein Glas und prostete ihr mit seinem zu. »Auf Ihre Gesundheit«, sagte er und trank einen Schluck.

»Merci«, sagte sie und prostete ihm ebenfalls zu. »Auch wenn ich schon lange keine Gesundheit mehr erlebt habe.«

Auch sie trank. Er nippte noch einmal von seinem Likör.

»Das ist köstlich«, sagte er. »Der schmeckt überhaupt nicht metallisch.«

»Das Blattgold verändert den Geschmack kein bisschen.«

»Und es wirkt sich nicht auf den ... äh ...?«

»Nein«, sagte sie. »Es sorgt lediglich dafür, dass es hübsch aussieht. Haben Sie denn noch nie Goldwasser getrunken?«

»Ich muss gestehen, dass ich immer glaubte, wegen des Blattgoldes wäre ein Glas davon schon unverschämt teuer.«

»Das ist bezaubernd«, sagte sie. »Ihre Naivität ist furchtbar reizend.«

»Sie nannten es vorhin aber noch etwas anders.«

»Wirklich? Ach ja. Schwabacher Goldwasser.«

»Was bedeutet Schwabacher? Eine bestimmte Geschmacksnote?«

Sie senkte den Blick, und es schien, als wäre ein Schatten über sie gekrochen. Sie betrachtete ihr leeres Glas.

»Das war mein Zuhause«, sagte sie. »In Deutschland, in der Nähe von Nürnberg. Dort wird das Goldwasser hergestellt. Aber Schwabach ist winzig. Kennen Sie Nürnberg?«

»Ja.«

Sie sah ihn an. »Tatsächlich?«

Seine Haltung änderte sich, ganz ähnlich wie vorhin, als er seinen Namen vergessen hatte. »Nur dem Namen nach, meine ich«, sagte er. »Ich ... nun, natürlich muss ich durchgefahren sein auf der Fahrt nach Wien, oder nicht?«

»Das kommt freilich darauf an, woher Sie gekommen sind«, sagte sie.

»Natürlich.« Er nahm ihr Glas. »Noch einen?«

»Nachdem wir den Ersten auf meine Gesundheit getrunken haben«, sagte sie, »ist es nur billig, dass wir den Zweiten auf die Ihre trinken.«

Während er einschenkte, versuchte sie, das Buch vom Boden aufzuheben. Als er sah, welche Schwierigkeiten ihr das bereitete, hob er es auf und gab es ihr. Sie dankte ihm.

Sie tranken auf seine Gesundheit.

»Mir sind die ganzen Militärgegenstände hier aufgefallen. Sammeln Sie die auch?«, fragte er.

»Die was?«

»Im Esszimmer auf dem kleinen Tischchen neben dem Buffet. Sind das auch Antiquitäten?«

»Ach«, sagte sie und reichte ihm ihr noch nicht leeres Glas. »Ich habe mich übernommen. Würde es Ihnen etwas ausmachen? Ein Schluck mehr ... Danke. Was meinten Sie eben?«

»Ich hatte eine Frage gestellt. Wegen der Orden.«

»Ja, die Orden.« Sie strich ihr Kleid glatt. »Die sind von meinem Bruder.«

»Hat er im Krieg gedient?«

»Er ist seiner Pflicht nachgekommen.«

»Bewundernswert. Und so viele Orden.«

»Ja.«

»Leichte Kavallerie?«

»Ingenieurkorps.«

»Er muss eine Menge haarsträubender Geschichten auf Lager haben.«

»Ja, das muss er.«

»Sie müssen Todesängste ausgestanden haben, während er im Krieg war.«

Sie versuchte, sich aufzurichten, und sah ihren Besucher eindringlich an. »Auch ich habe gedient«, sagte sie mit einer Spur von Stahl in der Stimme. »Als Krankenschwester. Rotes Kreuz. Ich hätte ihn nicht alleine losziehen lassen, selbst wenn unser Land nicht ...« Der Rest des Satzes verlor sich. »Ich war nicht immer so, Monsieur, wie Sie mich jetzt sehen.« Sie umklammerte beim Sprechen das Buch. »Mein jetziger Zustand ist nicht das Resultat einer Kinderkrankheit oder einer angeborenen Behinderung. Ich wünschte, es wäre so. Damit könnte ich mich abfinden. Nein, dass mein Körper derart zerschunden ist ... war ... der Preis dafür, dass ich den Menschen geholfen habe.«

»Das verstehe ich nicht.«

»Was? Dass ich entstellt bin oder dass ich den Menschen geholfen habe?«

»Beides, womöglich. Ich wollte nicht aufdringlich sein. Wenn Sie lieber nicht darüber sprechen möchten ...«

»Sie sind nicht aufdringlich«, sagte sie und seufzte. »Um es kurzzufassen und dabei vage zu bleiben ... Sagen wir einfach, dass mein Bruder den Krieg ohne einen Kratzer überstanden hat. Nun, er hat vielleicht das ein oder andere Mal einen *Kratzer* abbekommen, aber Sie wissen schon, was ich meine. Ich hingegen habe nur einmal etwas gewagt und ... Nun, ich wurde beinahe umgebracht.«

Er trank aus und nahm die beiden Gläser.

»Darf ich Ihnen die Gläser spülen?«, fragte er.

»Lassen Sie sie«, sagte sie. Dabei fiel ihr die Schroffheit in ihrem Ton auf, und sie bemühte sich, sie zurückzunehmen, indem sie ihn anlächelte. »Verzeihen Sie, Sie sind sehr freundlich und aufmerksam. Dafür bin ich Ihnen sehr dankbar. Darüber hinaus hören Sie außerordentlich gut zu, wobei ich nicht weiß, ob das einfach nur Ihre Art ist oder ob Sie sich lediglich großzügig geben, weil ich Ihnen diese alten Kelche vermacht habe.

Bitte geben Sie mir keine Antwort. Ich werde mir den Grund aussuchen, der mir am besten gefällt. So hat man es in unserer Familie immer schon gemacht, wissen Sie. Wir haben uns immer das ausgesucht, was uns gefällt – Erlesenes, Geschmackvolles, Altes, alles, was Geschichte hat. Wissen Sie, was ich damit meine? Vielleicht nicht.«

»Dinge, die im Lauf der Jahrzehnte von Mensch zu Mensch gegangen sind?«, fragte Monsieur Choucas und setzte sich wieder. Sie nickte.

»Zum Teil genau das«, sagte sie. »Nicht nur Jahrzehnte, sondern Jahrhunderte. Die Kelche, die ich Ihnen zukommen ließ, stammen anscheinend aus dem frühen sechzehnten Jahrhundert.«

»Die kann ich unmöglich benutzen, Fräulein! Ich wäre so befangen, dass ich Tollpatsch, der ich bin, sie kaputt machen würde – genau wie ich heute Morgen meine eigenen kaputt gemacht habe.«

»Ich glaube nicht, dass Sie ein Tollpatsch sind«, sagte sie. »Zumindest nicht, soweit ich sehen kann. Ihr Umgang mit mir und meinen Sachen war bisher schrecklich feinfühlig und umsichtig, und Sie haben eine so sanfte Art, dass ... nun, wenn Ihre Gläser heute Morgen zerbrochen sind, dann war das ein seltener und unglücklicher Unfall und hatte nichts mit Tollpatschigkeit zu tun. Sonst würden Sie auch nicht tun, was Sie tun.

Was ich mit ›Geschichte‹ meine, Monsieur, ist eine greifbare Verbindung. Ich weiß nicht, ob ich es Ihnen beschreiben kann, aber vielleicht verstehen Sie es auch so. Nehmen wir beispielsweise diese Weinkelche, die ich Ihnen geschenkt habe. Wann immer ich einen von ihnen berührt habe, bekam ich ein Gefühl für diejenigen, die sie vorher benutzt haben. Ich sehe hochgeborene Herren und Damen an prächtigen, festlichen Tafeln. An den Wänden hängen kostbare Wandteppiche, und im riesigen Kamin lodert ein üppiges Feuer. Liebhaber haben ihre Geheimnisse, es wird geflüstert, man sucht Mittelwege, finstere Geschäfte, Feierlichkeiten ...«

»Das verstehe ich tatsächlich«, sagte Monsieur Choucas. »Wir tränken unseren Besitz mit unserer Persönlichkeit.«

Sie blinzelte ihn an. »Ja«, sagte sie. »Das glaube ich.«

»Und vielleicht wird eines Tages jemand, der in den Besitz der Kelche gelangt, die Sie mir gegeben haben, spüren ... ach, ich weiß es nicht ...«

»Die Musik, die einst auf ihnen gespielt wurde?«

»Ja.«

Sie griff zu ihren Stöcken. »Und wenn irgendwann einmal jemand die hier in die Hände bekommen sollte«, sagte sie, »dann spürt derjenige vielleicht ... ach, was weiß ich denn.«

»Die sind ziemlich schön.«

Sie betrachtete die beiden Stöcke, als sähe sie sie zum ersten Mal. »Das ist das erste Mal, dass ein Fremder so etwas gesagt hat. Vermutlich sind sie schön für jemanden, der nicht auf sie angewiesen ist.«

»Wurden sie speziell für Sie hergestellt, falls mir die Frage gestattet ist?«

Ihr Blick trübte sich ein wenig, während sie einen der Stöcke an die Wange legte und sich geistesabwesend an ihn schmiegte. »Mein lieber Vater«, sagte sie. »Er war ein Zauberer.«

»Ein Zauberkünstler?«

Sie schüttelte den Kopf. »Nicht in dem Sinne«, sagte sie. »Er war einer der besten Handwerker Europas, Monsieur. Diese Stöcke sind aus südamerikanischem Schlangenholz, eines der härtesten und kräftigsten Hölzer der Welt. Es braucht einen Zauberer, um mit Schlangenholz zu arbeiten, und mein Vater ... nun, mein Vater wusste alles zu bearbeiten, und er wollte ... Wie dem auch sei, sie haben mir das Leben gerettet.« Sie sah ihren Besucher streng an und stellte die Stöcke wieder neben sich. »Jetzt werde ich melancholisch. Bitte verzeihen Sie mir.«

»Es gibt nichts zu verzeihen.«

»Ich bezweifle sehr, dass jemand etwas spüren wird, wenn er meine Stöcke dereinst in einem fernen Jahrhundert in der Hand halten wird.«

»Er wird Ihre Entschlossenheit spüren.«

»Meine Entschlossenheit?«, fragte sie.

»Ihre Stärke.«

»Stärke sagt er!«

»Zumindest ist es das, was *ich* wahrnehme.«

»Auf welcher Grundlage denn? Aufgrund dieser kurzen Begegnung?«

»Man braucht nicht lange, um ein Gefühl für Menschen zu bekommen.«

»Und was sehen Sie sonst noch in mir, Monsieur?«

»Tja, nun bin ich verlegen«, sagte er. »Aber egal, neben der Entschlossenheit spüre ich bei Ihnen ...«

»Oh, Hänsel! Du hast mich erschreckt!«

Ihr Bruder stand in der Tür. »Ich wusste nicht, dass du Besuch hast«, sagte dieser. »Wie entzückend.«

Mathilde stellte den Franzosen vor.

»Verzeihen Sie die Handschuhe«, sagte Henker beim Händeschütteln. »Schuppenflechte.«

»Bitte noch einmal?«, fragte Choucas.

»Ich leide an Psoriasis vulgaris«, sagte Henker. »Ist Ihnen der Begriff vertraut?«

»Nein, mein Herr.«

»Beschreib es ihm bloß nicht, Hänsel«, sagte Mathilde. »Nicht vor dem Essen.«

»Belassen wir es dabei, dass es für alle um einiges angenehmer ist, wenn ich die Handschuhe anlasse«, sagte Henker. »Welchem Umstand verdanken wir die Freude Ihres Besuchs, Monsieur? Nein, warten Sie – ich bin mit dem Kopf woanders. Die Kelche. Natürlich. Ich hoffe, sie gefallen Ihnen.«

»Ich bin überzeugt, dass sie vorzüglich klingen werden«, sagte Choucas.

Henker stellte sich neben seine Schwester. »Wir können es kaum erwarten, Sie zu hören. Es tut mir leid, dass ich nicht da war, um Sie zu empfangen. Ich musste mich um etwas kümmern.«

»Und?«, fragte Mathilde, die sich nun ganz auf ihren Bruder konzentrierte.

»Ab Montagmittag werden sie ein Appartement für uns frei haben«, sagte Henker und küsste eine ihrer entstellten Hände. Dann sah er zu Choucas hinüber. »Wir ziehen ins Hotel Gottesanbeterin um«, sagte er. »Ich hoffe sehr, dass Sie uns dort besuchen werden.«

»Das wäre mir eine Freude und eine Ehre«, gab Choucas zurück.

Irgendwo unten im Haus schlug dreimal eine Glocke.

»Frau Alt ruft alle zu Tisch«, sagte Henker. »Wir möchten Sie nicht vom Abendessen abhalten.«

»Sie gesellen sich nicht dazu?«, fragte Choucas.

»Für Tillie wäre es sehr umständlich«, sagte Henker. »Ich würde Sie gerne einladen, mit uns zu essen, aber unser Mahl ist für gewöhnlich sehr schlicht und ...«

Choucas verneigte sich höflich. »Es liegt mir fern, mich aufzudrängen«, sagte er. »Ich habe schon zu viel Ihrer Großzügigkeit für einen Tag genossen, und obzwar es mir eine Ehre wäre, in Gegenwart eines so großen Künstlers zu speisen ...«

»Oh«, sagte Henker. »Sie haben von mir gehört?«

»Ich habe Sie sogar gesehen, mein Herr.«

»Wirklich?«, fragte Mathilde. »Sie haben gar nicht erwähnt, dass Sie Hänsels Auftritt gesehen haben.«

»Gestern Abend«, sagte Choucas.

»Ach?«, fragte Henker. »Und wie war Ihr Eindruck, Monsieur?«

Ohne zu lächeln, sagte der Franzose: »Die Vorstellung hat mich stark berührt, mein Herr. Ihre Wirkung war sogar so gewaltig, dass ich mir immer noch nicht sicher bin, was das alles wirklich zu bedeuten hat.«

»Muss es etwas bedeuten?«, fragte Henker.

Choucas wies mit einem Nicken auf das Buch in Mathildes Schoß. »Man kann nie wissen, was auf jemanden eine Wirkung hat«, sagte er. »Nehmen Sie Goethe und seinen *Werther*«, fuhr er fort. »Auf welche Wirkung hoffte er, als er ihn geschrieben hat? Wer vermag das zu sagen?«

Henker lächelte. »Er hat Selbstmord in Mode gebracht«, sagte er, »zumindest für eine Weile.«

»Und Sie machen vielleicht dasselbe«, sagte Choucas und ging hinaus, nachdem er seiner Gastgeberin noch einen angenehmen Abend gewünscht hatte.

»Was gibt's Neues?«, fragte Mathilde.

Henker setzte sich neben sie. »Zwei Tote«, sagte er, sein Lächeln war gewichen.

»Zwei?«, fragte sie. »Wie das?«

Henker schüttelte den Kopf. »Ich weiß es nicht. Wie lief der Besuch von diesem Monsieur Choucas?«

Sie zögerte. »Wunderschön«, sagte sie.

»Ach? Was hast du in Erfahrung gebracht?«

»Nichts, seltsamerweise«, sagte sie. »Aber wenn er ein Franzose ist, dann bin ich eine Olympia-Athletin.«

KAPITEL 28
DER TREPPENABSATZ

Franz blieb vor dem Zimmer des Hängekünstlers stehen und fragte sich, ob er alles vermasselt hatte. Er kam sich vor, als hätte er in gewisser Weise Einlass in ein geheimes Grab erhalten, darin aber keinerlei Entdeckungen gemacht und sich nun gar ohne ein wertloses Schmuckstück verabschiedet. Er schüttelte das Gefühl ab, »ertappt« worden zu sein, als Henker plötzlich aufgetaucht war, und stieg die halbe Treppe zu seinem winzigen Zimmer hinunter.

Er war keine vier Stufen weit gekommen, als sich die Tür oben öffnete und Henker ihm nachrief.

»Ich weiß nicht, ob Sie heute Abend etwas vorhaben«, sagte Henker, »aber da Sie sich so fasziniert von meiner Vorführung gezeigt haben und ich die Angewohnheit habe, stets in Begleitung des einen oder anderen Menschen zur Traumhalle zu laufen, wäre es zu dreist, wenn ich vorschlagen würde, dass Sie mich heute Abend begleiten?«

Franz wusste nicht, was er sagen sollte. Einerseits stand er mehr oder weniger am Scheideweg, wie er mit seiner Untersuchung fortfahren sollte, da er nicht genau wusste, ob seine Dienste – wie auch immer sie aussahen – noch immer benötigt wurden. Andererseits, sollte er seiner eigenen Neugier nachgehen und nach Schwechat fahren, würde er frühestens lange nach dem Abendessen einen Zug dorthin erwischen, und selbst dann würde eine nächtliche Nachforschung wohl auch kaum etwas Sinnvolles zutage fördern.

»Es wäre mir ein Vergnügen«, sagte Franz.

»Ausgezeichnet«, sagte Henker. »Ich warte um sieben vor dem Eingang auf Sie. Wie schön, zur Abwechslung einmal verständige, wohlerzogene Gesellschaft zu haben.« Er winkte, ging zurück ins Zimmer und schloss die Tür hinter sich.

Jetzt fiel Franz eine Frau auf dem Treppenabsatz unten auf, die zum Hängekünstler hinaufgesehen hatte. Er erkannte in ihr eine der vier singenden Schwestern, die sich als Trio ankündigten. Wie lange hatte sie schon dort gestanden?

Sie brauchte einen Moment, um Franz zu bemerken, doch als sie es tat, wünschte sie ihm einen schönen Abend.

Die Glocke unten klingelte einmal.

»Wir sollten uns besser sputen«, sagte sie. »Sie ist sehr strikt.«

Sie wandte sich um und trottete die Stufen hinunter. Dabei wehte ihr das Abendkleid aus blauem Chiffon hinterher wie eine zierlich geschwenkte Fahne.

Franz wollte nichts riskieren und verzichtete deshalb darauf, das Hemd zu wechseln. Das umwerfende Aroma des Gulaschs, das auf ihn wartete, war zu viel für ihn. Er eilte zum nächsten Absatz und gleich weiter die Treppe hinunter.

Eben wollte er das Esszimmer betreten, als eine tiefe, volle Stimme sagte: »Kafka, Sie alter Mistkerl!«

KAPITEL 29

DIE ANKUNFT EINES SCHAUSPIELERS

Inzwischen wusste Franz nicht mehr, wie oft er seinen Augen nicht mehr trauen konnte.

Und doch stand da Jizchak Löwy im Flur, genauso eindrucksvoll und großartig wie zu der Zeit, als seine geschätzte Gestalt die Bühnen Europas beehrt hatte.

»Löwy?«, sagte Franz, nicht weil er an der Identität seines Freundes zweifelte, sondern weil er eine durch strengen Hunger hervorgerufene Halluzination ausschließen wollte.

Löwy kam mit zwei Schritten auf Franz zu und packte ihn fest an den Schultern.

»Mein Gott, Mann, Sie sehen furchtbar aus!«, sagte er und umarmte ihn derart ungestüm, dass Franz überzeugt war, blaue Flecken von der Begrüßung davonzutragen.

»Was machen Sie hier?«, fragte Franz.

Löwy lachte sein herrliches Lachen, das dafür berühmt war, auch noch bis in die obersten Ränge zu dröhnen.

»Das sieht Ihnen ähnlich, dass Sie etwas so Belangloses sagen«, sagte er.

»Nein, im Ernst, was *machen* Sie hier?«

»Ich warte darauf, dass Sie es mir sagen«, sagte Löwy.

»Dass ich Ihnen was sage?«

»Was ich hier mache.«

»Das habe ich Sie doch gefragt.«

»Feydeau-Dialoge«, sagte Löwy und nahm den Hut ab, »sollte man am besten Feydeau überlassen. Nun kommen Sie schon, Franzl, ich bin so schnell gekommen, wie es ging, genau so, wie Sie es mir aufgetragen haben, und jetzt, wo ich hier bin, Ihnen zu Diensten stehe, überrascht es mich, dass Sie noch am Leben sind, wir waren ja alle krank vor Sorge um Sie – nun, natürlich nicht wortwörtlich krank, denn Sie waren ja derjenige, der krank war. Aber was ist denn nun diese Sache, bei der es um Leben und Tod geht?«

»Um Leben und Tod?«, fragte Franz.

»Das haben Sie in Ihrem Funktelegramm doch geschrieben. Und sonst herzlich wenig.«

»Ich habe Ihnen kein Funktelegramm geschickt«, sagte Franz.

Löwy begann in seinen Taschen zu kramen. »Soll das ein Scherz sein, he?«, fragte er. »Nun, wir haben weiß Gott viele Scherze mit Ihnen getrieben über die Jahre, deshalb ... nein, das ist es nicht. Heute Morgen, Kafka. Funktelegramm. Darin stand: ›Kommen Sie sofort. Es geht um Leben und Tod. Erkläre alles.‹ Und dann noch die Adresse. Ich wäre ja schon früher da gewesen, aber diese vermaledeiten Züge, und man braucht von Prag vier Stunden, da ...« Seine Suche blieb ergebnislos, er zeigte seine leeren Hände vor. »Nun«, sagte er schulterzuckend, »ich habe das verdammte Ding wohl verlegt. Aber was macht es für einen Unterschied? Haben Sie es mir geschickt oder nicht?«

»Ich weiß es nicht«, sagte Franz. »Und der Grund, weshalb ich es nicht weiß, ist, dass ich zwar sehr wohl weiß, dass ich Ihnen heute Morgen ganz bestimmt kein Telegramm geschickt habe, aber ich weiß eben auch, dass ich mir gewünscht habe, Sie wären hier, weil ich wegen einer Sache Ihren professionellen Rat brauchte, doch ... Ach, Löwy, es ist alles so verwirrend. Seit ich das Hoffmann-Sanatorium verlassen habe, ist alles durcheinander.«

»Ja, das wäre eine meiner ersten Fragen an Sie«, sagte Löwy und packte Franz am Arm. »Aber erstmal ... was ist das für ein göttlicher Geruch? Gulasch? Ich sterbe vor Hunger!«

»Ich auch«, sagte Franz, »aber das ist eine ... ich schäme mich, es zu sagen ... eine *Theaterpension.*«

Löwy nickte energisch. »Das Haus der geschätzten Frau Alt!«, sagte er. »Das kenne ich gut. Habe hier logiert, als ich mit *Geschändeter Sabbat* hier gastiert habe. Sie ist eine vorzügliche Köchin. Tja, dann, lassen Sie uns die Wänste füllen, und ich sehe nach der vortrefflichen Dame.«

Franz rückte von Löwy ab und packte ihn am Revers, um ihn vom Esszimmer wegzuschieben. »Hören Sie, Jizi«, sagte er, »ich habe Ihnen so viel zu erzählen, jetzt, wo Sie da sind, aber das ist nicht der geeignete Ort dafür. Vielmehr ist es der schlechteste Ort dafür, an einer Tafel mit wer weiß wie vielen anderen Leuten und ... hören Sie, lassen Sie uns ein Restaurant suchen, und dann erkläre ich Ihnen alles.«

»Aber ich esse nicht in einem dieser vegetarischen Wirtshäuser, in die Sie so gerne gehen«, gab Löwy zurück und schob Franz beiseite. »Ich nehme es Ihnen nicht übel, dass Sie diesen Fraß in sich hineinstopfen, aber ich brauche Fleisch, Mann, große Brocken ...«

»Von mir aus«, sagte Franz und machte die Tür auf. »Um die Ecke gibt es eine vielversprechende Gaststube, an der bin ich vorher vorbeigekommen und habe gesehen, dass sie dort Schweinshaxen angeschrieben haben ...«

»Einen Augenblick«, sagte Löwy und benahm sich von einem Moment auf den anderen wie ein eifriger Inquisitor oder eine andere strenge und furchteinflößende Persönlichkeit. »Ehe wir das fortsetzen.«

»Ja?«

»Wer zahlt?«

Kaum eine Stunde später brauchte es drei Kellner, um die Überreste des Massakers abzutragen. Von den Schweinshaxen, die genau richtig gebraten waren – die Schwarte knusprig, das Fleisch saftig –, waren nur noch die Knochen übrig. Von den Bratkartoffeln, dem Rotkraut und dem Bier fand sich keine Spur mehr.

»Ich weiß nicht, was sagenhafter war«, sagte Löwy, »die Geschichte, die Sie mir eben erzählt haben, oder das Fleisch.«

Franz war nicht in der Lage, sich zu bewegen oder zu denken, und rülpste. Er hatte sich alles von der Seele geredet, was ihm seit seinem Erwachen am Mittwochmorgen bis zu der Ankunft Löwys geschehen war, lediglich ein, zwei Punkte, die der Schauspieler nicht auf Anhieb verstehen würde, ließ er aus, wie zum Beispiel das wechselnde Geschlecht von Inspektor Beide und Gregors Existenz.

»So viele Fragen«, sagte Löwy und beäugte skeptisch den Likör und den Kaffee, den der Kellner vor ihn hinstellte. »Ich weiß nicht, ob ich noch mehr schaffe.«

»Das verstehe ich vollkommen«, sagte Franz, »aber so sieht es aus. Es ist unglaublich, und ich stecke mittendrin.«

»Ich meinte den Kaffee und den Kräuterlikör«, sagte Löwy. »Vielleicht, wenn ich nur alle fünf Minuten einmal daran nippe ...«

Franz konnte seine Verdauungsgetränke nicht einmal anschauen und schob sie beiseite. »Vielleicht sollten wir einfach sitzen bleiben und gar nichts sagen«, sagte er. »Einfach nur ... nachdenken. Überlegen. Verdauen.«

»Ja«, sagte Löwy. Er zündete sich eine Zigarette an und betrachtete den Rauch, der träge zur Decke stieg. »Wenn ich nicht wüsste, dass Sie immer alles so todernst meinen«, sagte er, »dann würde ich behaupten, Sie hätten mir gerade lediglich die Ausgangssituation einer Ihrer amüsanten Geschichten dargelegt.«

»Ich wünschte, es *wäre* eine Geschichte«, sagte Franz. »Dann könnte ich damit verfahren, wie ich wollte.«

»Haben Sie die Geschichte beendet, an der Sie gearbeitet haben? Die über den Mann, der wegen eines Vergehens verhaftet wird, aber niemand sagt ihm, welches Vergehen er begangen haben soll?«

»Die habe ich nicht zu Ende gebracht, nein.«

»Oder die über den ...«

»Nein.«

»Warum nicht?«

Franz zuckte mit den Schultern. »Ich weiß es nicht.«

»Sie sollten sie zu Ende schreiben.«

»Wenn ich Zeit dafür habe.«

»Warten Sie nicht darauf, Zeit zu haben, Franzl. Die Zeit wartet weiß Gott nicht auf Sie.«

»Warten Sie immer mit solch abgedroschenen Aphorismen auf?«

»Mit Ihren großen Worten, von denen Sie meinen, dass ich sie nicht kennen würde, können Sie mich nicht beleidigen. Da ein Aphorismus eine prägnante Beobachtung ist, die einen wahren Kern hat, lautet die Antwort: Ja, das mache ich. Also, was ich nicht verstehe ...«

»Nur eine Sache?«

»... was ich damit zu tun habe?«

»Heute Morgen war mir das ganz klar«, sagte Franz. »Jetzt nicht mehr so sehr. Es tut mir leid. Wenn ich diesen ganzen Schlamassel auch nur ein wenig im Griff hätte, hätte ich

Ihnen dieses Funktelegramm nicht zukommen lassen, was ich übrigens auch gar nicht getan habe, und doch ...«

Löwy winkte ab. »Erklärlich oder nicht«, sagte er. »Es hat mir nichts ausgemacht. Erst gestern Abend habe ich sowieso darüber nachgedacht, nach Wien zu fahren, von daher hat es gut gepasst.«

»Sie haben tatsächlich darüber nachgedacht hierherzukommen? Warum?«

Löwy stöhnte so schmerzvoll, dass es einem sterbenden Monarchen zur Ehre gereicht hätte, und die Gäste an den anderen Tischen sahen besorgt zu ihm herüber. Er schnippte Asche von seiner Zigarette. »Der Fluch meiner Existenz natürlich«, sagte er. »Christian Werdehausen. Und von nun an will ich seinen Namen nie wieder hören.«

»Werdehausen? Der Schauspieler?«

»Ich habe Ihnen doch gesagt, dass ich seinen Namen nie wieder hören möchte!«

»Entschuldigen Sie. Was hat er Ihnen denn getan?«

»Was er mir schon immer getan hat«, sagte Löwy, vergaß seine vorigen Bedenken und kippte den Kräuterlikör in sich hinein. »Er hat mich gestürzt.«

»Von was?«

»Von allem.«

»Jizi, ich verstehe nicht ...«

Löwy drückte seine Zigarette in den Aschenbecher. »Proxauf hat ein neues Stück. Es soll großartig sein, habe ich gehört. Nun, natürlich ist es das, schließlich ist es von Proxauf, meine Güte. Der Kerl könnte keinen Mist schreiben, wenn man ihn dafür bezahlen würde. Erinnern Sie sich an den riesigen Erfolg, den ich vor ein paar Spielzeiten mit seinem *Der Mann aus Tarsis* hatte?«

»Daran erinnere ich mich durchaus, es war ein ...«

»Tja, nun hat er dieses neue Stück, der *Taugenichts*, und alle, die es gelesen haben, behaupten, ich sei genau der Richtige für die Rolle, allein Löwy würde die Rolle verdienen, sie sei für den großen Löwy geschrieben ... und mir? Mir ist es noch nicht einmal gelungen, ein Exemplar des Stücks zu ergattern.«

»Haben Sie Proxauf gefragt?«

»Man bettelt einen Stückeschreiber nicht darum an, einen Blick in sein Stück werfen zu dürfen, wenn man ... nun, wenn man *ich* ist. Und außerdem sollte er Verstand genug haben, es mir gleich zu schicken. Und nun geht das Gerücht, dass ... ach, verdammt, ich fürchte, ich muss seinen Namen aussprechen ... man sagt, dass er diesen fetten Schmock Werdehausen für das Stück will.«

»Ich könnte mich jetzt nicht erinnern, dass Werdehausen dick war ...«

»Er ist eine Speckrolle!«, sagte Löwy. »Mein Gott, wenn sie *Die Komödie der Irrungen* aufführen wollten, könnten sie gleich beide Zwillingspaare mit ihm besetzen!«

»Also ... *Der Tunichtgut* ...«

»*Taugenichts*.«

»... wird hier auf die Bühne gebracht?«

»So heißt es. Und man sagt, dass wenn das Stück in Wien uraufgeführt wird, dann ist dieser Zwei-Tonnen-Werdehausen die natürliche Besetzung. Natürliche Besetzung zum Teufel! Als könnten Schauspieler nicht reisen! Ich bin seinerzeit kreuz und quer durch ganz Europa gereist, Franzl, das wissen Sie, und egal, wo Sie auf der Karte den Finger draufhalten, da habe ich Erfolge gefeiert. Werdehausen, die einzige Wahl für Wien! Völliger Blödsinn! Ich kann in vier Stunden in Wien sein. Das habe ich heute erst bewiesen! Abgesehen vom Reisen und angesichts des Themas des Stücks ist Wien nicht der geeignetste Ort für die Uraufführung. Es gehört nach Prag. ›Lasst es in Prag spielen!‹, sage ich, und nachdem ich daraus einen blendenden Erfolg gemacht und zwei Jahre lang für volle Häuser gesorgt habe, dann kann es nach Wien und zu diesem Klops Werdehausen umziehen, und viel Erfolg ihm, wenn die Leute anfangen, ihn mit mir zu vergleichen! Trinken Sie das noch?«

»Meinen Kaffee?«

»Ihren Bénédictine.«

»Nein.«

Löwy trank Franz' Likör aus.

»Ich würde mich nicht dazu herablassen, mich mit Proxauf oder Werdehausen anzulegen«, sagte er. »Ich möchte mich mit Ernst Lothar treffen. Er soll das Stück produzieren.«

»Ich habe ja noch nie erlebt, dass Sie sich um eine Rolle balgen«, sagte Franz. »Meinen Sie wirklich, dass das klug ist?«

Löwy machte ein Gesicht, als hätte man ihm das Herz durchbohrt. »Um eine Rolle balgen? *Ich*?«, fragte er. »Wie können Sie es wagen, Kafka? Ich habe nicht die Absicht, mich um eine Rolle zu balgen. Lothar und ich kennen uns schon lange ... Nein. Ich wollte lediglich auf ein freundliches Wort bei ihm vorbeischauen. Auf die War-zufällig-in-der-Nähe-Tour, ein paar Geschichten austauschen, zusammen lachen, ihn fragen, wie es läuft, dann lädt er mich natürlich zum Mittagessen ein, ich sage: ›Nur eine Kleinigkeit am Rande‹, worauf er hervorhebt, wie gepflegt ich bin im Gegensatz zu diesem Elefanten Werdehausen ...«

»Mein lieber Löwy«, sagte Franz und reichte ihm den Kaffee, den er nicht angerührt hatte, »es bringt nichts, sich derart darauf zu fixieren. Lassen Sie nicht zu, dass es Sie auffrisst. Daraus erwächst nichts Gutes.«

»Aus Werdehausen erwächst nichts Gutes. Er ist eine Schande für die Schauspielerei.«

»Sie sind der König des jiddischen Theaters.«

»Und wollen wir wetten, dass Lothar mich deswegen verachtet!«, sagte Löwy etwas zu laut für die anderen Gäste. Der Kellner, der den Dessertwagen herangerollt hatte, rollte ihn ohne ein Wort wieder davon.

»Beruhigen Sie sich.«

»Glauben Sie nicht, ich würde nicht wissen, welche Vorurteile die Leute haben«, sagte Löwy. »Es ist nett von Ihnen, dass Sie mich den König des jiddischen Theaters nennen, Franzl, und es ist auch keine Schande, als solcher bekannt zu sein, aber trotzdem ... Nur weil es sich bei Werdehausen und seiner Horde um Heiden handelt ... Ach, zum Teufel damit.« Damit trank er Franz' Kaffee. »Warum wollen Sie eigentlich, dass ich mir diesen Hängekünstler ansehe?«, fragte er, und seine Stimmung war völlig verwandelt. »Sie wissen, dass das alles Schnurrpfeiferei ist, oder?«

»Nun, das ist es ja gerade«, sagte Franz und arrangierte sich mit dem plötzlichen Kurswechsel. »Es ist ein Mischmasch aus allem Möglichen, und ich würde gerne wissen, wie viel davon Zauberkunst und wie viel echt ist.«

Löwy schüttelte den Kopf. »Es muss entweder das eine sein oder das andere, keine Mischung aus beidem«, sagte er. »Sie haben genug Ahnung vom Theater, dass Ihnen das klar sein müsste.«

»Dann habe ich mich schlecht ausgedrückt«, sagte Franz. »Ich möchte wissen, ob es *echte* Zauberei ist.«

»Davon kein bisschen«, sagte Löwy und zündete sich eine neue Zigarette an. »Echte Zauberei gibt es nicht, denn außerhalb des Theaters existiert keine Zauberei.«

»Ist das so?«

»Bühnenkunst, Franzl. Ganz gleich, wie echt sie für Sie auch aussehen mag, sie ist doch eine Täuschung.«

»Sie haben ihn nicht gesehen.«

»Das muss ich auch gar nicht. Ein Mensch kann sich nicht erhängen und dann zum Applaus vor den Vorhang treten.«

»Er tritt nicht vor den Vorhang.«

»Aber er erscheint wieder zur nächsten Vorstellung, nicht wahr? Er mietet Zimmer in Pensionen, er trägt Handschuhe und braune Anzüge, er isst (nehmen wir an), hat eine Schwester, er hat im Krieg gedient, er bittet Sie, mit ihm durch die Straßen zu gehen ... Er tut alles, nur ist er nicht in der Nähe der Leute, die getötet werden, wenn sie getötet werden.«

»Dann erklären Sie mir, wie er es macht.«

»Ich bin kein Zauberkünstler.«

»Aber Sie hatten schon einmal zu tun mit ...«

»Nun, ich habe viele kennengelernt, habe vielen zugeschaut, ja. Und ich habe auch weiß Gott gesehen, wie unsere Inspizienten bestimmte Effekte für meine Produktionen erzeugt haben – Regen, Donner, Blitz, das Geräusch von Pferden, pfeifender Wind, Wölfe, Geister, Messerstechereien, Schüsse –, und meine Güte, mit eimerweise Theaterblut hatte ich über die Jahre schon zu tun.«

»Genau das meine ich.«

»Sie möchten, dass ich Ihnen versichern kann, dass der große Bösewicht sich nicht wirklich selbst erhängt.«

»Sagen Sie das nicht so, ich bin kein Kind. Ich weiß, dass er es nicht tut. Allerdings ...«

»Was Sie wirklich wissen wollen, ist, wie der Hängekünstler in der Lage ist, Sie davon zu überzeugen, dass er sich wirklich erhängt.«

Franz spielte mit dem Salzstreuer herum und wich Löwys Blick aus. »Das ist es auch nicht«, sagte er. »Oder vielleicht ist es das, teilweise. Bin ich so gutgläubig? Ich habe mich nicht für gutgläubig gehalten. Es ist vielmehr eine Kombination mehrerer Dinge, die mich beunruhigt.«

»Beunruhigt?«

»Ja. Nicht nur wegen mir, aber wegen allen, die ihm zuschauen. Geben Sie mir bitte eine Zigarette.« Franz zog kräftig an der angezündeten Zigarette, blies Rauch aus und hustete. »Ich gewöhne mich einfach nicht daran.« Und dann zog er noch einmal daran und blies den Rauch wieder aus.

»Wir sehen ein Plakat, das für den Hängekünstler wirbt, und werden neugierig«, sagte Franz. »Wir fragen uns, was es bedeutet, weshalb jemand sich als Künstler in einer Hinrichtungsart bezeichnet. Wir kaufen uns eine Eintrittskarte, wir nehmen Platz. Es gibt Licht, Musik. Da ist ein angenehmer Mensch, freundlich sogar. Ganz und gar nicht, was wir erwartet haben. Er redet davon, dass er sich selbst richtet, redet von Sünde, redet von Erlösung, von Gerechtigkeit. Er spricht von Dämonen, eingebildeten und echten. Er bittet einen Fremden, seine Schlinge zu begutachten und ihn abzutasten. Der Fremde ist überzeugt, dass da nichts Außergewöhnliches ist, und unser Hängekünstler dankt ihm und entlässt den Fremden. Dann gibt er uns bekannt, dass sein Überleben von uns abhängt, von seinem Publikum. Er hat bereits die Behauptung aufgestellt, dass er sich erhängen und es überleben könnte, also warum genau braucht er uns? Warum bezieht er uns mit ein?

Am Ende erhängt er sich. Und er überlebt es nicht, das glauben wir zumindest. Die Musik ist zu Ende, und da baumelt er leblos. Es herrscht Augenblicke lang betretenes Schweigen, als wüsste niemand, was zu tun sei. Wer beschließt, dass der Vorhang herabgelassen wird, die Lichter gelöscht werden, der arme Kerl heruntergeschnitten wird? Wir wissen es nicht.

Aber der Vorhang fällt irgendwann. Und er taucht nicht wieder auf. Die Kapelle spielt keinen Tusch, wenn der Hängekünstler mit großer Geste unversehrt den Vorhang teilt. Nein, wir bleiben ohne Gewissheit bis zum nächsten Abend. Er verlässt das Theater durch einen düsteren Seiteneingang und stiehlt sich unbemerkt in die Nacht hinaus, während wir wie Automaten ins Bett stapfen und uns plötzlich über die Bedeutung des Todes wundern.

›Es ist ein Trick‹, sagen wir. Trug können wir verstehen. Gut. Aber warum hat dieser Mensch beschlossen, uns ausgerechnet *diesen* Trick zu zeigen? Und weshalb haben wir es so eilig, ihn uns anzuschauen?«

»Und warum«, beschloss Löwy, »werden Menschen ermordet?«

»Nicht nur einfach ermordet«, sagte Franz, »sondern auch noch auf diese Weise.«

»Und warum«, konterte Löwy, »zieht er Sie hinein?«

»Es ist sicher eine interessante, wenn auch besorgniserregende Art und Weise, mein frisch geborgtes Leben zu verbringen.«

»Genau das ist es, Kafka«, sagte Löwy. »Sie, Sie selbst sind ein Zauberkunststück.«

»Wie meinen Sie das?«

»Ich meine es gar nicht.« Löwy schloss die Augen und bediente sich seines geschwollensten Tonfalls, als würde er einen Prolog von Shakespeare rezitieren. »Ihr seht hier vor euch, werte Festgemeinde«, sagte er, »einen Menschen, der bisher vom Leben selbst nur zum Tod verurteilt ward. Die Krankheit, die ihn einst gequält, packte ihn in ihrem Würgegriff, bis er selbst und alle, die ihn kannten, bar jeder Hoffnung auf Genesung waren. Von der Ausweglosigkeit des Weltgerichts geschlagen, zog unser Held sich in Klausur zurück, wo abgetrennt die Kranken von den Gesunden leben, die Todgeweihten von den Genesenden. Dort durchlebte er die letzten Augenblicke seines Lebens, zweifellos sich fragend, was er getan, um zu verdienen solches Ende.«

»Bitte, Löwy«, sagte Franz. »Das ist nicht lustig.«

»Ihr seht hier vor euch, werte Festgemeinde«, fuhr Löwy fort, »ein wahres, lebendiges Wunder auf Treu und Glauben, denn dieser verlorene Geselle ist nicht verloren mehr, sondern er steht aufrecht, kraftvoll, bar jeder Spur des verhängnisvollen Siechtums, das bis vor Kurzem noch ihn nicht entließ. Wie können wir begreifen die magische Gesundung? Ist er lediglich genesen von der Krankheit oder auferstanden gar wie Lazarus vom Tod, zu uns gesandt, um zu erneuern unseren Glauben an das eine oder andere? Welches ist die Lüge: seine Krankheit oder seine Genesung?«

Einige andere Gäste hatten sich umgedreht, um Löwys Rede zu verfolgen, und einige applaudierten ihm nun, was er damit quittierte, dass er von seinem Stuhl aufstand und sich rasch in alle Richtungen verneigte.

»Ich bereue, dass ich Sie hierhaben wollte«, sagte Franz, nachdem sein Freund sich wieder hingesetzt hatte.

»Liege ich etwa falsch?«

»Ist das Ihre Sichtweise meiner Lage?«

»So kann man sie zumindest sehen, mein Freund.«

»Und hat jemand nach Dienstag versucht, mich aufzusuchen? Nachdem Hoffmann meinte, es bestehe keinerlei Hoffnung mehr für mich?«

Löwy rührte seinen Kaffee um und stellte dabei fest, dass er gar keinen Kaffee mehr hatte. Franz beugte sich vor zu ihm und sagte in gemessenem, ruhigem Ton, in dem unterdrückte Wut schwelte: »Niemand. War es das? Man hat mich alleine in diesem Zimmer sterben lassen. Worauf haben Sie gewartet, auf den Anruf von Hoffmann, dass Sie meine Leiche abholen können? Und als der am Mittwoch nicht kam, habt ihr euch untereinander abgesprochen, Donnerstag abzuwarten. Und nachdem gestern gekommen und gegangen war, nun ... warum nicht auch noch den Freitag abwarten? Bestimmt macht es dieses Klappergestell nicht mehr bis zum Wochenende.« Franz lehnte sich zurück und kämpfte gegen eine Woge der Übelkeit an. »Entschuldigen Sie.«

»Es ist nicht gerade das leichteste Unterfangen auf der Welt, zuzuschauen, wie einem geschätzten Freund das Leben entweicht«, sagte Löwy ein klein wenig theatralisch. »Auch ich bitte um Verzeihung. Für mich, ja, aber auch für alle anderen, die Sie zu sehr liebten, um an Ihrer Seite abzuwarten, wie Sie das Schicksal vollends ereilt.«

»Alle außer meinem Vater«, sagte Franz.

»Je weniger wir über Ihren Vater sprechen, desto besser.«

»Wussten Sie, dass dieses Ungeheuer in meiner Krankheit die Summe meines nutzlosen Lebens sah? Er wurde nicht müde zu betonen, dass ich mich nur deshalb mit Tuberkulose angesteckt hätte, weil ich schwach sei – moralisch, körperlich – und nach einer Ausrede suchen würde, um der Verantwortung des Lebens zu entkommen. Können Sie sich das vorstellen?«

Löwy nickte. »Da ich Ihren Vater ziemlich gut kenne«, sagte er, »kann ich es mir vorstellen.«

»Am meisten verwundert mich«, sagte Franz, »dass Dora nicht da war.«

»Vielleicht fand sie den Gedanken an Ihre Sterblichkeit unerträglich.«

»Machen Sie sich nicht lustig über unsere ... unsere ...«

»Ja?«

»Vergessen Sie es. Sie haben so eine Art, sich auszudrücken. Wegen Ihres Berufs sind so viele Worte in Ihren Mund gewandert, dass ich mich manchmal frage, welche tatsächlich von Ihnen sind und welche aus der dritten Szene des zweiten Akts von irgendeinem Stück stammen, das Sie gerade einstudieren.«

»Wenn sie gut klingen, kommen sie von mir. Wollen Sie mit dem Mädchen immer noch nach Palästina?«

»Ja. Warum fragen Sie das in diesem Tonfall?«

»Und ein ... was war es noch gleich? Ein vegetarisches Restaurant eröffnen?«

»Das war eine blendende Idee, Löwy. Ich verstehe nicht, warum ...«

»Und den Rest Ihres Lebens als Kellner fristen?«

»Ich lasse nicht zu, dass Sie sich über meine Lebenspläne lustig machen.«

»Viel Erfolg beim Versuch, im Heiligen Land vegetarisches Essen an den Mann zu bringen, nach dem wie Sie hier eben diese Schweinshaxe verputzt haben.«

»Ich kann mir meine plötzliche Rückverwandlung in einen Fleischfresser nicht erklären.«

»Und dazu noch ein ausgesprochen unkoscherer Fleischfresser.«

»Dora hat die Idee voll und ganz befürwortet, Löwy.«

»Haben Sie ihr eine Wahl gelassen?«

Franz sah ihn aus zusammengekniffenen Augen an. »Was wollen Sie damit sagen?«

»Nichts«, sagte der Schauspieler, als er das Eis am Rande des Dialogs spürte, und nutzte seinen Einsatz, um das Thema der abwesenden Buhle gänzlich fallen zu lassen.

Franz sah auf die Uhr. Es war schon fast halb sieben. Also musste er zu Frau Alts Pension zurückkehren, um sich mit Henker wegen des versprochenen Spaziergangs zum Theater zu treffen.

»Ja«, sagte Löwy. »Handeln. Das ist hier gefragt. Also, ich schlage Folgendes vor: Ich werde mir nicht nur die Vorstellung mit den Habichtsaugen eines böswilligen Kritikers anschauen, sondern werde mich auch bemühen, als Freiwilliger von diesem Henker aufgerufen zu werden.«

»Wie wollen Sie das machen?«, fragte Franz. »In dem Haus haben ungefähr dreihundert Leute Platz.«

»Ich weiß, wie man Aufmerksamkeit auf sich lenkt«, sagte Löwy, rückte seine Krawatte gerade und setzte sich den Hut salopp auf den Kopf. »Irgendwelche Makel an meiner Person, von denen ich wissen sollte, bevor wir in die Schlacht ziehen?«

»Überraschenderweise keine.«

»Ausgezeichnet. Dann hinfort mit dir zu jenem Hängekünstler, o Lazarus, und nutze die heimliche Zeit in seiner Nähe. Nach getanem Schauspiele treff ich dich wieder und berichte dir alles, was ich weiß, und ich werde, so meine Überzeugung, deine Sorgen zerstreuen, dass dieser Mann mehr als ein billiger Illusionszauberer ist.«

»Danke, Jizi«, sagte Franz.

Der Kellner brachte die Rechnung, zögerte, legte sie Löwy hin, verneigte sich und ging. Löwy sah erst die Rechnung an, dann Franz.

Franz griff nach seinem Portemonnaie.

KAPITEL 30

DER PLÖTZLICHE ENTREPRENEUR

»Und was hat Sie nach Wien geführt, Monsieur?«, fragte Henker. »Die Viennoiserie?«

Henker und Franz schlenderten über den Fleischmarkt auf dem Weg zum Theater und hatten bisher noch keine bedeutsamen Worte gewechselt, sondern lediglich Kommentare über die Abendkühle und die Aussichten auf etwas Regen in den nächsten Tagen.

»Natürlich die Musik«, sagte Franz. »Die Heimat von Mozart, Beethoven, Brahms, Strauss …«

»Es sollte ein kleiner Scherz sein«, sagte Henker. »Allerdings ist die Feinbäckerei hier tatsächlich außerordentlich.«

»Keine Frage.«

»Aber nichts im Vergleich zu französischen Backwaren. Oder etwa nicht?«

»Doch, doch, und bitte verzeihen Sie mir meinen Nationalstolz.«

»Verziehen.«

»Das ist das fünfte Mal.«

»Monsieur?«

»Ich habe lediglich festgestellt, dass nun schon zum fünften Mal Leute die Straßenseite wechseln, wenn sie uns entgegenkommen.«

Henker lachte. »Sie sind paranoid, Monsieur.«

»Vielleicht.«

»Sie wechseln die Straßenseite vermutlich aus allen möglichen Gründen. Vielleicht, weil sich ihr Ziel auf der anderen Straßenseite befindet.«

»Vielleicht.«

Sie gingen weiter, Henker zeigte sich fasziniert vom Abendwind, der in den Blättern der jungen Bäume am Straßenrand raschelte, während Franz ratlos war, wie er das Gespräch von den Oberflächlichkeiten weglenken sollte.

»Ist heute Abend denn Ihre letzte Vorstellung, Herr Henker?«, fragte Franz.

»Oh nein«, sagte Henker. »Ich werde noch eine ganze Weile auftreten, hoffe ich.«

»Ich meinte, in der Traumhalle.«

»Ach. Nein, heute ist dort meine vorletzte Vorstellung. Ich habe das große Glück, am Sonntag in die Feier umziehen zu können.«

»Ist es denn so prachtvoll, dieses neue Theater?«

»Verschwenderisch, Monsieur. Dreimal so viele Plätze wie in der Traumhalle. Und auch ein gehobeneres Publikum.« Er warf Franz einen Blick zu. »Nicht dass ich ein Klassenbewusstsein hätte, verstehen Sie mich richtig«, sagte er. »Ich äußere lediglich eine Tatsache. In der Feier sind die Plätze teurer, und man bekommt mehr.«

»Die Zuschauer?«

»Die Künstler.«

»Ach.«

»Das soll nicht heißen, dass nicht auch das Publikum in höherem Maße vom Kunstgenuss profitiert.«

»Natürlich. Dann sollte ich vielleicht vorab schon eine

Karte kaufen, um Ihre Premiere am Sonntagabend dort mitfeiern zu können.«

»Am Montagabend, Monsieur.«

»Aber Sie sagten doch ...«

»Meine Requisiten werden am Sonntag eingerichtet, an diesem Tag trete ich nie auf.«

Franz nickte, als befinde er sich in Gegenwart eines großen religiösen Weisen. »Wahrhaft bewundernswert, Herr Henker«, sagte er. »In unserem Beruf halten so viele den Sabbat nicht ein.«

»Es freut mich zu sehen, dass Sie ähnlich denken.«

»Durchaus.«

»Vielleicht werden wir ja auch Sie einmal auf der Bühne der Feier erleben können, na?«, fragte Henker.

»So hoch versteigt sich meine Hoffnung nicht.«

»Haben Sie derzeit denn ein Engagement?«

»O weh, momentan bin ich ›at liberty‹, wie die Amerikaner sagen.«

»Ich habe seit Jahren keinen Glasharfenspieler mehr erlebt«, sagte Henker. »Ich dachte, diese Kunst wäre ausgestorben.«

»Es gibt noch ein, zwei von uns.«

»Wie schön. Möchten Sie, dass ich bei der Traumhalle mal ein gutes Wort für Sie einlege? Wenn ich dort weggehe, müssen die ja wieder ihr Programm auffüllen. Wäre Ihnen das recht?«

»Sie beschämen mich mit Ihrer Hilfsbereitschaft«, sagte Franz. »Vielleicht hätte ich nicht so dreist sein sollen, meine Suche nach Ruhm in Wien zu beginnen. Eventuell wäre es besser gewesen, erst einmal in der Provinz zu starten.«

»Mir erschiene es töricht, nun einen Rückzieher zu machen, wo Sie schon einmal hier sind.«

»Es wäre gar kein so großer Rückzieher. Wie ich höre, gibt es im Umkreis der Stadt ein paar Häuser, die vielleicht etwas empfänglicher sind für einen armen Franzosen, der auf einem Regal voll Weingläsern Musik machen möchte.«

»Vielleicht empfänglicher, schon möglich, aber mit Sicherheit weniger lohnend.«

»Schwechat zum Beispiel.«

Henker sah ihn an. »Seltsam, dass ein Ausländer schon einmal von Schwechat gehört haben sollte.«

»Nur den Namen. Vielleicht habe ich mich verhört.«

»Oh, in Schwechat gibt es ein nettes, kleines Theater, schon wahr. Ich kenne es gut. Wenn Sie wirklich lieber klein anfangen wollen, Maestro, dann kann ich auch dort ein gutes Wort für Sie einlegen.«

»Das würde mich beschämen.«

»Unsinn«, sagte Henker. »Wir Künstler helfen einander.«

»Aber Sie haben meine Nummer doch noch gar nicht gesehen, Herr Henker.«

»Ich kann mir nicht vorstellen, dass sie anders als entzückend sein soll.«

»Sie sind zu freundlich.«

»Wohingegen«, sagte Henker, »Sie meine gesehen haben.«

»Ihre was?«

»Meine Nummer.«

»Ja, das habe ich.«

»Ist ihre Wirkung auf Sie immer noch so stark, wie Sie es mir heute Nachmittag gestanden haben?«

»Das ist sie.«

»Ich muss sagen, es ist das erste Mal, dass das jemand zugibt.«

»Es fällt mir schwer, das zu glauben.«

»Aber es stimmt.«

Franz spürte, dass Henker ihn genau beobachtete, auch wenn er so tat, als gälte seine Aufmerksamkeit ganz dem Weg vor ihnen.

»Wäre es linkisch von mir, wenn ich fragen würde, welcher Art der starke Eindruck war, den Sie gehabt haben?«, fragte Henker so beiläufig, als wolle er von Franz wissen, was er an Café au Lait mochte.

»Das wäre überhaupt nicht linkisch«, sagte Franz und wählte seine Worte mit Bedacht. »Nicht unter Künstlern. Ich denke, es sind mehrere Dinge an Ihrer durch und durch eindrucksvollen Vorstellung, die mich faszinieren und die mir viel zu denken aufgeben.«

»Zum Beispiel?«

»Wie viel davon Sie tatsächlich glauben.«

Henker blieb stehen und wandte sich zu Franz um. Er lächelte nicht mehr.

»Mein lieber Choucas«, sagte er. »Alles.«

»Dann glauben Sie also, dass die einzige Form von Gerechtigkeit, nach der man sich selbst richten kann, diejenige von ... innen ist?«

»*Wahre* Gerechtigkeit.«

»Ungeachtet der Gesetze?«

»Das Gesetz ist nur Gesetz, Monsieur. Es heißt Gesetz, weil es auf Gesetzen beruht, von denen sich seine Definition von Gerechtigkeit herleitet.«

»Und deshalb ist es voreingenommen.«

»Genau.«

»Aber sind wir als menschliche Wesen denn nicht auch voreingenommen?«

»Sind wir das?«

»Natürlich. Wir geben immer uns selbst den Vorzug.«

»Tun wir das?«

Franz wollte nicht länger vor einer Konditorei herumstehen. Nicht weil er etwas gegen Süßigkeiten hatte, sondern weil ihr ernstes Gespräch nicht zu der freitagabendlichen Parade Wiener Passanten passte, die ihren Feierabend genossen.

»Sie beantworten meine Fragen gerne mit Gegenfragen«, sagte Franz. »Sie zwingen mich, Ihre Fragen mit meinen eigenen Fragen zu beantworten. Ich habe festgestellt, dass wir Menschen für uns selbst voreingenommen sind, und Sie haben gefragt, ob das stimme. Ich frage Sie: Sind wir das etwa nicht?«

Henker reckte das Kinn, als wolle er auf seinen Gesprächspartner hinabsehen, stellte jedoch fest, dass er exakt gleich groß war wie Franz. Also sah er ihm geradewegs in die Augen. »Nicht, wenn wir ehrlich zu uns sind.«

»Dann gehe ich davon aus, dass Sie nicht für sich selbst voreingenommen sind«, sagte Franz.

»Ich betrachte mich ganz ehrlich. Ich kenne meine Defizite, meine Fehler, die Geschichte meiner Sünden ...«

»Ah, Ihre Sünden. Von denen Sie glauben, dass es in Wahrheit gar keine Sünden sind, sondern Dämonen.«

Henker zuckte mit den Schultern und setzte den Weg etwas schnelleren Schrittes fort. Franz eilte ihm nach.

»Ihr Franzosen seid so Philosophen!«, lachte Henker.

»Die Vorstellung von Dämonen macht mir Angst«, sagte Franz.

»Aber wie Sie sich bestimmt erinnern, sagte ich, die Sünden des Lebens sind sowohl Sünden als auch Dämonen.«

»Das verstehe ich, aber was mich ganz besonders bestürzte, war Ihre Äußerung, Dämonen würden tatsächlich existieren.«

»Das tun sie auch.«

Franz versuchte, ihn einzuholen. »Metaphorisch«, sagte er.

Als Henker stehen blieb, lief Franz in ihn hinein.

»Nein«, sagte Henker, und seine Leutseligkeit war grauer Nüchternheit gewichen. »Sie existieren wirklich.«

Zwei junge Frauen, die über etwas lachten, sahen auf, und

ihr Blick fiel auf Henker und Franz. Plötzlich änderte sich ihr Gesichtsausdruck, die eine packte die andere am Ellbogen und führte sie über die Straße, während die andere sich bekreuzigte.

Henker sah ihnen nach.

»Anscheinend hatten Sie recht, Monsieur«, sagte er. »Die Leute weichen uns tatsächlich aus, aber nicht wegen Ihnen. Man kennt mich wohl inzwischen.«

»Vor was haben sie Angst?«, fragte Franz.

»Vor allem, wenn Sie die ehrliche Wahrheit hören wollen«, sagte Henker und ging weiter, diesmal etwas langsamer, sodass Franz ihm gut folgen konnte. »Diese Leute sind ganz einfach gestrickt, abergläubisch. Nur weil sie in einer großen Stadt wie dieser leben, heißt das nicht, dass sie gescheiter als gewöhnliche Bauerntölpel sind.«

»Das verstehe ich nicht.«

»Sie glauben, ich wäre der Teufel.«

Jetzt musste Franz lachen. »Heute noch, im zwanzigsten Jahrhundert? Und wurde der Teufel denn nicht ausgetrieben auf den blutigen Schlachtfeldern des ...«

»Lassen Sie uns nicht über den Krieg reden, bitte«, sagte Henker.

»Wie Sie möchten.«

»Und wer kann schon sagen, dass ich kein Teufel bin? Sollen sie ruhig auf die andere Straßenseite gehen. Das macht keinen Unterschied.« Eine nahe Glocke schlug zur halben Stunde. »Wir sind gleich da«, sagte er. »Ich mag es, vor dem Auftritt ruhig und gesammelt in meiner Garderobe zu sitzen, auch wenn mein Auftritt erst viel später ist.«

Er packte Franz am Arm und riss ihn nach hinten, stieß ihn beinahe um.

»Vorsicht, Monsieur!«, rief er, während eine Straßenbahn wild klingelnd an ihnen vorbeirumpelte.

Franz hatte nicht darauf geachtet, wo er hintrat. Er bedankte sich bei dem Hängekünstler.

»Von der Straßenbahn überfahren zu werden ist eine peinliche Art, aus dem Leben zu scheiden«, sagte Henker. »Schmutzig, öffentlich, vollkommen unpersönlich und gänzlich vermeidbar. Sie haben einen würdigen Tod verdient, mein Freund. Da sind wir.«

Als sie auf die Traumhalle zutraten, sahen sie einen kleinen Kerl in einem langen gelben Mantel, der ein provisorisches Holztablett um den Hals hängen hatte. Sein unterernährtes Gesicht hatte seit Tagen kein Rasiermesser mehr gesehen, und seine Melone war mindestens eine Nummer zu klein und seit zehn Jahren aus der Mode.

»Schutz!«, bellte er in die Menge, die vor dem Theater wartete. »Der neueste Schutz gegen das Böse, das umgeht! Aus eigener Herstellung, deshalb garantiere ich seine Echtheit und Wirksamkeit! Ich trage selber einen. Und wie Sie sehen können, bin ich noch am Leben!«

Er entdeckte Franz und Henker und kam zu ihnen herüber.

»Sowohl für Herren als auch für die Damen, die ... äh, Herren«, sagte er und stieß den Bauchladen in ihre Richtung. »Nur fünf Kronen. Ein Schnäppchen.«

Der Bauchladen war voller verbogener Blechschnipsel unterschiedlicher Größe.

»Was ist das?«, fragte Henker.

»Ein Anti-Hängomat, der Herr«, sagte der Mann mit einem leicht verschwörerischen Tonfall. »Die Menschen sterben wie die Fliegen, keiner von ihnen sieht es kommen. Es ist der Strick, Herr, der Strick, der jeden ereilt in der Nacht, der Teufelsstrick, der sein Werk vollbringt und dann verschwindet. Die einzige Möglichkeit, ihn zu bekämpfen, ist, stets einen von denen da um den Hals zu tragen.«

Er nahm einen der Blechkragen aus dem Bauchladen und reichte ihn Franz.

»Der würde Ihnen gut stehen, der Herr«, sagte der Kerl. »Habe ihn selbst gemacht. Hab jeden Einzelnen von Hand hergestellt. Daran erkennt man Qualität. Probieren Sie ihn an, der Herr. Nein, andersrum, der Herr. Das offene Ende hinten im Nacken, damit die Kehle hundertprozentig geschützt ist. Wie bei einem Priester, der Herr.«

»Kommen Sie schon, Monsieur, probieren Sie ihn an«, sagte Henker und musste sich das Lachen verkneifen.

»Für Sie habe ich auch einen, der Herr«, sagte der Mann und kramte in seinem Bauchladen. »Eine Nummer größer bei Ihrer Statur, der Herr.« Auch für Henker zog er einen hervor. »Nur fünf Kronen. Sie kosten alle gleich, egal welche Größe.«

»Haben Sie schon viele verkauft?«, fragte Henker.

»Sie sind sehr beliebt, der Herr«, sagte der Mann. »Und Sie können sehen, warum. Diese ganzen Morde, Leute werden wie Rinderhälften aufgehängt, da wird es einem himmelangst.« Er nickte in Richtung Traumhalle. »Das ist dieser Hängekünstler, der Herr. Der hat etwas aufgeweckt, ja, ja, etwas Furchtbares hat er aufgeweckt. Hören Sie, ich sage Ihnen mal was – wenn Sie gleich beide kaufen, dann mache ich Ihnen neun Kronen als Einführungsrabatt.«

»Haben Sie diesen Hängekünstler schon einmal gesehen?«, fragte Henker.

»Bewahre, nein«, sagte der Mann. »Diese Bühnenmenschen halte ich nicht aus.«

Henker zahlte dem Kerl zehn Kronen, denn er bestand auf den vollen Preis.

»Danke, der Herr«, sagte der Mann gut gelaunt und womöglich auch erstaunt über den Verkauf. »Und möge Gott auf Sie aufpassen ... nicht dass Sie seine Hilfe brauchen würden, solange Sie einen von denen um den Hals tragen!«

»Ein Rat«, sagte Henker. »Von Ihrem Produkt können Sie noch weit mehr absetzen, aber erst *nach* der Vorstellung, deshalb rennen Sie nicht gleich ins Wirtshaus, wenn die Vorstellung beginnt. Bleiben Sie hier.«

Der Mann lächelte und steckte das Geld ein. »Filler Dank, der Herr«, sagte er und tippte sich an den Hut. »Ich meine: ›vielen Dank‹, der Herr!« Klimpernd tänzelte er zur Warteschlange zurück, und das Geld in seiner Tasche verlieh der Anpreisung seiner Waren neuen Schwung.

»*Manus manum lavat*«, sagte Henker. »Ein Motto, an das man sich halten kann. Kommen Sie, Monsieur. Ich veranlasse, dass man Ihnen das Theater zeigt, während ich mich auf meinen Auftritt vorbereite.«

Franz stellte fest, dass der Blechkragen zu groß für seine Jackentasche war, und er kam sich töricht vor, weil er ihn überhaupt angenommen hatte.

Doch selbst wenn er ihn nicht angenommen hätte, wäre er sich töricht vorgekommen.

KAPITEL 31
HINTER DEN KULISSEN

In der Pause war Franz bereits nicht weniger als vierzehn Mal zur Seite geschoben worden.

Henker hatte sich von ihm verabschiedet, nachdem er ihn dem mürrischen Inspizienten vorgestellt hatte, einem humorlosen Mann mit einem Schnauzbart und einer Walrossstatur. »Wie Sie wünschen, Herr Henker«, hatte der Mann – Herr Schmeide – gesagt, ehe er eine Salve von Kraftwörtern auf drei jüngere, schlankere Männer abgeschossen hatte, die mit einer Seilspule herumhantierten.

»Ich gehe jetzt«, hatte Henker gesagt, »um mich auf mein Handwerk zu konzentrieren. Ich weiß, dass das furchtbar prätentiös klingt, Monsieur, aber es ist so. Ich nutze aus, dass ich so früh hier bin, um einen klaren Kopf zu bekommen und den Lärm der Welt daraus zu verbannen.«

»Wie können Sie sich gleichzeitig konzentrieren und den Kopf klarbekommen?«,, hatte Franz gefragt und es sogleich bereut.

»Ich konzentriere mich darauf, den Kopf klarzubekommen«, war die Antwort gewesen. »Wenn Sie mich jetzt entschuldigen würden, dann überlasse ich Sie sich selbst. Darf ich mich erdreisten, Sie um Ihre Gesellschaft auf dem Rückweg in die Pension zu bitten? Dann tragen wir unsere Blechkragen.« Er hatte gelacht.

Franz hatte sich einverstanden erklärt, und Henker hieß ihn, sich fünfzehn Minuten nach dem letzten Vorhang mit ihm am Bühneneingang zu treffen.

Als er zum vierzehnten Mal zur Seite geschoben wurde, lernte er Julia Dierkop kennen.

»Sie sollten nicht hier rumstehen«, sagte sie, während ihre drei Basen von der Bühne abgingen in die schwach beleuchtete Hinterbühne, von wo sie scheppernd die Wendeltreppe nach oben nahmen. »Oh«, sagte sie. »Sie sind doch der neue Gast, der Franzose, von dem Frau Alt uns erzählt hat.«

Die Kulissen wurden in den Schnürboden hochgezogen, und neue wurden herabgelassen. Das Orchester der Traumhalle spielte eine Zwischenmusik.

»Treten Sie hier etwa auf?«, fuhr Julia fort.

»Sind wir uns schon einmal begegnet?«, fragte Franz.

»Nicht richtig«, sagte Julia und stellte sich vor. Franz stellte sich als Choucas vor und hoffte, die Sängerin würde nicht anfangen, Französisch mit ihm zu reden.

»Sind Sie ein Freund von Herrn Henker?«, fragte sie.

»Ein kürzlicher Bekannter«, sagte Franz.

»Sie waren auf seinem Zimmer«, sagte sie.

»Ich habe heute Nachmittag einen Besuch abgestattet, jawohl.«

Sie schätzte ihn offensichtlich ab. »Sie Glücklicher«, sagte sie.

»*Comment?*«, fragte Franz in der Hoffnung, dass es richtig war.

»Ich meine, so schnell einen derart einflussreichen Freund zu gewinnen.«

»Er und seine Schwester haben sich mir gegenüber als außerordentlich großzügig erwiesen.«

»Sie haben seine Schwester kennengelernt?«

»Ja, habe ich. Eine äußerst sympathische Person.«

»Was Sie nicht sagen. Dann existiert sie also wirklich.«

»Herrschten darüber denn Zweifel?«

»*Julia!*«, kam von oben ein strenger Ruf. Sie sahen beide hinauf. Eine der Schwestern stand am oberen Ende der Treppe.

»Gleich«, sagte Julia, worauf die Frau weiterging. »Eine meiner Basen«, sagte sie.

»Die Sopranistin, was?«, sagte Franz.

»Theoretisch.«

»Ich möchte Sie von nichts abhalten.«

»Das tun Sie nicht. Die wollen gehen.«

»So schnell nach dem Auftritt?«

»Sie haben Angst vor diesem Haus.«

Zwei Männer trugen eine Kulissenwand – mit einem sehr künstlerisch aufgefassten Abbild einer Scheune darauf – an ihnen vorbei und schimpften, während Julia und Franz ihnen auswichen.

»Wir stehen im Weg«, sagte Julia und führte Franz zum Bühneneingang. »Lassen Sie uns kurz frische Luft schnappen, Monsieur?«

Franz folgte ihr hinaus, da er ohnehin nichts Besseres zu tun hatte, als zu warten und herumgeschubst zu werden. Draußen in der engen Seitenstraße, die zwischen der Traumhalle und dem Café nebenan verlief, fiel Franz auf, dass es auf Wiens Straßen abends genauso dunkel war wie auf der Hinterbühne.

»Ich hasse diesen Ort«, sagte Julia.

»Wien?«, fragte Franz.

»Wien geht schon, denke ich. Ich meine das Theater.«

»Das Theater als Institution oder speziell dieses Theater?«

»Ich vermute mal beides. Aber im Moment spreche ich von diesem Haus.«

»Ach. Und woher der Hass, Madame?«

»Mademoiselle.«

»*Pardonnez-moi*«, sagte er, womit er seine Französischkenntnisse vollends aufgebraucht hatte.

»Es ist schrecklich«, sagte Julia, und Franz fragte sich, ob sie wegen der kalten Nachtluft schauderte oder wegen ihrer Stimmung. »Nicht dass es schmutzig wäre oder eng oder alt ... Fast jedes Theater, in dem wir aufgetreten sind, war so, und man gewöhnt sich daran, erwartet es sogar ein wenig. Nein, es sind die aggressiven Schatten, Monsieur.«

»Das verstehe ich nicht.«

»Sie sind zum Leben erwacht, seit einem Monat. Das klingt verrückt, nicht wahr?«

»Wie sind sie denn erwacht?«

»Etwas – oder mehrere Etwasse beobachten uns. Aus jeder dunklen Ecke, von oben, von unten. Sie starren uns aus dem Orchestergraben an, lauern uns oben zwischen den Gegengewichten auf.«

»Was für Etwasse, Mademoiselle?«

»Ich weiß es nicht. Ich habe nichts gesehen, aber natürlich ist man gar nicht in der Lage, sie zu sehen, man spürt sie nur. Am stärksten wird das Gefühl bei der letzten Nummer. Deshalb gehen wir in der Pause.«

»Die letzte Nummer. Ja. Monsieur Henker.«

»Ja.«

»Und Sie meinen, er sei irgendwie dafür verantwortlich, für diese ... Wie haben Sie sie genannt? Aggressive Schatten?«

»Verantwortlich?«

»Sie scheinen anzudeuten, Monsieur Henker sei der Grund für das Böse, das Sie empfinden.«

Julia umklammerte seinen Arm. »Meine Güte, ganz und gar nicht«, sagte sie. »Herr Henker ist ein freundlicher und guter Mensch. Ein echter Künstler.«

Franz betrachtete die weiße Hand auf seinem Arm. Sie ließ ihn los.

»Verzeihen Sie«, sagte sie. »Es tut mir leid. Meine ... Sorge um Henker hat mich die Beherrschung verlieren lassen.«

»Ihre Sorge?«

»Wenn ich es mir nicht einbilde – und ich glaube nicht, dass ich das tue, denn gehen *alle*, bevor er auftritt: meine Kusinen, die anderen Künstler, selbst die Bühnenarbeiter und der Inspizient –, dann hat es das Böse hier auf ihn abgesehen.«

Franz wusste nicht zu sagen, ob die Frau verrückt, verknallt, einfältig oder eine Kombination aus allen dreien war. Er überlegte, wie er sie zum Weiterreden bringen konnte, fürchtete aber, dass sie dann vielleicht gänzlich dazu übergehen würde, unverständliches Zeugs zu reden.

»Das Böse«, wiederholte er langsam. »Ja, ich verstehe. Wenn das so ist, Mademoiselle, warum warten Sie dann?«

»Ich kann ihr endgültiges Ziel nicht ergründen«, sagte sie. »Je mehr ich darüber rede, desto verrückter klinge ich. Hören Sie mir nur mal zu, ich rede von Manifestationen des Bösen, als ob man ihnen menschliche Eigenschaften zuschreiben könnte. Oder überhaupt irgendwelche begreifbaren Eigenschaften.«

Franz kam ein Gedanke, und er fragte: »Sie sagen, dass alle gehen, sobald Monsieur Henker die Bühne betritt?«

»Ja?«

»Wer kurbelt dann den Vorhang hoch?«

»Der letzte verbleibende Bühnenarbeiter.«

»Und dann geht auch er?«

»Ja. Er heißt Jan. Ein junger Mann, eigentlich noch ein Junge, um genau zu sein.«

»Aber, Mademoiselle … wenn niemand mehr hinter den Kulissen ist, wenn der Hängekünstler auftritt, wer lässt den Vorhang dann wieder runter?«

Der Bühneneingang ging mit einer solchen Wucht auf, dass Franz beinahe über das Geländer geworfen wurde. Er ließ den Blechkragen fallen. Die drei Dierkop-Schwestern beachteten ihn kaum.

»Komm, Julia«, sagte eine von ihnen und reichte ihr einen Hut und eine Handtasche. »Du hast deinen Mantel vergessen.«

»So kalt ist es heute Abend gar nicht«, erwiderte Julia.

»Oder etwas für deinen Hals«, sagte eine andere. Die Seidenschals, die die Schwestern trugen, waren die hässlichsten, die Franz je gesehen hatte. »Wenn du dich erkältest, sind wir wieder arbeitslos.«

Franz hob seinen Blechkragen auf und bot ihn Julia an.

»Was ist das, Monsieur?«, fragte sie.

»Schutz«, sagte er.

»Vor was?«

»Vor dem Übel.«

Sie nahm den Kragen und ging mit den Schwestern mit.

»Aber wer bedient dann den Vorhang, die Lichter?«

Jan wandte den Blick nicht von den Fliegenden Orkanen auf der Bühne ab, die Hände krampfhaft um die Seile gespannt.

»Ich glaube, die sind heute alle besoffen«, sagte er. »Hoffentlich fallen sie in den beschissenen Orchestergraben.«

»Für Henker«, sagte Franz, der versuchte, die Aufmerksamkeit des Jungen zu erlangen. »Irgendjemand muss doch hierbleiben.«

»Wir warten alle draußen«, sagte Jan und begann wie ein Wilder, am Seil zu ziehen, während das Publikum über das wackelige Tableau der Akrobaten lachte. Am Seil, das Jan hinaufzog, hob sich eine italienische Hintergrundlandschaft in den Schnürboden.

»Dann verlasst ihr das Theater gar nicht«, sagte Franz, der sich anstrengen musste, um im Lärm der Blechbläser aus dem Orchester noch gehört zu werden. Die besoffenen Brüder torkelten immer noch über die Bühne.

»Man würde uns feuern«, sagte Jan, spuckte in die Hände und griff zu einem anderen Seil, um eine weitere Kulisse herabzulassen, die wohl das Kolosseum darstellen sollte, wenn der Maler auch nur einen Funken Talent besessen hätte.

Wieder Gelächter aus dem Publikum. »Einer ist in den anderen gelaufen«, sagte Jan voller Genugtuung. Das Gelächter verwandelte sich in Jubel. »Mein Gott, ich hoffe, dass heute niemand faules Gemüse dabeihat, wer glauben die denn putzt das nachher alles wieder weg?«

Die Kulisse dotzte laut auf der Bühne auf, und Jan wischte sich die Stirn. »Sie stellen verdammt viele Fragen«, sagte er zu Franz. »Wer sind Sie überhaupt?«

»Ich komme von Herrn Spindler«, sagte Franz und bemühte sich um seinen autoritärsten Tonfall. »Wir wollen sicherstellen, dass für Herrn Henkers Umzug in die Feier alles vorbereitet ist.«

»Tja, mehr kann ich nicht sagen. Wenn diese Nummer zu Ende ist – was hoffentlich bald der Fall ist –, lassen Max und ich den Vorhang runter und gehen. Wir gehen in die Empfangshalle und warten dort, bis die ersten Zuschauer herauskommen. Dann geht's wieder rein, um die Bühne aufzuräumen.«

»Wenn keiner der Angestellten der Traumhalle Henkers Nummer betreut, wer macht es dann?«

»Er hat seine eigenen Leute.«

»Aha! Haben Sie sie gesehen?«

»Nein.«

»Woher wissen Sie dann, dass er seine eigenen Leute hat?«

»Der Vorhang geht ja hoch, oder nicht? Und dann geht er wieder runter.«

»Ja, aber ...«

»Das macht er ja nicht von alleine, das kann ich Ihnen versichern.«

Schmeide schlenderte herüber, mit zuckendem Schnauzbart.

»Mach die Nummer vier bereit«, sagte er zu Jan, »und beeile dich, diese Idioten sind heute nicht in der Lage, das Pyramideninferno zu machen. Und falls sie es doch versuchen, dann musst du dich mit Max und den anderen Technikern mit den Sandsäcken bereithalten.«

Jan nickte, berührte mit Blick auf Franz zum Abschied seine Mütze und verschwand in den Schatten.

»Von Spindler, was?«, sagte Schmeide zu Franz, wobei er das Gerangel auf der Bühne im Auge behielt. »Ich dachte, Sie wären ein Darsteller oder so etwas.«

»Ich wollte mich nur vergewissern, dass wir die ausreichende Anzahl an ...«

»Henker nimmt seine Leute nicht mit zur Feier?«

»Ach, ja, ›seine Leute‹. Aber wer sind sie, und wann tauchen sie hier auf?« Franz spähte in die Schatten der Gassen. »Sind sie etwa schon hier?«

»Nur wir vom Theater sind hier. Hören Sie, der Hänger hat so seine Geheimnisse, er will nicht, dass irgendwer mitkriegt, wie er das macht, was er da macht. Ich habe viele Zauberkünstler kennengelernt, und ich weiß, wie sie ticken. Denen muss man ihre Geheimnisse lassen, ist meine Meinung.«

»Aber seine sogenannten Leute ...«

»Wir haben eine Abmachung getroffen, als er hier anfing«, sagte Schmeide, »dass wir uns verdrücken sollten, wenn seine

Nummer anfängt, dass sich seine eigenen Leute während seiner Vorstellung um die Technik kümmern, und danach kommen wir wieder rein.«

»Damit waren Sie einverstanden?«

»Wir haben einen kleinen Bonus dafür bekommen«, sagte Schmeide und rieb sich die Hände. »Das solltet ihr drüben in der Feier wissen. Wie geht es dem alten Spindler eigentlich? Ich erinnere mich noch an ihn aus der Zeit, als er Souffleur war, drüben im alten ...«

Es brach ein Tumult aus, als einer der Fliegenden Orkane im falschen Winkel gegen zwei andere krachte und alle drei in die Kulissen stürzten und ein Loch in die Leinwand rissen. Brüllendes Gelächter. Wäre Schmeide in der Lage gewesen, durch die Ohren Rauch auszustoßen, dann hätte er es jetzt getan. Er wandte sich von dem Chaos ab.

»Das wird sie teuer zu stehen kommen«, stieß er mit zusammengebissenen Zähnen hervor. »Schauen Sie«, sagte er zu Franz, »wenn es Sie so sehr interessiert, wie viele Leute der Hänger für sich arbeiten lässt, dann bleiben Sie hier. Habe schließlich nichts unterschrieben, dass *Sie* nicht auf der Hinterbühne sein dürfen, wenn er auftritt, oder?«

»Nein, das nicht, aber ...«

»Tja, da haben Sie's. Entschuldigen Sie mich.«

Die Fliegenden Orkane versuchten sich trotz allem am Pyramideninferno. Schmeide ließ die Bühnenarbeiter so viele Sandsäcke wie möglich herbeischaffen und hieß sie, sich bereitzuhalten.

Franz wandte sich um und rannte die Wendeltreppe zu den Garderoben hinauf. Sie waren alle leer, auch diejenige des Hängekünstlers.

Das Lachen des Publikums war nun besorgten Ausrufen gewichen, denn vor der Kulisse blitzte ein orangefarbenes Licht auf. Franz warf noch einen raschen Blick hinunter und ging dann in Henkers Garderobe. Darin war nichts, nicht einmal eine Spur von ihm selbst. Das Zimmer war so kahl wie ein unbenutzter Schrank. War Henker bereits zur Bühne hinuntergegangen?

Ein Trommelwirbel schwoll drängend an und dann wieder ab, während die Akrobaten ihre Narreteien weitertrieben.

Franz lief zur Treppe, blieb mit dem Fuß an etwas hängen und fiel halb die Treppe hinab, schlug sich dabei den Kopf an der stählernen Achse. Er hielt sich den schmerzenden Schädel, schaute sich um und stellte fest, dass sein Fuß an einem gewundenen Metallstück hängen geblieben war.

An einem Blechkragen. Während seines Sturzes hatte er sich um seinen Knöchel gewickelt, und er hing im Gitterwerk am oberen Ende der Treppe fest. Nahezu kopfüber und auf dem Rücken, hielt er sich am Geländer und zog sich in eine Art Sitzhaltung hinauf. Dann stand er vor dem Problem, wie er sich vom Gitterwerk entwirren sollte, solange seine beiden Hände woanders gebraucht wurden.

Den ersten Hilferuf stieß er genau in dem Moment aus, als das Orchester seinen letzten, ohrenbetäubenden Akkord plärrte und die Fliegenden Orkane auf die Hinterbühne taumelten und sich gegenseitig beschimpften.

Franz spürte mehr, als dass er es sah, dass der Vorhang fiel. Er rief den Akrobaten zu, die sich zum Bühneneingang aufmachten, betrunken zeterten und deshalb ihre Umwelt nicht mehr wahrnahmen. Er zog sich noch einmal hoch und sah Jan von seinen Seilen zum Bühneneingang laufen. Hinter ihm fiel die Tür knallend zu.

Dann legte sich völlige Dunkelheit auf den Bühnenbereich.

Er lauschte, wie er noch nie gelauscht hatte, und aus allen Ecken hörte er im Stockdunkeln Bewegungen. Franz hatte keine Ahnung, ob sie echt waren oder ob er sie Julia Dierkops furchtsamen Äußerungen zu verdanken hatte. Ihm brach der Schweiß aus, und er tastete nach dem Geländer.

Unter sich hörte er aus dem Grammophon *Gigolette*.

Die Stimme des Hängekünstlers drang nur abgebrochen und unregelmäßig an sein Ohr.

»... habe vor, mich zu erhängen ...«

Franz gelang es, den Ellbogen um einen Geländerpfosten zu schlingen. Mit der freien Hand streckte er sich zu seinem Fußgelenk. Und spürte, dass sich von oben etwas auf ihn zubewegte.

Bitte lass es Gregor sein.

»... die Sünden, die in meinen Gedanken leben, in meinen Begierden, meinem Bedauern, meinen Schmerzen, meinen Kränkungen, meinem Neid ... Sind das Sünden, oder sind es Dämonen? ... Sie sind beides ...«

Etwas war über ihm und sah auf ihn herab. Er wusste es. Er erstarrte. Der Rücken tat ihm weh vor Anstrengung, wie er sich am Geländer festhielt und sich gleichzeitig nach dem Blechkragen streckte, der ihn an die Treppe fesselte. Was war da über ihm? Und weshalb hatte er das Gefühl – nein, die Gewissheit –, dass es ihn beobachtete?

Dann begriff er: würde es ihm tatsächlich gelingen, sein Bein zu befreien, könnte er ohne Weiteres fallen und sich das Genick brechen, wenn nicht die Wendeltreppe hinab, dann über die Seite hinunter auf den harten, staubigen Bühnenboden.

Was immer über ihm war, bewegte sich nun.

Und wieder das Grammophon: »Yes! We Have! No Bananas!«

Franz hörte das Ding, das sich dort bewegte, sich anfühlte, als wäre es eine flüssige Masse, die sich in der Tintenschwärze des oberen Stockwerks verbarg. Nicht unähnlich einem rasch gehenden Brotteig, der anschwillt, sich wälzt ...

Es würde über ihn hinwegwalzen, ihn erdrücken.

»... macht Ihnen der Anblick Angst? Bereitet er Ihnen Schrecken? Seien Sie ruhig. Seien Sie vernünftig. Freuen Sie sich! ... wer auf das Gute sein Bemühen richtet, dem wird Glück und Ansehen zuteil, und er muss sich nie und nimmer einer Schande schämen ...«

Franz schloss die Augen und sammelte alle Kräfte, um einen Schrei auszustoßen. Doch er konnte es nicht. Was immer da über ihm war, sich vernichtend ausbreitete, hatte ihn entdeckt. Er wusste es.

»... Sie, mein Herr ... der Herr gleich hier, direkt vor mir ... bitte ... oh! Wir scheinen heute Abend eine Berühmtheit in unseren Reihen zu haben ...«

Das Grammophon spielte *Tutanchamun.*

Franz klammerte sich an das Geländer, sein Bein wurde taub. Wenn er recht gehört hatte, dann hatte Jizchak sein Versprechen wahr gemacht und befand sich nun auf der Bühne mit Henker. Wenn Franz um Hilfe rief, würde er riskieren, dass die Vorstellung unterbrochen wurde. Dann wäre Jizchak nicht mehr in der Lage ...

Im Dunkeln lauerte eine neue Gefahr. Eines, zwei, viele erfüllten die Hinterbühne und die tiefe, schwere Finsternis. Dinge, die umherhasteten.

Mit Flügeln.

Unsichtbare Geschöpfe, verstohlen und leise bis auf das fast nicht wahrnehmbare Flattern ihrer Flügel, schwirrten und segelten um ihn herum. Fledermäuse?

Und was war mit dem schweren Ding über ihm?

Franz spürte es nicht mehr. Er machte einen letzten Versuch, sich zu befreien.

»... lassen Sie sich Zeit beim Inspizieren ...«

Franz hievte sich nach oben und schaffte es, sich eine Stufe höher zu setzen.

»... Sie können mich absuchen ...«

Franz kam an den Blechkragen an seinem Fußgelenk heran und versuchte, sich zu befreien.

Die Taubheit verwandelte sich in Schmerz.

»... das ist alles, und Danke ...«

Die unsichtbaren Flugtiere um ihn herum verschwanden, und während Franz sich an das offene Ende des Kragens herantastete, um es in Richtung des Geländerpfostens zu drehen, begegnete ihm ein neuer Schrecken: Schwärze, die ihn einschloss. Nicht nur aus sämtlichen Ecken, sondern von über ihm und unter ihm, von überallher. Allmählich und unerbittlich drängte sie auf ihn ein.

Sein Schuh. Wenn er doch nur den Schuh loswerden könnte, wäre er frei ...

»... der Galgen!«

Jetzt würde gleich Henkers Schlinge nach oben fliegen, immer weiter hinauf, und sich von alleine um den Galgen wickeln.

Franz riss an seinen Schnürsenkeln. Warum waren es so verdammt viele?

»... habe ich verdient, am Leben zu bleiben? Das überlasse ich Ihnen ...«

Franz spürte den Knoten, der seinen Schuh an Ort und Stelle hielt.

Das Theater drückte auf ihn herab, beobachtete ihn, während es sich unbarmherzig auf ihn zubewegte.

Das Grammophon kreischte.

Ev'rybody shimmies now.

Franz riss den Schnürsenkel auseinander.

Ev'rybody's learning how

Sein Fuß glitt aus dem Schuh.

Der Blechkragen gab nach, und sein Knöchel rutschte hindurch.

Franz fiel nach hinten.

'cause ev'rybody shimmies now!

Ein Stuhl wurde zur Seite getreten, fiel auf der Bühne um.

Ein lautes Knacken.

Dreihundert Menschen keuchten wie aus einer Kehle.

Franz griff nach dem Geländer, während seine Beine über seinen Kopf flogen.

Das Grammophon: *wusch wusch wusch,* die Nadel hing am toten Ende.

KAPITEL 32
EIN NACHTSTÜCK

Wir sehen zwei junge Männer, einer ohne Hut, der andere mit einem Strohhut, auf dem Weg zur Wohnung des einen, wie wir annehmen müssen.

»Du hast keinen Ton gesagt, seit wir aus dem Theater gekommen sind«, sagt der junge Mann mit dem Strohhut.

»Entschuldige«, sagt der ohne Hut.

»Es war nicht sonderlich nett, was?«

»Ich habe nicht erwartet, dass es *heiter* wird.«

»Die Akrobaten waren ungemein unterhaltsam.«

»Sie waren betrunken.«

»Wir sollten uns hier nicht herumdrücken.«

»Dann sage ich gute Nacht.«

»Lass uns doch noch ein Stück spazieren.«

»Aber nicht zu lange.«

»Nein, nur einmal ums Karree.«

»Dein Vater hat mich so argwöhnisch angeschaut, als wir aufgebrochen sind.«

»Er versteht nicht, weshalb ich die Tochter des Schuhmachers noch nicht gefragt habe, ob sie mich heiraten will.«

»Ich glaube, außer mir kann das auch keiner verstehen.«

»Ja, nun ... lass uns nicht darüber reden.«

Wir sehen die beiden jungen Männer vom Haus weggehen zur nächsten Straßenecke, wo sie rechts abbiegen.

»Ich weiß, dass es gruselig war«, sagt der junge Mann mit dem Strohhut. »Aber lass dir davon nicht die Stimmung verderben. Das war nur ein Trick.«

»Und das ganze Gerede über Dämonen?«, fragt der ohne Hut.

»Oh. Ich habe es gehört. Ich habe es gehört.«

»Er hat uns angeschaut.«

»Das bildest du dir ein.«

»Nein, er hat *uns* angeschaut, *mich.*«

»Das ist das letzte Mal, dass ich mich von dir habe ins Theater einladen lassen. Von nun an nur noch ins Lichtspielhaus.«

An der nächsten Ecke biegen sie wieder rechts ab.

»Es scheint mir eine Möglichkeit, sie ruhigzustellen«, sagt der ohne Hut.

»Die inneren Dämonen?«

»Depp. Meine Eltern.«

»Es gibt noch andere Möglichkeiten«, sagt der Mann mit dem Strohhut.

»Hast du jemals in Erwägung gezogen ...«

»Natürlich habe ich das. Aber dann habe ich dich kennengelernt.«

Ein Stück gehen sie schweigend, dann biegen sie an der nächsten Ecke rechts ab.

»Komm bloß nicht auf irgendwelche Ideen«, sagt der Mann mit dem Strohhut.

»Ich besitze keinen Strick«, sagt sein Gefährte.

Der junge Mann mit dem Strohhut lacht.

»Aber was, wenn wir uns täuschen?«, fragt der ohne Hut.

»Hat es sich für dich falsch angefühlt?«

»Ja.«

»Geh zum Teufel.«

»Und nein.«

»Beides geht nicht, das weißt du.«

»Doch, das geht.«

»Lass uns nicht darüber reden.«

»Mir fehlt eben deine Zuversicht.«

»Ich bin überhaupt nicht zuversichtlich.«

»Dann fehlt mir deine Gewissheit.«

»Gewissheit?«

»Was uns angeht.«

An der Ecke biegen sie rechts ab. Wir sehen sie wieder auf das Haus zugehen.

»Es ist hoffnungslos«, sagt der junge Mann ohne Hut.

»Komm hier rüber in den Schatten«, sagt der Mann mit dem Strohhut.

»Nein.«

»Was ist denn los mit dir?«

»Ich will es nicht aufs Spiel setzen. Nicht heute Abend.«

»Nur ein Kuss, du Depp.«

»Nein.«

Der junge Mann mit dem Strohhut geht die Stufen hinauf und schließt die Tür auf.

»Bis später«, sagt er. Als er das Haus betritt, nimmt er den Hut ab.

Der ohne Hut hört, wie das Schloss einrastet, sieht das Licht im Fenster über der Tür ausgehen.

Wir sehen ihn die Hände in die Taschen stecken und weggehen.

Er geht ebenfalls nach Hause und betritt das Gebäude.

Wir sehen ihn auf dem ersten Treppenabsatz innehalten, vor seiner Tür, hinter der seine Eltern im Salon dösen und auf seine Rückkehr warten.

Wir sehen ihn die Treppe in den zweiten Stock hinaufsteigen.

Wir sehen ihn die Treppe in den dritten Stock hinaufsteigen.

In den vierten Stock.

Den fünften Stock.

Er steigt auch noch die fünf schmalen Stufen zur Tür aufs Dach hinauf.

Er macht die Tür auf.

Vögel flattern vom Dach auf, als er darübergeht, seine Schritte beschleunigen sich.

Wir sehen ihn über den Rand treten.

Wir sehen ein erhitztes, glänzendes Zimmer voller erhitzter, glänzender Männer.

Wie sehen Bier, Billard und unbeholfen belegte Butterbrote mit viel Wurst.

Wie sehen Zigarren und den blauen Dunst des Zigarrenrauchs, der während der letzten zwei Stunden zusammengepafft worden ist.

Wir sehen einen gutaussehenden Herrn sich ein halbes Dutzend Mal übertrieben verneigen angesichts des ausgelassenen Jubels und donnernden Applauses seiner Gefährten.

»Das ist er, genau«, sagt einer.

»Sie könnten seine Zweitbesetzung sein«, sagt ein anderer.

Wir hören grausames Gelächter.

Der gutaussehende Herr spielt den Gekränkten. »Ich war noch nie die Zweitbesetzung von irgendjemand!«

Auf diese Bemerkung bricht wieder Gelächter aus.

»Und denkt dran, meine Freunde«, fährt er fort, »er könnte mit mir gerade genau dasselbe machen!«

»Der traut sich was, überhaupt hier aufzutauchen«, sagt einer.

»Dazu hat er alles Recht«, sagt der gutaussehende Herr.

»Das ist ein exklusiver Club«, sagt ein anderer und leert sein Bier mit einem Zug.

»Er ist Berufsgenosse«, sagt der gutaussehende Herr.

»Ob es euch gefällt oder nicht«, sagt ein anderer. Er lässt einen fahren, worauf schallendes Gelächter ertönt.

»Und mir gefällt es«, sagt der gutaussehende Herr.

»Sie verteidigen ihn ja richtiggehend«, sagt ein älterer Mann, der sich Luft zufächelt.

»Die Welt ist groß genug für alle«, sagt der gutaussehende Mann.

Darauf erwidert niemand etwas. Das Gespräch löst sich auf in Wetten, Trinken, Essen.

Der gutaussehende Herr betrachtet die Bande mit etwas, was Verwirrung sein könnte.

Wir sehen ihn den Raum verlassen und über den Gang gehen auf der Suche nach der Toilette.

Wir sehen ihn ein dunkleres, ruhigeres Zimmer betreten.

Er schmunzelt beim Anblick zweier älterer Herren, die mit ihren leeren Kognakgläsern auf den Ellbogen in ihren Sesseln schlafen.

Wir sehen ihn abrupt den Kopf wenden, als er, wie wir, etwas Seltsames hört.

Plötzlich wird er in die Luft gerissen.

Wir hören seinen Schrei.

Wir sehen einen der beiden älteren Herren blinzelnd erwachen.

Wir sehen eine Frau von fünfzig Jahren, die in ihre bescheidene Wohnung zurückkehrt.

Sie vergisst, die Tür abzuschließen, als sie den dunklen Flur betritt.

Wir sehen sie geistesabwesend nach dem Schalter tasten,

ehe sie ihn findet. Das Licht ist warm und einladend, abgeschirmt von einer Papierlaterne, die sie einmal als Gast einer Feier bekommen hat.

Wir sehen sie zur Nische mit dem Telefon gehen und den Hörer abnehmen.

Wir hören sie nach einer Nummer fragen und warten.

Wir hören ihre abgehackten Worte.

»Sohn?«, fragt sie. »Ja. Hier ist Mutter. Ich weiß. Sohn, ich ... wir ... bitte hör zu, was ich dir sagen muss ... bitte. Ich ... ich habe gerade gesehen ... Bitte lass mich ausreden – nein, nicht auflegen, ich ... Sohn, ich habe mich geirrt. Ja. Ich habe mich geirrt. Und ich dachte, vielleicht ...«

Wir überlassen sie ihrem Telefonat.

Wie sehen einen Menschenschwarm, der sich um den kleinen Mann mit dem Bauchladen schart.

Er gibt Wechselgeld.

Wir sehen Blechkragen den Besitzer wechseln.

Einige aus dem Schwarm lachen über sie, andere ziehen sie sofort an.

Wir sehen den kleinen Mann lächeln.

KAPITEL 33

ABREISEN

»Warum humpeln Sie?«

Franz stieg mühsam die Stufen vom Bühneneingang hinunter, wo er auf Jizchak traf, der gerade um die Ecke gebogen war.

»Es würde die ganze Nacht dauern, das zu erklären«, sagte Franz. »Und ...«

»Kafka, er ist großartig!«, sagte Jizchak.

»Er ist was?«

Jizchaks offensichtliche Begeisterung verblüffte Franz. Der Schauspieler tippelte vor Aufregung vor ihm herum. »Die Illusion ist derart perfekt«, sagte Jizchak, »dass es beinahe wirklich wie Zauberei aussieht! Ich meine echte Zauberkunst! Kein Wunder ist er eine solche Sensation! Ich bin ganz und gar darauf hereingefallen, Franzl. Ich, der ich von den ganzen Theatertricks so abgestumpft bin, ich bin darauf hereingefallen! Es war faszinierend.«

»Beruhigen Sie sich«, sagte Franz.

»Und wie ich mich fühle!«, sagte Jizchak. »Ganz erregt!«

»Weil Sie gesehen haben, wie sich jemand erhängt?«

»Nein, das ist es nicht«, sagte Jizchak. »Zumindest hoffe ich, dass es das nicht ist. Nein, zunächst mal ist es nicht das. Es ist etwas Unerklärliches. Aber ich fühle mich ... ich weiß nicht ... um Jahre jünger? Befreit? Voller Leben, voller Energie!«

»Sie scheinen tatsächlich grässlich lebhaft zu sein«, sagte Franz, der sich auf die Treppe setzte und seinen Fußknöchel massierte.

»Ich habe mir den Kerl genau angesehen, worum Sie mich ja gebeten haben«, sagte Jizchak. »Ich habe auf seine Hände geschaut, habe auf alle Anzeichen einer Ablenkung geachtet. Jedes Mal, wenn er zum Grammophon ging, jede Geste beim Reden, jede kleinste Körperbewegung. Ich habe den Blick nicht von ihm abgewandt. Das konnte ich gar nicht! Vielmehr war ich so hingerissen von jeder Einzelheit, dass ich fast vergessen habe, die Hand zu heben, als er um einen Freiwilligen bat.«

»Er hat Sie ausgesucht.«

»Natürlich hat er das.«

»Ich habe gehört, wie er eine Berühmtheit erwähnte ...«

»Sie haben nicht zugeschaut?«

»Erzählen Sie weiter.«

»Da gibt es nicht viel zu erzählen«, sagte Jizchak, nahm den Hut vom Kopf und wischte sich die Stirn ab. »Ich weiß nicht, warum ich so schwitze, heute Abend ist es überhaupt nicht warm. Das ist Regenwetter.«

»Was haben Sie gesehen, als Sie auf die Bühne gingen?«, fragte Franz.

»Nichts weiter als einen Mann und einen Strick«, sagte Jizchak. »Die Schlichtheit des Ganzen ist genau das, was die Nummer so erstaunlich macht.«

»Der Strick?«

»Es ist ein Strick. Aus Seide. Er war genau das, was man von einem Strick erwartet. Weder zu steif noch zu biegsam. Ein richtiger, schöner Seidenstrick.«

»Schön?«

»Schön, Kafka. Sie müssten ihn mal aus der Nähe sehen.«

»Und Henker?«

»Wer?«

»Der Hängekünstler«, sagte Franz. Langsam verlor er die Geduld.

»Ja, ja, Henker«, sagte Jizchak und nickte. »Einfach ein Mann. Ein einfacher, normaler Mann.«

»Sie haben ihn durchsucht, als er Sie dazu aufgefordert hat?«

»Gründlich.«

»Und?«

»Franz, wäre irgendetwas Auffälliges gewesen, hätte ich es Ihnen doch gleich gesagt.«

»Also nichts.«

»Keine Haken, keine Drähte. Nichts als Fleisch und Stoff.«

»Sie haben ihn keine Sekunde aus den Augen gelassen?«

»Nein. Selbst als ich an meinen Platz zurückgegangen bin, deshalb schauen Sie mich bloß nicht so an. In einem Stück vor ein paar Jahren musste ich ständig auf die erste Dame starren, während ich ihr Boudoir verließ, nachdem sie mich denunziert hatte als einen ...«

»Ist ja gut, ist ja gut. Dann ist also alles so, wie alle sagen. Er ist ein Genie.«

»Oder ein Zauberer!«

Franz verdrehte die Augen. »Helfen Sie mir auf«, sagte er, und Jizchak half ihm auf die Füße.

»Es war eines der astreinsten Wunderdinge, die ich je erlebt habe«, sagte Jizchak ein wenig ruhiger. »Wollten Sie das denn nicht hören?«

»Ich habe nicht gesagt, was ich hören wollte.«

»Ich dachte, Sie wollten Gewissheit, dass er bezüglich der Morde entlastet ist.«

»Als ich angeheuert wurde«, sagte Franz, wobei er mit seinem Fuß auftrat und erleichtert ausatmete, als er feststellte, dass der Schmerz nachgelassen hatte, »schienen alle Anzeichen auf diesen Mann zu deuten, aber ...«

»Nun, ich weiß nicht, ob meine Meinung ihn entlastet oder nicht«, sagte Jizchak, »aber in meinen Augen ist er ein unerreichter Zauberkünstler. Das ist kein Kleinkünstler, der auf Nachmittagspartys Hasen aus dem Hut zaubert und sich bunte Schals aus den Taschen zieht. Ich weiß nicht, wie er es anstellt, was er da macht, aber was er da macht, ist reine Kunstfertigkeit.«

»Haben Sie denn überhaupt zugehört, was er gesagt hat?«, fragte Franz.

»Natürlich«, sagte Jizchak. »Jedes Wort! Es hat mich sehr zum Nachdenken gebracht, das kann ich Ihnen sagen.«

»Zum Beispiel?«

»Unsere Dämonen!«

Franz warf einen Blick zu der festen schwarzen Tür des Bühneneingangs. »Was meinen Sie damit?«, fragte er.

Jizchak sah zu Boden. »Ich habe vorhin einen Esel aus mir gemacht«, sagte er. »Nach dem Abendessen bin ich rüber in den Schauspielerclub ...«

»Wohin?«

Jizchak sah Franz an. »Das ist ein Club für Schauspieler und Theaterleute«, sagte er. »Reiner Männerclub.«

»Sind Sie Mitglied?«

»Nicht in diesem Schauspielerclub, nein.«

»Und warum zum Teufel sind Sie dann ...? Vergessen Sie es, ich weiß, warum Sie hingegangen sind. Sie wollten Proxauf treffen wegen seines erbärmlichen Stücks Ach. Jizchak, haben Sie sich sehr blamiert?«

»Fast vom ersten Augenblick an.«

»Was haben Sie denn gesagt?«

»Ich möchte die Szene lieber nicht noch einmal wiedergeben, wenn es Ihnen nichts ausmacht. Ich gebe keine Zugaben.«

»Ach, natürlich machen Sie das. Ich habe Sie doch gesehen. War Werdehausen dort?«

»Ja.«

»Und Sie haben sich in Werdehausens Gegenwart blamiert?«

»Nicht direkt in seiner Gegenwart«, sagte Jizchak. »Aber er saß an der Bar, die ein wenig nach hinten versetzt ist vom Haupt...«

»Egal«, sagte Franz. »Bitte sagen Sie mir, wann waren Sie dann wieder zurück im Theater?«

»Rechtzeitig für den Hängekünstler, wie man sieht.«

»Ach, Jizi«, sagte Franz. »Sie haben sich blamiert.«

»Ja. Das gebe ich zu, ich war ein erstklassiger Esel, aber darauf kommt es jetzt nicht mehr an.«

»Und wieso nicht?«

Löwy holte tief Luft und blies sie wieder aus, wobei er sich auf die Brust trommelte. Mit der großspurigsten, ausgreifendsten Geste in seinem Repertoire umfasste er die Welt um ihn herum.

»Das Leben ist schön, Franzl!«, sagte er. »Sehen Sie das nicht? Ich meine, begreifen Sie das denn noch nicht? Diese Belanglosigkeit zwischen mir und Werdehausen bedeutet nichts, gemessen an der Schönheit der Welt!«

»Sagen Sie jetzt bloß nicht, dass Sie die Schauspielerei aufgeben möchten.«

»Ganz und gar nicht. Im Gegenteil, ich werde zu ihr *zurückkehren,* mit neuerlichem Schwung, mein Junge! Soll Werdehausen tun, was immer er tut, und in welchem Stück auch immer und unter welchem Beifall auch immer. Warum sollte mich das kümmern? Ich bin Jizchak Löwy, und niemand kann besser Jizchak Löwy sein als Jizchak Löwy!«

Der völlig verrückt geworden war, dachte Franz.

»Und zum Teufel mit Proxauf und all den anderen Stückeschreibern und Produzenten!«

Franz schüttelte den Kopf. »Vielleicht sollten Sie zu Henker gehen und sich bei ihm für Ihre neue Sichtweise bedanken«, sagte er. »Er meinte, er würde sich nach der Vorstellung hier mit mir treffen.«

»Keine Zeit!«, sagte Löwy. »Ich fahre nach Prag zurück.«

»Heute Nacht noch?«

»Eher noch, wenn möglich!«

»Nun, eher ist nicht möglich, aber heute Nacht? Es ist schon Viertel nach elf!«

»Es fährt einer um fünf Minuten nach Mitternacht, der letzte Zug. Oder der erste am Morgen, wie man es betrachten will.«

»Ich glaube, mit Ihnen stimmt etwas nicht, Löwy.«

Löwy umarmte Franz. »Danke, dass Sie darauf beharrt haben, dass ich komme«, sagte er. »Das hat mein ganzes Leben verändert. Und es ist so *famos*, Sie am Leben und gesund und munter zu sehen. Das meine ich ernst, wirklich.«

»Danke.«

»Und ich bin noch immer an ein Verschwiegenheitsgelübde gebunden?«

»Sie sind kein Mönch, Jizi. Was reden Sie da?«

»Soll ich Ihren Aufenthaltsort und Gesundheitszustand weiterhin vor den anderen geheim halten?«

Franz zuckte die Achseln und wandte sich ab. »Machen Sie, was Sie wollen.«

»Dora wird sich freuen.«

Franz fuhr herum.

Dora.

Dora würde nach Wien kommen.

Er sah zum Bühneneingang. Er dachte an die erdrückende Schwärze dahinter. Die unsichtbare schwarze Menge, die einen dort beobachtete. Die unsichtbaren geflügelten Geschöpfe.

Die Welt, die ihn erdrücken wollte.

Dora durfte nicht herkommen.

Selbst wenn nur er als Einziger auf der Welt Zeuge der stummen, beharrlichen Bosheit geworden wäre, die sich während der Vorstellung des Hängekünstlers so überwältigend deutlich gezeigt hatte, durfte er es niemandem sagen, bevor er nicht etwas dagegen unternommen hatte.

Aber was? Was konnte er denn tun?

Wegen seiner Tollpatschigkeit hatte er während des gesamten Auftritts festgesteckt wie ein Hase in der Falle. Er hatte nichts gesehen, lediglich Hunderte erstickende Etwasse gespürt, die er sich nun alle erklären konnte.

Das Blut war ihm in den Kopf geflossen. Er hätte beinahe das Bewusstsein verloren. Nur der Schmerz in seinem Bein und seinem Knöchel und Fuß hatten ihn bei Bewusstsein gehalten. Daher die Halluzinationen.

Natürlich konnte er sich auch täuschen. Das Übel konnte auch wirklich sein und von einer anderen Welt stammen. Und er konnte nichts dagegen tun.

Im Grunde war er vollkommen nutzlos gewesen in den zwei Tagen, die er nun schon wieder am Leben war.

Am Leben? War er denn *tot* gewesen? Wieso dachte er das?

Wie dem auch war, Dora durfte nicht herkommen.

Das teilte er Jizchak mit, doch Jizchak war bereits verschwunden.

»Da sind Sie ja, Monsieur«, sagte Henker. Er stand oben und hielt die Tür auf. In der Hand hatte er einen Blechkragen. »Ist das Ihrer?«

»Was zum Henker ist hier los, Henker?«, fragte Franz.

»Wie bitte?«

»Sind Ihre Leute noch hier?«

»Meine Leute?«

Franz stürzte die Stufen hinauf, dass ihm der Knöchel wehtat, und zwängte sich an Henker vorbei, der ihm ins Theater folgte.

»Ich verstehe nicht, Monsieur Choucas«, sagte Henker.

Franz sah Jan und die anderen Techniker, die alles für die Nacht festmachten. Er sah Schmeide, der Sandsäcke zurück in den Flur trug. Das Grammophon war verschwunden. Der Galgen war verschwunden.

»Ich bin nicht Choucas«, sagte Franz, indem er sich zu Henker umdrehte. »Ich bin Kafka. Franz Kafka.«

Henker lächelte. »Oh, das weiß ich.«

»Das wissen Sie?«

»Das habe ich doch eben gesagt.«

»Warum haben Sie mir das nicht eher gesagt?«

»Ich nahm an, dass Sie bereits wissen, dass Sie Kafka sind.«

»Ich meine, warum haben Sie trotzdem die ganze Zeit Monsieur zu mir gesagt und all das?«

Henker zuckte mit den Schultern. »Wenn Sie weiterhin den Franzosen mimen wollen, wer bin ich, Ihnen den Spaß daran zu verderben?«

»Wie lange wissen Sie es schon?«

»Seit heute Nachmittag.«

»Woher? Was hat mich verraten?«

»Das Manuskript in Ihrem Zimmer.«

Franz musste erst einen Moment überlegen. Welches Manuskript?

»*Ein Hungerkünstler*«, sagte Henker.

Natürlich. Er hatte es mit ins Sanatorium genommen. »Wie sind Sie an mein Manuskript herangekommen?«, fragte Franz. »Was machen Sie in meinem Zimmer?«

»Die Borgia-Kelche.«

»Die was?«

»Die Kelche, die meine Schwester Ihnen geschenkt hat. Was glauben Sie denn, wer Ihnen die gebracht hat? Tillie? Sie hätte den ganzen Tag dafür gebraucht, selbst wenn sie sie hätte tragen können.«

»Meinen Sie die berühmte Familie der Borgia?«

»Wir haben sie nicht auf Echtheit prüfen lassen«, sagte Henker. »Wir haben unserer Quelle vertraut.«

»Warum sollte Ihre Schwester mir ein so ...«

»... wertvolles Geschenk machen?«, fragte Henker. Er zündete sich eine Zigarette an. »Das sollten Sie sie selbst fragen. Ich habe bestimmt nicht das Recht, für Tillie zu sprechen.« Er zog kräftig an der Zigarette. »Mmmh«, sagte er, »eigentümlich wohltuend in der Kehle nach einem langen Tag.«

Franz hatte den Eindruck, dass er abgelenkt wurde. »Wie stellen es Ihre Leute an, zu kommen und zu gehen, ohne dass jemand sie sieht?«, fragte er.

»Ich frage sie nie«, antwortete Henker. »Kniffe, Berufsgeheimnisse. Ich habe meine, Sie haben Ihre ...« Er zuckte die Schultern. »Sie haben ihre.«

»Ich habe keine Kniffe«, sagte Franz.

»Ihre kleine Geschichte.«

»Ich habe angefangen, diese Geschichte zu schreiben, lange bevor ich überhaupt von Ihrer Existenz wusste, Herr Henker«, sagte Franz. »Und da das Thema meiner Geschichte keinerlei Verbindung zu Ihrem ... wie immer Sie es nennen mögen, was Sie da tun ...«

Zum ersten Mal sah Franz Herrn Henker ohne die leiseste Andeutung eines Lächelns im Gesicht.

»Was ich tue, ist unvergleichlich wichtig«, sagte Henker.

Schmeide ging mit einem Sandeimer an ihnen vorbei. »Auf der Bühne ist Rauchverbot«, sagte er zu Henker und hielt ihm den Eimer hin. »Vorschriften sind Vorschriften.«

Henker warf die Zigarette in den Eimer, und Schmiede tippte sich an die Melone und ging weiter.

»Schluss für heute«, sagte er, als er hinter den Kulissen verschwand.

»Wir sollten gehen«, sagte Henker. »Hier wird nichts mehr geboten heute Abend, Herr Kafka.« Er reichte ihm den Blechkragen und lächelte wieder. »Vergessen Sie Ihr Andenken nicht.«

»Das ist Ihrer.«

»Nein, es ist Ihrer.«

»Doch, ist er.«

»Ich habe meinen verschenkt, gleich als ich hereinkam«, sagte Henker. »Ich habe ihn dem Mann nur aus Gefälligkeit abgekauft.«

Jan ging pfeifend an ihnen vorbei. Er legte sich einen Blechkragen um den Hals. »Gut' Nacht«, sagte er und ging hinaus.

»Ich meine, wie sähe denn das aus, wenn man den Hängekünstler mit einem solchen Ding um den Hals sehen würde?«, fragte Henker. »Es muss Ihrer sein.«

»Ich habe meinen auch weggeschenkt«, sagte Franz.

»Dann haben wir es mit einem Rätsel zu tun. Vielleicht können wir bei einem Gläschen darüber sprechen?«

Franz erinnerte sich an das Gesicht, das Julia Dierkop gemacht hatte, als er ihr den Kragen gegeben hatte.

»Herr Henker«, sagte er und trat auf ihn zu. »Es gibt Leute, die glauben, dass Sie in großer Gefahr schweben.«

Henker lachte. »Wir schweben alle in Gefahr, Herr Kafka.«

»Ich meine es ernst.«

»Sie machen ganz den Eindruck. Und welche Leute glauben, dass ich in Gefahr schwebe? Sie vielleicht?«

»Vielleicht wissen Sie es nicht, weil Sie auf der Bühne stehen und Ihre Vorstellung geben. Aber hier hinten, wenn alles schwarz wird, wenn scheinbar unsichtbare Leute die Technik übernehmen ...«

»Ja?«

Franz hörte in der Ferne eine Türe schlagen, und der Widerhall machte ihm schreckhaft bewusst, dass er und Henker nun allein im Theater waren. Das einzige Licht kam von der Lampe, die man die Nacht über auf die Bühne gestellt hatte. Das Geisterlicht nannte man sie, damit die Geister des Theaters sich nachts nicht so einsam fühlten.

»Herr Henker«, sagte Franz. »Ich weiß, dass ich eine ausgesprochen lebhafte Einbildungskraft habe, aber die Dinge, die ich mir ausdenke, sind nichts gegen das, was ich heute Abend erlebt habe.«

»Und was genau haben Sie erlebt, Herr Kafka? Meine Güte, Sie sind ja so weiß wie ein Leichentuch.«

Zwei Gestalten in Schwarz traten von hinten an Henker heran.

»Hans Henker«, sagte die kleinere der beiden Gestalten. »Sie müssen mitkommen.«

Henker, der bei dem plötzlichen Auftauchen der bemäntelten Männer nicht gezuckt hatte, drehte sich nun grüßend zu ihnen um. »Tatsächlich?«

»Ja«, sagte der Größere der beiden.

»Weshalb denn?«

»Sie werden gesucht.«

»Werde ich das?«

»Ja.«

»Von wem?«

»Kommen Sie einfach mit«, sagte der Kleinere der beiden.

»Um ein paar Fragen zu beantworten«, sagte der Größere.

»Zu welchem Thema?«, fragte Henker.

»Den Mord an Leo Kropold«, sagte der Kleinere.

»Wem?«, fragte Henker.

»Kommen Sie mit«, sagte der Größere.

Sie führten Henker, der sich nicht wehrte, zum Bühneneingang hinaus, dessen Tür hinter ihnen laut zufiel.

Franz blinzelte.

Nun war er völlig allein in diesem grauenvollen Theater.

»Und ich konnte nichts dagegen tun«, sagte eine Stimme neben ihm.

KAPITEL 34

DER TRÜGERISCHE DETEKTIV

Beide hielt sich das Kinn und tastete mit der Zunge seine Schneidezähne ab. »Keiner locker«, sagte er. »Sie hätten mich nicht zu schlagen brauchen.«

Franz rieb sich die linke Hand. Der Schlag hatte ihm selbst vermutlich mehr Schmerzen verursacht als dem Inspektor.

»Wenn Sie sich doch nur wie ein normaler, rücksichtsvoller Mensch verhalten und sich nicht ständig an mich anschleichen würden«, sagte Franz, »dann würde das nicht passieren.«

»Das war ein ziemlicher Haken.«

»Ich hatte einen extrem anstrengenden Abend. Wohin bringen Sie Henker?«

»*Ich* bringe ihn nirgendwohin.«

»Wortklaubereien, Wortklaubereien«, sagte Franz, dessen Angst sich zu Wut verhärtete. »Sie wissen genau, was ich meine, und ich habe die Schnauze voll davon, dass Sie sich einen Scherz mit mir machen. Verbal und auch sonst.«

Beide nahm die Hand aus dem Gesicht, und siehe da, sie hatte sich wieder in ihre weibliche Persönlichkeit verwandelt. Franz blinzelte nicht einmal.

»Das sind nicht meine Leute«, sagte Beide.

»Wessen Leute sind es dann?«

»Die Polizei.«

»Sie glauben, Henker hätte Kropold umgebracht? Das ist absurd. Obwohl an der ganzen Sache natürlich so einiges absurd ist, von daher will das nicht viel heißen.«

»Sie wollen ihn verhören«, sagte Beide. »Warum sollen sie das nicht?«

»Weil es Zeitverschwendung ist.«

»Aber es ist deren Zeit, die verschwendet wird, Franz.«

Franz ächzte und ging auf die Bühne.

»Wo gehen Sie hin?«, rief Beide ihm nach.

»Ins Licht«, sagte Franz, »auch wenn es nur eine Funzel ist. Kommen Sie, damit ich Sie deutlich sehen kann.«

Beide stellte sich zu ihm neben das Geisterlicht. Franz musterte ihr Gesicht genau.

»Wenn ein blauer Fleck zurückbleibt, dann entschuldige ich mich«, sagte er.

»Entschuldigung angenommen. Es ist Ihre Schuld, wissen Sie das?«

»Was denn?«

»Dass sie Henker mitgenommen haben.«

»Wieso ist das meine Schuld?«

Beide zog ihre Mütze aus und entfaltete ein Stück Papier, das in ihr gesteckt hatte. »Ihre Bemerkungen bezüglich des Zettels, den Sie heute Nachmittag in Kropolds Anzug gefunden haben.« Sie gab ihm die Notiz, doch erinnerte Franz sich an den Wortlaut, ohne ihn noch einmal lesen zu müssen: *Danke Hängekünstler.*

»Was war denn mit meinen Bemerkungen?«, fragte Franz.

»Wir sind nicht die Einzigen, die alle Informationen durchgehen, wissen Sie«, sagte Beide. »Wir müssen unsere Ergebnisse der hiesigen Polizei mitteilen.«

»Und warum haben Sie dann noch den Zettel?«

»Es ist eine Kopie.«

»Und noch einmal: Was haben meine Bemerkungen mit Henkers Verhaftung zu tun?«

»Er wurde nicht verhaftet. Er wird lediglich vernommen.«

Franz gab ihr den Zettel zurück. »Weil ich mich über die seltsame Grammatik ausgelassen habe, nicht wahr?«, fragte er. »Lassen Sie mich raten – sie glauben, dass Henker den Zettel geschrieben hat, denn ›Danke Hängekünstler‹ könnte auch bedeuten, dass Henker sich bei Kropold dafür bedankt hat, dass er ihm ein so guter Agent gewesen war.«

»Agent?«, fragte Beide.

»Ja«, sagte Franz. »Diese Möglichkeit ist Ihnen bestimmt schon in den Sinn gekommen. Henker war der Kopf hinter der Sache, doch seine Alibis sind ziemlich wasserdicht – er selbst konnte unmöglich zum Zeitpunkt der Morde an einem der Tatorte gewesen sein. Was dafür spricht, dass er Komplizen hatte. Einen Schergen. Leo Kropold.«

»Sprechen Sie weiter«, sagte Beide.

»Sollte es aus irgendwelchen Gründen der Fall sein, dass Henker tatsächlich mit Kropold unter einer Decke steckte, wie haben sie sich getroffen? Warum hat Kropold mitgemacht? Und warum wollte Henker ihn loswerden?«

»Vielleicht ist er ans Ende seiner Mordlust gelangt.«

Franz zeigte ihr den Blechkragen. »Halten Sie das für wahrscheinlich?«

Beide lächelte und zog ihren Uniformkragen zur Seite, und darunter kam ein Blechkragen zum Vorschein, der dicht auf ihrer weichen Haut auflag. »Man kann nur hoffen«, sagte sie.

»Aber Sie glauben etwas anderes«, sagte Franz.

»Müssen wir uns hier unterhalten?«, fragte Beide. »Das ist wohl kaum der geeignete Ort, um darüber zu reden.«

»In ganz Wien gibt es keinen geeigneten Ort«, sagte Franz, während Beide ihre Uniform wieder zurechtrückte. »Und wir sprechen hier und jetzt, denn Sie haben die Angewohnheit, mir zu entwischen.«

»Na gut.«

»Was ich – mal wieder – nicht verstehe. Sie sind zu mir gekommen, Inspektor. Sie haben mich gebeten, diese Verbrechen aufzuklären. Sie waren todsicher, dass Henker der Mörder sei ...«

»Wir zeigten ein großes *Interesse* an Henker«, sagte sie. »Ich will Sie nicht unterbrechen und berichtigen, aber das ist ein feiner Unterschied.«

»Habe ich bewiesen, dass Henker nicht der Mörder sein konnte?«

»Sie haben gar nichts bewiesen. Aber Sie haben Dinge erlebt, die weder ich noch sonst irgendein offizieller Mitarbeiter hätte erleben können.«

»Sie wollen Beweise?«

»Natürlich wollen wir Beweise. Ich würde mir wünschen, das würde Sie nicht so wütend machen.«

»Ich bin nicht wütend!«

»Das sind Sie. Sie sehen aus, als wollten Sie in die Luft gehen.«

»Weil ich *kein verdammter Detektiv bin!«*, sagte Franz und ging in die Luft. »Aber ich habe gutwillig mitgespielt, habe *versucht*, ein Detektiv zu sein, aber ich finde immer nur neue Fragen, mehr Verwirrung, mehr Dunkelheit! Und Sie haben mir kein bisschen geholfen! Sie reden so lange auf mich ein, bis ich meine Genesungszeit hier in Wien verbringe, und zwar damit, Hinweisen nachzujagen, die überhaupt keine Bedeutung haben, während Sie mal auftauchen, mal wieder verschwinden wie das Lichtbild einer Laterna magica!«

»Heute Nachmittag hatte ich den Eindruck, Ihnen im Weg zu sein«, sagte Beide und legte Franz eine Hand auf den Arm. Wieder fiel Franz der Duft von Orangen auf, der sie umgab, derselbe Geruch, den er im Hotel bemerkt hatte, als Beide gerade seine männliche Persönlichkeit angenommen hatte. »Da habe ich beschlossen, mich eine Weile zurückzuziehen«, fuhr Beide fort. »Weil ich weiß, dass Sie kein professioneller Detektiv sind, kein ausgebildeter Ermittler, und ich hatte das Gefühl, dass meine andauernde Präsenz Sie einschränkt ... nun, mir wurde klar, dass ich Ihnen von Anfang an hätte freie Hand lassen sollen. Damit Sie auf Ihre ganz einzigartige, eigene Franz-Kafka-Manier in Erfahrung bringen können, was immer Sie in Erfahrung bringen können. Vielleicht war das ein Fehler.«

»Ich will nach Hause«, sagte Franz. »Aber ich habe gesagt, dass ich Ihnen helfen würde, und ich halte, was ich verspreche. Was brauchen Sie, um diesen Verbrechen ein Ende zu setzen?«

»Einen belastbaren Beweis dafür, dass sie jemand begangen hat.«

»Jemand wie Henker? Kropold? Was ist in Ihren Augen ein belastbarer Beweis?«

»Die Mordwaffe.«

»Bei der es sich um irgendeinen Strick handelt.«

»Ja.«

»Und Sie glauben, es könnte der Bühnenstrick von Henker sein, die Seidenschlinge?«

»Sie etwa nicht?«

»Logisch betrachtet? Nein.«

»Nein?«

»Haben Sie ihn jemals gesehen, außer wenn Henker ihn auf der Bühne benutzt?«

»Ich habe Ihnen doch gesagt – wir haben keine Spur von ihm außerhalb des Theaters. Henker hat ihn nicht bei sich, und das Theater haben wir durchsucht.«

»Wie gründlich?«

Beide zeigte sich verärgert. »Wir sind Experten, Herr Kafka. Wir haben das Theater gründlich auf den Kopf gestellt.«

»Kommen Sie.«

Franz führte sie auf die Hinterbühne zu einer Reihe von Hebeln gleich hinter der linken Bühnengasse. »Haben Sie eine Taschenlampe?«, fragte er.

Beide löste die Taschenlampe von ihrem Gürtel und schaltete sie ein.

»Leuchten Sie hierher«, sagte Franz und zeigte auf die Hebel. »Einer von denen müsste es sein.«

Sie kam seiner Bitte nach, und Franz legte einen Hebel um. Von oben strahlte bernsteinfarbenes Licht herab.

Er legte einen weiteren Hebel um. Weißes Licht flutete die Kulisse, es kam von der anderen Seite der Bühne.

Und noch ein Hebel. Nichts geschah.

»Zum Teufel«, sagte er und legte sämtliche verfügbaren Hebel und Schalter um.

Das Theater füllte sich mit Licht.

»Da lang«, sagte er und führte Beide an den vielen Vorhängen vorbei zur Hinterbühne und die Wendeltreppe hinauf zu den Garderoben. »Erinnern Sie mich daran, dass ich Ihnen von meinen Erlebnissen am oberen Ende dieser Treppe erzähle«, sagte Franz, während sie scheppernd die Stufen erklommen. »Sie werden weiße Haare davon bekommen.«

»Erzählen Sie es mir jetzt«, sagte Beide.

»Keine Zeit«, sagte Franz. Er machte die Tür zu Henkers Garderobe auf und schaltete das Licht an.

»Nichts«, sagte Beide. »Wir haben dieses Zimmer bereits durchsucht, Franz.«

»Das ist kein leeres Zimmer.«

»Hier ist nichts als das, was wir sehen.«

»Und was sehen wir?«

»Ein Waschbecken. Ein Tisch. Ein Spiegel. Ein Stuhl. Es gibt keine Verstecke, nichts, wo man auch nur eine Brotkrume verbergen könnte, ganz zu schweigen von einem langen Strick. Wir haben nachgeschaut.«

Franz ging auf den Stuhl zu. Er war heruntergekommen und alt, ein Möbelstück, das man von einem Dachboden oder einem Keller hierhergeschleift hatte. Das dunkle Holz war dick, der Sitz glatt und breit genug für zwei Personen, wenn sie nahe zusammenrückten. Der Tisch gehörte zum Stuhl, auch er kräftig und uralt. Aber es war nur ein Tisch, und er hatte keinerlei Schubladen.

»Henker kommt immer zu Beginn des Programms ins Theater«, sagte Franz, »und sitzt hier, bis es Zeit für seinen Auftritt ist. Warum?«

»Darauf könnte es eine Million Antworten geben«, sagte Beide. »Worauf wollen Sie hinaus?«

»Wie genau haben Sie oder Ihre Kollegen sich die Möbel hier angeschaut?«

»So genau, wie wir es jetzt tun. Wir haben einen Tisch gesehen. Wir haben einen Stuhl gesehen.«

Franz kniete sich vor den Stuhl und fuhr mit dem Daumen an der Unterkante des Sitzes entlang.

»Es muss etwas ganz Einfaches sein bei dem Alter«, sagte er.

Er drückte den Sitz nach oben, und er löste sich.

Er und Beide erkannten nun beide, dass der Sitz auch als Deckel diente.

»Mein Gott«, sagte Beide. »Nicht einmal verriegelt. Und es gibt keine Scharniere, die darauf hindeuten würden.«

»Die sind innen und an einem Stück«, sagte Franz. »Und alles aus einem Grund: Verschleierung. Das ist Handwerk einer längst vergessenen Zeit, Inspektor.«

Er hob den Sitz an.

Sie sahen auf einen Haufen herab, alt und schleimig, den Geruch der Jahrhunderte verströmend. Der Haufen hatte eine gewundene Form, die erahnen ließ, um was es sich einst, vor langer Zeit, wohl einmal gehandelt hatte.

Um einen Seidenstrick.

KAPITEL 35

WORTE

»Es kann überhaupt nicht sein, dass Henker oder sonst jemand mit diesem Haufen einen Mord begangen hat«, sagte Beide. »Und es kann auch überhaupt nicht sein, dass er ihn für seine Vorstellung benutzt. Der ist ja ganz zerfallen.«

Ursprünglich war der Sitz des Stuhles einmal eine mit Samt ausgekleidete Truhe gewesen, deren Fütterung ebenfalls zerfallen war, und deshalb wirkte der Stuhl so dick und robust. Hinter dem groben Äußeren verbarg sich raffinierte Handwerkskunst.

Franz hob den Strick so vorsichtig wie möglich an.

»Er hält noch zusammen«, sagte er. Er wog ihn in der Hand. »Er ist äußerst zerbrechlich, doch bleibt er an einem Stück.«

»Aber nicht mehr lange, wenn Sie daran herumfingern«, sagte Beide.

Franz legte ihn wieder auf das alte Samtpolster.

»Auf wie alt sollen wir ihn denn schätzen?«, fragte Beide.

»Ich habe nicht die geringste Idee«, sagte Franz. »Aber er ist sehr alt. Hundert Jahre? Zweihundert? Ich bin kein Experte. Die Henkers dagegen, die scheinen sich auf alte und kostbare Gegenstände spezialisiert zu haben. Die Schwester hat mir eine ganze Sammlung von Weingläsern der Borgia geschenkt.«

Beide pfiff. »Echte?«

Franz zuckte mit den Schultern. »Und wiederum: Woher soll ich das wissen?«

»Was haben Sie denn getan, um ein solches Geschenk zu verdienen?«

»Nichts, Inspektor.«

»Auf dem Deckel steht etwas«, sagte Beide. »Schauen Sie.«

Auf die Unterseite des Deckels waren schlichte, grobe Buchstaben geschnitzt worden. Die Buchstaben zeigten noch Spuren roter Farbe, sodass sie sich vom Hintergrund abhoben.

»Leuchten Sie mal mit Ihrer Taschenlampe«, sagte Franz, und Beide richtete den Lichtstrahl auf die Inschrift.

»Das ist Latein«, sagte Beide.

»Das ist nicht Latein«, sagte Franz. »Ich kann Latein, und das ist anders.«

»Ist es Deutsch?«

Franz hielt den Kopf schief und kniff die Augen zusammen. »Es *ähnelt* dem Deutschen, aber …«

»Können Sie es lesen?«

Franz las das Geschriebene so vor, wie es ihm aufgrund seines begrenzten Wissens möglich war.

»Swer an rehte güete
wendet sîn gemüete,
dem volget sælde und êre.

Er hât den lop erworben,
ist im der lîp erstorben
sô lebt doch iemer sîn name

er ist lasterlîcher schame
iemer viel gar erwert,
der noch nâch sînem site vert.«

»Manches davon verstehe ich, und doch klingt es irgendwie vertraut«, sagte Beide.

»Das ist Mittelhochdeutsch«, sagte Franz.

»Ach?«

»Ich würde mein Leben darauf verwetten.«

»Und woher, wenn ich fragen darf, wollen Sie das wissen?«

»Vor meinem Tod habe ich mich jahrelang mit dem Jiddischen beschäftigt«, sagte Franz geistesabwesend, da die unpersönliche Inschrift vor ihm seine Neugier geweckt hatte. »Mittelhochdeutsch ist eine Art Vorgänger des Jüdisch-Deutschen. Abgesehen davon habe ich mich nicht damit beschäftigt. Bevor meine Krankheit sich richtig eingenistet hatte, war ich noch guten Mutes, einmal das *Nibelungenlied* lesen zu können, das ebenfalls auf Mittelhochdeutsch verfasst ist, und …« Er ließ den Satz unvollendet und sah Beide an. »Wenn ich mich nicht irre, dann heißt das, dass dieses Möbelstück mindestens fünfhundert Jahre alt ist.«

»Und höchstens?«

»Sieben- oder achthundert Jahre.«

»Verstehe. Und wann, Franz, sind Sie gestorben?«

Franz stand auf.

»Wann ich gestorben bin?«, fragte er. »Ich bin nicht gestorben, wie Sie sehen können. Warum stellen Sie mir eine derart lächerliche Frage?«

»Sie haben gemeint, Sie hätten sich vor Ihrem Tod mit Jiddisch beschäftigt.«

»Habe ich das?«

»Ja, sonst hätte ich es nicht gefragt.«

Franz sah sich in dem kleinen Zimmer um, betrachtete

den alten Tisch, die Krypta des Stricks. Er betrachtete sich selbst im Spiegel.

»Ich habe keine Ahnung, weshalb ich das gesagt habe«, murmelte er in den Anblick seines Spiegelbilds versunken. »Vielleicht, weil ich so überzeugt war, dass meine Zeit abgelaufen wäre. Bis vor ein paar Tagen, bevor ich wieder gesund wurde, und solange ich noch in der Lage war zu sprechen, lautete der Satz, den ich am häufigsten ausgesprochen habe: ›Wenn ich tot bin und vergessen.‹ Vermutlich ist es mir nicht gelungen, das abzuschütteln. Noch nicht.« Er sah Beide an. »Wir müssen einige Dinge zusammenfügen, Inspektor. Ich brauche Ihre unermüdliche Unterstützung.«

»Die haben Sie. Was möchten Sie gerne zusammenfügen?«

»Alles. Haben Sie Ihr Notizbuch?«

»Natürlich.«

Franz nahm die Taschenlampe und leuchtete damit erneut die Inschrift an. »Kopieren Sie möglichst genau, was Sie sehen«, sagte er. »Wort für Wort, und die genauen Abstände der Zeilen.«

Beide kramte ihr schwarzes Notizbuch und einen Stift aus den Tiefen ihres Mantels und kniete sich vor den Stuhl, um sich der Aufgabe zu widmen.

»Ich weiß nicht, ob das möglich ist«, sagte Franz und sah ihr bei der Arbeit zu, »aber ich hätte gerne eine Übersetzung davon.«

»Und woher soll ich die bekommen?«, fragte Beide.

»Von einer Universität, nehme ich an. Von einem Wissenschaftler.«

»Das ist nicht gerade die einfachste Sache von der Welt, und selbst wenn ich einen solchen Wissenschaftler ausfindig machen könnte, weiß ich nicht, wie rasch wir Ergebnisse bekommen würden. Ist es wichtig?«

»Ich weiß es nicht«, sagte Franz und half ihr auf, als sie fertig war. »Aber ich glaube, wir sollten so viel wie möglich über alles und jeden wissen, das oder der mit den Stricken und unserem Freund dem Hängekünstler zu tun hat, ganz egal, wie viele Jahrhunderte es betreffen mag.«

»Na gut, ich werde schauen, was ich tun kann. Jetzt ist es schon nach Mitternacht.«

»Tatsächlich?«

»Ja, wir haben bereits Samstag. Wie die Zeit vergeht, wenn man versucht, ein Rätsel zu lösen, falls wir das tun. Was steht als Nächstes auf Ihrem Plan?«

»So schnell wie möglich von hier verschwinden.«

»Warum?«

»Ich hasse dieses Theater.«

KAPITEL 36

EIN NACHTSTÜCK

Wir sehen einen Mann, wie er im Erste-Klasse-Waggon die Beine streckt.

Er fühlt sich fantastisch.

Wirklich und wahrhaftig.

Er hat vier Stunden Schlaf vor sich, gewiegt und geschaukelt vom Zug.

Er zieht den Hut über die Augen und nickt ein, dabei plant er einen Auftrag. Er kennt so viele hervorragende Schriftsteller, allesamt Freunde von ihm, alle auf einer Wellenlänge mit ihm. Wieso sollte er den vermaledeiten Wiener Schmocks hinterherjagen?

Dafür gibt es überhaupt keinen Grund.

Er hört, dass die Tür seines Abteils aufgeschoben wird.

Eine Frau räuspert sich auf eine Weise, die nichts anderes bedeuten kann als: »Nehmen Sie Ihre Füße vom Sitz.«

Er nimmt die Füße vom gegenüberliegenden Sitz.

Als er ein Knacken hört, schiebt er den Hut nach oben und sieht hin – es sind zwei Nonnen ins Abteil getreten. Eine hat eine Zeitung bei sich, die zweite eine Tüte mit Walnüssen. Letztere lächelt ihn an und nickt ihm zu. Die Nonne mit der

Zeitung sitzt ihr gegenüber und verpasst ihr mit der Zeitung einen Schlag.

Er lässt die Augenlider niedersinken und schläft, wacht erst wieder auf, als er spürt, dass der Zug anhält.

Als hätte die Hand eines Riesen dem Zug den Weg versperrt und ihn am Weiterfahren gehindert.

Er schaut zum Fenster hinaus ins violette Nichts.

Die strenge Nonne schaut ihn an, die Zeitung zusammengefaltet und zu einem straffen, festen Rechteck zerknittert in ihrem Schoß.

Die andere Nonne, übersät von Walnussschalen, starrt ins Leere.

»Warum haben wir angehalten?«, fragt er.

»Wegen Ihnen«, sagt die strenge Nonne.

»Ich wollte gar nicht, dass der Zug anhält.«

»Wir auch nicht«, sagt die Nonne.

Die Tür zum Abteil wird aufgeschoben. Zwei Polizisten kommen herein. Ihnen folgt ein müde wirkender Mann in einem langen grauen Mantel, dem wiederum der Schaffner folgt.

Er hört den Mann im grauen Mantel seinen Namen sagen. Er bestätigt, dass er so heißt.

Der Mann im grauen Mantel sagt zu den anderen Männern: »Das ist unser Mann.«

Wir sehen eine junge Frau, in ein wollenes Nachthemd gekleidet, unter dem Laken ihres schmalen Bettes hervorschlüpfen.

Wir hören das Schnarchen einer anderen jungen Frau von einem anderen schmalen Bett.

Die junge Frau geht aus dem Zimmer und schleicht sich durch den Gang in den Salon.

Wir sehen sie einen Blick in ein anderes Schlafzimmer

werfen und hören Schnarchen von einer Frau in einem schmalen Bett.

Wir sehen die junge Frau auf Zehenspitzen den Salon betreten.

Aus drei Handtaschen unter der Garderobe wählt sie eine aus.

Wir sehen sie die Handtasche öffnen. Sie ist voller Dinge, nur das, was sie wollte, ist nicht drin.

»Wer von euch Miststücken hat es genommen?«, hören wir sie flüstern.

Wir sehen sie die Hände ringen.

Abrupt reißt sie den Kopf herum, als wäre ihr etwas eingefallen, dann eilt sie zu einem der Bücherregale im Salon.

Wir sehen sie den Polsterschemel an das Bücherregal heranrücken, daraufsteigen und vom oberen Regalbrett vier Bücher nehmen.

Wir sehen sie nach etwas tasten, ehe sie die Bücher zurückstellt und vom Schemel steigt.

Wir sehen, was sie in der Hand hält: eine Flasche, in der fingerhoch eine braune Flüssigkeit steht.

Sie entkorkt sie.

Obzwar der Korken nur ganz schwach knallt, hält sie inne, als hätte es einen Kanonenschlag getan. Sie wartet ab, ob irgendwo in der Wohnung Bewegung zu hören ist.

Ruhe.

Sie hat den ganzen Tag darauf gewartet.

Es war unerträglich gewesen.

Sie hebt die Flasche an den Mund.

Sie achtet darauf, die Flasche nicht leer zu trinken. Sie braucht immer das Versprechen eines weiteren Schlucks.

Sie verkorkt die Flasche, tritt auf den Schemel und versteckt sie wieder hinter den Büchern.

Sie steigt herunter.

Ihr Herz fängt an, schneller zu schlagen.

Ein widerlicher Geschmack macht sich in ihrem Mund breit.

Es würgt sie.

Sie fasst sich an die Kehle.

Wir sehen den alten Mann, der unerklärlicherweise um diese Zeit Heißhunger hat und sich die Treppe hinuntertastet.

Seine Stimmung könnte nicht schlechter sein: Er hat Hunger, obwohl er eigentlich keinen Hunger haben sollte, und es ist Nacht, und er ist steif.

Seine Wut auf die Nacht rührt daher, dass er gedacht hat, es sei erst Abend.

Seine Wut auf seine Steifheit rührt daher, dass er gedacht hat, dass alles an ihm immer noch genauso einsatzfähig sein würde wie vor dreißig Jahren.

Würde seine Frau nicht schlafen, würde er ihr erklären, dass es ihre Schuld war, weil sie zugelassen hat, dass er nach dem Abendessen im Salon eingeschlafen ist.

Er würde seiner Frau erklären – wäre sie nicht *tatsächlich* wach und würde darauf warten, dass er ins Bett kommt, denn ihr ist bewusst, dass sie schnarcht, und sie möchte nicht, dass er ins Bett kommt, wenn sie genau das tut, denn dann würde er sie aufwecken und ihr Vorträge halten –, er würde ihr erklären, dass er nicht so steif wäre, wenn sie auch im Frühsommer noch ein ordentliches Feuer im Wohnzimmer brennen lassen würde.

Wir sehen den alten Mann eine einzelne Kerze anzünden, denn er will wegen der hohen Kosten keinen Strom verschwenden. Für die ganze Familie ist es in Ordnung – als Familie definiert er lediglich seine Frau und seine Töchter, während sein nutzloser Sohn ... nun, je weniger man über ihn spricht, desto besser –, solange alle ihren Verrichtungen nachgehen, aber für seine nächtlichen Beutezüge braucht er es nicht.

Gott, hat er einen Kohldampf.

Er ärgert sich über sein Gewicht und seine Schwerfälligkeit.

Seine Wut über seine wachsende Körperfülle rührt daher, dass seine Frau nicht in der Lage ist, ihn ordentlich zu verköstigen, weshalb er diese nächtlichen Ausflüge in die Vorratskammer unternehmen muss.

Seiner Frau, wäre sie nicht oben und würde lauschen, wie er einem verwirrten Bären gleich in der Küche herumfuhrwerkt, würde er sonst erklären, wie nachlässig und wie knickerig sie mit dem Essen ist.

Er entdeckt den Käse, den seine Tochter für eine kleine Gesellschaft aufgehoben hat, die sie für ihre Freunde geben möchte. Er entdeckt auch einen Topf Butter.

Wir sehen ihn eine Schublade in der Küche öffnen. Wir sehen eine Kollektion blitzenden Stahls.

Er nimmt das geschätzte *Fleischige* seines Vaters aus der Schublade. Es funkelt tödlich im Kerzenlicht. Das Messer ist zweimal so lang, wie der Nacken eines Tieres breit ist. Und unendlich scharf.

Wir sehen den alten Mann, der seine Religion schon seit Langem vernachlässigt, mit dem *Fleischigen* den Käse auf eine Weise bearbeiten, wie es ihm sein Vater beim Schächten gezeigt hat. Dabei entschuldigt er sich stumm bei seinem Vater dafür, dass er Milch und diesen Stahl so ehrfurchtslos zusammenbringt.

Er hebt die vollendet geschnittene Käsescheibe an den Mund, hält aber inne, als ihm die Katze um die Füße streicht.

Er lässt den Käse fallen.

Die Katze ist schon vor Jahren gestorben.

Wir sehen den alten Mann, der umgerissen wird, auf den

Boden knallen. Er wird, auf dem Rücken liegend, über den Küchenboden geschleift, dann hochgehievt, mit den Füßen voraus, dabei wehrt er sich die ganze Zeit.

Schließlich findet er seine Stimme wieder. Er schreit. Er meint, Namen zu rufen, um Hilfe zu rufen, aber er versteht es nicht.

Er reißt das geliebte *Fleischige* seines verstorbenen Vaters nach oben, unendlich scharf und echt und, wie der alte Mann hofft, nachsichtig, dass es auf diese Weise gebraucht wird.

Wir sehen ihn wild damit durch die Luft fahren.

Es ertönt ein unmenschlicher Schrei, der darum gar kein Schrei sein kann, aber es ist ein Laut, den niemand im Haus oder sonst wo auf dem Planeten je gehört hat.

Wir sehen den Mann noch einmal mit dem Messer zustechen.

KAPITEL 37

BITTEN

Beide bat Franz, etwas langsamer zu machen.

Nicht mit dem Automobil, denn Franz fuhr gar nicht, sondern mit seinem Mundwerk.

»Ich bin offen gesagt erstaunt von Ihrer Verve, wenn das das richtige Wort ist«, sagte Beide.

»Ich kann es mir selbst nicht erklären«, sagte Franz und trommelte leise mit der Faust auf sein Knie. »Kann dieses Ding denn nicht schneller fahren?«

»Nicht, wenn es nicht vorher den Fußgängern eine Nachricht zukommen lässt.« Franz schwieg. »Das war eine scherzhafte Bemerkung, Kafka.«

»Sehr witzig«, sagte Franz. »Was meine ›Verve‹ angeht, wie Sie es nennen, für die gibt es keine Erklärung, nehmen Sie sie einfach so hin, damit wir weiterkommen. Ich fühle mich wunderbar, Inspektor, und mehr gibt es dazu nicht zu sagen. Lassen Sie es uns ausnutzen, nicht wahr? Also, was soll ich Ihnen wiederholen?« Er beugte sich nach vorn auf seinem Sitz, als wolle er den Wagen durch die dunklen, gewundenen Straßen Wiens vorwärtsscheuchen.

»Alles«, sagte Beide, »was auf Ihre Bitte nach einem

Automobil folgte. Ich versuche immer noch, es zu verarbeiten.«

»Mit dem geht es schneller als mit dem Zug.«

»In bestimmten Fällen.«

»Ich will morgen früh gleich in Schwechat sein, nur kurz schlafen. Vorausgesetzt, ich kann schlafen.«

»Schlaflosigkeit?«

»Nein, Arbeit.«

»Arbeit?«

»Ich habe Sie gebeten, mir sämtliche Informationen zu allen Opfern seit Ulla oder wie sie noch hieß, zu geben.«

»Ulla Stach.«

»Ja, ich will wissen, wer ihre Freunde waren. Freunde sind sehr wichtig, glaube ich, vor allem bei den jüngeren Opfern. Selbst bei den älteren Opfern wie dem zweiten Mordopfer ...«

»Walter Wilhelm. Aber über die meisten der frühen Morde habe ich Sie doch aufgeklärt ...«

»Ja, ja, aber ich will mir das alles durchlesen, mit den Leuten sprechen.«

»Glauben Sie, dass ich Ihnen Informationen vorenthalten habe?«

»Nicht absichtlich. Sie konnten nur nicht wissen, was ich wissen wollte.« Ihm fiel auf, dass Beide nicht mitschrieb. »Bitte, Inspektor. Automobil und sämtliche Akten zu den Opfern.«

Außerdem fiel ihm auf, dass Beide ein Mann war.

»Inzwischen merke ich gar nicht mehr, wenn Sie sich verwandeln«, sagte Franz. »Und ehrlich gesagt, werden Sie außen rum etwas unscharf.«

»Außen rum?«

»Am Rand.«

»Von was?«

»Verdammt, ich weiß nicht, was ich damit sagen will. Also,

kommen Sie schon ... Automobil, Akten ... Wie schnell kann ich das bekommen?«

»Sie könnten sie schon haben.«

»Ist das einer Ihrer Beschwörungstricks?«

»Wer weiß? Und nach dem Automobil und den Akten?«

»Ich möchte, dass Sie einen Grundstücksmakler in Schwechat anrufen.«

»Welchen?«

»Ich weiß nicht. Gibt es mehr als einen? Nun, wie dem auch sei, suchen Sie einen oder zwei oder wie viele auch immer und sagen Sie ihnen, dass sie mich gleich morgen früh erwarten sollen. In Amtsangelegenheiten.«

Beide lächelte. »In Amtsangelegenheiten, Kafka?«

»Sie machen aus mir ein ordentliches Mitglied dieses Dings, das Sie behaupten zu repräsentieren.«

»Die IKPO.«

»Ja. Monsieur Choucas zu sein hat keinen Wert, denn ich bin nicht gut darin, und ich lebe ständig in der Furcht, jemand könnte mich bitten, etwas auf irgendwelchen Gläsern zum Besten zu geben, und wer öffnet sich schon gegenüber einem Glasharfenspieler? Ich könnte weiterhin meine Ermittlertätigkeit bei der Versicherung nutzen, aber ich will amtlich erscheinen und den Leuten klarmachen können, dass ich es ernst meine.« Er unterbrach, um Luft zu holen. »Kurz gesagt, Inspektor, ich will eine Karte.«

Beide lachte. »Sie haben seit Donnerstag eine«, sagte er.

»Natürlich habe ich die«, sagte Franz und zog seine Brieftasche heraus, »denn bei Ihnen hat man es ständig mit Taschenspielertricks zu tun. Kein Wunder, dass Sie es ständig auf Henker abgesehen haben, sie beide sind ja aus demselben Holz geschnitzt ...«

»Ihre Manteltasche«, sagte Beide.

Franz ertastete etwas in seiner Manteltasche und holte

eine Karte heraus. Im Licht vorbeirauschender Straßenlaternen erhaschte er einen Blick darauf. Weiße Buchstaben auf schwarzem Hintergrund:

KAFKA
Inspektor

»Das ist die andere Seite«, sagte Beide.

Franz drehte sie um. Schwarze Buchstaben auf weißem Hintergrund:

Inspektor
KAFKA

Er nickte und steckte die Karte in seinen Mantel zurück.

»Na gut«, sagte er. »Dann können wir jetzt ja richtig loslegen. Wo war ich?«

»Automobil, Akten, Grundstücksmakler. Warum Grundstücksmakler?«

»Ich möchte Gewissheit über einen Verdacht haben, den ich bezüglich Kropold hege.«

»Mögen Sie mir den mitteilen?«

»Ich glaube, er hat Inge Hersch getötet.«

Beide sagte: »Wenn Ihnen Ihr Bauchgefühl das an diesem Punkt sagt ...«

»Ich weiß, dass es sich weit hergeholt anhört, aber wenn ich recht habe, dann habe ich immerhin ein Puzzlestück zusammen.«

Beide klappte das Notizbuch zu. »Sie versuchen, unseren Hängekünstler zu entlasten.«

»Das reicht über Henker und Kropold und diesen Bankangestellten hinaus ...«

»Herrmann Herbort? Den hatte ich ja schon vergessen.«

»Ich nicht«, sagte Franz. Er sah zum Fenster hinaus. »Da wären wir.«

Der Fahrer ließ Franz und Beide aussteigen, salutierte vor beiden und zog sich außer Hörweite zurück. Der Motor schnurrte, während er auf den Inspektor wartete. Franz und Beide betrachteten die hohe, schiefe Fassade von Frau Alts Pension, die in der Mitte der Straße hockte wie der wacklige Haufen Lebkuchenschachteln, der sie wahrscheinlich war. Hier und da war ein Fenster beleuchtet. Vorhänge waren vorgezogen. Hoch oben leuchtete es matt aus den Fenstern der Henker-Suite.

»Sie wartet natürlich auf ihn«, sagte Franz.

Beide folgte seinem Blick hinauf unters Dach. »Die Schwester?«

»Jemand muss ihr sagen, wo er bleibt. Dass er heute Abend sehr wahrscheinlich nicht zurückkommen wird.«

»Andrerseits könnte er auch schon zu Hause sein, während wir hier unten stehen.«

»Sie waren doch dabei, als die Polizei ihn mitgenommen hat.«

»Aber wir waren bei seinem Verhör nicht dabei. Er könnte sich innerhalb weniger Minuten entlastet und sich schon vor einer Stunde fröhlich auf den Heimweg gemacht haben.«

Franz schüttelte den Kopf. »Ich muss sie trotzdem sehen«, sagte er. »Sie hat viele Tragödien erlebt. Erst heute Nachmittag habe ich per Zufall ein paar kleine Einblicke in ihr unglückliches Leben erhalten.« Er schmunzelte. »Wenn man bei diesem Fall«, sagte er, »überhaupt von Zufall sprechen kann. Ach, und noch eine Sache.«

»Sie wollen, dass ich die Zeit zurückdrehe?«

Franz blinzelte. »Können Sie das denn?«

»Bitte eignen Sie sich einen Sinn für Humor an, Kafka.«

»Bisher waren Sie anscheinend in der Lage, alles Mögliche zu tun, ob nun unerklärlich oder nicht.«

»Was ist die eine Sache, die Sie noch von mir wollen?«

»Ich möchte eine Weile alleine mit Henker sein.«

Zum ersten Mal wirkte Beide argwöhnisch. »Um was genau zu tun?«, fragte er.

»Reden.«

»Reden?«

»Sie wissen, was Reden ist?«

»Seien Sie nicht so herablassend, Kafka.«

Franz trat an Beide heran. »Unabhängig davon, ob Henker noch in Untersuchungshaft sitzt oder nicht, ich muss ihn alleine treffen, sobald ich aus Schwechat zurückkehre. Ich glaube, das ist entscheidend, ganz gleich, was meine Nachforschungen zutage fördern. Verstehen Sie mich?«

»Nein.«

»Werden Sie mir die Bitte trotzdem erfüllen?«

»Ich tue mein Bestes.«

»Danke.«

»Gut zu wissen, dass Sie Ihr Buch aufgegeben haben.«

»Mein was?«, fragte Franz.

»Dieses lächerliche Buch, das Sie gekauft haben, wie man kein Detektiv wird.«

»Ach«, sagte Franz. Er war den ganzen Tag nie länger als fünf Minuten in seinem Zimmer gewesen. »Das habe ich völlig vergessen.«

Beide seufzte. »Ich wünschte, Sie würden mir gestatten, Sie auf Ihr kleines Abenteuer zu begleiten.«

»Ich brauche Handlungsfreiraum.«

»Ich gebe Ihnen Handlungsfreiraum.«

»Ja, nun, ich brauche das Gefühl, *tatsächlich* auf mich alleine gestellt zu sein, Inspektor. So habe ich mich stets gefühlt, aber seit ich am Mittwochmorgen aufgewacht bin, nicht mehr. Ich bin es gewohnt, in der Welt auf mich alleine gestellt zu sein, und mit Ausnahme dieser verflixten Tuberkulose glaube ich es immer geschafft zu haben, für mich selbst zu sorgen, mich zu verpflegen, meinen eigenen Weg zu gehen, niemandem verpflichtet zu sein. Können Sie das verstehen?«

»Natürlich kann ich das. Mir mangelt es nicht an Einfühlungsvermögen.«

»Gut. Und ich muss rasch handeln. Nach Schwechat fährt man eine ganze Weile, deshalb möchte ich keine Zeit verlieren. Je eher Sie ein Automobil für mich erübrigen können, desto besser. Ich hoffe, meine Antworten – oder, falls mir das nicht gelingt, bessere Fragen – so rechtzeitig zu haben, dass ich zur letzten Vorstellung des Hängekünstlers wieder zurück bin.«

»Seine letzte Vorstellung?«

»Bevor er in die Feier umzieht. Vor dem Ruhetag.«

Beide nahm Franz an der Hand und legte ihm die andere Hand auf die Schulter.

»Nutzen Sie Ihre Zeit gut, Inspektor«, sagte Beide.

Franz lächelte. »Ich lerne gerade, genau das zu tun«, sagte er. »Besser spät als nie, was, Inspektor?«

KAPITEL 38
DIE DAMEN VON DER PENSION

In seinem Zimmer fand Franz eine Frau mit einem Glas Weinbrand.

Genau das, was er nicht wollte.

»Ich hoffe, ich habe Ihre Glasharfe nicht zerstört«, sagte Julia Dierkop. »Aber …«

»Wie sind Sie hereingekommen?«, fragte er und machte die Tür zu. Auf der ganzen Welt gab es keine größere Beengtheit als in einem winzigen Zimmer mit einem unruhigen Mann, einer Weinbrand trinkenden Frau und einem Bett.

Und einem extrem wuschigen, metergroßen Insekt, das sich in die Ecke drückt und den rechtmäßigen Besitzer mit einem Schulterzucken aus dem Repertoire der Hilflosigkeit anschaut.

»Es war nicht abgeschlossen«, sagte Julia. Sie hielt einen der Borgia-Kelche in der Hand. Auf dem Waschtisch stand eine Spirituosenflasche. »Ich hoffe, Sie entschuldigen, dass ich mich erdreistet habe, Monsieur. Ich musste Sie einfach noch einmal sehen.«

»Heute Nacht noch?«, fragte Franz. »In ein paar Stunden gibt es doch schon Frühstück.«

»Ich musste Sie ganz alleine treffen.«

»Oha?«, versetzte Franz schneidend. »Ist das denn erlaubt?«

»Erlaubt, Monsieur?«

»Ich habe mit keinem Gedanken daran gedacht, danach zu fragen, wie Frau Alt es mit der Moral sieht ... das heißt, welche Regeln gelten im Haus bezüglich unverheirateter Männer und Frauen im selben Zimmer zur Nachtstunde – oder irgendwelchen anderen Stunden ...«

»Ich weiß nicht. Es bot sich mir nie die Gelegenheit«, sagte Julia.

»Und heute Abend meinten Sie, Sie verschaffen sich Gelegenheit?«

»Sie waren heute so freundlich zu mir«, sagte sie. »Und mir kam es so vor, als würden Sie meine Ängste um Herrn Henker wirklich verstehen, und ... nun ... ich wollte mich bei Ihnen bedanken, da ich doch von meinen Kusinen so unfein weggeschleppt worden bin. Die sind so entsetzlich prüde, wissen Sie, sie machen« – hicks – »mir das Leben schwer, entschuldigen Sie.«

»Es tut mir leid, dies zu hören.«

»Mir auch.« Wieder hicks. »Oh nein, wenn das einmal anfängt, kriege ich es nicht mehr los.«

»Sag ihr, sie soll den Kopf in einen Sack stecken«, sagte Gregor.

»Nehmen Sie die Arme über den Kopf«, riet ihr Franz.

Julia hatte Schluckauf und rülpste gleichzeitig. »Verzeihen Sie«, sagte sie kichernd. »Normalerweise trinke ich keinen Trinkohol. Ich meine *Alkohol.*«

»Nun, was trinken Sie denn normalerweise, und warum haben Sie das nicht getrunken?«

»Tee«, sagte sie, »weil meine Kusinen solche Ziegen sind. Dieser französische Weinbrand«, sagte sie und zeigte ihm die Flasche, »soll sehr gut sein.«

»Und, ist er es?«

»Bisher kann ich mich nicht beklagen«, sagte sie und wankte nach links und rechts. »Und es tut mir auch leid, dass ich nicht warten konnte. Ich wusste nicht, wann Sie zurückkommen würden, und, nun ja ...« Sie trat von einem Fuß auf den anderen und blinzelte.

Gregor hielt sich mit seinen dürren Beinchen, so gut es ging, die Augen zu. »Wenn sie sich übergibt, musst du nach einem anderen Zimmer verlangen.«

Franz nahm ihr das Glas aus der Hand. »Vorsicht«, sagte er und stellte es auf das kunstvolle Tablett. »Das ist ein sehr alter Kelch.«

Sie griff sogleich wieder zu dem Kelch, denn sie war nicht in der Lage, den Wink mit dem Zaunpfahl zu verstehen.

»Wirklich? Wie alt?«

»Oh, ich würde sagen zweihundert Jahre, plus/minus eine Dekade.«

»Mensch. Es tut mir *so* leid. Aber ich habe aufgepasst ... und Sie haben ja keine anderen Gläser, die ich hätte benutzen können. Sie haben überhaupt nichts anderes. Außer dem Wasserkrug. In den konnte ich ja schlecht eingießen, oder? Weinbrand aus einem Wasserkrug trinken ... Ich bin doch eine Dame, Monsieur!« Sie verzog das Gesucht und sagte: »Bleh.« Sie griff sich an die Kehle, und ihm fiel auf, dass sie den Blechkragen trug.

»Werden Sie sich übergeben?«, fragte er.

Sie streckte die Zunge heraus und runzelte die Stirn. »Weinbrand brennt ziemlich«, sagte sie. »Wie könnt Ihr Franzosen das aushalten?«

»Wir führen das meiste davon nach Wien aus«, sagte er in der Hoffnung, dass sie seine Bemerkung lustig finden würde, doch lediglich ihr Schluckauf kehrte zurück. Jetzt war einer der wenigen Zeitpunkte gekommen, an denen er sich wünschte, Gregor könnte sich anderen zeigen.

Er warf Gregor einen vielsagenden Blick zu, zog die Augenbrauen nach oben und sah auf den Boden.

»Ich habe keine Ahnung, was das heißen soll«, sagte Gregor.

»Welcher Ton ist das?«, fragte Julia und hielt den Kelch gegen das Licht.

»Wie bitte?«, fragte Franz.

»Von Ihrer Glasharfe. Ist das ein A? Oder ein tiefes C?«

»Es kann jeder Ton sein, je nachdem, wie viel Flüssigkeit ich hineingebe«, sagte er und zeigte wiederholt auf den Boden.

»Auf was zeigst du denn?«, fragte Gregor.

»Stimmt etwas nicht mit Ihrem Arm?«, fragte Julia.

»Er juckt, wenn Regen kommt«, sagte Franz.

»Regen?«, fragte sie. Sie sah Franz an, kniff erst ein Auge zusammen, dann das andere. »Es regnet gar nicht.«

»Es wird regnen.«

»Kann man sich auf Ihren Arm verlassen?«

»Nun ...«

Ein Blitz zerteilte die Nacht, gefolgt von einem brutalen Donner.

»Wie aufs Stichwort«, sagte Gregor.

Julia hatte sich jedoch so erschreckt, dass sie den Kelch fallen ließ. Er glitt ihr aus der Hand und segelte sanft klirrend durch die Luft.

Franz hatte kaum Zeit zu fluchen.

Gregor trat das Kissen übers Bett, und der Kelch schlug ganz sanft darauf auf. Franz sah Julia an – hatte sie gesehen, wie sich das Kissen bewegt hatte? Nur wenn sie in der Lage war, durch ihre Hände hindurchzusehen, mit denen sie sich die Augen zudrückte.

Regen prasselte gegen das Fenster. Wahrscheinlich sickerte er auch schon herein.

»Ich habe Angst« – hicks – »vor Donner und Blitz.«

»Vollkommen verständlich«, sagte Franz und stellte den Kelch wieder hin. »Und wahrscheinlich vor einer Million anderer Dinge.«

»Oh ja.«

»Ratten zum Beispiel. Mäuse.«

»Furchtbar.«

Franz sprach Gregor zuliebe etwas lauter. »Spinnen. Käfer. *Insekten aller Art.*«

»Kapiert«, sagte Gregor und kroch unters Bett.

»Am allerschlimmsten«, sagte Julia, schwankte mit geschlossenen Augen.

»Nicht die Augen zumachen«, sagte Franz. »Damit machen Sie Ihre Betrunkenheit nur noch schlimmer.«

Julia machte die Augen auf.

Gerade rechtzeitig, um zu sehen, wie Gregor, der nun angemessene zwei Finger breit war, unter dem Bett hervorkrabbelte.

»Wie findest du das?«, fragte Gregor mit Piepsstimme.

Die Pensionsgäste hörten den ersten Schrei in dieser Nacht, der ihnen das Blut in den Adern gefrieren ließ.

»Wie kommt es, dass du dich als normal großes Insekt zeigen kannst, aber nicht, wenn du die Größe eines Fußschemels hast?«, fragte Franz, nachdem Julia aus dem Zimmer gestürzt war und die Tür weit offen hatte stehen lassen.

»Das wolltest du doch«, antwortete Gregor, der wieder seine normale, unheimliche Größe angenommen hatte.

Franz ging nicht weiter darauf ein.

»Dann bist du mir also nicht mehr böse?«, fragte Gregor.

»Ich war dir sowieso nicht böse, ich … Ach, vergiss es, ich habe keine Zeit«, sagte Franz und nahm das Tablett mit den unbezahlbaren Kelchen so vorsichtig, als handle es sich um eine Kiste Nitroglyzerin.

»Wo gehst du mit denen hin?«, fragte Gregor.

»Nach oben. Und du kommst nicht mit.«

»Dann bist du mir also doch noch böse.«

»Gregor, halt den Mund. Und halte dich bereit. Ich brauche dich heute Nacht noch. Wir haben noch viel zu tun.«

Franz ging langsam zur Tür, behutsam seine kostbare Last tragend.

»Was denn?«

»Kann jetzt nicht reden«, sagte Franz. »Muss mich konzentrieren.«

Er hatte noch nicht einmal beide Füße auf den Treppenabsatz gesetzt, als er sich der hoch aufragenden Frau Alt gegenübersah, die mehrere Meter rosenfarbener Nachtwäsche anhatte.

»Was hatte dieser Schrei zu bedeuten, Monsieur?«, fragte sie.

»Es war ein Schrei, Madame.«

»Ich weiß, dass es ein Schrei war, Monsieur. Aber von wem?«

»Nicht von mir.«

Frau Alt konnte ihre Empörung kaum unterdrücken. »Er kam aus Ihrem Zimmer.«

»Sie haben ein ausgezeichnetes Gehör, Madame. Wenn Sie mich jetzt entschuldigen ...«

»In Ihrem Zimmer befand sich eine Frau, Monsieur.«

»Reine Spekulationen, Madame. Es könnte auch der pfeifende Wind gewesen sein. Wenn es Ihnen nichts ausmachen würde ...«

»Welcher unserer weiblichen Gäste war es, Monsieur?«

»Ich war es, Madame. Wenn ich mich beim Anblick von Ungeziefer erschrecke, werde ich zum Countertenor. Wenn Sie mich jetzt durchlassen ...«

»Ungeziefer, Monsieur?« Frau Alts Entrüstung ließ ihr

fast die Nachthaube vom Kopf fliegen. »In *meiner* Pension? Unmöglich! Dieses Etablissement wird weit und breit als das Sauberste seiner Art gehandelt in ganz ...«

Den Pensionsgästen wurde der zweite Schrei der Nacht zuteil, der ihnen das Blut in den Adern gefrieren ließ.

»Das macht dir wohl Spaß, was?«, fragte Franz Gregor, als sie sich vor der Tür zur Henker-Suite trafen.

»Es bringt doch was, oder?«, fragte Gregor. »Allerdings wäre es mir lieber, wenn ich nicht rennen müsste.«

»Was macht sie? Ist sie in Ohnmacht gefallen?«

Gregor sah die Treppe hinunter. »Ihr Mann ist da«, sagte er, »und schwingt einen Vorschlaghammer. Sie heißt ihn die Bleiche holen ... und das Karbol ... und das Pestizid ... Hör mal, beeil dich bei was immer du gerade tust. Mit dem ganzen Zeug im Haus bin ich erledigt.«

Franz, der das Tablett mit den Kelchen trug, fasste um, denn je länger er es hielt, desto schwerer wurde es.

»Klopf mal an der Tür«, sagte er. »Ich traue mich nicht, das Tablett abzustellen.«

»Warum?«

»Klopf einfach!«

Gregor klopfte.

»Hänsel?«, fragte Mathilde von drinnen.

»Hier ist Monsieur Choucas, Mademoiselle«, sagte Franz. »Ich entschuldige mich, dass ich mitten in der Nacht komme, aber ich muss Sie sehen.«

»Einen Moment, Monsieur.«

Franz flüsterte Gregor zu: »Ich erwarte heute Nacht noch einen großen Stapel Akten von Inspektor Beide. Wenn die ankommen ... friss sie nicht auf.«

»Darf ich sie lesen?«

»Wenn es sein muss.«

»Jawohl, Inspektor.« Gregor krabbelte die Treppe hinunter.

Franz wartete darauf, dass Mathilde die Tür öffnete.

Und wartete.

Und wartete.

Aus einem Augenblick wurden fünfzig.

Endlich wurde die Tür geöffnet, und Franz trat ein. Dabei summte die feine Sammlung antiker Gläser in seinen Armen ganz leise.

Mathilde Henker saß regungslos in dem Stuhl, der der Tür am nächsten war. Mit den knorrigen Händen umklammerte sie die beiden Stockgriffe, und zwar so fest, dass es fast krachte und die Knöchel weiß hervortraten. Draußen wütete auch weiterhin das wütende Gewitter, während Franz im kalten Zimmer stand, die Borgia-Gläser in der Hand. Die Arme taten ihm weh. Er war schon fast fünf Minuten bei ihr.

»Ich wusste, dass Sie kein Franzose sind«, sagte Mathilde.

»Danke, dass Sie so gütig waren, mich nicht zu verraten«, sagte Franz.

»Was hätte mir das gebracht?«, sagte sie. »Die Frage ist, warum Sie mir das jetzt sagen?«

»Darf ich das Tablett abstellen? Die sind sehr schwer.«

Sie schickte ihn mit einer Handbewegung ins Esszimmer. Er trug die Gläser in das dunkle Zimmer und wartete auf einen Blitz, der ihm den Tisch zeigen würde.

»Sie haben meine Frage nicht beantwortet, Herr Kafka«, rief sie ihm nach. Sie hörte, wie er das kunstvolle Tablett auf den Tisch stellte und es leise klirrte. Dann kam er in den Salon zurück.

»Weil Ihr Bruder festgenommen wurde«, sagte er.

Sie zeigte sich darüber nicht überrascht. »Festgenommen?«, fragte sie. »Von wem?«

»Von der Wiener Polizei, soweit ich informiert bin. Sie

haben sich mir nicht vorgestellt, sondern haben ihm lediglich befohlen mitzukommen.«

»Was er natürlich gemacht hat.«

»Ohne auch nur den geringsten Widerstand.«

Sie schmunzelte. »Natürlich nicht«, sagte sie. »Er weiß, dass ihm nichts passieren kann.«

»Nichts passieren? Von wem?«

Sie sah ihn überaus streng an. »Sagen Sie mir erst, was Sie von uns wollen.«

»Ich will nichts.«

»Sie haben sich bei uns eingeschmeichelt. Warum?«

»Darf ich mich setzen?«

»Nein.«

Franz faltete die Hände hinter dem Rücken. »Nun gut«, sagte er, »aber ich darf Ihnen ins Gedächtnis rufen, dass ich das nicht getan habe. Ich habe in dieser Pension ein Zimmer genommen – oder vielmehr einen Schrank –, das war erst gestern. Donnerstag, genauer gesagt, denn inzwischen ist der Samstag schon seit ein paar Stunden angebrochen. Ich bin weder an Sie noch an Ihren Bruder herangetreten. Vielmehr waren Sie es, die mir die Borgia-Gläser geschickt haben, was mich dazu geführt hat, Ihren Bruder kennenzulernen, der mich eingeladen hat, ihn heute Abend ins Theater zu begleiten, und deshalb war ich zugegen, als er abgeführt wurde. Nichts davon habe ich geplant.«

»Aber Sie interessieren sich für ihn. Warum?«

»Ich bin Schriftsteller, Fräulein Henker.«

»Das haben Sie bereits gesagt. Ich werde jetzt nichts so Albernes sagen wie ›Ich habe nie von Ihnen gehört‹, denn ich weiß, dass die Welt voller Schriftsteller ist, von denen ich noch nichts gehört habe. Trotzdem muss ich Sie bei Ihrem Wort nehmen.«

»Um also möglichst offen Ihnen gegenüber zu sein, verrate

ich Ihnen auch noch folgende Wahrheit: Ich bin pensionierter Ermittler der Arbeiter-Unfallversicherungs-Anstalt, der hin und wieder Dinge geschrieben hat, die veröffentlich worden sind. Das macht mich zu einem Schriftsteller.«

»Und was hat Ihre Schriftstellerei mit meinem Bruder zu tun?«

»Er hat Furore gemacht«, sagte Franz und wusste ganz genau, dass er drauf und dran war, ihr etwas vorzuflunkern, obwohl er entschlossen war, dieser Frau gegenüber ganz offen und ehrlich zu sein. »Er ist eine Sensation, aber auch ein Rätsel. Gibt es ein besseres Thema für einen Schriftsteller, der in seinen mittleren Jahren und ohne Erfolg mit seinem Werk ist und verzweifelt versucht, sich unter seinen Kollegen einen Namen zu machen?«

Mathilde überließ es einigen tief grollenden Donnerschlägen, die Zeit zwischen Franz' Ansprache und ihrer Antwort auszufüllen. Ihr Gesicht nahm, so gut es ging, einen sanfteren Ausdruck an.

»Bitte setzen Sie sich«, sagte sie und war erstaunt, als Franz sich neben sie auf das Sofa setzte. Sie war es nicht gewohnt, dass ein anderer Mann als ihr Bruder ihr so nahe kam, aber sie wies ihn nicht zurück. Sie schaute Franz in die standhaften, durchdringenden Augen und spürte eine andere verwundete Seele in ihm. Die Augen, sagte sie sich, die Augen verraten einem die Wahrheit über eine Person.

»Sie wollen seine Biografie?«, sagte sie.

»Sie haben mir bereits viele vielversprechende Einzelheiten erzählt«, sagte er. »Aber ich weiß, dass es noch so viel zu erfahren gibt, und wenn ich doch nur ein exklusives Vorrecht darauf hätte ...«

»... dann wären Sie ein gemachter Mann?«, fragte sie. »Sie sind schamlos, mein Herr. Und töricht. Hätten Sie weiterhin vorgegeben, ein Glasharfe spielender Franzose zu sein, hätte ich womöglich weiter mitgespielt, nur um der Gesellschaft willen und ... vergessen Sie es. Jetzt aber, da ich Ihr wahres Ziel kenne, nun ... Mir ist gleichgültig, wie ehrlich Sie sind, aber ich wäre ahnungslose Komplizin bei der Ausbeutung meines Bruders durch Sie. Vor allem, da Sie zweifellos alles aus den Morden herausholen werden, die man in den letzten Monaten mit ihm in Verbindung bringt. Mit derart sensationslüsterner Literatur hätten Sie keinerlei Schwierigkeiten, einen Verlag zu finden. Nun, Hans hatte mit all diesen Leuten nichts zu tun. Sie werden ebenso wie die Polizei in einer Sackgasse landen, wenn Sie dieser Fährte folgen.«

»So wie sie es momentan tut, während wir uns hier unterhalten. Nehme ich an.«

»Hans hat nichts zu befürchten. Sie werden ihn entlassen, das tun sie immer, ganz gleich, für wie schlau sie ihre Fragen halten. Er lässt sich nicht aufs Glatteis führen.«

»Ich glaube Ihnen, Fräulein, aber die Polizei ...«

»... hat keine Fantasie. Von Anfang bis Ende, vom ersten Mord bis zum letzten kannte Hans keinen Einzigen dieser Leute, angefangen bei Ulla Stach bis zu Leo Kropold.«

Franz lehnte sich gegen die harten Kissen. Regen prasselte in Wellen gegen die Fenster. »Der letzte gemeldete Mordfall war der an Inge Hersch«, sagte er. »Woher haben Sie vom Tod von Leo Kropold erfahren?«

»Aus der Zeitung natürlich«, sagte Mathilde und griff zu ihren Stöcken. »Ich lese jeden Tag mehrere Zeitungen. Der Mensch lebt nicht von Goethe allein. Sie helfen, die Zeit zu vertreiben. Natürlich liest man so auch von all den Schrecken auf der Welt und von den Grausamkeiten, die die Menschen sich gegenseitig antun, wenn man sich auf Zeitungen stürzt.«

»Aber Kropolds Tod war nicht in den Nachrichten«, sagte Franz. »Noch nicht jedenfalls.«

»Sie irren sich bestimmt.«

»Das tue ich nicht. Und selbst wenn, dann wäre er als Selbstmord dargestellt worden.«

»Wieso verhört die Polizei Hans dann im Fall Kropold?«

»Die Frage, Fräulein, ist, woher Sie seinen Namen kennen und warum Sie davon ausgehen, dass er ermordet wurde.«

»Ach Gottchen, Herr Kafka, Sie und Ihre Fragen! Arbeiten Sie denn für die Polizei?«

Franz' Antwort wurde jedoch vom dritten Schrei der Nacht unterbrochen.

KAPITEL 39

DREI PRIVATRÄUME

Ein kleines, fensterloses Zimmer. Von der Decke hing eine einzelne Lampe. Ein Tisch. Zwei Stühle. Ein Herr mit Handschuhen. Einer ohne Handschuhe und verstört, der bisher Dritte seiner Profession, der sich das Zimmer mit dem Herrn mit Handschuhen geteilt hatte.

»Warum steht dann Ihr Name auf dem Zettel?«, fragte Nagel.

»Steht er gar nicht«, sagte Henker.

»Da steht ›Hängekünstler‹, klar und deutlich.«

»Das ist nicht mein Name.«

»Es ist Ihr Künstlername.«

»Ist es nicht.«

»Spielen Sie bloß nicht den Oberschlauen bei mir.«

»Tue ich gar nicht. Ich helfe Ihnen, es zu erkennen, es zu verstehen. ›Der Hängekünstler‹ ist lediglich eine Bezeichnung auf den Plakaten und in den Zeitungen. Nirgends steht – und nie stand es irgendwo – ›Hans Henker, der Hängekünstler‹. Das ist ein reines Theaterkonstrukt, ein Überbleibsel von meinem ersten Engagement, erfunden von jemandem, den ich nie getroffen habe.«

»Während Ihrer Vorstellung bezeichnen Sie sich als Hängekünstler.«

»Sie haben mich nach diesem Zettel gefragt, den der verstorbene Herr Kropold angeblich geschrieben und hinterlassen hat«, sagte Henker, und Nagel staunte erneut über das tadellose und entspannte Betragen des Mannes. »Nicht nach meiner Nummer. Ich habe Ihnen bereits gesagt, dass ich keine Ahnung habe, weshalb sich dieser Mensch schriftlich auf den Hängekünstler bezogen haben mag.«

»Nun, wer zur Hölle soll denn sonst ...«, fing Nagel an.

Henker hob eine behandschuhte Hand. »Ja, ja, ist ja gut«, sagte er. »Ich weiß, worauf Sie hinauswollen, und wenn es Ihnen hilft, dann lasse ich mich eben auf Ihre Annahme ein, dass der Hängekünstler, auf den er sich bezieht, ich bin, allerdings bin ich diesem Mann, wie ich bereits sagte, nur das eine Mal begegnet, als er am Donnerstagabend für ungefähr vier Minuten zu mir auf die Bühne kam, vor ein paar hundert Zuschauern.«

Die Tür zu dem Zimmer ging auf. Henker konnte nicht sehen, wer sie aufgemacht hatte.

Nagel ging zur Tür und horchte einige Zeit, bevor er dem nicht sichtbaren Besucher dankte.

Dann ging die Tür wieder zu, und Nagel kehrte zum Hängekünstler zurück. »Wo waren Sie heute Abend zwischen zehn und elf?«

»Zehn und elf Uhr heute Abend hatten wir noch gar nicht«, sagte Henker. »Es ist erst zwei Uhr morgens.«

Nagel war zu müde, um noch mehr Worte mit diesem zum Ausrasten beherrschten Herrn mit Handschuhen zu wechseln. »Bitte sagen Sie mir, wo Sie vor vier Stunden waren«, sagte er. »Bis zu dem Zeitpunkt, als man Sie hierhergebracht hat.«

»Ich war im Theater«, sagte Henker.

»Ich habe Ihnen schon hundert Mal gesagt, dass ich im Theater war!«

Ein kleines, fensterloses Zimmer. Von der Decke hing eine einzelne Lampe. Ein Tisch. Zwei Stühle. Ein gutaussehender Herr. Ein weniger gutaussehender Herr, der verstört und bisher der Zweite seiner Profession war, der sich das Zimmer mit dem gutaussehenden Herrn geteilt hatte.

»Sie übertreiben«, sagte Habitzl. »Ich habe Sie oft gefragt, sicherlich, aber keine hundert Mal. Aber ich sollte daran denken, dass Sie Schauspieler sind, Herr Löwy, und deshalb neigen Sie zu Übertreibungen.«

Kaum etwas ärgerte Jizchak mehr, als wenn man ihn einen Schauspieler nannte. Obwohl er einer war. »Ich bin nicht derjenige, der hier übertreibt«, sagte er. »Sie und Ihresgleichen haben das Reich der Logik überstrapaziert, indem Sie mich hier festhalten. Ich war nicht einmal in der Nähe von Werdehausen, als er umgebracht wurde.«

»Soweit wir wissen«, sagte Habitzl.

»Was soll das heißen?«

»Nichts.«

»Sie halten mich fest, weil Sie mich eines Mordes verdächtigen, den ich unmöglich habe begehen können. Warum?«

»Es gibt viele Zeugen ...«

»Ich weiß. Ich weiß, wer mich im Schauspielerclub am frühen Abend gesehen hat, wie Sie sagen. Aber keiner von ihnen hat mich dorthin zurückkehren sehen.«

»Dann sind Sie also nicht zurückgekehrt?«

»Nein, bin ich nicht.«

»Sie haben eben zugegeben ...«

»Ich sagte, keiner der Herren, die mich davor gesehen haben, hat mich noch einmal gesehen.«

»Sie haben nicht ›noch einmal‹ gesagt, sondern Sie sagten ›hat mich zurückkehren sehen‹. Mit anderen Worten sagen

Sie, dass Sie zurückgekehrt *sind*, dass Sie aber – Ihres Wissens – von niemandem beobachtet wurden.«

»Ich habe nichts dergleichen gesagt.«

»Warum haben Sie dann gesagt, dass Sie zurückgekehrt sind?«

Jizchak wurde von einer so tiefgreifenden Verzweiflung gepackt, dass er plötzlich meinte, sich in eine Figur aus Franz' verrückten Geschichten verwandelt zu haben. Wie konnte er gegen eine solche Unlogik nur ankommen? Sie stellte ihre eigenen Regeln auf oder folgte von vornherein keinen.

»Ich bin abendessen gegangen«, sagte er. »Ich ging ins Tabakgeschäft. Ich ging zum Schauspielerclub. Ich ging ins Theater, in die Traumhalle. Ich ging zum Bahnhof, ich bestieg den Zug nach Prag. Ich saß im Zug, bis Ihre Männer mich herausgezogen haben. Das sind die Fakten.«

»Fakten interessieren uns nicht«, sagte Habitzl. »Uns interessiert die Wahrheit.«

»Dann erzählen Sie mir die Wahrheit«, sagte Jizchak. »Sagen Sie mir, dass ich nur deswegen hier sitze, weil eine Handvoll Leute erwähnt haben, dass ich eine etwas hitzige Auseinandersetzung mit einigen Clubmitgliedern hatte, von denen einer zufällig Herr Werdehausen war.«

»Das ist nicht der einzige Grund«, sagte Habitzl.

»Welches ist der andere?«

»Es gibt noch zwei weitere Gründe.«

»Ja?«

»Man hat angedeutet, dass Sie allen Grund hatten, Herrn Werdehausen aus der Welt zu schaffen.«

Jizchak lachte. »Was, weil wir Konkurrenten sind?«, fragte er. »Wir waren gar keine Konkurrenten. Ich habe mein eigenes Publikum. Ich bin ein fortschrittlicher Künstler. Christian war ein billiger Repertoireschauspieler ... Es herrschte keine eigentliche Konkurrenz. Andere mögen gesagt haben, dass es eine Art Rivalität gab, aber so ist das im Theater – stellen Sie sich Konkurrenz zwischen zwei beliebten, aber ansonsten unterschiedlichen Berühmtheiten vor. Sonst war da nichts.«

»Die Leute, mit denen wir gesprochen haben, scheinen das anders zu sehen.«

»Tja, das sind Gimpel. Welches ist der andere Grund?«

»Sie müssen uns noch den Namen der Person sagen, mit der Sie zu Abend gegessen und sich später, nach der Vorstellung in der Traumhalle, unterhalten haben.«

Jizchak hätte beinahe sein Mundwerk nicht im Griff behalten, fast platzte er mit Kafkas Namen heraus, aber seine Freundschaftstreue hielt ihn noch einmal davon ab. Franz hatte ihm zwar gestattet, den Freunden und der Familie in Prag seine Existenz und seinen Aufenthaltsort kundzutun, doch erstreckte sich die Erlaubnis auch auf alle anderen? Zum Beispiel auf die Polizei? Würde es seiner Mithilfe bei der Aufklärung der Hängemorde schaden, wenn er seinen Namen fallen ließe?

»Sie haben an die dreihundert Zeugen für meine Anwesenheit im Theater«, sagte er stattdessen. »Fragen Sie irgendeinen von ihnen, sie werden es Ihnen sagen. Nachdem ich auf der Bühne war, kehrte ich an meinen Platz zurück und blieb dort, bis der Auftritt zu Ende war.«

»Danach hatten Sie noch genug Zeit, um zum Schauspielerclub zu huschen, Werdehausen zu ermorden und es rechtzeitig zum Bahnhof zu schaffen, um den Zug um kurz nach Mitternacht Richtung Prag zu nehmen.«

»Tatsächlich?«

»Es wäre möglich.«

Jizchak musste sich eingestehen, dass es durchaus möglich war, doch das würde er Habitzl gegenüber niemals zugeben.

»Der Name Ihres Gesprächspartners nach dem Theater, Herr Löwy«, sagte Habitzl.

»Ignaz Seipel«, sagte Jizchak.

»Der Kanzler?«

Jizchak nickte. »Ich nenne ihn Iggy«, sagte er. »Er steht auf Akrobaten.«

Ein großes, fensterloses Zimmer. Von der Decke hingen zwei Kronleuchter. Ein riesiger runder Tisch. Elf Stühle. Auf jedem saß jemand.

»Es ist ähnlich, aber anders«, sagte jemand.

»Ist das alles?«, fragte jemand anders.

»Und dann ist da natürlich noch der Familienname.«

»Und Beziehung.«

»Ja.«

»Und es gibt Beweise«, sagte jemand Drittes.

»Unerklärliche Beweise«, sagte der Erste wieder.

»Wurde es aufgehoben?«, fragte jemand Viertes.

»Ja.«

»Und der Mann?«

»Schläft.«

»Bewacht?«

»Bis wir uns anders entscheiden.«

»Wird er mit uns zusammenarbeiten?«

»Er ist eine eher aufsässige Persönlichkeit.«

»Ist das ein Ja oder ein Nein?«

»Weder noch. Man muss es abwarten, je nachdem, wie unsere Entscheidung ausfällt.«

Es herrschte Schweigen im Zimmer.

Zehn Leute wandten sich an den Elften.

»Und was«, sagte die erste Person, »würden Sie empfehlen, Inspektor Beide?«

KAPITEL 40
EINE MÖRDERISCHE UNTERBRECHUNG

»Ihre Leute arbeiten schnell«, sagte der Beamte und drehte immerzu die Karte in seiner Hand um, weiße Seite, schwarze Seite und immer so weiter. »Ich vermute, Sie werden mir keine direkte Antwort geben, wenn ich Sie frage, weshalb sich die IKPO dafür interessiert?«

Franz nahm dem Beamten die Karte aus der Hand. »Wie heißen Sie, Polizist?«, fragte er.

»Bamborger.«

»Bamborger, *was*?«

»Einfach nur Bamborger.«

Franz zog die Braue nach oben und hoffte, auf diese Weise gebieterisch zu erscheinen.

»Oh«, sagte Bamborger. »Bamborger, Herr *Inspektor*.«

»Danke.«

»Soll ich salutieren?«

»Nein.«

Zwei müde Männer in weißen Kitteln hoben die Leiche der Frau auf eine Trage und deckten sie zu. Julia Dierkop und zwei ihrer Kusinen hielten sich in der Ecke des Zimmers. Julia sprach mit einem Polizisten, der alles aufschrieb, was sie sagte. Die beiden anderen Frauen saßen auf dem Sofa, die Hände im Schoß gefaltet, und schauten so sachlich wie möglich zu, wie ihre Schwester weggebracht wurde.

»Nun denn, Bamborger«, sagte Franz und nahm den Salon der Suite mit kaltem, beherrschendem Blick in Augenschein. »Was haben wir hier? Und sagen Sie jetzt bloß nicht ›eine Leiche‹, denn das sehe ich. Ich will wissen, wie der Fall geartet ist. Selbstmord? Mord?«

»Schwer zu sagen, Inspektor.«

»Warum?«

»Weil ich die Antwort darauf nicht weiß.«

Franz blieb in der Tür stehen und hoffte, dass Julia ihn nicht erspähen würde. »Ich verlange ja nicht von Ihnen, dass Sie den Fall lösen«, sagte er. »Ich will nur wissen, was bekannt ist. Die Fakten. Die Fakten haben Sie doch, oder?«

»Ja, Inspektor.«

»Nun? Heraus damit!«

Bamborger deutete mit einem Nicken zu Julia hinüber. »Die Dame dort sagt, sie sei in dieses Appartement zurückgekehrt und sei gleich in ihr Schlafzimmer gegangen, das sie sich geteilt hat mit ... ähm, ich glaube, es ist die Dame ganz rechts.«

»Rechts, wie sie auf dem Sofa sitzen, oder rechts, wie wir sie sehen?« Als ihm klar wurde, dass Bamborger sich nicht sicher war, polterte Franz weiter: »Na gut, überspringen wir das zunächst«, sagte er. »Was dann?«

»Sie legte ihre, äh, *Nachtgewänder* an, Inspektor, und verspürte das Bedürfnis, äh, *sich zu entwässern*, Inspektor ...«

»Sprechen Sie doch um Himmels willen deutlich«, sagte Franz. »Dann sind wir doch viel schneller durch.«

Bamborgers Gesicht hellte sich bei dem Vorschlag auf. »Sehr gut, Inspektor«, sagte er. »Da sich die Toilette auf diesem Stockwerk am Ende des Ganges befindet, hätte sie das

Appartement verlassen müssen, um dorthin zu gelangen, und sie fand ihre Pantoffeln nicht. Deshalb ging sie ins andere Schlafzimmer, um sich welche auszuborgen ...«

»Warum hat sie nicht die Pantoffeln ihrer Zimmergenossin geborgt?«, fragte Franz.

»Sie meinte, deren Füße seien zu klein.«

»Weiter.«

»Sie ging ins andere Schlafzimmer und stellte fest, dass in einem der Betten niemand lag, demjenigen der Verstorbenen.«

»Und?«

»Sie fand Pantoffeln, die ihr passten, verließ das Appartement und ging zur Toilette.«

»Springen Sie zu dem Punkt, wo sie von der Toilette zurückkehrt.«

»Als sie ins Appartement zurückkam, fiel ihr die Verstorbene auf, die auf dem Boden lag.«

»Davor war sie ihr nicht aufgefallen?«

»Offenbar nicht, Inspektor.«

»Aber als es ihr nun auffiel ...«

»Hat sie geschrien.«

»Und wie heißt die Verstorbene?«

»Lisy Dierkop, Inspektor. Von den berühmten Dierkop-Schwestern.«

Die Dierkop-Schwestern waren alles andere als berühmt, aber möglicherweise hatten die Überlebenden des vierköpfigen Trios es Bamborger eingetrichtert.

Ein älterer, ungekämmter Mann mit einer abgenutzten Arzttasche nickte den Männern in den weißen Kitteln zu und stellte sich zu Franz und Bamborger in die Tür.

»Zur Seite«, sagte er, worauf die Männer in den weißen Kitteln die Trage mit der verdeckten Lisy Dierkop aus dem Appartement schleppten. Keine der Frauen schniefte auch nur.

»Was können Sie uns sagen, Doktor?«, fragte Bamborger gähnend.

»Mord«, sagte der Arzt. Er bestand im Grunde ganz aus Bart und Brille.

»Wie wurde sie getötet?«, fragte Franz.

Bart und Brille sahen ihn an, dann Bamborger. »Wer ist das?«, fragten sie.

Bamborger flüsterte überdeutlich: »IKPO«, und der alte Arzt nickte.

»Vergiftet«, sagte er. »Blausäure. Sie riecht danach. Das Zeug riecht wie Bittermandeln. Die Haut wird rot. Alle Anzeichen vorhanden. Kein Spaß, so aus dem Leben zu scheiden.«

»Wie ist sie ...?«, fing Franz an, wurde jedoch von dem Beamten unterbrochen, der mit Julia gesprochen hatte und sich nun zu ihnen gesellte, ihnen eine Weinbrandflasche zeigte, in der vielleicht noch ein halber Fingerbreit Weinbrand schwappte.

»Das hat sie getrunken«, sagte der Beamte.

»Wie konnte ihr der Geruch der Blausäure entgehen?«, fragte Franz.

»Weil das Zeug nicht danach riecht«, sagte der Arzt. »Es riecht wie Weinbrand. Sogar wie billiger Weinbrand.«

Franz hielt sich zurück, eine der dümmsten Fragen des Universums zu stellen. Leider stellte Bamborger sie trotzdem.

»Kann es sein, dass sie nur den vergifteten Teil des Weinbrands getrunken hat, den Rest nicht?«

Angewidert wandten sich der Arzt und der Beamte von ihm ab.

»Selbstmord kann es auch nicht gewesen sein«, sagte Franz. »Wenn es keinen Hinweis auf Gift im Weinbrand gibt und wir sicher wissen, dass sie nur diesen getrunken hat – es sei denn, sie hat das Gift in irgendeiner anderen Form genommen, unmittelbar bevor sie mit dem Weinbrand angefangen hat.«

Bamborger staunte über diese Überlegung. Sein Kollege notierte hastig etwas in seinem Notizbuch. Der Arzt zuckte jedoch mit den Schultern. »Ich werde sie aufschneiden und nachsehen, was in ihr rumschwappt«, sagte er etwas zu laut. Man konnte sehen, wie sich die Dierkop-Schwestern im Hintergrund wanden, während Julia ein Schluchzen unterdrücken musste. Der Polizeibeamte zog den Arzt hastig weiter in den Gang hinein, und Franz ging zu Julia hinüber.

Sie landete in seinen Armen. Die Dierkop-Schwestern auf dem Sofa keuchten.

»Monsieur, das ist die reinste Hölle«, sagte Julia, und Franz löste sich von ihr, so vornehm er es vermochte. Sie warf den beiden anderen Frauen einen Blick zu. »Das sind meine Kusinen, Flora und Katharina«, sagte sie.

»Wir hatten keine Ahnung, dass sie trinkt«, sagte Flora mit abwehrendem, gouvernantenhaftem Tadel.

»Das hätten wir auch auf keinen Fall geduldet«, sagte Katharina im selben Tonfall, nur eine Oktave tiefer. Offenbar war sie der Alt in dem Quartett.

»Wir kamen nie auf die Idee, im Bücherschrank nachzusehen«, sagte Flora.

»Das sind ja nicht einmal unsere Bücher«, sagte Katharina.

»Die gehören zum Zimmer.«

»Das ist ein möbliertes Appartement.«

»Lisy hatte nie eine Fahne.«

»Und hatte nie Anzeichen eines Rausches.«

»Ich kann mir nicht helfen, aber es muss sich bei dem allem doch um einen Irrtum handeln.«

»Auf alle Fälle ist es eine Zumutung.«

Irgendwie waren die Schwestern wieder dazu übergegangen, sich untereinander zu unterhalten. Sie schienen Franz und Julia vergessen zu haben.

»Wir können unser Engagement nicht absagen«, sagte Flora.

»Gott bewahre, nein. Das sollten wir auch nicht«, sagte Katharina.

»Wir brauchen einen zweiten Sopran.«

»Gar keine Frage. Du musst nun die Melodie singen, bis wir Ersatz gefunden haben.«

»Ich kann die Melodien doch gar nicht.«

»Unglaublich!«

»Schau mich nicht so an. Du warst doch auch die ganze Zeit immer so ganz auf die Unterstimmen konzentriert wie ich.«

»Nun, zum Glück müssen wir unsere Plakate nicht ändern.«

»Ja. Vielleicht können wir es in Zukunft irgendwann mal auf ›Die drei Dierkops‹ kürzen und es dabei lassen.«

»Warum nicht einfach nur ›Die Dierkops‹? So wäre es völlig egal, ob wir zu dritt, zu viert oder zu wie vielen auch immer auf der Bühne stehen.«

»Nicht mehr als vier, das Geld ist so schon ziemlich knapp.«

»Eine Nicht-Dierkop sollte von Rechts wegen sowieso einen kleineren Anteil bekommen.«

»Ja. Gib mir mal diesen Notizblock und den Stift, ich will das mal ausrechnen ...«

Julia führte Franz aus dem Appartement in den Gang hinaus und machte die Türe zu. Nachdem Lisy, die Männer in weißen Kitteln, der Arzt und der Beamte weg waren, hallte Türenschlagen durchs Haus, da die anderen Gäste genug gesehen hatten und wieder in ihre Betten zurückkehrten.

»Ich fühle mich dabei so furchtbar«, sagte Julia. Der Schock hatte sie nüchtern gemacht, und sie tat Franz leid.

»Es ist eine Tragödie«, sagte er und war nicht in der Lage, etwas Geistreicheres zu sagen.

»Wenn ich daran denke«, sagte Julia, »dass ich erst vor einer Stunde noch über sie gemeckert habe.«

»Haben Sie das?«

»Nun, nicht direkt über Lisy. Über sie alle im Allgemeinen.« Sie lehnte den Kopf an die nächste Tür.

»Wie meinen Sie das?«

»Bevor Sie gekommen sind. Während ich den Weinbrand getrunken habe, den ich in Ihr Zimmer mitgenommen hatte. Es ging mir elend, weil sie mich immer so behandeln, die aufreibenden Proben, die Prüderie. Ach, natürlich waren sie auch nett, Monsieur, denke ich, aber ...«

»Woher hatten Sie den Weinbrand?«

»Wie bitte?«

»Den Weinbrand, den Sie mitgebracht haben?«

Julia lief rot an. »Den habe ich gekauft«, sagte sie. »Vor einiger Zeit. Für mich, falls einmal ein Anlass sein sollte.«

»Ihre Kusine wusste also nicht, dass Sie ihn hatten.«

»Nein, sonst wäre er ja schon längst weg gewesen. Arme Lisy. Wir hatten wirklich keine Ahnung, dass sie eine Säuferin war, Monsieur. Ich werde mir ewig Vorwürfe machen.«

»Warum sollten Sie sich denn Vorwürfe machen?«

Ihre Augen wurden trübe. »Wegen«, sagte sie, »einem meiner schändlichen Gedanken. Ach, ich darf gar nicht darüber nachdenken, Monsieur. Während ich meinen Weinbrand getrunken und meine selbstsüchtigen Gedanken gedacht habe, saß die arme Lisy hier und hat ihren eigenen vergifteten Weinbrand getrunken, als hätte ich ihren Tod irgendwie herbeigewünscht.«

»Ich bin sicher, dass Sie das nicht getan haben«, sagte Franz. »Den Zusammenhang bilden Sie sich nur ein, und sie hätte genauso gut schon sterben können, ehe Sie auch nur das Glas an die Lippen gesetzt hatten. Der Zusammenhang ist rein oberflächlich. Quälen Sie sich nicht mit so törichtem Gerede.«

Sie dankte ihm, wobei er nicht wusste, für was, und er wünschte ihr eine gute Nacht. Als die Tür hinter ihr zuging, schüttelte er den Kopf angesichts der Dinge, die Leute manchmal dachten.

Natürlich lag eine gewisse Ironie (falls es tatsächlich Ironie war) darin, dass Julia aus einem Kelch getrunken hatte, der von einer für ihre Giftmorde berühmten Familie stammte. Die Borgia wären, falls ihre Geister noch im Äther herumschwebten, zufrieden gewesen, wenn auch wütend, dass das Opfer nicht einmal in die Nähe des eigentlichen Kelches gekommen war. Nichtsdestoweniger, Gift blieb Gift, und vielleicht wollten sie mit ihrem überirdischen Einfluss der anhaltend leidenden Frau eine Gunst erweisen, indem sie sie ...

Franz holte heftig Luft und provozierte damit den ersten Hustenanfall seit Tagen.

Er wollte das Husten unterdrücken, um die Hausgäste nicht noch mehr zu stören, aber das Unterdrücken machte den Anfall nur noch schlimmer. Er hielt sich am Geländerpfosten der nach oben führenden Treppe fest und hatte Mühe, sich wieder zu fassen.

Als er die Beherrschung wiedererlangt hatte – und ihm winzige Sterne vor den Augen wirbelten –, stieg er die Stufen zur Henker-Suite hinauf. Er klopfte, aber es kam keine Antwort. Deshalb drückte er die Klinke in der Hoffnung hinunter, dass Mathilde Henker nicht abgeschlossen hatte, nachdem er vor zwei Stunden so überstürzt hinausgegangen war, um nachzusehen, woher der Schrei kam. Doch seine Hoffnung wurde enttäuscht, hinter der Tür brannte kein Licht, alles war still.

Er hatte nicht genug Zeit bei Mathilde gehabt, auch wenn er nicht genau sagen konnte, was ihm noch mehr Zeit bei ihr gebracht hätte. Und jetzt, wo ihm Julias Geplapper im Kopf klirrte und summte wie die Borgia-Gläser, wenn er auf ihnen gespielt hätte, wusste Franz gar nicht mehr, was er eigentlich hatte in Erfahrung bringen wollen. Wollte er ihr seine neue

Theorie erzählen, obwohl sie einigermaßen närrisch klang? Wollte er ihr erzählen, dass ihre unbezahlbaren Borgia-Gläser womöglich eine unschuldige Frau umgebracht hatten?

Franz hustete, nahm sein Taschentuch aus der Tasche und spuckte aus schierer Gewohnheit hinein.

Kein Blut.

Er ging die Treppe zum nächsten Absatz hinunter, wo er Gregor vor seinem Zimmer hocken sah.

»Ich habe gute und schlechte Nachrichten«, sagte Gregor.

»Welches ist die gute Nachricht?«, fragte Franz und räusperte sich.

»Dass die Akten geliefert wurden.«

»Das ist gut, doch Gott allein weiß, wann ich Gelegenheit haben werde, sie alle durchzugehen.«

»Keine Sorge. Ich bin sie fast alle durchgegangen«, sagte Gregor.

»Wirklich?«

»Wenn du nur wüsstest, wie viel Papierkram ich immer zu erledigen hatte, damals als Geschäftsreisender«, sagte Gregor. »Aber *natürlich* weißt du das.«

»Und die schlechte Nachricht?«

»Ich habe noch weitere gute Nachrichten.«

»Ja?«

»Das Automobil, um das du gebeten hast, ist vorgefahren. Es steht draußen.«

»Nun, ich bin jetzt nicht davon ausgegangen, dass es im Speisesaal wartet, Gregor. Sonst noch was?«

»Es hat aufgehört zu regnen.«

»Bestens.«

»Und jetzt die schlechte Nachricht«, sagte Gregor.

»Jetzt kommt's«, sagte Franz.

Gregor zeigte auf die Überseetruhe vor dem Zimmer, ein Koffer, der sehr vertraut wirkte ...

»Hat man mich hinausgeworfen?«, fragte Franz.

»Diese Frau hat irgendwas von Künstlern gebrabbelt, während ihr Ochse von einem Mann deine Sachen aus dem Zimmer gewuchtet hat.«

»Aber es ist vier Uhr in der Früh!«

»Es ist sogar schon zwanzig vor fünf. Wenn du die genaue Zeit wissen willst ...«

»Nein, ich will die genaue Uhrzeit nicht wissen«, sagte Franz. »Frau Alt hätte wenigstens so viel Anstand besitzen können, es mir selbst mitzuteilen. Schließlich habe ich ordentlich bezahlt ...«

»Du willst da sowieso nicht rein«, sagte Gregor. »Sie hat das Zimmer mit Insektenmittel eingenebelt. Du würdest ersticken. Ganz seltsam, dass mir das Zeug nichts ausmacht. So viel zu Insektenmitteln, was?«

»Ist das die einzige schlechte Nachricht? Mir scheint, es müsste noch mehr geben.«

»Schau dir das Automobil lieber selber an.«

Franz sah zu dem Koffer und dem Berg anderer Dinge hinüber. Er war drauf und dran, sie hier stehen zu lassen. Was brauchte er schon davon? Schließlich begann er ein neues Leben, oder nicht?

Zum ersten Mal war ihm dieser Gedanke gekommen, und ihm brach der kalte Schweiß aus.

Seit Mittwoch hatte er kein sonderlich neues Leben gelebt, oder? Zwar, das musste er zugeben, hatte es sich von seinem »alten« Leben deutlich unterschieden, aber war es vielversprechend gewesen? Verjüngend? Aufmunternd? Hatte es ihn mit der Schönheit und der Verheißung des Lebens erfüllt, oder mit einer neuen Faszination an der Welt und der Menschheit?

Eigentlich nicht.

Es häuften sich darin lediglich die Leichen.

Bevölkert von Leuten, die nicht nur Geheimnisse hatten, sondern sie sogar zu personifizieren beziehungsweise verkörpern schienen und so taten, als wären diese Geheimnisse das Einzige, was ihr Leben lenkte. Bevölkert von Leuten, die erst das eine waren, dann das andere, oder beides zugleich. Es war unmöglich, die Wahrheit über sie zu erkennen.

Es war vor allem unlogisch gewesen, und die wenige Logik, die ihm darin begegnet war, führte zu Schlussfolgerungen, die zu schrecklich waren, als dass man sich ihnen hätte stellen können.

Erfüllt von Einblicken in das Elend der Menschheit. Erfüllt von Andeutungen von Lust, Gier, Neid, Vergeltung und Verzweiflung.

Es hatte ihm eine dunkle Leere gezeigt, in der ungeheuerliche, unsichtbare Wesen um ihn herumwuselten, ihn beobachteten und auf ihn eindrangen.

Es hatte ihm Gregor beschert.

Es hatte ihn verblüfft.

Kurz gesagt, dieses neue Leben war weitgehend genauso wie sein altes Leben, unterschied sich lediglich darin, dass seine eigenen Überzeugungen bezüglich der Menschheit nun Fleisch und Wort und Tat geworden waren.

Doch er würde wohl kaum eine Wahl zwischen den beiden Leben haben und seufzte.

»Hilf mir damit«, sagte er zu Gregor, und die beiden kämpften sich mit dem Koffer zwischen sich zwei Treppen hinunter.

Vor Frau Alts Pension beleuchteten der verschwindende Mond und die sich ankündigende Dämmerung eine seltsame Maschine auf Rädern, die am Bordstein geparkt war. Franz ließ sein Ende des Koffers fallen, worauf Gregor, der unklugerweise rückwärts gegangen war, den Halt verlor und stürzte. Er schaukelte auf seinem runden Rückenpanzer und strampelte mit allen Beinchen in der Luft.

»*Das* nennt Beide ein Automobil?«, fragte Franz.

»Hilfe!«, rief Gregor.

Es handelte sich tatsächlich um eine Maschine mit vier Rädern, nämlich um einen Daimler-Tourenwagen, ein Zweisitzer, der vor fünfzehn Jahren in den Straßen Wiens bestimmt Eindruck gemacht hätte. Was von seinem himmelblauen Lack übrig war, konnte die großen Rostplacken, mit denen der Wagen übersät war wie das Gesicht eines pickeligen Jünglings, nicht aufwiegen. Die Reifen waren dünn und schon ganz abgefahren. Die Sitze waren von Schimmel aufgedunsen. Das Verdeck war so oft geflickt worden, dass es einer von einer Verrückten zusammengenähten Steppdecke glich.

»Es sind fünfzehn Kilometer nach Schwechat«, sagte Franz. »Wir schaffen es nicht einmal bis zur nächsten Kreuzung.«

»Es ist ein schöner Wagen«, sagte Gregor und schaukelte vor und zurück bei dem Versuch, sich wieder selbst aufzurichten. »Robust gebaut. Schneckengetriebe, Gelenkwelle ... so macht die heute keiner mehr. Hilf mir aufstehen, bitte?«

»Wo ist der Fahrer?«, fragte Franz, während er Gregor aufhalf.

»Welcher Fahrer?«

»Dieses Ding ist ja wohl nicht von alleine hergefahren, oder? Wo ist mein Fahrer?«

»Ich weiß es nicht. Hast du um einen gebeten?«

»Ich habe Beide gebeten, mir ein Automobil zu schicken. Ich dachte nicht, dass ich ihm jede Einzelheit vorbeten muss.«

»Nun, du hast bekommen, um was du gebeten hast«, sagte Gregor. »Lass uns deinen Koffer einladen, und dann geht's los.«

Während Gregor ihm mit dem Koffer half, sagte Franz: »Auch ich habe eine schlechte Nachricht.«

»Ach?«

»Ja.«

»Was?«

»Ich bin noch nie ein Automobil gefahren.«

KAPITEL 41

EIN AUSTAUSCH IM MORGENGRAUEN

»Nun, es freut mich zu hören, dass die Dierkop vergiftet worden ist.«

»Hans. Sag das nicht.«

»Denn wenn es andersrum gewesen wäre ... dann hätte ich dafür keine Rechenschaft ablegen können.«

»Will heißen, wenn jemand gefragt hätte.«

»Trotzdem. Es macht es leichter. Bequem?«

Mathilde, umringt von Kissen aller Größen und Dicke und bis zum Kinn in ihre Bettdecke eingewickelt, lächelte.

»Wie immer«, sagte sie. »Wohlbehalten. Niemand kann das so gut wie du.«

»Gut. Schlaf den ganzen Tag, wenn du magst. Ich bin ganz ruhig.«

»Geh noch nicht.«

Henker saß am Fuß ihres Bettes. »Was ist?«, fragte er.

»Es gab wieder einen, oder?«, fragte sie.

Er sah auf seine behandschuhten Hände hinab und rieb sie aneinander.

»Du weißt doch, dass es einen gab«, sagte er. »Diesmal war es eine Berühmtheit.«

»Wer?«

»Ein Schauspieler. Christian Werdehausen.«

Sie legte sich aufs Kissen zurück. »Den werden sie nicht ruhen lassen.«

»Sie haben keinen der Fälle ruhen lassen«, sagte Henker. »Aber ich weiß, was du meinst. Der wird auf jeden Fall ... höhere Priorität haben.« Er schlug mit der Faust in die Handfläche. »Was nicht heißen soll, dass ein Tod wichtiger ist als der andere, mehr Aufmerksamkeit verdient hätte als der andere. Es ist widerlich, wenn man bedenkt, dass mit der Ungerechtigkeit eines Menschen ein kürzerer Prozess gemacht wird als mit der eines anderen, nur weil ... ich weiß nicht ... wegen mangelnder Bekanntheit? Mangelndem Erfolg? Gesellschaftlicher Stellung? Reichtum oder Berühmtheit?«

»Was willst du damit sagen, Hans?«

»Das weiß ich selber nicht mehr«, sagte er. Das Bett ächzte unter dem zusätzlichen Gewicht seiner Person. »Ich habe immer behauptet, das alles würde mich nicht berühren, aber ...«

»Es passiert inzwischen jede Nacht«, sagte sie. »Wann wird es aufhören?«

»Schlaf, Tillie. Du weißt, dass ich die Antwort darauf noch nicht kenne.«

»Ich habe dir ja gesagt, dass es noch mehr sein mussten.«

»Ja, es mussten noch mehr sein.«

»Aber mehr als das.«

»Wenn ich in der Feier anfange, dann bitte ich in jeder Vorführung drei Freiwillige auf die Bühne. Jetzt ruh dich aus.«

»Aber wird das reichen?«

»Ich weiß nicht«, blaffte er.

Mathilde riss die Hand zum Mund. »Tut mir leid, Hänsel«, sagte sie. »Es tut mir so ... ich will dich nicht drängen, aber ...«

Er tätschelte das Bett. »Mir tut es auch leid.«

»Ich freue mich auf das Hotel Gottesanbeterin«, sagte sie, so fröhlich es ging. »So ein Luxus.«

Da fiel ihr im fahlen Morgenlicht die Andeutung eines traurigen Lächelns im Gesicht ihres Bruders auf. »Ja«, sagte er. »Wenn es auch sonst nichts bringt, so haben wir doch immerhin das Geld, um alles ein wenig erträglicher zu machen, Tillie.«

»Wie früh nehmen wir unser neues Domizil in Besitz?«

»Am Montag.«

»So schnell?«

»Ich werde heute den ganzen Tag damit zubringen, unsere ganzen Habseligkeiten zu packen.«

»Können wir nicht einfach ... alles hierlassen, alles vergessen, diese Sachen jemand anderem aufbürden?«

»Nein«, sagte er. Er erhob sich und zog die Vorhänge zu. »Nun möchte ich aber, dass du dich ausruhst«, sagte er. »Und, Tillie ...«

»Ja.«

»Heute Abend kam mir der Gedanke, dass wir unseren Aufenthalt in Wien so kurz halten sollten wie möglich.«

»Aber dein Vertrag an der Feier! Das Geld, die Möglichkeiten ...«

»Ja, ja. Das ist mir durchaus bewusst«, sagte er und kehrte an ihr Bett zurück. Sie konnte ihn kaum noch erkennen. »Ich glaube, die Welt ist groß, und es wird der Zeitpunkt kommen, wo ich mit meiner Nummer hier nicht mehr willkommen sein werde, dann wird niemand mehr ein Interesse daran haben, den Hängekünstler zu sehen, vor allem wenn ... Nun, du weißt schon ...«

»Ich verstehe«, sagte sie. Schmerzen in der Lendenwirbelsäule plagten sie, und sie bat ihn, sie umzulegen. Er tat dies mit der bestmöglichen Sorge und Behutsamkeit. So wie immer.

»Für dich ist es schwierig zu reisen, ich weiß«, sagte er. »Aber das müssen wir auf uns nehmen.«

»Wohin als Nächstes?«

»Nach Norden, nach Prag, vielleicht ... oder vielleicht ist es besser, diese Region ganz zu verlassen. Wie gut sprichst du Italienisch? Oder Französisch? Oder Englisch?«

»Ich kann alles recht schnell lernen«, sagte sie.

»Und Amerika gibt es ja auch noch.«

»Diese vielen Leute.«

»Und wenn jemand Spektakel liebt, dann sind es die Amerikaner. Wir hätten dort auf Jahre ausgesorgt.«

»Glaubst du wirklich, dass es Jahre sein werden, Hans?«

»Ich hoffe nicht. Aber es ist immer besser, vorbereitet zu sein, einen Plan zu haben.«

»Hänsel ...«

»Ja?«

»Hast du ... haben wir einen Punkt erreicht, an dem ...«

»Was ist, meine Teure?«

»Du weißt, was ich sagen möchte, oder nicht?«

»Du bist erschöpft, Tillie. Diese Nacht war anstrengend für dich.«

»Aber, Hänsel ... hast du Frieden mit deinen Gefühlen gemacht ... was mich angeht ...?«

»Pst. Du sollst dir keine Sorgen mehr machen«, sagte er. »Glaub mir.«

»Oh, das tue ich, Hänsel.«

»Ich werde mir nie verzeihen können, und damit habe ich mich abgefunden. Wenn ich Hass empfinde, dann gegen mich selbst.«

»Das brauchst du nicht.«

»Ich kann nicht anders. Vom ersten Gedanken an beim morgendlichen Erwachen bis zu meinem letzten Gedanken in der Nacht und möglicherweise auch noch in meinen Träumen, auch wenn ich mich nicht erinnern kann, wann ich einmal von etwas anderem geträumt habe als lautloser Dunkelheit.

Aber der Selbsthass nährt meine Hoffnung, Tillie. Ich glaube, er verleiht mir sogar Energie. Ich glaube, er hat mir unerhörte Kraft gegeben. Meine eigene Kraft. Auf jeden Fall hat er mir Hoffnung gemacht, Hoffnung, dass der Zeitpunkt kommen wird, wo ich meinen letzten Freiwilligen auf die Bühne bitte.

Bis dahin müssen wir es, so gut es geht, ertragen, wie wir alles ertragen haben, was das Leben uns in den Weg gelegt hat.

Darum schlaf ohne Sorge, Tillie. Ich liebe dich.«

Während er zur Tür ging, rief sie ihm nach. »Hans?«

»Ja?«

»Meine Stöcke. Stell sie bitte ein bisschen näher ans Bett heran, ja?«

KAPITEL 42
UNTERWEGS NACH SCHWECHAT

»Um Gottes willen, sei vorsichtig! Beim letzten Schlagloch wären mir fast alle Zähne herausgekracht!«

»Ich habe nie gesagt, dass ich ein *guter* Fahrer bin, dass das klar ist«, sagte Gregor.

»Trotzdem«, sagte Franz. »Versuche doch wenigstens, nicht auf jedes Schlagloch zu *zielen*!«

Der ramponierte Daimler keuchte die Landstraße entlang mit allem, was Gregor aus ihm herausholen konnte. Das Insekt hatte gemeint, sie würden für die Fahrt nach Schwechat im Südosten kaum mehr als eine Stunde brauchen, doch inzwischen musste es seine Einschätzung revidieren. Das Tageslicht würde sie ganz eindeutig einholen, lange bevor sie ihr Ziel erreichen würden. Auf dem Aktenstapel hockend, den Beide und die IKPO hatten liefern lassen, vermochte es kaum an das Gas- und Bremspedal zu gelangen.

»Ich sollte eine Mütze tragen«, sagte Gregor.

»Falls du dann besser fahren kannst, kriegst du meine«, sagte Franz.

»In der Not frisst der Teufel Fliegen«, sagte Gregor. »Ich denke eben voraus, wenn auf diesen Straßen Verkehr sein wird. Wenn die Leute mich am Steuer dieses Wagens sehen, kriegen sie einen Schock. Ich bin mir sicher, dass du keine derartige Aufmerksamkeit auf dich ziehen willst.«

»Ich dachte, man sieht dich nicht?«, fragte Franz.

»Ich habe jetzt schon mehrfach betont, dass ich anfangs meinte, dass ich nicht sicher sei, ob nur du mich sehen könntest«, sagte der Riesenkäfer. »Lieber auf Nummer sicher gehen.«

»Viele Leute waren jetzt schon in deiner Nähe, die sich nicht zu dem Phänomen geäußert haben«, sagte Franz. »Und ich glaube nicht, dass du etwas bist, zu dem sich die Leute nicht äußern würden.«

»Tja, wir werden ja sehen. Halt dich fest.«

Sie ratterten über eine Holzbrücke, und Franz spürte jede Bohle.

»Kennst du irgendwelche Abkürzungen?«, fragte er.

»Ja, aber dann müssten wir über Felder fahren, und ich glaube, dass weder du noch das Automobil das aushalten würdet. Nein, die Landstraße nach Erdberg, dann nach Simmering und dann nach Schwechat, das ist die schnellste, sicherste Strecke mit dem besten Straßenbelag, die ich kenne.«

»Na gut.«

»Und da du das Thema schon mal aufgebracht hast – und da ich weiß, dass es mich wahrscheinlich nichts angeht und vermutlich auch nicht der beste Zeitpunkt ist, um diese Frage zu stellen, der nämlich gewesen wäre, bevor wir losgefahren sind –, ist diese Fahrt wirklich nötig?«

Franz konnte sich gerade noch davon abhalten zu sagen, dass er sich nicht sicher sei. Er war sich lediglich sicher, dass seine Theorie, sollte sie sich bestätigen, in Schwechat verifiziert werden konnte. Beide hatte ihm einen Umschlag dagelassen, der zwei Dinge enthielt: den Namen des Grundstücksmaklers in Schwechat, mit dem er telefoniert hatte –

ein Mann namens Gauss –, und eine kurze Nachricht, dass Jizchak zum Mord an Christian Werdehausen verhört wurde, der am Abend zuvor auf dieselbe Weise umgekommen war wie die vorherigen Opfer mit Ausnahme Leo Kropolds, dessen Tod – Franz war es nun gewiss – eine Nachäffung oder eine Hommage gewesen war.

Die Nachricht von Jizchaks Festnahme hatte Franz beinahe dazu veranlasst, die Fahrt nach Schwechat zu verschieben, doch war er zu dem Schluss gekommen, dass er für seinen Freund nichts tun konnte, außer seine Ermittlungen fortzusetzen und, mit etwas Glück, Beide eine Lösung zu präsentieren, die alles erklärte, was in den letzten zwei Monaten geschehen war, so unglaublich es auch alles klingen mochte.

Und Franz wusste, dass es unglaublich klingen würde, wenn sich sein Verdacht bestätigen sollte. Unglaublich und unwahrscheinlich.

Nicht *unmöglich*. Denn in den letzten Tagen hatte er gelernt, dass nichts unmöglich war.

Und doch, wenn die Lösung des Rätsels des Hängekünstlers und der seltsamen, grauenhaften Morde das war, was er befürchtete, dann würde das Unwahrscheinliche trotz allem wahrscheinlich werden.

Sie folgten klappernd der einsamen Straße durch einen lichten Wald. Sie hatten Erdberg noch nicht erreicht, und die Sonne erschien schon am Horizont als blass orangefarbener Streifen.

»Du hast mir gerade etwas über Ulla Stach erzählt«, sagte Franz, »als du mir beinahe die Wirbelsäule gebrochen hast.«

»Wo war ich denn stehen geblieben?«, fragte Gregor.

»Du hast mir von ihrer Familie erzählt, und ich glaube nicht, dass die Lösung bei der zu finden ist«, sagte Franz. »Und offen gesagt, würde ich ungern einer trauernden Mutter gegenübertreten. Aber du hast gerade auch noch eine Anwaltskanzlei erwähnt.«

»Ach ja«, sagte Gregor. »Ulla Stach hatte erst fünf Tage vor ihrem Tod als Sekretärin in einer Anwaltskanzlei angefangen. Aber nicht nur als Sekretärin, wohlgemerkt, sondern als Privatsekretärin des Chefs der Anwaltskanzlei, eines Herrn namens Werner Gauss.«

»Warte mal – ist Gauss nicht der Grundstücksmakler, zu dem wir wollen?«

»Der Grundstücksmakler ist Georg Gauss. Werner ist sein Vetter. Hat das eine Bedeutung?«

»Man wird es im Hinterkopf behalten müssen. Sonst noch etwas zu Ulla Stach?«

»Nur dass in den Akten noch steht, dass ihre Familie sehr stolz auf die neue Anstellung war. Etliche Mädchen hatten sich auf den Posten beworben, doch Ulla haben sie genommen.«

»War das so überraschend?«

»Anscheinend schon, wenn man die Reaktionen betrachtet, aber es wird nirgends ein Grund genannt, weshalb es überraschend war.«

»Die anderen Mädchen – waren das Freundinnen von Ulla?«

»Ja, alle drei. Willst du ihre Namen wissen?«

»Vielleicht schon. Mein Gott, sollte ich drei Frauen aufsuchen müssen – so viel Zeit habe ich gar nicht. Was ist mit Walter Wilhelm?«

»Nichts, was mit Schmuddelkram zu tun hat, falls du das wissen willst.«

»Nicht einmal eine leise Andeutung, ein Fünkchen?«

»Nein.«

»Was wurde dann aus seinem Besitz?«

»Sein ganzes Geld ging an seine Frau.«

»Was ist mit seiner Firma?«

»Ging im Todesfall an seinen Partner. Als er starb, erhielt sein Partner die gesamte Kontrolle über die Firma.«

»Wie heißt der Partner?«

»Josef Kramski.«

»Junggeselle? Verheiratet?«

»Verheiratet.«

»Bitte sag mir, dass auch er in Schwechat wohnt.«

»Das tut er tatsächlich.«

»Ich glaube, dem statten wir auch einen Besuch ab ... aber nicht direkt.«

»Wie meinst du das?«

»Ich meine, dass wir nicht versuchen sollten, direkt auf diese Leute zuzugehen. Ich glaube, um die Sache korrekt zusammenzusetzen, müssen wir vermeiden, direkt die beiden Fragen zu stellen, die im Moment von entscheidender Bedeutung sind.«

»Wie lauten diese beiden Fragen?«

»Das sage ich dir gleich«, sagte Franz. »Aber zunächst einmal zu Emmanuel Buchner.«

»Der Hausmeister.«

»Ja.«

»Über den steht nicht viel drin. Bisschen einfältig. Nicht verheiratet. Wohnte in einem Heizungskeller.«

Franz kräuselte die Stirn. »Das ist alles?«

»Eine verheiratete Schwester, die ihn seit zwei Jahren nicht mehr gesehen hatte.«

»Warum nicht?«

»Das steht nicht drin. Nur eine Notiz, dass sie keine große Betroffenheit gezeigt hat, als sie von seinem Tod erfahren hat.«

»Ein Grund dafür?«

»Wird nicht genannt. Und dabei hat sie einen Steinwurf

entfernt von der Schule gewohnt, in der Buchner gearbeitet hat.«

»War die Schwester älter oder jünger als Buchner?«

»Älter, um fünf Jahre. Buchner war zweiunddreißig, also kannst du es dir ausrechnen.«

»Kinder?«

»Buchner? Oder seine Schwester?«

»Natürlich die Schwester.«

»Drei Töchter.«

»Das Alter der Töchter?«

»Das muss ich nachschauen. Müssen allerdings ziemlich jung sein. Nach was genau suchst du denn, Franz?«

»Schau auf die Straße, bitte!«

Gregor riss das Lenkrad herum, um einem Meilenstein auszuweichen.

»Ich möchte herausfinden«, sagte Franz und versuchte, sich zu entspannen, »warum irgendwer von diesen Leuten tot besser dran sein sollte.«

»Tot besser dran sein?«

»Nun, vielleicht ist das nicht so gut ausgedrückt«, sagte Franz. »Und wer kann schon sagen, ob jemand tot ›besser dran‹ ist?«

»Ich kannte ein paar Leute.«

»Lass es mich anders formulieren«, sagte Franz und bemühte sich, seine zusammengerührten Gedanken zu sortieren und gleichzeitig gegen die Müdigkeit anzukämpfen. »Ich möchte herausfinden, ob es einen Grund gab, dass jemand das Leben ohne Ulla, Walter und Emmanuel ... und die ganzen anderen Opfer ... besser fand. Dauerhaft.«

Diesen Moment wählte der Daimler, um von alleine langsamer zu werden.

»Was ist denn los?«, fragte Franz.

»Entweder bleibt der jetzt stehen«, sagte Gregor, »oder die Landschaft nimmt sich Zeit beim Vorüberziehen.«

Es stellte sich heraus, dass es den Berg hochging. Gregor trat immer wieder aufs Gaspedal.

»Tu das nicht«, sagte Franz. »Das ist bestimmt nicht gut für den Motor.«

»Sagt der Kerl, der nicht fahren kann.«

»Ich schiebe«, sagte Franz, doch Gregor hielt ihn zurück.

»Du wiegst fünfzig Kilogramm, wenn du angezogen bist«, sagte Gregor. »Das wäre, als wollte jemand ein Nilpferd mit einer Spielkarte schieben. *Ich* schiebe.«

»Aber wer fährt dann?«, fragte Franz, und der kalte Schweiß war wieder da.

»Du«, sagte Gregor, glitt vom Sitz und landete auf der Straße.

Franz rutschte hinüber, um ans Lenkrad zu fassen. »Ich kann dieses Ding nicht fahren!«

»Lass den rechten Fuß auf diesem Teil da«, sagte Gregor und zeigte aufs Gaspedal, »und lass das Automobil den Rest machen. Du musst es in Wahrheit nur lenken, nicht fahren.«

»Komm wieder rein!«

»Du machst das gut. Halte es nur auf der Straße, das ist nicht schwer.«

Er hörte Gregor ächzen, als er den Wagen den Hang hinaufschob.

Franz klammerte sich ans Lenkrad, als wäre es ein Rettungsring, und betete alle Gebete, die ihm bekannt waren.

Und auch welche, die ihm nicht bekannt waren.

KAPITEL 43

GESCHICHTEN

»Ein großer Verlust«, sagte Werner Gauss. »Alles an ihr war vortrefflich.«

Die junge Frau auf dem Stuhl Franz gegenüber räusperte sich, schrieb aber ansonsten weiter in ihrem Notizbuch.

»Mit ihrer witzfigürlichen Art, sich einzumischen«, erklärte Gauss, »möchte Fräulein Ascher darauf hinweisen, dass ich meine Bemerkungen dahingehend zurücknehmen sollte, dass ich nicht den Eindruck erwecke, ich bezöge mich auf die körperliche Erscheinung des verstorbenen Fräulein Stach.« Er sah zu Fräulein Ascher hinüber. »Jedes Wort, Fräulein Ascher. Auch das. Und ich wäre Ihnen dankbar, wenn Sie nicht unterbrechen würden.«

Franz mochte den Anwalt nicht besonders, doch er war ihm auch nicht besonders zuwider. Er war eine selbstgerechte Säule der Gesellschaft mit dem überwältigenden Bedürfnis, die ganze Welt wissen zu lassen, dass seine Skrupel und Moralvorstellungen makellos waren. Das waren sie vielleicht auch. Vielleicht auch nicht. Die nicht allzu subtile Einmischung seiner Privatsekretärin deutete darauf, dass sie entweder wusste, dass sie es nicht waren, oder dass sie besorgt um den Eindruck war, den ihr Arbeitgeber bei seinem Besucher hinterließ. Franz richtete seine nächste Frage an sie.

»Wo wir gerade dabei sind, Fräulein Ascher«, sagte er. »Soweit ich weiß, waren Sie Fräulein Stachs Freundin. Stimmen Sie zu, dass alles an ihr vortrefflich war?«

Gauss sah die junge Frau finster an, nickte ihr jedoch zu, dass sie antworten dürfe.

»Wir waren Klassenkameradinnen am Institut, Herr Inspektor«, sagte sie und wandte sich dann zu Gauss um. »Soll ich meine eigenen Aussagen auch aufschreiben?«

»Alles«, sagte Gauss. »Ich habe es mir zur Angewohnheit gemacht, dafür zu sorgen, dass jedes Gespräch, das in diesem Büro geführt wird, aufgezeichnet wird«, sagte er zu Franz. »Das verstehen Sie bestimmt.«

»Aber Sie waren nicht gerade befreundet?«, fragte Franz die Privatsekretärin.

»Wir hatten ein freundschaftliches Verhältnis«, sagte Fräulein Ascher und schrieb dabei.

»Haben Sie sich für sie gefreut?«

»Weswegen, Herr Inspektor?«

»Als sie Ihre Vorgängerin auf diesem Posten wurde.«

»Ach, natürlich. Es ist eine große Ehre, für Herrn Gauss zu arbeiten.«

Franz hatte den Eindruck, dass sie den letzten Zusatz ihrem Arbeitgeber zuliebe hinzugefügt hatte, und der Anwalt plusterte gebührend die Weste.

»Fräulein Ascher«, sagte Gauss, »war natürlich meine zweite Wahl. Was nicht bedeutet, dass sie nicht besser war als Fräulein Stach.«

»Und wie haben Sie sich dann zwischen den beiden entschieden?«, fragte Franz.

»Fräulein Stach konnte siebzig Worte in der Minute tippen«, erwiderte Gauss. »Fräulein Ascher brachte es auf siebenundsechzig.«

»Inzwischen kann ich zweiundsiebzig Worte in der Minute schreiben«, sagte Fräulein Ascher.

Diese Leistung schien sie beide sehr zu erfreuen. Franz versuchte, die Sache anders anzugehen.

»Dann haben Sie mit Ulla keine Zeit verbracht?«, fragte Franz die Sekretärin.

»Nicht, dass wir es nicht versucht hätten«, sagte sie. »Wir Mädchen haben sie immer gebeten mitzukommen.«

»Fräulein Stach war außerordentlich vorsichtig«, sagte Gauss und zwinkerte Franz zu.

»Aber sie ist nicht mitgekommen?«, fragte Franz.

»Kein einziges Mal.«

»Vielleicht gefiel ihr der gesellige Trubel nicht, auf den die Jugend normalerweise steht«, sagte Franz. »Mit Freunden zu Abend essen, das Tanzlokal, das Lichtspielhaus, das Theater ...«

»Tatsächlich«, sagte Fräulein Ascher, »hat sie sich nur einmal bereit erklärt mitzukommen, und ich nehme an, das war nur, weil der Abend ausdrücklich wegen ihr geplant wurde.«

»Wegen ihr?«

»Sie hatte in der Woche die Stelle angetreten, und wir anderen dachten, es wäre nett, sie einzuladen, um es zu feiern. Abendessen, und danach ins Varieté.«

»Aber letztlich hat sie dann beschlossen, doch nicht mitzugehen.«

»Nein, sie ist nicht mitgekommen.«

»Aber ihr anderen seid trotzdem gegangen?«

»Ja, und es ist gerade gut, dass sie nicht mitgekommen ist, denn das Essen war gräulich, und im Varieté sahen wir eine furchtbare Nummer, einen Mann, der sich selbst aufgehängt hat. Das war einfach nur grauenhaft.«

»Es hat für einige Zeit etwas Aufsehen erregt«, fügte Gauss hinzu. »Ein geschmackloser Trick. Hat man mir berichtet.«

»Sie glauben, Fräulein Stach hätte das nicht gefallen, dieser ... ähm ... professionelle Selbstmord?«, fragte Franz.

»Sicher nicht«, sagte Fräulein Ascher.

»Und Sie fanden es auch grauenhaft. Das haben Sie eben gesagt.«

»Nachdem er sich aufgehängt hat natürlich. Widerlich.«

»Aber bevor er sich aufgehängt hat?«

»Nun, wir hielten das alle für eine komische Nummer, hielten ihn für einen Komödianten oder so. Er wollte einen Freiwilligen. Da bin ich zu ihm hinauf.«

»Wirklich?«

»Das habe ich doch gerade gesagt.«

»Ein schlichtes ›Ja‹ oder ›Nein‹ reicht aus, Fräulein«, sagte Gauss und sah Franz Zustimmung heischend an.

Franz tat ihm den Gefallen nicht. »Wir befinden uns nicht vor Gericht, Herr Gauss.«

»Weshalb interessieren Sie sich für diesen erbärmlichen Menschen?«, fragte Fräulein Ascher. Inzwischen schrieb sie nicht mehr in ihr Notizbuch.

»Das tue ich gar nicht«, sagte Franz. »Ich stellte nur fest, dass Sie ein faszinierendes Erlebnis im Theater hatten an dem Abend, an dem Ulla Stach gestorben ist.«

»Woher wissen Sie, dass es derselbe Abend war?«, fragte sie.

»War er es denn?«

Sie zögerte. »Das war er tatsächlich.«

»Danke.«

»Wir haben uns verkracht, das war alles«, sagte Liesl Franke, deren Hände bis zum Ellbogen in Seifenlauge und Geschirrbergen steckten. Ihre drei Töchter saßen in der Küche und widmeten sich langsam verschiedenen Arbeiten. Dabei bemühten sie sich krampfhaft, Franz nicht allzu sehr anzustarren. »Ich kann mich nicht erinnern, um was es ging. So etwas kommt in den besten Familien vor. Ist das denn so wichtig?«

»Man kann nie wissen«, sagte Franz. »Vielleicht hat es ihn irgendwie empfindlich getroffen. Im Inneren, meine ich.«

»Sie meinen in seinem Herz?«, fragte Liesl.

»In seinem Gewissen«, sagte Franz.

»Manni war zu dumm, um ein Gewissen zu haben«, sagte sie.

Die älteste Tochter sah auf und dann wieder hinunter.

»Hat er getrunken?«, fragte Franz. »Vielleicht hat er etwas Vorschnelles gesagt, was den Bruch hervorrief. Im Suff.«

»Der hat sein Leben lang keinen Tropfen angerührt. Soviel ich weiß.«

»Gab es einen Grund, daran zu zweifeln?«

Liesl zuckte mit den Schultern und winkte die älteste Tochter an den Spülstein heran, wo sie anfangen sollte, das Geschirr abzutrocknen.

»Leute machen die sonderbarsten Dinge und halten sie geheim«, sagte Liesl, wandte sich zu Franz um und trocknete die roten Hände an der Schürze. »Selbst wenn sie dein eigen Fleisch und Blut sind.«

»Ja, das ist so«, sagte Franz.

Ein Teller klapperte in der Spüle.

»Pass auf!«, sagte die Mutter zu ihrer Tochter.

Die Tochter sah die Mutter finster an und passte auf.

»Darf ich Ihnen zu Ihren wohlerzogenen Kindern gratulieren?«, fragte Franz. »Meine sind wahre Teufel.«

»Sie haben Kinder?«

»Drei«, sagte Franz. »Genauso viele wie Sie. Es sei denn, es verstecken sich noch irgendwo welche, die ich noch nicht kennengelernt habe?«

»Das sind alle«, sagte die Frau. »Die können manchmal ganz schöne Plagegeister sein.«

»Vielleicht sind meine einfach noch zu jung, um besonders aufmerksam zu sein.«

»Wie alt sind sie denn?«

»Der älteste ist sechs, die Zwillinge vier. Lauter Buben.«

Die Frau nickte zufrieden. »Sie haben es mit Jungen zu tun. Mädchen sind anders.« Sie deutete mit einem Nicken auf jedes der Mädchen, während sie ihr jeweiliges Alter abspulte. »Zehn, zwölf, fünfzehn. Klar, wenn sie älter werden, gibt es andere Schwierigkeiten.«

Wieder ein finsterer Blick der Ältesten, die über eine Minute lang denselben Teller abgetrocknet hatte.

»Sie nennen ihn noch immer Manni«, sagte Franz und erschreckte die Mutter damit. »Sie empfinden immer noch ein wenig Zuneigung für ihn, auch nach allem, was dazu geführt hat, dass Sie und Ihre Familie ihn nicht mehr sehen.«

»Das ist mir gar nicht aufgefallen«, sagte sie. »Er war regelmäßig hier, jeden Sonntag zum Abendessen, und natürlich an Geburtstagen und Weihnachten. Einmal im Jahr hat er uns ins Varieté ausgeführt.«

»Und mit alldem war vor zwei Jahren Schluss.«

»Ja.«

»Die Geburtstage, der Ausflug ins Theater ...«

»Oh, unser Leben ging weiter wie zuvor«, sagte sie. »Er war nur nicht mehr dabei, das war alles.«

»Dann werden Sie auch dieses Jahr wieder ins Theater gehen?«, sagte Franz. »Das ist schön. Ein Familienausflug ...«

»Wir waren schon«, sagte das älteste Mädchen.

»Du wurdest nicht gefragt«, sagte die Mutter.

»Ist schon gut«, sagte Franz.

»Hat Spaß gemacht«, sagte das mittlere Mädchen.

»Am Ende sehr gruselig«, sagte die Jüngste grinsend. »Da hat sich einer erhängt!«

Das mittlere Mädchen nickte. »Das war toll.«

»Da hat sich wer erhängt?«, fragte Franz.

Liesl Franke lächelte ihn zum ersten Mal an. »Ein Zauberkünstler«, sagte sie. »Eigentlich geschmacklos. Die Mädchen haben ordentlich gelacht, weil ich auf die Bühne gegangen bin, als er darum bat, dass ihn jemand absucht. Wirklich dumm.«

Die jüngeren Mädchen kicherten.

»Manni wäre begeistert gewesen«, sagte die Mutter.

»Vermisst du deinen Onkel?«, fragte Franz die Jüngste, und das älteste Mädchen lief aus dem Zimmer.

Die Mutter lächelte nicht mehr.

»Die mit ihren Launen«, sagte sie zu Franz. »Darauf können Sie sich auch noch freuen, wenn Ihre Kinder älter werden. Sicher, Sie haben Buben. Buben sind immer etwas anderes.«

»Sie meinen, dass es etwas mit der Versicherung zu tun hat, Herr Kafka?«, fragte Frau Kramski.

»Eine alte Police«, sagte Franz. Die Frau glitzerte vor Juwelen und schwamm regelrecht in ihrem teuren Kleid. Franz fragte sich, ob er eine übertriebene Summe nennen sollte, um zu sehen, wie weit sie gehen würde. Doch er beschloss zu warten.

»Und Josef ist der Begünstigte?«

»In der Tat.«

»Armer, armer Walter«, sagte sie. »So ein lieber, großzügiger Mensch.« Franz spürte, wie dick aufgetragen die Unaufrichtigkeit war. Dann wechselte sie in einen gewitzteren Tonfall. »Es erstaunt mich, dass Sie sich keinen Termin bei meinem Mann im Büro haben geben lassen.«

»Wir haben nur diese Adresse«, sagte Franz. »Und an einem Samstag ...«

»Ach, er arbeitet halbtags, so wie alle«, sagte sie. »So ist der Josef. Was für die Arbeiter gut genug ist, ist auch für ihn recht.«

Franz schaute sich in dem überladenen Zimmer um. »Leben seine Arbeiter auch so komfortabel?«

Sie lachte. »Ich hoffe nicht«, sagte sie. »Soll ich ihn anrufen? Er kann bestimmt in zwanzig Minuten hier sein, in fünfzehn, wenn er sich beeilt.«

»Ich würde ihm im Traum keine Umstände bereiten wollen.«

»Ich bin überzeugt, dass es ihm keine Umstände bereiten würde. Nicht, wenn es um Geld geht. Ich meine, Geld von dem herzensguten, lieben Walter. Ich staune allerdings, dass das Geld aus der Versicherung nicht an Edith geht.«

»Edith?«

»Seine Frau.«

»Ah.« Franz musste rasch nachdenken. »Nun, wie gesagt, das ist eine sehr alte Police«, sagte er. »Die hat er wahrscheinlich vor seiner Ehe schon abgeschlossen. Entweder das, oder sie besteht zusätzlich zu einer anderen, die er für seine Frau abgeschlossen hat.«

»Wissen Sie das denn nicht?«

»Vielleicht hat er die bei einer anderen Agentur abgeschlossen.«

»Ach ja«, sagte Frau Kramski. »Tja, mir war immer klar, dass es Josef zu etwas bringen würde in der Welt. Das ist sein Jahr, nicht wahr? Erst mit dem Geschäft und nun das Geld ... wie viel, sagten Sie?«

»Es freut mich, zu erfahren, dass Ihr Gatte sein Glück gemacht hat. War er davor nicht so vermögend?«

Sie stocherte sich mit einem lackierten Fingernagel zwischen den Zähnen. »Er hätte es zu mehr Wohlstand gebracht, wenn er etwas mehr Unternehmergeist besessen hätte, Herr Kafka«, sagte sie. »Er wartet immer auf alles.«

»Und Sie glauben an das Gegenteil.«

»Ich habe schon immer auf Ehrgeiz gesetzt.«

»Und Sie haben sich gewünscht, dass Ihr Gatte ehrgeiziger wäre.«

»Ich glaube, jede Frau wünscht sich das bei ihrem Mann.«

»Ich frage mich, ob meine Frau sich das von mir wünscht?«

»Bestimmt tut sie das«, sagte Frau Kramski.

»Ich gebe es nur ungern zu, Frau Kramski, aber ich bin ein bisschen schwerfällig.«

»Das glaube ich nicht.«

»Es stimmt aber«, sagte Franz. »Ich war nie ein sonderlicher Tatmensch, wie die Jungs im Büro sagen. Ich war immer zufrieden, wenn ich eine Stellung gefunden hatte und es bequem hatte. Gesellschaften pflegen und Beziehungen knüpfen liegt mir ganz sicher nicht. Das Kino kann ich nicht ausstehen, da bekomme ich Kopfschmerzen. Und auf das dreistündige Kreischen in der Oper könnte ich auch gut verzichten. Was das Theater angeht ...«

»Ich liebe es«, sagte sie. »Was für ein Vergnügen, nur leider gibt es hier nicht viele. Das Varieté wechselt das Programm alle zwei Wochen.«

»Kommt Ihr Mann mit ins Theater?«, fragte Franz und rutschte an die Stuhlkante vor.

»Gott bewahre, nein«, sagte sie. »Er meint, es sei ihm peinlich. Ich weiß nicht, was er damit meint. Vielleicht, weil ich immer gerne mitmache. Wenn man wo mitsingen soll, dann bin ich voll dabei, vom ersten Ton bis zum letzten. Wenn jemand behauptet, er könne Gegenstände erkennen, während er die Augen verbunden hat, dann stelle ich als erste einen Armreif zur Verfügung. Erst neulich habe ich einem Mann geholfen, sich zu erhängen.«

»Bei einem Selbstmord?«, fragte Franz.

Frau Kramski lachte so überladen wie ihr Wohnzimmer. »Natürlich nicht!«, sagte sie. »Nun, in gewisser Weise schon. Aber es war ja nur ein Trick, verstehen Sie. Am Ende ist dem Mann nichts passiert, allerdings hätte man das am Schluss seiner Nummer nicht gedacht.«

»Wie haben Sie ihm dabei geholfen?«

»Oh, er wollte einen Freiwilligen auf der Bühne, um den Strick zu begutachten. Sie wissen schon, irgendwen aus dem Publikum, der hochkommt und bestätigt, dass er kein ›Ass im Ärmel‹ hat, oder wie auch immer die Zauberer das nennen.«

»Und, hatte er etwas im Ärmel?«, fragte Franz.

»Nur seinen Arm«, sagte die Frau.

»Das ist eine traurige Nachricht«, sagte Georg Gauss. »Wie schrecklich für Leo. Er hat einen Großonkel in Bern. Vielleicht hat er deswegen behauptet, von dort zu kommen, obwohl er nicht von dort kam. Soweit ich weiß, war er dort auch nie. Meine Güte, der Junge ist nie irgendwohin gekommen.«

»Nie?«, fragte Franz.

Georg Gauss war das völlige Gegenteil seines Anwaltsvetters: ruhig und bescheiden. Er hatte die Nachricht von Leo Kropolds Tod sehr nachdenklich aufgenommen.

»Letztes Jahr ist er einmal ganz kurz nach Wien gefahren«, sagte Gauss. »Kurz nach dem Tod seines Vaters. Vielleicht war das Leos Art ... auszubrechen, so würde man es wohl nennen. Ich kann Ihnen die Adresse seines Großonkels geben, wenn Sie das für angemessen halten. Ich glaube, es ist herzlos, den armen Leo länger als nötig auf Eis liegen zu lassen – es sei denn, Sie wünschen, dass *ich* die Leiche identifiziere?«

»Würden Sie das tun?«, sagte Franz.

»Natürlich, natürlich«, sagte der kleine Mann kopfnickend. »Ich kann nach Wien kommen.«

»Sie sind sehr zuvorkommend«, sagte Franz.

»Ganz und gar nicht«, sagte Gauss. »Der Junge hat mir immer leidgetan. Ich bezeichne ihn als Junge, dabei war er doch ein Mann, nicht wahr? Sein Vater hat ihn immer wie einen Jungen behandelt. Als seinen Burschen, um genau zu sein. Sie hatten einen Hof, und das war der einzige Lebensinhalt von Leos Vater, wissen Sie. Ich sage, er hat Leo wie seinen Burschen behandelt – so war mein Eindruck. Hin und wieder kamen sie in den Ort, um Sachen einzukaufen, die sie brauchten, oder um Futter abzuliefern oder was auch immer, und da hatte er Leo immer mit dem Wagen dabei, ließ ihn schleppen und beladen und brüllte ihm Befehle zu ...«

»Heutzutage noch?«, fragte Franz. »Es gibt doch heute Lastwagen und ...«

»So war der alte Kropold«, sagte Gauss. »Die Jahrhundertwende hat er nicht mitbekommen. Er machte alles genau so, wie sein Vater es schon gemacht hat, und seinen Sohn hielt er die ganzen Jahre lang unter seiner altmodischen Fuchtel.«

»Warum Wien?«

»Warum Wien was?«

»Warum ist Leo letztes Jahr nach Wien gegangen? Warum dorthin und nicht woanders?«

»Es ist eine Stadt, Herr Kafka«, sagte Gauss. »Weniger als eine Stunde entfernt, aber ganz anders als der abgelegene, einsame Hof, die unterscheiden sich wie ein Stein von einem Apfel. Er hatte die Stadt noch nie gesehen. Er hatte noch nie etwas gesehen.«

»Wie lange war er in Wien?«

»Nur ein paar Tage.«

»Hat er dort bei jemandem gewohnt? Einem Freund?«

»Er hatte keine Freunde, und ich weiß nicht, wo er geschlafen hat. Wahrscheinlich ist er in ein Hotel oder in eine Pension gegangen oder so. Ich weiß nicht, ob er überhaupt Ahnung vom Reisen hatte, was man dabei tun und lassen sollte.«

»Er ist immerhin zurückgekommen.«

Gauss nickte. »Ja, er ist zurückgekommen«, sagte er. »Den Winter durch ist er überhaupt nicht bei uns aufgetaucht, außer um zu Doktor Eustachius zu gehen.«

»War er krank?«

»Da müssten Sie Doktor Eustachius fragen. Aber ich glaube nicht. Leo ging einmal im Jahr zu Doktor Eustachius für eine Routineuntersuchung ... Nein, halt, das tat er gar nicht! Doktor Eustachius ist immer raus auf den Hof gefahren. Leos Vater war der Ansicht, Ärzte sollten Hausbesuche machen und sich ihr Honorar verdienen. Vielleicht kam Leo aus eigenem Antrieb zu Doktor Eustachius, um ihm die Fahrt zu ersparen, um wiedergutzumachen, dass sein Vater ihn jahrelang hat hinausfahren lassen ...«

»Und das war das letzte Mal, dass Sie ihn im Ort gesehen haben?«

Gauss kratzte sich am Kinn. »Das letzte Mal, dass *ich* ihn gesehen habe«, sagte er. »Aber eine kurze Zeitlang hörte ich von anderen, dass sie ihn im Wirtshaus gesehen hätten, in der Bierstube, im Varieté, sogar im Lichtspielhaus ... für den Jungen muss das alles überwältigend gewesen sein. Und schon wieder sage ich ›der Junge‹. Ich weiß nicht, warum, aber ich habe so eine Vermutung.«

»Und die wäre?«

»Er war in der Stadt gewesen, hat dort neue Sachen gesehen. Hat mitbekommen, dass das Leben mehr zu bieten hat, als vor Morgengrauen aufzustehen und bei Sonnenuntergang wieder ins Bett zu gehen. Mehr als nur Heu zu machen, zu pflügen und all das – mehr als nur Arbeit. Als sein Vater starb, wagte er es, seines Vaters Land zu verlassen, obwohl es nun seines war. Und meine Vermutung ist, dass Leo das flottere Leben gefallen hat. Ich weiß, dass er das Varieté besonders gemocht hat, eine Zeitlang ist er dort fast jeden Abend hingegangen.«

»Und dann hat er den Hof verkauft«, sagte Franz

Gauss stand von seinem Tisch auf und ging zum Aktenschrank, zog eine Schublade heraus, blätterte einige Akten durch, zog ein Dokument heraus und zeigte es Franz.

»Er meinte, er würde jeden Preis akzeptieren, den man ihm zahlen würde«, sagte Gauss. »Ich habe ihm gesagt, dass das Land etwas wert ist, habe ihn gefragt, ob er es nicht für seine Kinder behalten wolle.«

»Hatte er denn Kinder?«, fragte Franz.

»Nein, aber er war noch jung genug, um eine Frau zu finden und sich ans Kinderkriegen zu machen.«

»Was hat er auf Ihren Vorschlag erwidert, Herr Gauss?«

»Nichts, zunächst. Er hat gelacht. Lange und herzlich. Dann meinte er, dass er sich ziemlich sicher sei, niemals Kinder zu bekommen.«

Franz betrachtete die Unterschrift auf dem Dokument. Allerdings war es gar keine Unterschrift, sondern lediglich der Name *LEOPOLD DIETER KROPOLD* in derselben Blockschrift, die Leo auch in seinem Heft und auf dem zurückgelassenen Zettel benutzt hatte.

»Und der Hof?«, fragte Franz und gab Gauss das Dokument zurück.

»Schneller habe ich noch nie etwas verkauft«, sagte Gauss und steckte das Dokument wieder an seinen Platz im Aktenschrank zurück. »Ein paar Firmen waren schon seit Jahren scharf auf das Land, schon vor dem Krieg. Fabriken, wissen Sie. Habe es dem Höchstbietenden verkauft.«

»Viel Geld?«

Gauss riss die Augen auf. »Sagen wir einfach, dass Leo Kropold auf einen Schlag ein sehr reicher Mann war.«

»Und dann ist er verschwunden.«

Gauss setzte sich an seinen Schreibtisch. »Ja«, sagte er. »Vor einem Monat.«

»Er hat keine Adresse zurückgelassen? Bei Ihnen? Oder bei seiner Bank? Bei Freunden?«

»Keine Bank, keine Freunde. Der alte Kropold hat sein Geld auf seinem Grundstück aufbewahrt. Ich denke, Leo ist einfach davon ausgegangen, dass man das so macht – man holt sich das Geld in bar und bewahrt es an einem Ort auf, an dem man darauf zugreifen kann.« Gauss wischte sich die Augen. »Schauen Sie sich das an«, sagte er und betrachtete seine feuchten Hände. »Warum um alles in der Welt sollte ich wegen des Jungen so aus der Fassung geraten?«

»Sie sind ein mitfühlender Mensch«, sagte Franz. »Sie haben erkannt, dass der junge Mann die ganzen Jahre über unter seinem eigensinnigen Vater gerackert hat, und da Sie nun erfahren, dass der junge Mann ein so grausames und sinnloses Ende gefunden hat ...«

Franz stellte fest, dass er seinen Gedanken nicht zu Ende führen konnte.

Er hustete, ein schwerer Husten, der an seiner Kehle zerrte.

Er wartete. Es müssten noch mindestens vier weitere Hustenanfälle kommen, ehe er würde aufstehen müssen.

Doch die anderen vier kamen nicht.

Er schluckte, entschuldigte sich bei Gauss und holte tief Luft.

Als Franz das Büro des Grundstücksmaklers verließ, lag Gregor noch immer unter dem erschöpften Daimler, eine Handvoll Schraubenschlüssel in Reichweite.

»Herr Kafka«, sagte jemand.

Franz erspähte Beide neben einer schlanken schwarzen Limousine, deren Tür offen stand.

»Es tut mir leid, dass ich Ihre Ermittlung abkürze«, sagte Beide. »Aber ich muss Sie zurück nach Wien bringen.«

»Was ist denn jetzt passiert?«, fragte Franz.

»Es gab erneut einen Vorfall.«

»Wann?«

»Gestern Abend.«

»Noch ein Mord?«

»Beinahe.«

Franz war erhitzt und müde. Der nächtliche Regen war einem feuchtheißen Tag gewichen. Seine Beine waren wie aus Blei, und er fühlte kaum die Kraft in sich, um in den Wagen einzusteigen.

»Was meinen Sie mit ›beinahe‹?«, fragte er.

»Der Mann hat überlebt«, sagte Beide. »Ich glaube, Sie sollten mit ihm sprechen.«

»Aber ich weiß, wer die Morde begangen hat«, flüsterte Franz.

»Wer, Franz?«

»Wir«, sagte Franz.

»Halten Sie ihn!«, bellte Beide, und Franz spürte Arme um sich.

KAPITEL 44

EIN LÖSUNGSVERSUCH

Inspektor Beide sagte: »Hier ist es.«

Franz machte die Augen auf. Beide saß ihm gegenüber auf dem Klappsitz der Limousine.

»Mit wem reden Sie?«, fragte Franz.

»Mit mir selbst«, sagte Beide.

Der Wagen raste durch die Landschaft, durch die Franz und Gregor vor wenigen Stunden im Schneckentempo gekrochen waren. Der Fahrer in Uniform klopfte gegen die Trennscheibe, und Beide griff zum Trichter des Schnurtelefons.

»Ja«, sprach er hinein und hielt ihn dann an sein Ohr.

Franz hörte nicht, was der Fahrer sagte.

Beide lauschte und sprach dann wieder hinein. »Nein, wir holen es zu gegebener Zeit, wenn es sich lohnt.«

Er hing den Sprechtrichter an seinen Haken und sah Franz lächelnd an.

»Kurz weg gewesen«, sagte Beide.

»Ich habe nicht geschlafen«, sagte Franz.

»So wurde mir berichtet. Ihr Engagement in diesem Fall war uns allen ein Vorbild.«

»Es lag einfach nur daran, dass ständig wieder Dinge passiert sind ...«

»Komisch, dass das immer so ist, nicht wahr? Nun erklären Sie mir, was Sie meinten, als Sie sagten, ›wir‹ hätten diese Morde begangen.«

Franz stützte sich auf den Ellbogen, um sich aufzusetzen. »Das habe ich gesagt?«

»Jawohl.«

Franz blinzelte und versuchte, einen klaren Kopf zu bekommen. »Das habe ich wohl«, sagte er. »Aber ich meinte eigentlich ›wir‹ im Sinne von ›wir Menschen‹ im Allgemeinen, nicht ›wir‹ im Sinne von Sie und ich. Aber vielleicht kann man uns auch eine Mitschuld geben. Ich weiß es noch nicht. Vielleicht werde ich es nie erfahren.«

»Auf jeden Fall ist es die einfallsreichste Schlussfolgerung, die ich je gehört habe. Ich hoffe, dass Sie vorhaben, sie mir zu erläutern.«

»Das werde ich versuchen«, sagte Franz. »Haben Sie etwas Wasser? Oder etwas Stärkeres?«

Beide holte einen Flachmann hervor und reichte ihn Franz. Franz schraubte den Deckel ab, schnupperte Whiskey und trank dankbar.

»Leo Kropold hat Inge Hersch ermordet«, sagte er.

»Aber das ergibt sich doch nicht aus ...«

»Bitte, Inspektor, lassen Sie mich ausreden. Wenn Sie mich bei allem, was ich sage, unterbrechen, brauchen wir bis Mitternacht, bis Sie eine vollständige Erklärung haben.

In gewisser Weise sollten wir Leo Kropold dankbar sein. Wenn er sich nicht selbst getötet hätte, hätten wir es extrem schwer, einen Schlüssel zu diesem Rätsel zu erhalten. Hätte er einfach weitergelebt, wäre seine Existenz bis zu seinem Tod womöglich niemandem aufgefallen. Schwer zu sagen. Aber es spielt auch keine Rolle, denn ich glaube, er wusste, wonach wir gesucht haben, und weil er das wusste, kam er zu dem Schluss, dass wir die Wahrheit nur durch ihn erkennen konnten ... indem wir seinen Tod bemerken. Ich werde versuchen, Ihnen die Geschichte von Leo Kropold, so gut ich es vermag, zu erzählen, und zwar aufgrund dessen, was ich zusammensetzen konnte.«

»Na gut«, sagte Beide. »Ich lausche.«

»Leo Kropold war sein Leben lang ein behüteter, schwer arbeitender Mann, ein Bauernleben, geprägt von einem asozialen, reaktionären Vater. Als sein Vater letzten Sommer gestorben ist, hat sich Leo aufgemacht, um ein wenig von der Welt zu sehen, und es immerhin bis Wien geschafft. Fünfzehn Kilometer erscheinen Ihnen und mir nicht sehr viel, aber für Leo Kropold war es eine andere Welt.

Ich glaube, er hat voll und ganz das Klischee des Landeis in der Stadt verkörpert, dieses Thema, das auf der Bühne, in Büchern und in Filmen so gerne wiedergekäut wird. Ich glaube, er hat alles durchprobiert, Wein, Weib und Gesang. Und so lernte er die Immerplatz-Inge kennen.

Zweifellos war es seine erste Erfahrung mit dem anderen Geschlecht, und womöglich hat er schlicht angenommen, dass diese einen Preis hatte. Er hatte eine kleine Barschaft dabei, eine kleine Erbschaft von seinem Vater. Ich weiß nicht, wie er Inge Hersch gefunden hat, ob er von einem Zuhälter in einem der von Leo besuchten Heurigen zu ihr geführt worden ist oder ob sie auf ihn zugekommen ist ... Ihre Beschreibung Inges als Professionelle, die nicht mehr auf die Straße zu gehen brauchte, spricht eher für Ersteres. Wie dem auch sei, Leo hielt die Begegnung mit Inge wahrscheinlich irrtümlicherweise für den Beginn einer Annäherung, und ich gehe stark davon aus, dass sie ihn rasch eines Besseren belehrt hat.

Leo kehrt auf seinen Hof zurück, nachdem er viel erlebt und gesehen hat. Ich würde sagen, er widmet sich, nun ja, ein paar Monate lang dem Bauerndasein, bis er einige Veränderungen an sich bemerkt und feststellt, dass er krank ist. Statt zu warten, sucht er seinen Arzt auf, denn die Symptome sind eigenartig und machen ihm Angst. Und zweifellos hat der Doktor ihm eine bedenkliche Diagnose gestellt und ihm die Zukunft so sanft wie möglich auseinandergesetzt.

Und Leo ist außer sich.

Er nimmt das Quecksilber(II)-chlorid, trifft weitere lindernde Maßnahmen, aber es ist kein Leben mehr. Und das alles wegen dem bisschen Liebe? Er beschließt, nicht stillschweigend aus der Welt zu scheiden, vergessen auf irgendeinem Hof. Er geht aus, lenkt sich ab, so gut er kann, mit Essen, Trinken ... Jegliche Art des Vergnügens ist ihm willkommen, selbst die zweitklassigen Künstler im örtlichen Varieté. Doch eine Nummer ist nicht zweitklassig, für Leo zumindest nicht. Der Mann, der sich erhängt. Der Mann, der sagt, Menschen seien selbst ihre besten Richter und so weiter. Sie kennen Henkers Masche.

Das hat eine tiefe Wirkung auf Leo, und er kommt wieder. Womöglich hat er sogar beschlossen, Henkers Auftritt mitzuschreiben, damit er in den einsamen Stunden seiner Krankheit auf seinem dunklen, verlassenen Hof alles nochmal nachlesen konnte.

Bald fällt ihm noch etwas auf: Leute werden ermordet, als wären sie erhängt worden. Zufall? Wohl kaum, wenn ein unbekannter Künstler Abend für Abend auf der Bühne im Grunde dasselbe tut und es überlebt.

Ich glaube, dass Leo anfangs genauso reagiert hat wie wir, Inspektor – er wollte die Morde aufklären. Doch nach einer Weile achtete er genauer auf die *Freiwilligen.*

Nun aber, ehe ich erkläre, was ich damit meine, lassen Sie mich über Leos Wünsche und Bedürfnisse sprechen. Ich möchte nicht vorgeben, ein Experte zu sein, denn ich habe ihn nicht gekannt, und selbst wenn er mir bekannt gewesen wäre, hätte ich ihn womöglich nicht gekannt. Dennoch habe ich eine grobe Idee, in welche Richtung seine Gedanken gegangen sind.

Wie hat er sich mit Syphilis angesteckt? Rein körperlich bei Inge Hersch, moralisch aber an sich selbst. In Bezug auf sich selbst konnte und wollte er nichts unternehmen ... schließlich hatte er mit sich selbst zu leben. Aber er konnte in Bezug auf Inge Hersch etwas unternehmen. Er konnte sie töten. Nicht nur wegen dem, was sie ihm angetan hatte, sondern auch um zu verhindern, dass anderen dasselbe angetan wurde.«

»Und Sie glauben, dass er Henker in sein Vorhaben hineingezogen hat?«, fragte Beide. »Dass er einen Handel mit ihm abgeschlossen, ihm Geld oder dergleichen angeboten hat?«

Franz schüttelte den Kopf. »Nein«, sagte er. »Ich glaube nicht, dass Leo Kropold wie ein Mörder gedacht hat. Ich glaube, er hat nicht gewusst, was er mit sich anfangen sollte, als der Entschluss, Inge Hersch zu töten, in ihm gereift war. Um ehrlich zu sein, glaube ich, es hat ihm Angst gemacht. Außerdem glaube ich, dass ihm allmählich aufgefallen ist, dass die Opfer des Phantoms nie ins Theater gegangen sind.«

»Woher sollte er das denn wissen? In den Zeitungen stand nirgends, ob die Opfer eine Vorstellung des Hängekünstlers besucht hatten oder nicht.«

Franz nickte. »Ich weiß«, sagte er. »Aber ich glaube, er hat sich die Freiwilligen sehr genau angeschaut, wie ich bereits sagte.«

»Aber keiner der Freiwilligen wurde ermordet.«

»Das ist richtig. Aber jedes der Opfer kannte jemanden, der Freiwilliger war.«

»Wie haben Sie das herausgefunden?«

»Robert Prinsky hat mich als Erster auf die Idee gebracht. Erinnern Sie sich an ihn?«

»Ja. Der kleine mausgraue Bankangestellte.«

»Ja. Er war in der Traumhalle an dem Abend, an dem Herrmann Herbort ermordet wurde. Ich glaube, es war das erste Mal, dass ein Freiwilliger und ein Opfer tatsächlich zusammen in einer Vorstellung waren.«

»Und Sie glauben, dass Prinsky Herbort umgebracht hat?«

»Ich weiß, dass er es getan hat.«

»Woher?«

»Weil Prinsky glaubte, sein Leben wäre viel leichter, wenn Herrmann Herbort aus dem Weg geräumt wäre.«

»Woher wissen Sie das?«

»Prinsky liebt Hannah Bickel.«

»Ich kann mich nicht erinnern, dass er das einmal gesagt hätte.«

»Das hat er auch nicht. Aber ein Foto von ihr steht auf seinem Arbeitsplatz. Sogar gerahmt. Und als ich so tat, als würde ich sie für seine Frau halten, hat er sofort mitgespielt. Hat nicht einmal gestutzt. Hätte ich es nicht besser gewusst, hätte ich angenommen, dass er mit Hannah verheiratet ist.«

»Doch soweit ich mich erinnere, hat Hannah Prinsky eher abgelehnt.«

»Das hat sie. Und Prinsky wusste das. Und es hat ihn *gewurmt*. Denn Tag für Tag war der andere da – der gutaussehende, allseits beliebte Herrmann Herbort. Ein Messer, das ihm beständig im Herz steckte. Mit all diesen Gefühlen betritt Prinsky die Bühne, nachdem der Hängekünstler ihn als Freiwilligen ausgewählt hat. Am selben Abend stirbt Herrmann Herbort.«

»Aber wie hat er es getan? Der Kerl hat kilometerlange Alibis.«

»Dazu komme ich noch. Ich habe eine Theorie, aber hören Sie. Es geht weit über Prinsky hinaus.«

»Oh«, sagte Beide. »Sie sprechen von der zeitlichen Abfolge

der Morde und der kurzen Begegnung Henkers mit den Freiwilligen? Wollen Sie darauf hinaus?«

»Wie gesagt – Prinsky ist Freiwilliger, Herbort stirbt. Kropold ist Freiwilliger, Inge Hersch stirbt.«

»Weil Kropold wollte, dass sie stirbt.«

»Dieser Zusammenhang lässt sich ganz bis zum ersten Fall zurückverfolgen, zu Ulla Stach.«

»Wie das?«

»Ulla Stach war eine von vier jungen Frauen, die sich auf eine Stelle als Privatsekretärin einer prestigeträchtigen Anwaltskanzlei beworben hatten. Sie hat die Stelle bekommen, die anderen nicht. Die anderen drei Frauen sind ins Theater gegangen, haben Henkers Nummer gesehen, eine von ihnen war Freiwillige. Am selben Abend ist Ulla gestorben.«

»Welche der jungen Frauen war Freiwillige?«

»Das Mädchen, das nun die Stelle hat.«

»Weshalb sollte sie Ulla Stach aus dem Weg räumen wollen?«

»Weil diese Frau – Fräulein Ascher – die zweite Wahl für die Stelle war. Angenommen, die erste Wahl stirbt? Dann wird die zweite Wahl natürlich als Ersatz nachrücken.«

»Dessen konnte sie sich aber nicht sicher sein.«

»Nichtsdestotrotz hat sie es gedacht.«

»Und Walter Wilhelm?«

»Die Frau seines Geschäftspartners war Henkers Freiwillige.«

»Und weshalb sollte sie Wilhelm aus dem Weg schaffen wollen?«

»Sie ist ehrgeizig. Sie wollte Geld, gesellschaftliche Stellung ... und ihr Mann tat nicht viel, um ihr dazu zu verhelfen. Aber wenn Wilhelm, sein Geschäftspartner, sterben würde, würde ihr Gatte die gesamte Kontrolle über das Unternehmen erlangen, und es gäbe mehr Geld ...«

»Hat sie das zugegeben?«

»Nicht so direkt. Aber mir wurde deutlich, dass sie den Eindruck hatte, im immer gleichen Trott zu versauern. Als einzige Lösung ihres Problems erschien ihr, wenn Wilhelm aus dem Weg wäre und ihr erfolgloser Gatte in ein neues Leben mit mehr Reichtum aufrücken könnte, ohne dabei viel tun zu müssen ... was ihm ganz gut in den Kram passte, wenn ich es recht verstehe.«

»Und Emmanuel Buchner?«

»Der ist mir ein bisschen unklar«, sagte Franz, »aber ich glaube, der hat seine Nichte belästigt.«

»Was?«

»Ich bin mir nicht ganz sicher, aber als ich die Töchter seiner Schwester beobachtet habe, vor allem die älteste ...«

»Da machen Sie aber ziemliche Sprünge bei Ihren Rückschlüssen, Franz. Sie wollen also sagen, dass das Mädchen ihn tot sehen wollte, und als sie im Theater war ...«

»Nicht das Mädchen. Die Mutter, Emmanuels Schwester. Sie war die Freiwillige. Bei ihm handelte es sich um einen Mann, der, soweit ich informiert bin, nicht gerade der Hellste war, aber er hatte eine liebevolle, herzliche und vertrauensvolle Beziehung zu seiner Familie. Er war ständig bei ihnen. Dann eines Tages vor zwei Jahren – plötzlich wie abgeschnitten. Also, was war wohl vorgefallen, was diese Spaltung verursacht hatte?«

»Wollte die Frau das nicht sagen?«

»Nein. Was mich zu der Überzeugung gelangen lässt, dass sie etwas Unverzeihliches entdeckt hat, entweder weil sie es beobachtet hat oder weil sie ihre Tochter ausgefragt hat. Vielleicht hat das Mädchen verwirrt und bekümmert von selbst gestanden. Aber wiederum kann ich nichts beweisen, aber ...«

»Aber Sie haben es einfach gewusst.«

»Ja. Und ich bin mir sicher, wenn wir weiterbohren, wenn

wir die Akten aller Opfer noch einmal durchgehen, werden wir in der Lage sein, eine Verbindung, ob nun direkt oder indirekt, zu jemandem herzustellen, den sie kannten und der sie aus dem einen oder anderen Grund aus dem Weg haben wollte.«

»Sie vergessen Christian Werdehausen«, sagte Beide.

Franz zögerte vor seiner Antwort. »Ja«, sagte er.

»Das ist alles, was Ihnen dazu einfällt?«

»Ich nehme an, Sie werden mich wegen Jizchak Löwy schelten.«

»Ich erinnere mich, Sie davor gewarnt zu haben, Freunde und Familie hinzuzuziehen«, sagte Beide.

»Das habe ich nicht getan. Soll heißen, ich habe Jizchak nicht bewusst hinzugezogen. Er behauptete, ich hätte ihm ein Telegramm geschickt, und, nun ja ...«

»Sie haben ihn hinzugezogen. Und er ist zu Henker auf die Bühne hinauf. Und jetzt ist wieder jemand tot. Wenn wir Ihrer Erklärung der Mordfälle folgen, dann ist Herr Löwy am Tod von Werdehausen schuldig.«

»Löwy ist keines Mordes fähig, Inspektor.«

»Möglich.«

»Keine der Personen, über die wir eben gesprochen haben, kann man als eines Mordes fähig bezeichnen.«

»Mit Ausnahme von Leo Kropold.«

»Ja, nun, das ist tatsächlich eine ganz andere Geschichte.«

Die Limousine warf sie umher, als sie über einen Bahnübergang bretterte. Beide schnappte den Sprechtrichter und hielt dem Fahrer einen kurzen, pointierten Vortrag zum Thema Geschwindigkeit versus Vorsicht.

Sie waren wieder in der Stadt angekommen, und Franz sah die Straßen, in denen es von Menschen wimmelte. Er dachte über ihre Wesenszüge nach, über ihre dunklen Impulse. Wie viele von ihnen gingen durchs Leben mit reinem Herzen, wie viele waren im tiefsten Inneren verbrannt und verdreht?

»Kriegt Löwy großen Ärger?«, fragte er.

»Er ist der Hauptverdächtige«, sagte Beide, »obwohl es keine Möglichkeit gibt zu beweisen, dass er zum Tatzeitpunkt in Werdehausens Nähe war. Und immer noch stellt sich die viel größere Frage, nämlich, wie er in Zusammenhang mit all den vorausgegangenen Morden stehen kann. Das war von Anfang an das Problem, Kafka. Jeder Hauptverdächtige entlastet den vorherigen Hauptverdächtigen.«

»Ist es denn unbedingt notwendig, diese Verbrechen alle einer Person anzuhängen?«

»Lassen Sie mich fragen: fünfundzwanzig Morde, begangen von fünfundzwanzig unterschiedlichen Tätern, die alle dieselbe Methode anwenden. Erscheint Ihnen das plausibel?«

»Die Antwort, die ich darauf habe, erscheint mir auch nicht plausibel, aber sie reduziert die Liste der Mörder von fünfundzwanzig auf einen.«

»Und wer ist der eine, alles überstrahlende Verdächtige?«

»Derjenige, dem Sie die Tat schon die ganze Zeit anhängen wollen, auch wenn niemand ihn direkt in Verbindung mit den Morden bringen kann«, sagte Franz. »Der Hängekünstler.«

KAPITEL 45

AUSGEBURTEN DES BÖSEN

Beide stieß ein leises Pfeifen aus. »Was wollen Sie damit andeuten? Dass Henker in irgendeiner Weise von den mörderischen Gelüsten eines jeden Freiwilligen gewusst und entsprechend gehandelt hat? Woher sollte er das wissen? Wollen Sie etwa auf Telepathie anspielen? Oder dass er den Hass der Freiwilligen, der in der Seele hauste, wahrnehmen konnte? Selbst wenn Sie mich dazu bringen könnten, das zu glauben, was ist dann mit all den Abenden, an denen er aufgetreten ist, es aber zu keinem Mord kam?«

»Das ist ganz einfach«, sagte Franz. »Nicht jeder trägt Hass in sich.«

»Oh, Herr Kafka. Da müssen Sie mir schon etwas Besseres liefern.«

»Ich glaube, dass ich das kann«, sagte Franz, »vielleicht nicht unbedingt etwas Besseres, aber immerhin etwas, was eine Erklärung für alles liefert, und wenn ich Ihnen das gesagt habe, können Sie damit tun, was Sie wollen.«

»Was wollen Sie damit sagen?«

»Ich will damit sagen, dass ich glaube, dass dies kein Fall für die Polizei ist«, sagte Franz und räusperte sich. »Nicht für die Wiener Polizei, nicht für Sie ... Im Grunde kann da überhaupt niemand etwas dagegen unternehmen.«

Beide sah nach den Straßen an der nächsten Kreuzung und griff zum Sprechtrichter, um dem Fahrer etwas mitzuteilen. »Fahren Sie im Kreis, bis ich Ihnen sage, dass Sie zu unserem Ziel weiterfahren sollen«, sagte er. Dann sah er Franz an. »Ich habe das Gefühl, dass das, was Sie mir nun erzählen werden, eine Weile dauern wird.«

Franz zuckte mit den Schultern. »Ganz und gar nicht«, sagte er. »Es gibt nur eine Möglichkeit, wie all diese Leute auf dieselbe Weise umgebracht werden konnten, obwohl sie sich an den unterschiedlichsten Orten befanden. Orte, die kein Mensch in so kurzer Zeit erreichen kann, solange er ständig beobachtet wird. Der Mörder ist nicht der Hängekünstler, Inspektor. Der Mörder ist der *Strick* des Hängekünstlers.«

»Der Strick?«

»Ja.«

»Der aus eigenem Antrieb handelt?«

»Im Interesse der Freiwilligen.«

»Er vollstreckt sein eigenes Urteil und Strafmaß.«

»Ganz allein.«

»Unterstützt von einer bösartigen, übernatürlichen Kraft, die wir nicht im Ansatz begreifen können.«

»So scheint es.«

»Ich verstehe. Und wo steckt diese bösartige, übernatürliche Kraft?«

»Im Theater.«

»Jetzt im Augenblick?«

»Ich weiß es nicht. Aber ganz sicher immer dann, wenn der Hängekünstler auftritt.«

»Und was gibt Ihnen diese Gewissheit?«

Franz erzählte ihm von dem traumatischen Erlebnis an jenem Abend auf der Hinterbühne der Traumhalle. Er versuchte zu beschreiben, was er empfunden hatte und warum er so empfunden hatte in der völligen Dunkelheit. Er konnte nur Sinneseindrücke beschreiben. Er war lediglich dazu in der Lage, seine Geschichte zu erzählen, konnte sie aber nicht vernunftmäßig erklären oder irgendwelche Schlussfolgerungen daraus ziehen. Was diese unsichtbaren Wesenheiten waren, was sie wollten oder woher und warum sie kamen – er wagte nicht einmal eine Vermutung.

Beide hörte Franz zu. Hörte jedem von Franz' Worten sehr genau zu.

Beide hörte zu, und als Franz zu Ende war, sprach er.

»Es wäre an diesem Punkt Brauch«, sagte Beide, »Ihnen ein oder zwei Dinge zu sagen, viele davon vollkommen berechtigt, angefangen mit ›Sie sind verrückt‹ und am Ende irgendetwas wie: ›So etwas ist in dieser Welt einfach nicht möglich.‹ Aber das werde ich aus einer Reihe von Gründen nicht tun. Ich werde mich benehmen wie ein vollkommen normaler Inspektor, der gemeinsam mit einem vollkommen zurechnungsfähigen Kollegen oder speziellen Berater – als beides betrachte ich Sie mittlerweile – die eine oder andere Theorie aufstellt. Wie klingt das für Sie?«

»Sehr anständig.«

»Gut. Erste Frage: Wie lange hegen Sie diesen Verdacht bereits?«

»Nicht lange. Es ist eher eine Anhäufung von Verdachtsmomenten und Geschehnissen.«

»Zum Beispiel?«

»Nun, so ungern ich die Dame schlechtmachen möchte, so fiel mein erster Verdacht doch auf Henkers Schwester.«

»Mathilde Henker?«

»Wenn er nicht gerade noch eine andere Schwester hat, von der ich nichts weiß, ja.«

»Die Frau kann sich kaum bewegen. Und wenn, dann

braucht sie zwei Stöcke. Sie braucht für die Durchquerung eines Zimmers eine Viertelstunde, wenn sie überhaupt die Kraft dafür aufbringt. Und Sie dachten, sie würde quer durch Österreich rasen, um Leute zu erhängen?«

»Wir halten sie nur deswegen für eine Kriegsversehrte, weil wir sie nicht mit anderen Augen betrachten. Ihr unbeobachtetes Selbst haben wir nie gesehen. Sie kann genauso gut agil wie ein junges Mädchen sein, das eine Auszeichnung in Gymnastik bekommen hat.«

»Und wie ging Ihre Theorie, woher sie wusste, wohin sie gehen und wen sie hängen sollte?«

»Mein Gedanke war, dass Henker mit ihr per Funk oder irgendeinem elektrischen Gerät kommuniziert. Das Grammophon zum Beispiel. Er würde verschlüsselt etwas mitteilen, das Grammophon würde es hören und es an einen Empfänger übermitteln, der in der Pensionssuite verborgen ist, sodass sie unbeobachtet und ohne dass ihr jemand folgt, aufbrechen konnte ...«

»Und Sie kamen zu dem Schluss, dass dies nicht der Fall sein konnte, weil die Erklärung auf wundersame Weise noch lächerlicher war, als zu sagen, der Strick sei der Mörder.«

»Lächerlich?«

»Tut mir leid, ich kommentiere Ihre Ausführungen und habe versprochen, es nicht zu tun.«

»Entschuldigung angenommen.«

»Jedenfalls haben Sie diese Erklärung inzwischen ad acta gelegt. Vielleicht, weil Mathilde Henker tatsächlich eine Behinderung hat?«

»Ihre Arbeit als Krankenschwester im Krieg gab mir Veranlassung zu glauben, dass ...«

»Ihre was?«

»Sie hat mir erzählt, dass sie im Krieg Krankenschwester war, und weil sie zum falschen Zeitpunkt am falschen Ort war, haben ihre Verletzungen zu ihrem derzeitigen Zustand geführt …«

»Mein lieber Scholli«, sagte Beide. »Der einzige Zusammenhang zwischen Mathilde, dem Krieg und einer Krankenschwester ist der, dass Hans Henker eine Krankenschwester angeheuert hat, um sie zu versorgen, bis er wieder zurückkehren und sie pflegen konnte.«

»Wie bitte?«

»Henker war seit dem Tod der Eltern vor fast zwanzig Jahren der einzige Betreuer seiner Schwester. Er hat sich ihr voll und ganz gewidmet, und als er zum Militär eingezogen wurde, war er keine drei Wochen weg, und in dieser Zeit hat er sich darum bemüht, sich seiner militärischen Verpflichtungen zu entledigen, indem er einen Ersatz angeheuert hat.«

»Sie hat mir erzählt, er habe mit Auszeichnung im Ingenieurkorps gedient.«

»Wen immer er bezahlt hat, um an seiner Stelle zu dienen, tat dies mit Auszeichnung, Franz. Henker war seiner Schwester von Jugendtagen an hörig.«

Franz ließ das einen Moment lang sacken und sagte dann: »Ich kann verstehen, weshalb sie mich angelogen hat.«

»Tatsächlich?«

»Ich glaube, sie hat in mir einen mitfühlenden Zuhörer gefunden, während ich mich noch als ›Monsieur Choucas‹ ausgegeben habe«, sagte Franz. »Während sie ihre Gebrechen nicht verbergen kann, kann sie deren Gründe und Dauer doch berichtigen. Ich glaube, dass der Umstand, dass ihr Bruder in diesem vermaledeiten Krieg nicht mitgekämpft hat, ihr mehr zusetzt als irgendeiner der Schrecken, die ihren eigenen Körper getroffen haben.«

»Der Strick, Franz. Abgesehen von Mathilde Henker, was hat Sie zu der unglaublichen Entdeckung geführt, dass der Strick die Morde begeht?«

»Henkers Handschuhe.«

»Er hat Schuppenflechte.«

»Hat er Ihnen das auch erzählt?«, fragte Franz. »Nun, vielleicht hat er sie tatsächlich, aber ich glaube, er trägt die Handschuhe, um sich zu schützen.«

»Vor dem Strick?«

Franz nickte. »Oh ja. Ich glaube, dass Henker die Macht des Stricks nur zu bewusst ist. Dass er von einem eigenen mörderischen Leben erfüllt ist und dass er ihn nur beherrschen und – wage ich, es zu sagen? – *füttern* kann, wenn er dafür sorgt, dass nur andere ihn berühren und nicht er selbst.«

»Sie wollen damit sagen, dass der Strick die dunklen Wünsche derer erspürt, die ihn in der Hand haben?«

»Genau das.«

»Dann ist die ganze Nummer ... der Vortrag, die Musik vom Grammophon, der Galgen, Henkers allabendlicher Tod ...«

»Wie man unter Theaterleuten sagt: ›nur gespielt‹. Denn wenn man zum Knecht einer Ausgeburt des Bösen wird, die eine ganz eigene, übernatürliche Blutgier hat, wie sorgt man dann dafür, dass sie in die Hände so vieler Menschen wie möglich gelangt?«

»Indem man um Freiwillige bittet.«

»Richtig.«

»Und dafür darf Henker weiterleben?«

»Dafür darf Henker die Strafe seines Schuldspruchs immer und immer wieder erdulden.«

»Und weshalb wird er bestraft?«

»Warum glauben Sie?«

Beide dachte einen Moment nach. »Henker wollte jemanden aus dem Weg haben.«

»Ja.«

»Aber wir haben keine Berichte über ungewöhnliche

Tode zutage gefördert, die mit ihm *oder* seiner Schwester in Verbindung stehen. Seine Eltern haben das Denguefieber bekommen und sind daran gestorben. Es gibt keinerlei Fälle von Erhängungen und fehlenden Tatwaffen, die auch nur entfernt etwas mit den Henkers zu tun haben könnten.«

»Das liegt daran, dass der Mensch, den Henker aus dem Weg haben wollte, auf wundersame Weise noch am Leben ist.«

»Wer?«, fragte Beide. »Warten Sie, sagen Sie es mir nicht. Mathilde.«

»Da bin ich mir fast sicher.«

Während des Gesprächs war Beide ganz blass geworden. Er atmete schwer aus, dann leerte er den Flachmann. »Ich frage Sie nur ungern, welche Beobachtung Sie dazu gebracht hat, den Strick zu verdächtigen.«

Franz schilderte die Einzelheiten des Mordes an Lisy Dierkop und die Nebenbemerkung, die dabei über die Borgia-Kelche im Zusammenhang mit der scheinbaren Vergiftung ohne Gift gefallen war.

Beide wurde rot. »Ach, kommen Sie. Wollen Sie mir jetzt erzählen, dass Henker überall rumläuft und Objekte sammelt, die irgendeine übernatürliche Mörderkraft in sich haben? Wie kann denn das sein? Sind die Henkers etwa Magneten für alle bösen Antiquitäten auf der Welt?«

»Nun, Sie und ich, wie haben Henkers jahrhundertealten Tisch und Stuhl gesehen, Inspektor. Wir haben das Geheimfach gesehen, in dem der zerfallene Strick lag ...«

»Und das ist auch so eine Sache«, sagte Beide. »Der Strick in dem alten Stuhl ist doch eindeutig nicht mehr zu gebrauchen. Der Strick, den Henker während seines Auftritts benutzt, ist dagegen eindeutig stabil, kräftig, und – ich sage es gar nicht gern – er sieht sehr schön aus. Gibt es denn zwei Stricke?«

»Ich glaube nicht«, sagte Franz. »Ich glaube, dass er sich

dank Henkers Vorstellung wieder erneuert und sich auf den Weg macht, nachdem er Henker erhängt hat und der Vorhang gefallen ist. Was geschieht in den fünfzehn Minuten nach dem Vorhang und dem Ausgehen der Lichter? Wir wissen es nicht. Was auch immer passiert – und vielleicht erfahren wir es nie –, sowohl Henker als auch der Strick sind dort, wo sie sein sollen, beide in ihrem ursprünglichen Zustand.«

Beide nahm einen Umschlag aus einer der in seinem Umhang verborgenen Taschen und gab ihn Franz. »Ob ich Ihnen das jetzt gebe oder wann anders, spielt auch keine Rolle«, sagte er.

Franz lachte. »Ist das der berüchtigte ›dritte Umschlag‹, den ich vor ein paar Tagen aus dem Zug geworfen habe?«

»Nein«, sagte Beide. »Es ist die Übersetzung der Inschrift in dem Stuhlfach.«

Franz öffnete den Umschlag, zog ein Blatt Papier heraus und las laut vor:

»Wer auf das Gute
sein Bemühen richtet,
dem wird Glück und Ansehen zuteil.

Da er diesen Ruhm erworben hat,
bleibt, über den Tod des Leibes hinaus,
sein Name für immer lebendig.
Er muss sich nie
und nimmer einer Schande schämen,
der heute seiner Lebensregel folgt.«

Franz steckte das Blatt wieder in den Umschlag. »Henker zitiert das in seiner Nummer«, sagte er. »Wenn man sich das alles vor Augen hält, Inspektor, dann ist das eine entsetzliche Aussage.«

»Und Leo Kropold?«, fragte Beide.

»… hat lediglich erkannt, dass er, wenn er seinen Wunsch wahrmachen wollte, den Strick berühren musste«, sagte Franz. »Ich weiß nicht, ob er tiefere Einblicke in die Geschichte von Henkers Entdeckung hatte, doch gelangte er zu der Überzeugung, dass der Strick das Instrument der Zerstörung war, und deshalb ist er immer und immer wieder in die Vorstellung gegangen in der Hoffnung, dass er eines Tages als Freiwilliger ausgewählt würde. Als der Augenblick endlich gekommen war, war er allein auf den Strick fokussiert, die anderen bedeutungslosen Gesten, das Abtasten Henkers, waren ihm egal, denn er wusste, dass Inge Herschs Tod unmittelbar bevorstand.«

»Und deshalb schrieb er am Ende ›Danke Hängekünstler‹?«

»Ja, er bedankte sich bei Henker für die Rache, die der Strick geübt hatte. Und außerdem hinterließ er mit seinem Selbstmord genügend Hinweise auf sich selbst und sein Ziel, um jemanden in die richtige Richtung zu weisen – nämlich zur Erkenntnis der wahren Natur und Bedeutung der Nummer des Hängekünstlers. Denn ich glaube, dass in Kropold noch genug Menschlichkeit steckte, dass er wusste, dass die dunklen Mächte hinter dem Strick aufgehalten werden mussten. Wenn möglich.«

»*Ist* es denn möglich?«, fragte Beide.

»Ich glaube nicht«, sagte Franz. »Sicher jedoch nicht auf reiner Verstandesebene. Außer den Würgemalen, die der Strick am Hals seiner Opfer hinterlässt – und wir werden nie in der Lage sein, den tatsächlichen Strick zum Abgleich heranzuziehen –, haben wir keine gangbare Möglichkeit, den Strick in Verbindung mit den Verbrechen zu bringen, und deshalb können wir Henker nichts anlasten.«

Beide schnappte das Schnurtelefon und gab dem Fahrer einen Befehl. Der Wagen machte auf der breiten Straße kehrt und beschleunigte in die andere Richtung.

»Was Sie mir eben erzählt haben, könnte eine lange Reihe von Rätseln lösen«, sagte Beide. »Und wir haben unseren Gast ein bisschen zu lange warten lassen.«

»Welchen Gast? Der Mann, den Sie mir vorstellen wollten?«

»Ich hoffe, Sie verzeihen es mir, dass ich ihn hergeholt habe«, sagte Beide. »Aber ich hatte das Gefühl, dass Sie ihn unbedingt sehen und sich seine unglaubliche Geschichte anhören müssen. Und es erspart uns Zeit.«

»Spart Zeit?«

»Unser Gast kommt aus Prag, zwei Stunden Fahrt von hier.«

»Prag?«

»Ja. Ihre Heimat.«

»Prag ist groß, Inspektor. Nur weil diese Person aus Prag kommt, heißt das nicht, dass ich sie kenne.«

»Wenn Sie ihn sehen, Franz, dann möchte ich, dass Sie an eine Sache denken, die mit den Theorien zu tun hat, die wir eben besprochen haben.«

»Ja?«

»Auch Sie haben den Strick berührt.«

KAPITEL 46

DER MANN AUS PRAG

Franz war allein in dem kleinen Zimmer mit dem Mann aus Prag, der gar nicht erfreut war.

»Das treibst du also, du spielst mir Streiche?«, sagte der alte Mann. Er war doppelt so groß wie Franz und wirkte selbst in seinem Alter noch viermal so rüstig. »Wegen dir schleift man mich hierher und lässt mich warten? Du solltest dich was schämen, aber nein, du weißt ja gar nicht, was Scham ist, nicht wahr? Nicht wahr?«

Franz ließ sich auf dem Stuhl dem Mann gegenüber nieder. »Hallo, Vater.«

»Du setzt dich in meiner Gegenwart nicht einfach hin!«, blaffte sein Vater. »Du stehst, bis ich dir sage, dass du dich setzen sollst.«

Franz erhob sich.

»Da bist du also, läufst herum, kerngesund, und machst dir nicht einmal die Mühe, deiner Mutter zu sagen, dass du nicht mehr in diesem Haus mit den weißen Wänden bist?«

»Das verstehe ich selbst nicht so recht, Vater. Aber vor ein paar Tagen ...«

»Oder eine Nachricht an deine Schwestern, die dich lieben,

Gott weiß, warum? Schäm dich! Du spuckst auf sie. Bei mir ist mir das egal, spuck du ruhig auf mich, so viel du magst, ich weiß, dass du dir die Hände reingewaschen hast, was mich angeht, dann soll es eben so sein, aber deine Schwestern! Deine Mutter! Die reine Undankbarkeit sehe ich da vor mir. Undankbarkeit in einem billigen Anzug.«

»Was ist passiert, Vater?«

»Als ob du das nicht wüsstest.«

»Ich weiß es nicht. Man hat mir nichts erzählt.«

»Dann soll ich es dir etwa sagen? Sie glauben mir nicht, ist es das? Sie meinen, wenn ich es dir sage, wäre es anders? Ist es das?«

»Ich will wissen, was passiert ist, Vater.«

»Warum das?«

»Weil ich vielleicht eine Antwort darauf habe.«

Der rotgesichtige Alte wischte sich den Speichel vom Mund. »Gestern Abend«, sagte er, »ich war gerade in der Küche. Was ich in der Küche getan habe, geht dich nichts an, ich war eben dort, damit basta. Plötzlich wuselt mir etwas um die Füße, packt mich und zieht. Ich werde über den Boden geschleift wie ein Rindvieh zur Schlachtbank. Und dann werde ich plötzlich in die Luft gerissen, hänge an den Fußgelenken, werde aufgehängt wie eine Rinderhälfte, ich schreie, aber es kommt niemand, warum weiß ich auch nicht, sonst kommen alle, wenn ich schreie, sogar die Nachbarn, aber jetzt, nichts, und ich kann mich nicht befreien.«

»Wer war das?«

»Ich habe niemand gesehen. Aber da war jemand, das wusste ich, das habe ich gespürt.«

Franz schluckte trocken und unterdrückte ein Husten. »Wie bist du freigekommen?«

Der Alte zeigte ein grimmiges Lächeln. »Ich hatte das *Flei-*

schige in der Hand«, sagte er, »und habe so lange darauf eingehackt, bis ich frei war.«

»Großvaters Schächtermesser?«

»Genau das. Und dann bin ich hingefallen, habe meinen Kopf furchtbar angeschlagen, aber schau! Kein Verband! Harter Kopf, nicht wie du – dein Schädel würde zerspringen wie ein rohes Ei. Und dieses Ding« – er deutete mit einem Nicken auf einen Metallkasten auf dem Tisch – »war alles, was hinterher noch da war. Ich wollte ihn rausschmeißen, aber deine Mutter, die hat gemeint, die Polizei würde sich das anschauen wollen.«

Franz beäugte den Kasten. »Was ist drin?«, fragte Franz.

»Dreck«, sagte sein Vater. »Abfall. Kot.«

Franz hob den Deckel des Kastens.

Der Gegenstand darin, keine zwei Finger lang, erinnerte tatsächlich an Kot, doch Franz erkannte in ihm etwas anderes – die verfallenen Überreste eines Seidenstricks. Er knallte den Deckel zu.

»Du hast mir einen Streich spielen wollen?«, verlangte sein Vater zu wissen. »Deswegen bist du hier, du Scharlatan, du Simulant? Du Schwamm? Als wäre es nicht erniedrigend genug, dich als Sohn ertragen zu müssen, jetzt gehst du auch noch hin und machst so etwas? Warum denn? Um mir eine Lektion zu erteilen? Um mich noch mehr zu verhöhnen? Wohin willst du denn, was unterstehst du dich? *Komm sofort zurück und bring das wieder, du Schwachkopf!*«

Franz überreichte Beide den Kasten.

»Judenstrafe«, sagte er.

»Wie bitte?«, fragte Beide.

»Judenstrafe«, sagte Franz und ließ sich auf einen Stuhl fallen. Noch immer hörte er seinen Vater hinter der verschlossenen Tür am Ende des Ganges brüllen. »Deshalb ist er nicht gleich gestorben.«

»Das verstehe ich nicht.«

»Judenstrafe«, sagte Franz und rieb sich dabei geistesabwesend den Hals, »war eine besondere Hinrichtungsart im Mittelalter. Vor allem jüdische Diebe hat man so hingerichtet. Kopfüber an den Füßen aufgehängt, entweder als Folter oder zur Hinrichtung.«

»Und woher wissen Sie das?«

»Ich habe Ihnen doch schon gesagt, dass ich mich eingehend mit meiner Religion befasst habe«, sagte Franz. »Dabei beschäftigte ich mich auch mit der Judenstrafe. Das Stück Strick sieht gleich aus wie dasjenige, das wir in Henkers Garderobe gefunden haben. Er hatte es auf meinen Vater abgesehen, Inspektor. Er hat versucht, ihn zu töten.«

»Aber warum ihn anders als die anderen?«

»Ich vermute, dass keines der früheren Opfer jüdisch war. Und mein Vater – obwohl er unseren Glauben längst aufgegeben hat und alles Heilige verhöhnt – ist Jude. Sein Vater, mein Großvater, war ein koscherer Fleischer. Und dieser abscheuliche Mensch« – dabei deutete er in die Richtung, aus der die wutschäumende Tirade kam – »benutzt eines der geheiligten Messer seines Vaters, um sich seine Butterbrote zu schmieren.«

»Nun, das hat ihm das Leben gerettet.«

»Ja«, sagte Franz. »Ich war es jedenfalls nicht.«

Beide legte Franz beruhigend eine Hand auf die Schulter. »Was machen wir jetzt, Franz?«

»Mit meinem Vater?«

»Mit Henker.«

Franz stand auf, schwankte und bekam einen Hustenanfall, der ihn wieder auf den Stuhl zurückzwang. Beide gab ihm ein Taschentuch. Franz hustete ab, so gut es ging, doch machte er dabei Geräusche, als würde man Dampf in einen Teekessel zurückzwingen. Erschrocken klopfte Beide ihm auf den Rücken, doch Franz schob ihn beiseite. Er hob die Arme über den Kopf und bedeutete Beide, ihm beim Aufstehen zu helfen. Als er schließlich stand, zwang Franz Luft in seine Lunge, bis er sich wieder beruhigt hatte. Ein letztes Mal hustete er in das Taschentuch.

Franz zeigte Beide die frischen roten Flecken auf dem Tuch.

Franz lächelte. »Ich werde diese Sache beenden«, sagte er. »Lassen Sie Henker heute Abend gewähren wie immer.«

KAPITEL 47

TILLIE

»Hänsel kam zuerst auf die Welt«, sagte Mathilde Henker. »Und er war ein vollkommenes Kind.«

Sie und Franz saßen zusammen auf dem Sofa in dem ausgeräumten Salon ihrer Pensionssuite, umgeben von Kisten. Eine einzelne Lampe stand auf einer der Kisten. Ihr gelbliches Licht fiel vor allem auf Mathilde.

»Der Arzt hatte ziemliche Mühe, mich zur Welt zu bringen«, fuhr sie fort. »Vielleicht wollte ich nicht geboren werden. Wer weiß? Wissen Sie, was eine Nabelschnurumschlingung ist, Herr Kafka?«

»Wenn die Nabelschnur bei der Geburt um den Hals des Kindes gewickelt ist«, sagte Franz.

»Anscheinend kommt das nicht selten vor«, sagte sie. »Doch in meinem Fall wurde ich allmählich stranguliert, und was mich gerettet hat ...« Sie hob die Fäuste zu den Wangen. »... waren meine eigenen zwei Hände.« Sie ließ die Hände wieder in den Schoß fallen und betrachtete sie. »Mein Vater witzelte immer, dass Hänsel vielleicht versucht hätte, mich umzubringen. Für Hans war das kein Witz. Als Hans älter wurde, begriff mein Vater, dass er darüber keine Witze machen durfte.

Nachdem ich meine Geburt überlebt hatte, wuchs ich so gut es ging auf ... Nicht, weil man mir gegenüber lieblos gewesen wäre, aber mein Leben bestand aus einer Krankheit nach der anderen. Ständig habe ich ein neues Gebrechen entwickelt, und die nächste Erkrankung lauerte darauf, mich noch mehr zu verkrüppeln.

Hans hat mich gepflegt. Immer. Er hat meine Bedürfnisse immer über die eigenen gestellt, mein Wohlergehen stets über das eigene. Ich wage zu behaupten, dass er mehrere Male schon hätte heiraten können, er könnte heute schon eine eigene Familie haben, aber nein – er musste sich ja um mich kümmern. Er hat das mir gegenüber nie erwähnt. Er hat mir nie gegrollt.«

»Haben Sie ihn dazu ermutigt, Sie ... zu verlassen?«, fragte Franz.

Sie sah ihn an. »Unaufhörlich«, sagte sie. »Das fand er beleidigend. Er glaubte, auf diese Weise würde ich ihm mitteilen, dass er seiner Aufgabe schlecht nachkam, dass er mehr hinderte als half.«

»War das so?«

»Nein«, sagte sie sanft. »Er war immer perfekt.« Sie griff zu ihren Stöcken und sprach weiter. »Er hat das Haus mit schönen Dingen angefüllt, wertvolle Dinge, geschichtsträchtige Dinge. Unser Vater hat uns ein großes Vermögen hinterlassen, aber Hans hat diese Dinge nicht nur gekauft, um sie zu besitzen. Er hat gesucht. Er hat ausgewählt. Er war kritisch. Er meinte, ›irgendetwas‹ sei für uns nicht gut genug. Er wollte das Seltene, das Besondere.

Und dann hat er den Tisch und den Stuhl gefunden. Ich fand ihn grobschlächtig und hässlich – und das ist er ja auch, Sie haben ihn ja selbst gesehen. Er meinte, er könnte womöglich in die Zeit König Arthurs zurückreichen! Ich erinnere mich, dass ich ihn gefragt habe, was uns alte britische Legenden kümmerten. Da war er ein wenig beleidigt. Ich weiß nicht, wie lange danach, da saß ich im Wohnzimmer, und er machte an dem Ding rum, versuchte, ihn ein bisschen aufzupolieren in dem vergeblichen Versuch, ihn vorzeigbar zu machen. Dabei hat er festgestellt, dass der Sitz eine Truhe war, und da sahen wir zum ersten Mal den Strick.«

Sie sah weg, in die tiefen, wuchernden Schatten im Zimmer.

»Da las er die Worte«, sagte sie in Erinnerung an die Begebenheit, »und hielt den schmutzigen, verfallenen Strick in den Händen. Und gleich darauf kroch etwas Öliges und Faules über meinen Schoß, meine Brust hinauf und zu meinem Hals.«

»Wie kam es, dass er Sie nicht getötet hat?«, fragte Franz.

Noch einmal hob Mathilde die Fäuste zu den Wangen. »Genau wie im Bauch meiner Mutter«, sagte sie. »Nur hatte ich dieses Mal die hier in der Hand.« Sie nahm die Stöcke und hielt sie an die Wangen. »Das Schlangenholz. Speziell für mich gefertigt von meinem Vater. Eines der stabilsten, härtesten Hölzer der Welt. Der Strick hat mir die Hände zerdrückt, aber er konnte die Stöcke nicht zerdrücken, als er versuchte, an meinen Hals zu gelangen.«

Sie stellte die Stöcke ab und rieb sich die geschwollenen, missgestalteten Knöchel.

»Er hat mich nie wieder angegriffen, und später fanden wir auch den Grund dafür, nachdem Hans über den Stuhl, die Inschrift und den Strick darin geforscht hatte. Er hat mich nie wieder angegriffen, weil Hans ihn nie wieder mit bloßen Händen angefasst hat.

Und später hat er mir erzählt, dass sein Hass gegen mich und sein Groll auf mich, die er jahrelang in sich ertragen und verdrängt hatte, dass sie genau in diesem Moment, als ich mich gegen den Strick gewehrt habe, verschwunden seien wie eine Flamme, die ausgeblasen wird. Als er sah, wie sich dieses unheilige Ding um mich wickelte, hat ihm das unendliche Angst eingejagt, und da begriff er, dass er mir nicht den Tod wünschte.« In ihren Augen standen Tränen.

»Warum die Nummer, Fräulein? Warum ist er damit auf die Bühne gegangen, um seine Ausgeburt des Bösen auf die Welt loszulassen?«

»Weil das seine Strafe ist«, sagte sie. »Er stirbt in jeder Aufführung. Er stirbt einen unmenschlichen, gewaltsamen Tod und wird dann immer wieder zum Leben erweckt. Seine Freiwilligen, die Leute, die entweder edlen oder verdorbenen Herzens zu ihm auf die Bühne kommen, speisen die dunklen Mächte, die diesem verfluchten Gegenstand ein jahrhundertelanges Leben ermöglicht haben. Mein Bruder hat um meinetwillen beschlossen, am Leben zu bleiben, Herr Kafka. Wenn er diese bösartigen, unsichtbaren Richter nicht besänftigt, wenn er sich dafür entscheidet, die Vergeltung des Stricks gegen sich zu wenden ... Nun, wer soll sich dann um mich kümmern?«

Franz wollte das elektrische Licht einschalten, doch konnte er sich nicht dazu überwinden, mehr als nur einen Schatten dieser elenden Frau zu sehen. Er wollte ihr tröstend die Hand auf die ihre legen, doch hatte er das Gefühl, dass sie ihre Hand dann angewidert zurückziehen würde, weil sie falsches Mitleid bei ihm argwöhnte.

»Jetzt, wo Sie diese Dinge wissen«, sagte Mathilde und sah Franz in die Augen, »müssen Sie ...«

»Einen Weg finden, ihn aufzuhalten?«, fragte Franz.

»Mein Bruder ist kein Ungeheuer«, sagte sie. »Er ist der unglückselige Sklave dieses monströsen Wesens. Vielleicht hat ihn die Finsternis seines eigenen Herzens überhaupt erst zu dem Strick geführt – oder den Strick zu ihm. Ich weiß es nicht wirklich, aber er selbst ist nicht böse.«

»Aber er lässt zu, dass diese Leute ermordet werden«, sagte Franz.

»Und eines Tages«, sagte sie, »wird er sich dafür verantworten müssen … vor einer Macht, die höher und größer ist als die bösen Mächte, mit denen er es jetzt zu tun hat. Es hat ihn zerstört«, sagte sie und starrte ins Dunkel. »Es hat ihn als Mensch zerstört. Sein Hass richtet sich nun auf ihn selbst. Selbst wenn es eine Möglichkeit gäbe, diesen Albtraum zu beenden, Franz, würde er nur für die anderen enden. Nicht für Hans. Er ist endgültig zerstört. Wir können nichts mehr tun.«

»Der Strick hatte es auf meinen Vater abgesehen«, sagte Franz, »wegen mir natürlich, wegen des Hasses, den ich gegen ihn hegte … vermutlich mein ganzes Leben lang. Deshalb weiß ich, wie es ist, wenn man zerstört ist.«

»Sie haben gesagt, er habe Ihren Vater nicht getötet«, sagte sie.

»Hat er nicht«, sagte Franz. Er stand auf. »Gäbe es wahre Gerechtigkeit auf der Welt, dann hätte er *mich* töten sollen.« Er ging zur Tür. »Leben Sie wohl, Tillie.«

KAPITEL 48

EIN HÄNGEKÜNSTLER

Hans Henker saß in seiner leeren Garderobe, hatte die Augen geschlossen und fing an, jede Spur von sich selbst aus seinem Bewusstsein zu schaffen.

Er brachte es nicht zustande.

Er konnte die graue Wand nicht hochziehen, die Hans Henker vom Hängekünstler trennte.

Es brauchte Zeit, und es brauchte vollen Einsatz. Keines von beiden hatte er.

Die Vorstellung hatte begonnen.

Er wandte sich seinem Text zu.

Er kannte den Text und würde ihn wahrscheinlich bis an sein Lebensende kennen, vielleicht sogar noch länger. Er kannte den Text, sagte ihn aber dennoch auf, denn er stammte vom Hängekünstler.

Der Text würde nie variieren, denn eine Variation bedingte Nachdenken – ein ständiges Kniffeln, das die Sache besser oder schlimmer machte –, und Hans brauchte weder Variation noch Verbesserung. Was er brauchte, war der Text, und ...

Warum war ihn heute Abend niemand holen gekommen?

Keiner von den Kollegen, keine weibliche Bekannte aus der Pension?

Warum hatte ihn niemand aufgehalten, ihn am Weitermachen gehindert?

Hunderte Leute waren da draußen. Und am Montag würden wieder Hunderte kommen.

Zweimal täglich.

Drei auf einen Schlag, mit ihm auf der Bühne, ihn abtastend, dabei kamen sie sich prächtig vor, weil sie sich freiwillig gemeldet hatten, genossen die paar Minuten im Scheinwerferlicht ...

Nein. Hinaus. Fort, hinunter, hinein, zu, verschlossen.

Guten Abend, meine Freunde, meine teuren neuen Freunde.

Der Hängekünstler verlässt die Garderobe und schließt die Tür hinter sich.

Er geht die Wendeltreppe hinunter, eine Hand am Geländer.

Er hört das Lachen des Publikums, doch er hört, dass es angespannt ist, denn sie warten, sie warten auf den Hängekünstler. Sie haben schon die ganze Woche auf ihn gewartet, den ganzen Tag, den ganzen Abend. Jede weitere Reaktion erfolgt automatisch: Überraschung, Applaus, Gelächter.

Er weicht nicht aus, als ein Schwung kaum bekleideter Tänzerinnen zur Bühne hastet. Sie fließen links und rechts an ihm vorbei wie Gänse auf dem Weg nach Süden, die vor einer unerwarteten Wetterfahne auseinandergehen und sich dann wieder vereinigen.

Er wartet, wo er immer wartet, neben dem Harfenkasten, in dem vielleicht eine Harfe ist, vielleicht auch nicht.

Er weiß, dass die Tänzerinnen ihre glanzvollsten Figuren abliefern. Die Musik ist abgefahren, das Stampfen hartnäckig, trotzig.

Er hört den Applaus für ihre Anstrengungen, reichlich ist er, aber bedeutungslos.

Die Tänzerinnen schwärmen von der Bühne und reißen sich alle gleichzeitig den perlenbesetzten Kopfputz vom Haupt, trippeln hintereinander die Treppe hinauf, wobei ihre Schuhe klingen wie Regentropfen, die in einen Zinneimer prasseln.

Der Hängekünstler vernimmt seine Auftrittsmusik.

Es ist die Musik von Sonnenschein und Liebe.

Nie hat die Geige süßer getönt, die gedämpfte Trompete niemals schüchterner.

Ein junger Mann mit Mütze und Hemdsärmeln, die kräftigen Arme bereit, den Vorhang hochzukurbeln, nickt dem Hängekünstler zu, der lächelt, aber das Nicken nicht erwidert.

Der Vorhang hebt sich, die Musik schwillt an.

Dann bricht das Orchester ab. Der Dirigent nickt den Musikern zu. Sie schalten ihre Lampen aus.

Der Hängekünstler betritt die Bühne. Er bleibt genau in der Mitte stehen und lässt dem Publikum einen Augenblick Zeit, um seinen fesch geschnittenen karamellfarbenen Leinenanzug, sein pomadisiertes Haar, seine frühlingsgrüne Krawatte, seine gewichsten fondantbraunen Schuhe und seine butterfarbenen Handschuhe aus Kalbsleder zu betrachten.

Er nimmt eine lässige, aber gebieterische Haltung ein: die Beine zusammen, aber die Füße ein Stück nach außen gedreht, ein Fuß einen Fingerbreit nach vorn gerückt, die linke Hand in der Tasche, die rechte Hand unbekümmert an der Seite.

Er spricht.

»Guten Abend, meine Freunde, meine teuren neuen Freunde – und, wie ich hoffe, neue Freunde, die zu alten Freunden geworden sind, weil sie wiedergekommen sind. Seien Sie willkommen, und vielen Dank. Danke, dass Sie mich gefunden haben.«

Er dreht sich nach rechts und geht zu dem Grammophon, das auf einem zierlichen Tisch steht. Er zieht es auf, bis die Feder völlig aufgezogen ist. Er drückt den Stopper des Plattentellers, und die Schallplatte dreht sich. Dann hebt er die Schalldose und senkt sie auf die sich drehende Platte. Die Nadel gleitet in die Rille.

Dann kehrt er in die Bühnenmitte zurück, während geschmackvolle, flotte Musik – *Gigolette*, gespielt von Marek Weber und seinem Orchester – aus dem blumenkelchförmigen Grammophontrichter fließt und sich anhört, als wäre sie unter einem nassen Wollteppich begraben.

Er lächelt.

»Ich habe vor, mich zu erhängen«, sagt der Hängekünstler.

Dann wartet er ab, bis die Reaktionen abebben. Es ist immer nahezu dasselbe: erschrecktes, ungläubiges Tuscheln, ein, zwei nervöse Lacher.

Er macht weiter.

»Denn es muss Gerechtigkeit walten. Und wer bin ich, mögen Sie vielleicht fragen, dass ich mich selbst richte und verurteile? Wer bin ich, dass ich mir selbst das Leben nehme? Nun, ich bin ich selbst, und wer kennt die Sünden, für die ich mich zu verantworten habe, besser als ich selbst?

Die Sünden des Lebens, meine Freunde. Die Sünden, die in meinen Gedanken leben, in meinen Begierden, meinem Bedauern, meinen Schmerzen, meinen Kränkungen, meinem Neid. Sind das Sünden, oder sind es Dämonen? Sie sind beides.

Aber sind denn alle unsere inneren Dämonen nichts weiter als das – als unser Inneres? Vielleicht sind sie real, äußerlich, und sie nagen an uns. Vielleicht sind diese Dämonen Ihre Freunde, Ihre Nachbarn, Ihre Liebhaber, Ihre Ehegatten, Ihre Kinder ...

Die Liste, meine Freunde, geht immer so weiter.

Und deshalb der Strick, zur Schlinge gebunden um den Hals. Die Schlinge, die einem den Atem raubt, die Besinnung, das Verhältnis zu diesem Ort des Leidens und die stattdessen ... was? Frieden bietet? Einen Ausweg? Ganz sicher.

Nehme ich mir das eigene Leben? Nein. Tue ich es, um Sie dazu zu ermuntern, sich ebenfalls das Leben zu nehmen, sich ebenso streng zu richten? Das würde ich niemals tun. Ich würde niemals jemanden zu etwas ermuntern, was ich nicht schon selbst getan habe.

Und schließlich, wer bin ich, dass ich Sie bitte, im Publikum zu sitzen und mir dabei zuzusehen?

Ich bin der Hängekünstler, meine Freunde.

Das erwartet man von mir.«

Er deutet eine militärische Verbeugung zum Publikum hin an und wendet sich wieder zum Grammophon, da *Gigolette* zu Ende ist. Er wechselt die Schallplatte aus, zieht das Grammophon auf und setzt die Nadel auf die neue Platte. Alle kennen das Lied: *Ausgerechnet Bananen*, auch wenn der Großteil Europas das unsinnige amerikanische Lied auf seinen englischen Text gesungen hat: *Yes! We Have! No Bananas!* Die Zuschauer lieben diese Aufnahme – lieben die beliebte Kapelle, Efim Schachmeisters Tanzkapelle –, und Füße fangen an zu wippen.

Während die Zuschauer sich in die neue Musik hineinfinden und beruhigt werden, geht der Hängekünstler zu dem Stuhl weiter hinten auf der Bühne. Er nimmt den Strick, der zusammengerollt darauf liegt, und kehrt an die Rampe zurück.

Er zeigt dem Publikum den Strick, wickelt ihn beim Sprechen ab, bis die Schlinge zum Vorschein kommt.

»Das«, sagt der Hängekünstler, »ist das Instrument des Künstlers, das edelste überhaupt, feine Seidenfäden zusammengeflochten, bis sie eine größere und kräftigere Gestalt annehmen. Und warum ist dieser Strick aus hervorragender

Seide und nicht aus herkömmlichem Manilahanf oder Jute oder einfachem Stroh? Man könnte das Argument anbringen, dass der Sünder lediglich die gröbsten Fasern verdient hätte, dass die Dämonen mit den gröbsten Mitteln ausgemerzt werden sollten.

Aber wir sind im Theater!«

Er hält die Schlinge hoch, damit alle sie sehen können.

»Macht Ihnen der Anblick Angst? Bereitet er Ihnen Schrecken? Bleiben Sie ruhig. Seien Sie vernünftig. Freuen Sie sich! Es gibt keinerlei Grund zur Angst – denn, wie Sie wissen, wer auf das Gute sein Bemühen richtet, dem wird Glück und Ansehen zuteil, und er muss sich nie und nimmer einer Schande schämen! Schauen Sie her!«

Sacht schüttelt er den Strick, und die Schlinge löst sich auf.

Das Publikum ist verblüfft, denn niemand hält es für möglich, dass sich die Schlinge eines Henkers so schnell auflösen lässt. Der Hängekünstler nickt und hebt eine Hand.

»Bitte, das ist kein Wunderwerk. Ich zeige Ihnen lediglich, dass es nichts zu fürchten gibt. Das ist nur ein Strick. Und um es Ihnen zu beweisen – um *mich* Ihnen zu beweisen –, brauche ich einen Freiwilligen oder eine Freiwillige, jemand, der zu mir nach oben kommt und diesen feinen Seidenstrick und mich selbst in Augenschein nimmt, um Ihnen zu demonstrieren, dass es sich um keinen Trick handelt. Nun, wer möchte es sein?«

Hundert Hände, zweihundert, dreihundert.

In der ersten Reihe geht eine Hand nach oben, langsam zwar, aber voller Selbstbewusstsein. Ihre Besitzerin winkt mit dem Zeigefinger, als wolle sie ein Taxi heranrufen.

Der Hängekünstler zeigt auf die erste Reihe, auf den ruhigen, selbstbewussten Arm und seine Besitzerin.

»Sie, meine Dame«, sagt er. »Die junge Dame im dem entzückenden blassgrünen Rock. Bitte.«

Der Hängekünstler geht zurück zum Grammophon, gerade rechtzeitig, um die Nadel von der Schallplatte zu heben, während noch die letzten unheilvollen Klänge zu hören sind. Wenn er sich umwendet, wird er eine neue Freundin haben. Er wählt die nächste Platte aus, ersetzt die Nadel an der Schalldose durch eine neue, zieht das Gerät auf und lässt das neue Stück abspielen: *Tutanchamun*. Exotisch, lebhaft, geheimnisvoll.

Der Hängekünstler kehrt in die Bühnenmitte zu der jungen Frau zurück.

Franz Kafka steht vor ihm und sieht aus wie der Tod. Er streckt dem Hängekünstler die Hand entgegen. »Bitte.«

Hans Henker steht regungslos da.

Kafka macht einen Schritt auf ihn zu, die Arme ausgestreckt, die Handflächen nach oben gerichtet.

»Bitte«, sagt Kafka. »Sie sind meine einzige Hoffnung auf Rettung.«

Henker macht einen Schritt nach hinten.

Das Publikum tuschelt.

Kafka macht noch einen Schritt auf ihn zu.

»Bitte, Hängekünstler«, sagt Kafka, »zeigen Sie mir, wie es ist, für meine Sünden zu büßen.«

Die Schallplatte ist zu Ende.

Die Nadel hängt in dem toten Bereich der Platte zwischen den Rillen und dem Etikett fest.

Henker spürt, wie sie ihn beobachten, lauern, auf ihn eindringen.

Er wirft den Strick über die Schulter.

Er zieht die Handschuhe aus, zeigt seine schönen, feinen, glatten Hände.

Er wirft seine Handschuhe auf die Bühne, nimmt den Strick und hält ihn über seinen Kopf.

Triumphierend dreht er sich zum Publikum um.

»Und nun«, sagt er, »fangen wir an … mit dem Ende.« Er sieht Franz an. »Das Grammophon.«

Franz geht zum Grammophon, nimmt *Tutanchamun* vom Plattenteller und legt die letzte Schallplatte darauf. Die Musik ist entzückend. Im Publikum sitzt niemand, der das Lied nicht erkennen würde. Ist das Eric Borchards Jazzband? Ja, sie ist es.

Der Hängekünstler spricht so laut, wie er noch nie gesprochen hat.

»Was ist am Ende denn eigentlich ein Trick?«, fragt der Hängekünstler von seinem unsicheren Podest. »Laut Definition ist ein Trick eine schlaue oder geschickte Handlung oder eine List, um jemanden zu täuschen oder zu übertölpeln.

Aber ich habe gar nicht die Absicht, Sie zu täuschen oder zu übertölpeln. Ich bin hier, um zu tun, was ich mir vorgenommen habe. Ich gedenke, mir selbst die gerechte Strafe angedeihen zu lassen.

Habe ich verdient, am Leben zu bleiben?

Das überlasse ich Ihnen.«

Mit einer raschen, widerwärtigen Bewegung wickelt sich der Strick von selbst um den Hängekünstler, zieht ihm die Schlinge um den Hals.

Er umklammert die Schlinge.

Der Strick schleudert ihn quer über die Bühne, schleift ihn mit sich, und dann schnellt er, zum Erstaunen aller, von ganz alleine zum Galgen hinauf und bindet sich am Querbalken fest.

Der Hängekünstler tritt und zuckt, doch scheint es fast so, als wolle er den Strick dazu bewegen, ihn herunterzuziehen, fester, weiter, der Schwerkraft nachhelfen, so gut es geht.

Das Lied plärrt aus dem Grammophon:

»Ev'rybody shimmies now.
Ev'rybody's learning how.
Brother Bill, Sister Kate
Shiver like jelly on a plate,
Shimmy dancing can't be beat,
Moves ev'rything except your feet.
Feeble folks, mighty old,
Shake the shimmy and they shake it bold.
Oh! Honey, won't you show me how?
'cause ev'rybody shimmies now!«

Der Hängekünstler gibt ein lang gezogenes Reißen von sich, als würde trockenes, in feuchte Tücher gewickeltes Holz auseinandergerissen werden.

Das Gesicht des Hängekünstlers wird dunkel wie eine Wolke, die den Mond verdeckt.

Seine Augen treten aus den Höhlen.

Er bewegt sich nicht mehr.

Die Schallplatte ist zu Ende.

Der Strick verschwindet.

Der leblose Körper des Hängekünstlers kracht auf die Bühne.

Viele Zuschauer springen entsetzt von ihren Plätzen auf. Sie finden ihre Sprache wieder, wild vor Grauen. Sie drängen sich zu den Gängen, zu den Ausgängen. Sie schauen zur Bühne, sie wenden den Blick von der Bühne ab.

Franz Kafka hört ein Kreischen aus der Dunkelheit hinter der Bühne, von allen Seiten, von oben. Er kann es kaum vom Kreischen des Publikums unterscheiden.

Er geht zum Grammophon hinüber und nimmt die Nadel von der Schallplatte.

Er schmettert die Schallplatte gegen das Grammophon und wartet darauf, dass der Vorhang fällt.

Das tut er nicht.

Er ist allein auf der Bühne mit der Leiche des Hängekünstlers.

KAPITEL 49
DER INSPEKTOR

»Wie wir das den Zeitungslesern erklären sollen, ist mir vollkommen schleierhaft«, sagte Inspektor Beide zu Franz. »Ich glaube kaum, dass ich sie einfach mit Leo Kropold abspeisen kann, oder?«

»Das wäre schlecht an ihm getan«, sagte Franz. Seine Stimme klang sehr heiser, und seine Kehle fühlte sich wund und heiß an. »An den armen Kerl sollte man sich nicht als einen wahnsinnigen Mörder erinnern. Was ihm widerfahren ist, hat er nicht verdient, und das sollten wir nicht durch die Verbrechen eines anderen noch verschlimmern.«

»Vor allem, wenn dieser andere ein ... Na ja, was immer er eben ist. War. Ist?«

»Ist, fürchte ich.« Franz hustete und würgte gleichermaßen.

»Es tut mir sehr leid, Franz«, sagte Beide. »Kann ich Ihnen etwas bringen?«

Franz hielt eine Hand hoch, bis der Anfall nachließ. Dann holte er dankbar Luft. »Ein Taxi.«

»Wohin fahren Sie?«

»Zum Bahnhof.«

»Und dann wohin?«

»Ist mein Vater nach Prag zurückgekehrt?«

»Ich habe ihn sofort zurückbringen lassen. Er hat noch immer getobt.«

Franz nickte und gestatte Beide, ihm aus der leeren Empfangshalle der Traumhalle zum Bordstein zu helfen. Dort blies Beide in eine Pfeife.

»Der Strick?«, fragte Franz.

Beide sah ihn besorgt an. »Keine Spur.«

»Aber der Stuhl?«

»Noch immer in der Garderobe. Leer.«

»Ich weiß nicht, ob es etwas bringt, ihn zu verbrennen ...«

»... aber zum Teufel damit, stimmt's?«, fragte Beide lächelnd.

»Lassen Sie meine Sachen zum Bahnhof bringen«, sagte Franz. »Ich weiß nicht genau, wo sie sind. Zuletzt waren sie in dem Daimler, in Schwechat.«

»Wir kümmern uns darum«, sagte Beide und blies erneut die Pfeife.

»Tillie?«, fragte Franz.

»Sprechen Sie besser nicht so viel«, sagte Beide.

»Mach ich nicht. Tillie?«

»Ich weiß nicht, was aus ihr werden wird.«

»Schauen Sie nach ihr«, sagte Franz, als ein Taxi heranfuhr. Beide machte ihm die Tür auf.

»Falls sie Pflege benötigt, dann werden wir Wege finden, dass sie sie bekommt«, sagte Beide.

»Nicht *falls*«, sagte Franz. »Sie braucht sie. Lassen Sie sie nicht im Stich.« Er seufzte. »Schlimm genug, dass ich sie im Stich lassen muss.« Beide half ihm ins Taxi.

»Ich gebe Ihnen mein Wort«, sagte Beide.

Franz kramte in seinen Taschen. »Meine Karte«, sagte er. »Die brauche ich jetzt nicht mehr.«

»Karte?«

»Inspektor Kafka.«

»Sollten Sie die je finden, behalten Sie sie. Vielleicht brauchen Sie sie noch einmal. Vielleicht brauchen wir Sie noch einmal.«

Franz lächelte schwach.

»Oh, und Danke«, sagte Beide.

»Ich habe mein Bestes getan«, sagte Franz.

»Ich habe das nicht auf den Fall bezogen.«

»Sondern?«

»Dass Sie mich endlich als mich sehen.«

»Das verstehe ich nicht.«

Beide machte die Tür zu und beugte sich zum Fenster herunter.

»Dass Sie mich ganz sehen«, sagten sie, »und nicht kategorisch.« Sie schauten an Franz vorbei in die Ecke des Taxis. »Passen Sie auf ihn auf«, sagten sie.

»Sie können auf mich zählen, Inspektor«, versicherte Gregor.

Das Taxi entfernte sich von Beide, vom Theater und den Menschen in Wien.

Franz sah nicht zurück.

KAPITEL 50

EIN NACHTSTÜCK

Wir sehen zwei Gestalten unter einer Laterne auf einem Bahnsteig. In der Ferne kündigen ein Nadelkopf aus Licht und eine einsame Pfeife den Mitternachtszug zum Sanatorium an.

Die große, schlanke Gestalt sagt: »Beide hat dich gesehen.«

Die kleinere, rundliche und insektenhafte Gestalt sagt: »Und ich habe Beide gesehen.«

»Er hat sogar mit dir gesprochen.«

»Und ich habe geantwortet.«

»Bisher ist Beide nie auf deine Gegenwart eingegangen.«

»Damit muss ich wohl leben.«

»Dann heißt das also, dass du echt bist, Gregor.«

»Oder es heißt, dass Beide nur Einbildung ist, Franz.«

»Ihr könnt nicht beide Einbildung sein.«

»Warum nicht?«

»Ich würde es vorziehen, wenn ihr beide echt wärt.«

»Dann soll es so sein.«

Der Zug nähert sich. Wir können die Glocke hören.

»Werd gesund«, sagt die kleinere Gestalt zur größeren.

»Danke«, sagt die größere Gestalt.

»Und wenn du nicht gesund werden kannst, dann ... werde einfach.«

»Ich werd's versuchen.«

»Und wenn du mich jetzt entschuldigen würdest, ich habe eine Verabredung mit einem Abfallhaufen hinter dem Jägerhaus. Da war heute Schnitzel-Abend.«

Wir sehen die große, schlanke Gestalt, allein, wie sie vom Dampf der Lokomotive eingehüllt wird.

KAPITEL 51

DIE REISE

Franz saß in dem heißen Abteil und sah hinaus, wo die Lichter der Stadt der Dunkelheit der Wälder wichen.

Er fasste nach oben und öffnete das Fenster, genoss die frische Luft.

Wenn er es geschehen lassen wollte, würde ihn das sanfte Ruckeln des Zuges einschläfern.

Aber das wollte er nicht.

Er stand da, stützte die Arme auf das heruntergeschobene Fenster und ließ sich vom Wind die Haare zerzausen.

Etwas Weiches landete in seinem Gesicht.

Er setzte sich und schälte sich den Gegenstand von der Wange.

Ein Umschlag mit seinem Namen.

Er lächelte und wünschte sich, Beide wäre hier.

»Seltsame Methode, die Post zuzustellen«, sagte eine Frau. »Aber an dir ist eigentlich alles seltsam.«

Franz bemerkte gegenüber eine schwarzhaarige junge Frau. Sie lächelte ihn an, und ihre tiefen schwarzen Augen hießen ihn in vertrauter Wärme willkommen.

»Dora«, sagte er.

Er verspürte nicht länger das Verlangen, irgendetwas zu hinterfragen.

Dora war hier, bei ihm, und das war endgültig.

»Mach schon«, sagte sie. »Mach ihn auf.«

Franz riss den Umschlag auf.

In dem Umschlag befand sich ein Stück Papier, sorgfältig aus einer Zeitung oder einem Journal ausgeschnitten. Darin hieß es:

In tiefer Trauer nehmen wir Abschied von unserem Sohn, Doktor der Rechte Franz Kafka, gestorben am 3. Juni im Alter von 41 Jahren im Sanatorium Hoffmann in Kierling bei Wien. Die Bestattung wird am Mittwoch den 11. Juni um 3:45 Uhr nachmittags auf dem Jüdischen Friedhof Strašnice stattfinden. Prag den 10. Juni 1924.
Hermann und Julie Kafka, seine Eltern, im Namen der trauernden Familie. Wir bitten, von Beileidsbesuchen abzusehen.

»Sie haben sich in meinem Alter geirrt«, sagte Franz. »Ich werde erst nächsten Monat einundvierzig.«

»Was ist das?«, fragte Dora.

Er lächelte sie an. »Die Zukunft«, sagte er. »Was für einen Tag haben wir heute?«

»Vor ungefähr zwanzig Minuten hat der siebte begonnen.«

»Gut.«

»Wohin gehen wir, und was machen wir, Franzl?«

Franz zerknüllte den Umschlag mitsamt seinem Inhalt zu einer Kugel und warf sie zum Fenster hinaus.

»Da ich noch ein paar Tage Zeit habe, ehe es offiziell wird«, sagte er, »lass uns irgendwohin gehen und zusammen irgendetwas machen.«

»Bis was offiziell ist?«, fragte Dora.
Franz hustete.
»Mein neues Leben.«

DANKSAGUNG

Ich möchte den beiden bösen Schelmen danken, die mich eines Wintermorgens besucht haben, der erste hat mir die Idee eingegeben und gesagt: »Das ist die dümmste Idee, die du je gehabt hast«, und der zweite hat gesagt: »Schreib sie trotzdem auf.« Abgesehen von den Schelmen danke ich meiner Mutter und meinem Vater, denen ich als Ersten die Idee erzählt habe und die mich nicht einweisen ließen. Mein Dank geht auch an die *Sanibel Public Library* auf Sanibel Island, Florida, die genau das dahatte, was ich gesucht habe, als ich es brauchte, und vor allem an David bei Abaddon für seinen unermüdlichen Enthusiasmus, seine Anfeuerung und so vieles mehr. Schließlich noch unendlichen Dank an Franz Kafka, der mich inspiriert hat (falls dies das richtige Wort ist), seit ich mit fünfzehn Jahren zum ersten Mal *Ein Hungerkünstler* gelesen habe. Seither hat er mich verfolgt.